AF152157

FEDERHERZ
V E R L A G

MELANIE SCHÜTZ

RAVEN'S MELODY

RAVEN'S MELODY

Originalausgabe
Veröffentlicht im Federherz Verlag, Wipperfürth, 2025

Copyright
© 2025 Federherz Verlag
Alle Rechte vorbehalten.

Songtext »Four things I know about you«: Jasmin Wright

Cover und Umschlaggestaltung: Nikolina.Designs, Federherz Verlag
Satz: EverlyRose.Grafikdesign, Federherz Verlag
Verwendung von Bildlizenzen aus Shutterstock, Freepik, Rawpixel
Lektorat: Kristina Schäpers, Federherz Verlag
Korrektorat: Theresa Solderits

Druck und Bindung: Smilkov Print Ltd, Blagoevgrad
Bestellung und Vertrieb: logiXperts GmbH, Geretsried

ISBN: 978-3-911505-75-8

Federherz Verlag GmbH
Leiersmühle 10
51688 Wipperfürth
info@federherzshop.de
www.federherzshop.de
Instagram: @federherz.verlag

Für alle, die ihre Flügel ausbreiten,
auch wenn sie Angst vorm Fallen haben.

Content Warnung

Liebe Leser*innen, dieses Buch enthält Elemente, die
potenziell triggern können.
Daher findet ihr auf den letzten Seiten eine Liste an Themen,
die für Betroffene kritisch sein könnten. Achtung:
Die Liste enthält Spoiler für das gesamte Buch.
Wir wünschen uns für euch das bestmögliche Lese-Erlebnis.

Raven

KAPITEL 1

» **S** *o I'm dancing with the ghosts at the shore. Who followed my footprints to take my hand and sing with the sandpipers: Everything will turn out well in the end.«*

Diese liebliche Stimme, dieser verfluchte Text. Stöhnend öffne ich die Augen und hebe den Kopf. Blinzelnd sehe ich mich um, während die unerträgliche Zärtlichkeit des Liedes in ihrem sanften Takt weiterhin durch den Raum schallt. Durch einen Raum, den ich noch nie gesehen habe.

Ein fragendes Ächzen entkommt mir, als ich mich aufsetze und die edle, rote Samtcouch erspähe, auf der meine Füße liegen. Leider nur meine Füße. Mein Kopf befand sich auf dem Boden. Als wolle mein Körper mir das protestierend vorwerfen, zieht ein gleißender Schmerz durch meinen Schädel und ich greife mir an die Stirn. Ich fasse in etwas Feuchtes und begutachte meine Hand. Angewidert verziehe ich das Gesicht. An meinen Fingern klebt Blut. Inständig hoffe ich, dass es mein eigenes ist.

Den fürchterlichen Song vorerst ignorierend, lasse ich den Blick durch das Zimmer schweifen. Designersofas, ein Mahagonitisch nebst dazu passender Kommode, schwere Samtvorhänge mit altgriechischem Wellenmuster. Bierdosen, Wein- und Whiskeyflaschen, zum Teil zerbrochen. Ein Flachbildfernseher schmückt die Wand, beziehungsweise schmückte er sie mal. Nun hängt er nur noch halb in seiner Fassung, das Display ist demoliert. Meine Aufmerksamkeit gleitet hinab und ich entdecke Falcons Rolex. Falcon. Er muss also in der Nähe sein.

Schwerfällig ziehe ich mich auf die Beine. Dafür brauche ich zwei Versuche, denn die Welt dreht sich. Rings um mich herum befinden sich die Reste eines zerschellten Glastischs. Erfreut fische ich eine Packung Black Devils aus den Scherben. Immerhin habe ich meine geliebten Kippen in diesem Chaos direkt gefunden.

Ein Gurgeln lässt mich herumfahren. Eine Tür steht offen, hinter der sich ein massives Schlafzimmer befindet. Das Kingsize-Bett ist mit hochwertiger Satinbettwäsche bestückt, das aufwändig gestaltete Kopfteil mit goldverschnörkelten Elementen verziert. Und darin liegt Hawk, in jedem Arm eine Frau, die zu ihrem kurzen Rock nur ein Bikinioberteil trägt. Heliumballons in Herzform schweben an der Decke. Wer von den dreien das Geräusch ausgestoßen hat, kann ich nicht sicher sagen. Ich tippe aber auf Hawk, da dieser öfter solche Töne von sich gibt, wenn er aufwacht und in der Nacht zuvor zu tief ins Glas geschaut hat.

Kurz grinse ich, doch das führt dazu, dass mir erneut ein stechender Schmerz durch den Schädel jagt. Verdammt. Zusätzlich zu der Platzwunde bereitet mir ein Kater massive Kopfschmerzen. Grummelnd fällt mir ein, wie ich Chris und mir vor kurzer Zeit, wahrscheinlich vor nur drei Tagen, versprochen habe, beim Feiern in Zukunft etwas kürzerzutreten. Sagen wir es so: Der Wille war da.

Das Lied verstummt abrupt. Erleichtert atme ich aus. Endlich habe ich ein Problem weniger und muss dieses Gute-Laune-Geträller nicht mehr hören. Dafür dringt nun ein neues Geräusch an mein Ohr. Sanftes Schnarchen.

Ich schiebe die Zigarettenpackung in die hintere Tasche meiner schwarzen Hose, ziehe mir einen herabgerutschten Hosenträger auf die Schulter und bahne mir den Weg zum Sessel.

Crane ist in seinen Stiefeln eingeschlafen und hat demnach auch noch seine enganliegende Hose aus schwarzem Leder an. Sein ehemals weißes Tanktop wird von mehreren Flecken verziert und ist verschlissen, ebenso sein Jackett, das achtlos auf die Lehne geworfen wurde. Über seinen markanten Augenbrauen klafft ebenfalls eine Platzwunde. Verdammt, was ist geschehen? Sind wir in eine Prügelei geraten? Neben ihm hat jemand eine Pyramide aus Bierdosen gebaut. Auf seinem Schoß liegt eine offene Pappschachtel voller Lachsschnitten.

Düster schleicht sich eine Erinnerung in mein Bewusstsein. Lachsschnitten, Muscheln, Kaviar. Das haben wir uns im Hotelrestaurant bestellt, als wir alle schon total betrunken waren.

Nun fehlt noch einer im Bunde. Falcon. Ehe ich mich der Schadensbegrenzung widme, muss ich alle meine Jungs in der Nähe wissen. Das aber ganz langsam. Eins nach dem anderen. Und da ich fast alle Räume ausgekundschaftet habe, bleibt nur noch ein Ort, an dem er sein könnte.

Vorsichtig tapse ich vorbei an einer umgeworfenen Vase,

Chipsresten und einem massiven roten Fleck – ich hoffe, dass es nur Rotwein ist –, ins Bad.

Falcon liegt auf dem flauschigen, dunkelgrünen Badvorleger. Demnach hat er es wahrscheinlich bequemer gehabt als ich. Er scheint nackt zu sein. Zugedeckt ist er mit wolligen, weißen Handtüchern, auf denen *Caesars Palace* steht.

Endlich fällt der Groschen. Richtig! Wir waren auf der Preisverleihung. Haben den Mercury für das beste Lied des Jahres entgegen den Erwartungen aller Kritiker nicht gewonnen ... und haben uns dann abgeschossen.

Wieder brodeln Unverständnis und Enttäuschung in mir auf und katalysieren die Gefühle, die uns gestern Abend dazu gebracht haben, dermaßen über die Stränge zu schlagen. Dann sehe ich, was in Falcons Händen liegt.

In der linken ein Bündel Hundertdollarscheine. Und in der rechten ... eine Pistole.

»Fuck!« Ich schreie auf und mache einen Satz nach hinten. Dabei pralle ich an die gläserne Duschwand, die, dem Himmel sei Dank, zwar intakt ist, dafür aber mit etwas beschmiert, das wie Mayo aussieht.

Falcon hebt den Kopf. In einer endlos langen Schrecksekunde starrt er ebenso auf seine Hände und kreischt los.

»Bist du von allen guten Geistern verlassen?«, rufe ich panisch. »Warum, zum Henker, hast du eine Knarre?«

»Ich weiß nicht«, keucht Falcon hektisch. Als er sich aufrichtet, rutscht das Handtuch von seinen Schultern und legt seine Brust frei. »Ich habe nicht mal einen Waffenschein, ich ...«

»Die ist nicht echt«, dringt Cranes Stimme heiser zu uns.

»Nicht?« Falcon schiebt die Finger durch seinen blonden, angedeuteten Mohawk mit den lila Spitzen und mustert die

Waffe von allen Seiten. Ich glaube, Enttäuschung in seiner Stimme zu hören.

»So ein Typ hat dir die geschenkt, als wir gestern im Casino waren«, ruft Crane von nebenan. Seinem leisen Ächzen und dem Geräusch von umfallenden Dosen entnehme ich, dass er versehentlich die Bierpyramide zum Einsturz gebracht hat.

Casino. Richtig. Das erklärt das Geldbündel in Falcons Hand. Allmählich setzt sich vor meinem inneren Auge ein Bild zusammen. Wir waren auf der Awardshow. Haben den Preis nicht bekommen. Haben Chris' mahnende Worte, es nicht zum zehnten Mal diesen Monat zu übertreiben, ignoriert. Genauso seine Drohungen, dass er den Job als Manager der Thunderbirds an den Nagel hängen würde, wenn wir uns nicht zusammenreißen.

»Fuck. Chris wird wütend sein.« Falcon vergräbt das Gesicht in den Händen und verbirgt damit seine sanften, jungenhaften Züge.

»Er ist immer wütend auf uns«, murmle ich und nehme das Geldbündel an mich. »Immerhin haben wir dieses Mal kein Geld verbrannt, sondern welches dazu verdient.« Ersteres ist tatsächlich mal passiert.

»Ich befürchte, dass es ebenfalls nicht echt ist.« Crane steht in der Tür, zwischen den Fingern eine Lachsschnitte. Trotz der neuen Risse trägt er sein Top mit solch einer Selbstsicherheit, als wäre das Outfit genauso gewollt. »Der Typ mit der Knarre hat dir gestern beides in die Hand gedrückt, Falcon«, erklärt er kauend und schiebt sich den Rest des Snacks in den Mund.

»Wie kommt es, dass du dich immer an alles erinnern

kannst?«, fragt Falcon verständnislos und schlüpft in seine Shorts.

»Das ist nicht von Vorteil, glaub mir«, gibt Crane zurück.

Falcons Blick fällt auf mich. »Verdammt, Raven, wie siehst du denn aus?«

Unwillkürlich drehe ich mich zum Spiegel. Grüne, blutunterlaufene Augen starren zu mir zurück. Die linke Seite meines kurzen Haares ist blondiert, die rechte schwarz. Die Spitze eines tätowierten Pfeils lugt unter meinem schwarzen T-Shirt hervor und deutet zu meinem Kieferknochen empor. Mein weißes Hemd ist ramponiert, ein Hosenträger hängt herab. All das ist nichts Ungewöhnliches, das gehört zu meinem Style und unterstreicht mein Image als Gitarrist und Sänger der Thunderbirds. Neu ist jedoch die Platzwunde auf meiner Stirn, die ähnlich groß ist wie die von Crane. Im Gegensatz zu seiner hat meine sich nicht geschlossen. Blut, das mir das Gesicht hinuntergelaufen ist, klebt getrocknet an meiner Schläfe und Wange. Ich sehe tatsächlich aus, als habe ich Bekanntschaft mit einem Baseballschläger gemacht.

»Woher ...?«, druckse ich.

»Nichts Schlimmes. Wir sind gestern mit vollem Karacho zusammengeknallt, als wir unseren Einsatz beim Roulette erhöht haben.«

Cranes und meine Blicke treffen sich und wir müssen grinsen. Das hört sich nach uns an. Und ich weiß sofort, wer auf was gesetzt haben muss. Er auf Rot, ich auf Schwarz. Ich vertraue immer der Farbe Schwarz. Sie ist die Farbe meiner Seele und womöglich auch meiner Lunge. Apropos Lunge. Wahrscheinlich sollte ich mir das Blut vom Gesicht waschen, aber mein Körper verlangt nach der ersten Black Devil Zigarette des Tages.

Gerade, als ich die Packung aus meiner Tasche ziehen will und Crane sich abwendet, um nach Hawk zu sehen, ertönt wieder dieses Lied.

»So I'm dancing with the ghosts at the shore. Who followed my footprints to take my hand and sing with the sandpipers ...«

Der Ursprung dessen, weshalb es überhaupt so weit kam und wir uns dermaßen abgeschossen haben. Die Mädels, deren Hit viral ging, die von heute auf morgen dank dieser Late-Night-Show und TikTok berühmt wurden und uns gestern den Award für das beste Lied vor der Nase weggeschnappt haben.

Wutentbrannt schiebe ich mich an Crane vorbei und folge der Musik. Zu meinem Entsetzen verbirgt sich der Ursprung in meinem Handy.

»Welcher von euch Witzbolden hat meinen Klingelton ausgerechnet in diesen Song geändert?«, rufe ich verärgert und nehme den Anruf an, ohne eine Antwort zu erwarten. »Ja, Raven hier?«

»Caesars Palace oder Bellagio?«, brüllt mir die Stimme am anderen Ende entgegen.

»Dir auch einen guten Morgen«, entgegne ich und schiebe mir die Fluppe zwischen die Lippen. »Welche Laus ist dir denn über die Leber gelaufen, Chris?«

Bei diesem Stichwort streckt Crane den Kopf aus dem Schlafzimmer. Er ist gerade dabei, Hawk und seine Bekanntschaften zu wecken. Als er begreift, dass Chris im Begriff ist, mir eine ordentliche Ansage zu machen, verzieht er das Gesicht. Falcon, der sich aufgerappelt hat und nun in sein Hawaiihemd schlüpft, zieht den Kopf ein.

»Du wirst mir jetzt sofort sagen, in welchem Hotel ihr euch aufhaltet«, knurrt unser Manager am anderen Ende der

Leitung. »Und ehe du es leugnen willst: Die Paparazzi haben euren Streifzug dokumentiert. Ich weiß, dass ihr diese Nacht sämtliche Casinos der Stadt unsicher gemacht habt. Wie ich euch kenne, habt ihr euch im Anschluss in einer Suite einquartiert, um es krachen zu lassen. Erspare mir die lästige Herumfragerei, und sag mir einfach direkt, wo ihr seid.«

Ich trete ans Fenster und sehe hinaus. Von hier aus habe ich einen perfekten Blick auf die Springbrunnen des gegenüberliegenden Bellagio Hotels. Die Show ist in vollem Gange, Scheinwerfer tanzen mit Wasserdüsen. Chris kennt uns außerordentlich gut. Beinahe wären wir gegenüber abgestiegen. Es hat keinen Sinn, unseren Aufenthaltsort zu leugnen.

»Wir sind im Caesars Palace«, gebe ich zu.

»Rührt euch nicht vom Fleck«, brummt er.

»Macht es dir etwas aus, Kaffee mitzubringen?«, frage ich und unterdrücke ein Gähnen. Koffein habe ich nämlich bitternötig. Heute wäre nicht das erste Mal, dass Chris seine verkaterte Truppe mit Frühstück versorgt. Er weiß genau, was wir alle gern haben. Crane und Hawk Kaffee, schwarz. Ich mit viel Milch und Zucker. Und Falcon liebt Energy Drinks.

Es ist still am anderen Ende der Leitung. Während ich mit dem Fuß eine halbleere Bierdose zur Seite schiebe, beobachte ich Falcon dabei, wie er das Hemd zuknöpft. Die lila Spitzen seines Haars fallen im Nacken auf den Kragen des verboten hässlichen Blumenmusters. Kurz glaube ich, Chris sei nicht mehr dran. Dann speit er mir entgegen: »O ja. Es macht mir sehr wohl etwas aus, Devin.«

Aufgelegt.

Leises Tuten dringt aus dem Lautsprecher. Ich lasse das Handy sinken und betrachte besorgt das Display. Mir vergeht die Lust auf meine Morgenkippe.

»Hoffentlich bringt er auch Sandwiches mit. Crane hat sämtliche Schnittchen aufgegessen«, ruft Falcon, der wieder im Bad verschwunden ist. Wie wir alle ist er es gewohnt, dass Chris tobt, wenn wir die Medien unbedarft an unseren Eskapaden teilhaben lassen, und scheint die Reaktion unseres Managers auf die leichte Schulter nehmen zu wollen. Ein wenig liegt das in der Natur unseres jüngsten Bandmitglieds: Stets ist er gut drauf, immer optimistisch. Ganz im Gegensatz zu Hawk, der kategorisch mit schlechter Laune in den Tag startet.

»Das hier ist ein Hotel, vergessen?«, erwidert Crane aus dem Schlafzimmer. »Zur Not bestellen wir den Zimmerservice.« Er gibt den Versuch auf, Hawk und seine Begleitungen zum Aufstehen zu bewegen, und tritt zurück in das pompöse Wohnzimmer.

Wenn Crane da ist, fühle ich mich immer ein wenig sicherer. Mit seinen achtundzwanzig ist er der Älteste der Band, gleichzeitig der Größte und Ruhigste. Für mich ist er eine Art großer Bruder, den ich nie hatte. Seine kurz geschorenen, braunen Haare bringen seine markanten Brauen und die dunklen Augen zur Geltung. Sie sehen mir direkt in die Seele.

»Ist alles in Ordnung, Raven?«, fragt Crane leise.

»Chris hat mich Devin genannt«, sage ich langsam. »Normalerweise nennt er mich nie bei meinem richtigen Namen. Es sei denn ...«

Crane beendet den Satz für mich. »Es sei denn, er ist wirklich sauer.« Er setzt sich auf das rote Samtsofa und vergräbt das Kinn in den Händen.

Chris ist ein strenger Manager, aber ein herzensguter. Er wird nächstes Jahr fünfzig und seine Ehe wurde erst vor ein paar Monaten geschieden. Sie zerbrach mitunter deshalb, weil er mit seiner Arbeit für die Thunderbirds extrem eingespannt ist und wenig Zeit für seine Frau hatte. Den Großteil des Tages verbringt er damit, unseren Ruf wiederherzustellen und uns besser dastehen zu lassen, als wir sind.

Unsere Fanbase besteht zum großen Teil aus jungen Menschen, vorwiegend Frauen. Obwohl wir als Rockband ein hartes Bad Boy-Image pflegen, haben wir uns zu Beginn unserer Karriere darauf geeinigt, vor allem unseren jungen Hörern keine toxischen oder selbstzerstörerischen Werte zu vermitteln.

Als Chris es vorletztes Jahr vorzog, uns zu einer Weihnachtsshow zu begleiten, war das Fass seiner Frau voll. Sie zog aus. Und obwohl Chris um seine Beziehung trauerte, ließ er uns nicht hängen. Er organisierte Auftritte bei Wohltätigkeitsveranstaltungen und buchte uns Shootings mit Umweltorganisationen. Alles, um uns und die Öffentlichkeit daran zu erinnern, wofür wir stehen. Toleranz, Gleichberechtigung, Diversität. Umweltbewusstsein und Gerechtigkeitssinn. Mitgefühl für die persönlichen Belange sozial Benachteiligter.

»Du musst allerdings zugeben, dass du gestern wirklich übertrieben hast, Ravy«, reißt Crane mich aus meinen Gedanken. Ich hasse diesen Spitznamen, toleriere ihn aber einzig und allein von ihm. Dennoch macht mich dieser Satz sauer. Ich bin nun mal der Aufbrausendste der Band.

»Und wenn schon. Ich kann mich zwar kaum an letzte Nacht erinnern, trotzdem gehe ich stark davon aus, dass nicht nur ich, sondern wir alle vier gottlos gefeiert haben. Falcon hat eine Fakeknarre und Geldscheine ergattert und Hawk zwei Frauen. Du hast eine Wunde auf der Stirn wie ich und verkatert ist hier ja wohl jeder.«

Wie auf Kommando dringt ein jammerndes Stöhnen aus dem Schlafzimmer. Hawk scheint endlich wieder unter den Lebenden anzukommen und er leidet richtig.

»Ich sehe keinen Grund, weshalb Chris auf mich wütender sein sollte als auf den Rest von uns«, fasse ich zusammen und richte den Blick stoisch auf die Bellagio Fountains.

»Ich meine nicht unsere Feierei«, entgegnet Crane, »sondern das, was du auf der Bühne gesagt hast.«

Finster schleichen sich die Erinnerungen an die Preisverleihung in mein Gedächtnis. Richtig. Im Laufe des Abends sollten wir den besten Newcomer küren. Es war eine halbe Stunde vergangen, seitdem der Award für das beste Lied an unsere Konkurrentinnen ging. In mir brodelte es noch immer, weil ich mit meiner Enttäuschung einfach nicht umgehen konnte. Meine Finger zitterten, als ich vor dem Podium stand, den Umschlag aufriss und den Zettel mit dem Gewinner emporzog. Hawks Hand auf meiner Schulter verkrampfte sich unwillkürlich, als wir den Namen lasen. Niemand von uns sagte einen Ton und ich wette, das Publikum dachte, wir wollen die Spannung steigern. Dann brummte Hawk ins Mikrofon »Die Sandpipers«. Der Applaus in der Halle schwoll an. Und mit ihm die züngelnde Wut in meinem Bauch.

Wir waren nicht für diesen Award nominiert, schließlich sind wir bereits einige Jahre im Business. Nichtsdestotrotz gönnte ich das den beiden Mädels aus dieser Küstenstadt bei San Diego nicht. Sie hatten sich nie sonderlich für den Erfolg angestrengt und waren schlichtweg über die sozialen Medien viral gegangen, nachdem Maddox Mason, der Moderator dieser angesagten Late-Night-Show, sie dabei gefilmt hatte, wie sie ihr Lied am Strand trällerten. Er teilte nicht nur ihre Songs, sondern lud sie darüber hinaus in seine Show ein. Daraufhin ging ihr Musikvideo viral, das sie ein halbes Jahr zuvor mit Selfiecams am Meer gedreht hatten. Der Erfolg war ihnen buchstäblich in den Schoß gefallen.

Den Mangel an Professionalität merkte man besonders ihren ersten Auftritten an, als sie den Eröffnungssong mehrmals abbrachen und neu starten mussten, ehe sie ihre Nervosität besiegten. Und dann war da noch der Name. Sandpipers – Strandläufer. Die Sängerinnen heißen Sparrow und Wren. Das Konzept der Vogelnamen war zweifelsohne von uns Thunderbirds abgekupfert.

Als ich sie schließlich vor mir sah – die schwarzhaarige Wren und die rotbraunhaarige Sparrow, beide trugen blaugrüne Paillettenkleider und hatten diesen unverhohlenen Unglauben und schiere Überwältigung ins Gesicht geschrieben –, brach es aus mir heraus. »Unverdient«, zischte ich ihnen zu und verließ die Bühne.

Falcon keuchte erschrocken hinter mir auf, aber das war mir egal. Wir setzten uns, und ich überging die Gesprächsfetzen der Jungs, die sich mit gedämpften Stimmen über meinen Patzer unterhielten. Chris' mahnender Blick klebte an mir wie Kaugummi. Und langsam machte sich in mir das dumpfe Gefühl breit, unfair gewesen zu sein.

Auf der Bühne brachte Sparrow einige Sekunden lang kein Wort heraus. Sie befeuchtete die Lippen mit der Zunge, schaute zu Wren, druckste herum. Meine Aussage hallte in ihr nach, das sah ich ihr an. Sie wirkte plötzlich so fragil, so verletzt. Es machte mich irgendwie fertig, zu wissen, dass ich der Auslöser dafür war.

Nach der Show wich ich einer Aussprache mit Chris aus, mied die After-Show-Party und zog die Jungs ins Getümmel. Wenn wir schon mal in Vegas waren, dann wollten wir auch ins Casino. Erst der Alkohol dämpfte meine Wut. Auf die Sandpipers und vor allem auf mich.

»Mir ist der Kragen geplatzt«, verteidige ich mich nun. »Du kennst mich, Crane. Ich bin manchmal impulsiv.«

Zweifelnd hebt mein Kumpel die Brauen, doch im nächsten Moment wird die Tür aufgerissen. Wir fahren herum.

Chris steht auf der Schwelle. Ich habe keine Ahnung, wer ihm die Chipkarte für unsere Suite ausgehändigt hat, aber es ist definitiv der falsche Zeitpunkt, um ihn darauf anzusprechen.

Die Ringe unter seinen Augen scheinen noch dunkler zu sein als sonst und unwillkürlich frage ich mich, ob er letzte Nacht überhaupt geschlafen hat. Sein etwas zu groß geratenes weißes Hemd, das er zu einer simplen Jeans trägt, zieren Schweißflecken unter den Achseln und selbige Tropfen laufen ihm unterhalb des fliehenden Haaransatzes die Stirn hinab. Die kurzen, mausbraunen Haare stehen ihm vom Kopf ab. Seine braunen Augen hinter der Hornbrille mit den winzigen, runden Gläsern weiten sich, als er das Chaos im Raum erkennt.

»Das schießt den Vogel ab«, wispert er mehr zu sich als zu uns. »Erst der Kommentar auf der Bühne, dann die Bilder der Paparazzi, jetzt eine verwüstete Suite ...«

Falcon tritt einen halben Schritt aus dem Bad. Er hat eine Zahnbürste aufgetrieben und weißer Schaum quillt aus seinem Mund. »Hallo, Chris! Schön, dich zu sehen!«, ruft er strahlend.

Falcons Laune kann auch heute niemand trüben, nicht einmal unser Manager, der offenbar völlig am Limit ist.

Chris brabbelt ein undeutliches »Hallo«, während er den kaputten Fernseher, die leeren Bierdosen und den zerstörten Tisch auf sich wirken lässt. Als er die Knarre entdeckt, keucht er entsetzt. »Wo habt ihr die her?«

Crane beginnt, das Missverständnis aufzuklären, doch Chris scheint ihm nur mit halbem Ohr zuzuhören. Er setzt die Brille ab und fährt sich hilflos seufzend über das Gesicht. Als er die Augen wieder öffnet, ist Hawk ins Zimmer getreten. Chris entgeht ein verblüffter Laut, als er die Damen an seiner Seite sieht. Mittlerweile tragen sie Bademäntel, die sie wahrscheinlich im zweiten Bad neben dem Schlafzimmer gefunden haben. Neugierig betrachten sie uns und erstarren, als sie Falcon entdecken. Dieser hat sich den Mund ausgespült und betrachtet beeindruckt die Waffe in seiner Hand.

»Die ist nicht echt!«, erklärt er erneut, als er die entsetzten Blicke bemerkt. »Seht ihr?« Um seine These zu bestätigen, betätigt er kurzerhand den Auslöser, woraufhin ein hohles Klicken ertönt.

Erleichtert stoße ich die Luft aus und sowohl Chris als auch die Frauen zucken zusammen. Bis zuletzt waren wir uns nicht sicher, ob es sich wirklich um eine Attrappe handelt.

»Mädels, nehmt es mir nicht übel«, brummt Chris und öffnet die Tür des Hotelzimmers. »Aber wir müssen ein Gespräch unter zehn Augen führen.«

Enttäuscht lassen die beiden sich hinausgeleiten, drehen sich auf dem Absatz noch mal zu Hawk um und winken ihm zu.

Er wirft ihnen ein schräges Grinsen zu und hebt Zeige- und Mittelfinger zum Abschied. Auch wenn er ihnen eines seiner selten gewordenen Lächeln geschenkt hat, glaube ich nicht, dass er sie wiedersehen wird. Hawks Schale ist so hart wie sein Kern. Ich weiß nicht, ob er mit den beiden Sex hatte, aber er schläft nie öfter als einmal mit dergleichen Frau. Diese Regel hat er sich zu Beginn unserer Karriere auferlegt und hält eisern an ihr fest.

Grußlos setzt Hawk sich neben Crane auf die Sofalehne. Mit den Fingern kämmt er seine rotblonden Haare zurück, die ihm ins Gesicht gefallen sind, und verschränkt dann abwartend die Arme vor der Brust. Crane mag auf Außenstehende den Eindruck machen, als habe er eine dont-give-a-fuck-Einstellung, aber Hawk hat sie perfektioniert. Er ist ein begnadeter Musiker, schreibt die tiefgründigsten Songtexte und singt stets mit mir die Leadstimme. Doch obwohl wir befreundet sind, kann ich nicht genau sagen, wer Hawk eigentlich ist. Oft verzieht er sich und macht sein eigenes Ding. Mit flüchtigen Bekanntschaften oder allein. Jedoch ist er verlässlich und immer zur Stelle, wenn wir Party machen oder es um die Band geht. Jetzt zum Beispiel.

Chris lässt sich auf einen Samthocker fallen und macht eine ausladende Geste. »Setzt euch.«

Falcon sinkt auf den Sessel, auf dem Crane geschlafen hat, während ich einen Stuhl heranziehe. Nachdem ich Platz genommen habe, warten wir alle darauf, dass das Donnerwetter ausbricht. Stattdessen schaut Chris uns einfach nur an. Ich sollte froh darüber sein. Doch sein Schweigen ist bedrückender als sein Schimpfen, zu dem er sich sonst oft hinreißen lässt. Die Stille hallt so laut durch das verwüstete Zimmer, dass ich sie durchbrechen muss.

»Sorry, Chris, wir haben dieses Mal wirklich übertrieben. Wir werden uns bessern, nicht wahr, Jungs?«

Falcon grinst schief, Crane pflichtet halbherzig bei und Hawk gibt ein verächtliches Schnauben von sich. So überzeugen wir niemanden und Chris schon gar nicht.

Letzterer schluckt schwer und wendet sich an Crane. Unsere Stimme der Vernunft.

»Es geht so nicht weiter«, presst Chris hervor. »Ihr habt euch nicht im Griff. So oft habe ich euch schon aus der Scheiße geritten und mich selbst hinten angestellt. Aber es kann so nicht weitergehen.«

Cranes Nasenflügel blähen sich, Falcon sieht erschrocken in die Runde und Hawk starrt Chris wortlos an. Bestürzung spiegelt sich in seinen Augen wider. Ich bin an den Rand meines Stuhls gerutscht. Zersplittertes Glas knirscht unter meinen Stiefeln. Eine leise Erinnerung daran, wie sehr wir es gestern übertrieben haben.

»Du willst nicht hinschmeißen, oder?«, vergewissert sich Crane. »Du weißt, dass wir dich brauchen.«

Chris nickt langsam. »Ich weiß das. Aber wisst ihr das auch?«

»Natürlich«, antworte ich wie aus der Pistole geschossen. »Niemand könnte uns besser vertreten als du. Ohne dich wäre einer von uns bestimmt schon gecancelt worden oder im Knast gelandet. Du bewahrst uns vor Journalisten, die uns bloßstellen wollen, und stellst unseren Ruf wieder her. Ohne deine Unterstützung erliegen wir dem Showbusiness.«

»Wenn dir das bewusst ist, Devin«, sagt Chris und starrt mir direkt in die Augen, »warum tust du dann alles, um meine Arbeit zu sabotieren?« Ich will etwas erwidern, doch er fährt langsam fort: »Aber weißt du, was mich am meisten schockiert hat? Was du der Kleinen von den Sandpipers um die Ohren geschleudert hast. Das war beleidigend, herabwürdigend und einfach unnötig.« Mit einem traurigen Lächeln schüttelt er den Kopf.

Mein Blick kreuzt Cranes. Seine Vermutung war richtig, Chris ist das übel aufgestoßen.

»Zwar kann ich euren Ruf wieder und wieder herstellen«, fährt Chris mit monotoner Stimme fort, »und allen beweisen, was für reflektierte, junge Männer ihr seid. Aber wen belügen wir damit eigentlich? Die Konkurrenz? Eure Fans? Euch selbst? Nachdem ich euch verkaterte Kindsköpfe in den Flieger geworfen habe, kann ich mich mit dem Hotel kurzschließen und die Reparatur dieses Zimmers in Auftrag geben. Denkt ihr, das macht mir Spaß? Ich habe einfach keine Lust mehr auf diesen Job.«

Etwas in meinem Magen sackt ab, als fülle er sich mit Steinen.

»Können wir darüber nicht noch mal in Ruhe reden?«, schaltet Crane sich ein. »Wir werden uns in Zukunft am Riemen reißen. Wir könnten dem Hotel den Zustand dieses Zimmers selbst beichten und die finanzielle Abwicklung übernehmen. Wir könnten vertraglich festhalten, dass wir ein halbes Jahr lang die Finger von Alkohol und Partys lassen.«

Mit einem stetigen Nicken lässt Chris Cranes Worte ein paar Sekunden auf sich wirken, ehe aus seiner versteinerten Miene ein überraschendes Grinsen wird. »Ich habe mir schon etwas überlegt, womit ihr mich umstimmen und euren Ruf retten könntet. Auf der After-Show-Party bin ich mit Olivia Parker ins Gespräch gekommen, der Managerin der Sandpipers.« Deutlich entspannter lehnt er sich zurück. »Im Laufe der Nacht haben wir einen Deal ausgehandelt. Viel müsstet ihr dafür gar nicht tun. Zumindest die meisten von euch. Die Ausnahme bildet Raven.«

»Willst du, dass ich mich bei Sparrow für den Kommentar entschuldige?« Der Gedanke gefällt mir gar nicht, aber mir ist bewusst, dass ich für die Band Opfer bringen muss.

»Nicht nur das.« Mittlerweile sieht Chris aus, als bereite ihm die Angelegenheit richtig Spaß. »Die Sandpipers sind herzensgute Mädels. Frisch im Showgeschäft und durch einen sanften Track, den sie mit ihren Gitarren am Strand geschrieben haben, versehentlich ziemlich bekannt geworden. Eine Verbindung zu ihnen würde nicht nur euer Image aufbessern, die Fans würden es lieben. Deshalb möchte ich, dass du das Kriegsbeil begräbst, indem du Sparrow Price datest.«

Ich blinzle einmal, blinzle zweimal. Sage tonlos: »Was?«

»Du hast schon richtig gehört.« Chris' Braue hebt sich und er grinst überlegen. »Ich bleibe euer Manager, wenn du Sparrow von den Sandpipers öffentlich datest.«

Das Entsetzen ist mir ins Gesicht geschrieben, während ich reihum meine Bandkollegen anstarre.

Crane öffnet den Mund in stummem Erstaunen, Falcons Augen funkeln in ungezügeltem Tatendrang. Wahrscheinlich stellt er sich das Desaster bereits bildlich vor.

Hawk hingegen grinst und hebt die Achseln. »Nimm's sportlich, Raven. Sie ist hot.«

Sparrow

H inter den deckenhohen Fenstern der Wartehalle beschleunigt der Jumbojet der United Airlines und hebt ab. Für wenige Augenblicke hängt sein Hinterteil so tief, dass ich fürchte, er schrappt über die Startbahn. Doch wie immer schafft der Pilot das Manöver und fliegt dem Himmel entgegen. Ich muss lächeln, ehe mein Fokus sich auf die zwei versilberten Kugeln richtet, die sich vor mir auf dem Tisch befinden. Verbunden sind sie durch je eine Sprungfeder mit zwei kleinen Podesten, auf denen folgende Worte eingraviert sind:

BESTE NEWCOMER
SANDPIPERS

BESTER SONG
SANDPIPERS

Ich seufze, während meine Finger die Sprungfeder hinauf- und hinabfahren. Es ist leichter, die Flugzeuge zu betrachten als unsere *Mercury Awards*. Denn wann immer ich sie anschaue, höre ich seine Stimme in meinem Kopf.

»*Unverdient.*«

Gähnend reibe ich mir über die Schläfen. Da ich in der Nacht kein Auge zubekommen habe, bin ich todmüde. Ununterbrochen habe ich darüber nachgedacht, ob dieser gezischte Vorwurf stimmt. Haben wir diese beiden Preise wirklich nicht verdient?

»Sparrow! Du wirst nicht glauben, was ich gerade belauscht habe.«

Ich hebe den Kopf und sehe in die Augen meiner besten Freundin. Ihre schwarze Mähne ist heute weder durch ein Tuch noch ein Haargummi gebändigt. Am liebsten mag ich es, wenn sie ihre Haare offen trägt, denn ich liebe ihre wilden Locken. Sie unterstreichen ihre ausdrucksstarken, braunen Augen, in denen immer ein Funke Übermut blitzt, die nun aber hinter den dunklen Scheiben einer Sonnenbrille verborgen sind.

Ich setze mich auf. »Belauscht? Das klingt nicht, als ob die Info für deine Ohren bestimmt war, und schon gar nicht, als ob du mir das erzählen solltest.«

»Es war sehr wohl für meine Ohren bestimmt«, widerspricht Wren und stellt zwei große Becher Kaffee vor mir auf den Tisch. »Es betrifft mich, beziehungsweise uns beide. Das Problem ist Liv, die uns laut ihres Telefonats erst kommende Woche einweihen will.«

Sie wirft ihre Locken über die Schulter und späht mit zusammengepressten Lippen in Richtung des Cafés, in dem sie unsere Getränke gekauft hat. Daneben entdecke ich unsere Managerin. Offenbar telefoniert sie noch immer.

Obwohl ich unbedingt Koffein brauche, sträubt sich etwas in mir gegen den Drink. Die Kette mit dem grünen Logo auf dem weißen Becher meide ich auch zuhause in San Diego, weil sie überteuert ist und man im Prinzip für den Markennamen bezahlt. Sicherlich ist der Preis am Flughafen sogar noch höher als in der Stadt.

Wren hingegen hat keine Probleme damit, für die beiden Kaffees geschätzt fünfzehn Dollar ausgegeben zu haben. Sie nimmt einen großen Schluck, stellt ihren Rucksack ab und setzt sich neben mich. Da wir früh dran sind, müssen wir das Flugzeug erst in fünfundvierzig Minuten boarden und können noch eine Weile in unserer Nische in der hinteren Ecke der Halle sitzen bleiben.

»Ehe ich dir die News berichte«, sagt Wren und mustert die Awards skeptisch. »Solltest du die *Mercurys* nicht besser einpacken, Sparrow? Schließlich sind wir hier am *Harry Reid International Airport*. Du hast dich zwar in eine ruhige Ecke gesetzt, doch ich bin heilfroh, dass uns noch niemand erkannt hat. Indem du die Preise hier so zur Schau stellst, forderst du unser Glück ganz schön heraus.«

»Du hast recht. Ich stecke sie ein.«

»Ich kann sie auch nehmen, weißt du?«, erinnert mich Wren.

»Das mache ich schon.« Zügig öffne ich meinen Rucksack und bette die Silberplaneten auf meine zusammengerollte Cordjacke. Wahrscheinlich wäre es besser gewesen, sie in den Koffer zu packen, doch die *Mercurys* und ich haben ein kompliziertes Verhältnis zueinander.

Im Hotel haben Wren und ich abgemacht, dass ich sie

verstaue, da ich noch Platz in meinem Gepäck hatte. Doch spätestens, als ich die Awards beinahe im Hotelzimmer vergessen habe, wurde Olivia und Wren klar, dass ich Probleme damit habe, die Titel so richtig anzunehmen. Wren hat gestern Abend Ravens Kommentar aufgeschnappt und Olivia davon erzählt. Beide haben mich daraufhin beschworen, dass der Sänger der Thunderbirds einfach neidisch und arrogant sei, und sie hatten mich für den Moment überzeugt. Dennoch hallen seine Worte in mir nach.

Ich weiß, dass die Thunderbirds eine Fanbase haben und viel für ihren Erfolg tun. Sie sind talentiert und arbeiten an sich. Dass *Dancing with Ghosts* so erfolgreich werden würde, haben wir hingegen nicht erwartet. Aufgenommen haben wir den Song in dem kleinen, provisorischen Tonstudio von Wrens Onkel, abgemixt am Laptop. Wir hatten den Nerv der Zeit getroffen und unsere Fans vor allem mit unseren unkonventionellen Looks und der Sanftheit unserer Töne angesprochen. Die Veröffentlichung war ungezwungen, unüberlegt und unbedarft. Das Gegenteil von *Crimson Storm*, der aktuellen Single der Thunderbirds. Dass die Welt überhaupt auf uns aufmerksam geworden ist, haben wir einer Verkettung von Zufällen und nicht zuletzt Maddox Mason zu verdanken.

Wren umschließt ihr Heißgetränk mit beiden Händen und hebt verschwörerisch die Brauen. Sie wartet die Ansage ab, die blechern durch die Halle tönt und Passagiere darauf aufmerksam macht, dass ein Flugzeug nach Paris ab sofort zum Boarding bereitsteht, dann fordert sie mich auf: »Rate, mit wem Olivia telefoniert.«

Ich streiche mir eine Strähne meines rotbraunen Haars hinters Ohr und schiebe meine Jeanscap zurecht. Sie soll mich davor schützen, erkannt zu werden. »Keine Ahnung.

Mit Rupert vielleicht? So heißt doch der Kerl von CBL Records, den sie gedatet hat, oder?«

Wren schüttelt entschieden den Kopf. »Der Typ ist Geschichte. Aber so schlecht ist der Tipp nicht. Er ist männlich.«

»Ihr Bruder? Dein Cousin Miles? Ich habe keine Ahnung.«

»Na schön, ich sag's dir.« Sie wirft einen prüfenden Blick zum Gate, wo sich nun ein massiver Menschenauflauf gebildet hat, und eröffnet dann geheimnisvoll: »Es ist Chris Collister.«

»Chris Collister? Der Name sagt mir gar nichts.«

Wren verzieht den Mund zu einem schiefen Grinsen. »Das ist der Manager der Thunderbirds.«

»Warum telefoniert sie mit ihm?« Nun starre auch ich in Olivias Richtung.

»Es geht um einen Deal, der zweifelsohne mit uns zu tun hat.«

Um mich an irgendetwas festzuhalten, greife ich zum Kaffee. »Sie kann von mir aus mit jeder Band der Welt einen Deal aushandeln, aber doch nicht mit denen.«

»Ich bin mir nicht sicher, ob es wirklich um die Thunderbirds geht. Andererseits: Er managt nur diese eine Band, oder? Es muss also mit den Thunderbirds zu tun haben. Oh, sie kommt!«

Wir beobachten, wie Olivia in unsere Richtung läuft. Sie sieht zur Sicherheitskontrolle, wo sich eine Menschenmasse immer weiter zu verdichten scheint. Glücklicherweise ist der Andrang außerhalb des Abflugbereichs.

»Was ist denn da vorn los?«, murmelt sie und steckt das Handy in die Tasche ihrer Lederjacke. Sie ist neu und ich habe mich noch immer nicht ganz an diesen hippen Look gewöhnt.

Nachdem *Dancing with Ghosts* vor wenigen Monaten viral gegangen ist und plötzlich Reporter und Plattenfirmen vor Wrens und meiner Wohnung standen, wurde uns klar, dass wir Hilfe brauchen, um im Musikbusiness zu bestehen. Und weil wir keine Ahnung hatten, wem wir vertrauen sollten, überlegten wir nicht lange, als kurzerhand Wrens Tante Olivia anbot, uns zu managen. In unserer Kindheit waren wir öfter bei ihr und fanden sie einfach cool. Als Überlebenskünstlerin cruiste sie monatelang mit ihrem Van durch Kalifornien und verdiente ihr Geld mit Gelegenheitsjobs. Sie hat auch mal ein Jahr in Italien gewohnt, Touristen durch das Kolosseum geführt und als Animateurin auf einem Kreuzfahrtschiff gearbeitet. Olivia ist anpassungsfähig und herzlich. Und sie besitzt genau die richtige Menge an Biss, um unsere Interessen durchzusetzen.

Mit wechselnden Herausforderungen ändert sie seit jeher ihr Aussehen. In den letzten fünf Jahren war ein VW-Bus ihr Zuhause, mit dem sie, gekleidet in Jeansjacken mit Lederfransen und Latzhosen im Flower-Power-Stil, durch das Land fuhr. Mit diesem Lebensabschnitt hat sie nun abgeschlossen. Als Managerin einer aufstrebenden Girlband trägt sie Nietengürtel, Tops mit Totenkopfaufdruck und schwarze Lederhosen. Ihre Naturhaarfarbe ist ähnlich dunkel wie Wrens, seit wenigen Wochen sind ihre Spitzen aber blond gefärbt. Olivia sieht super aus.

Wren kommt wie immer schnell zum Punkt. »Das ist nicht wichtig, Liv. Wir wollen wissen, welchen Deal du mit dem Manager der Thunderbirds ausgehandelt hast.«

Überrumpelt reißt Olivia die Augen auf. »Deal? Wie kommst du denn darauf?«

»Wird sich dieser Raven bei Sparrow entschuldigen?«

Nervös huschen Olivias Augen von mir zu Wren. Dann sieht sie ein, dass meine beste Freundin sich nicht auf eine spätere Aussprache vertrösten lassen wird.

»Also hast du gelauscht«, brummt sie und lässt sich gegenüber von uns an dem runden Tisch nieder. »Eigentlich wollte ich in Ruhe mit euch darüber sprechen, wenn wir zurück in San Diego sind.«

»Wir haben doch jetzt genug Zeit«, entgegnet Wren.

»Na schön.« Olivia holt tief Luft. »Ihr seid gestern Abend ja früh ins Hotel gegangen. Kann ich verstehen, es war ein stressiger und aufregender Tag für euch. Während ihr geschlafen habt, ist einiges passiert.«

»Du warst auf der After-Show-Party, richtig?«, schalte ich mich ein.

Olivia nickt. »Exakt. Während ihr in euren Betten lagt, habe ich mit Chris Collister einen Whiskey getrunken. Zeitgleich haben die Thunderbirds völlig über die Stränge geschlagen. Sie haben ihr Hotelzimmer demoliert und hatten offenbar eine Waffe im Zimmer. Raven musste in der Früh sogar genäht werden.«

Wren lacht auf. »Das geschieht ihm recht. Endlich musste er mal einstecken.«

»So witzig ist das nicht«, ermahnt sie Olivia. Zwischen ihren Brauen bildet sich eine Furche. »Die Band vertritt grundsätzlich ganz andere Werte. Sie verlieren sich derzeit selbst in ihrem Erfolg.«

»Das ist doch nur ihr Image«, widerspricht Wren. »Ich

habe ihnen noch nie abgekauft, dass ihnen wirklich etwas an Diversität und Gleichberechtigung liegt.«

»Das sehe ich anders«, entgegnet Olivia. »Zumindest beteuert Chris, dass die vier im Prinzip gute Jungs sind.«

Stumm nicke ich. In den letzten zwei Jahren habe ich den Werdegang der Thunderbirds verfolgt und mir sogar eine Platte von ihnen gekauft, die mir sehr ans Herz gewachsen ist. Als eingefleischter Fan würde ich mich nicht bezeichnen, dennoch ist mir bewusst, dass die Jungs regelmäßig spenden und vor allem Crane sich in Interviews für Diversität und inklusive Werte einsetzt. Raven bindet sich zum Ende seiner Show oft eine Regenbogenflagge um und vor der letzten Präsidentschaftswahl sprachen sich die Jungs deutlich für die progressive Partei aus, was ihnen Kritik, aber auch Zuspruch brachte. Wahrscheinlich waren diese vielen Kleinigkeiten dafür verantwortlich, dass ich mich nach unserer Begegnung so vor den Kopf gestoßen fühlte.

»Ihre guten Manieren haben sie gestern aber völlig vergessen«, brumme ich und versuche, mir nicht wieder Ravens scharfen Blick vorzustellen. Es klappt nicht. Er bohrt sich in meine Erinnerung wie ein Dolch.

»Und genau das hat das Fass zum Überlaufen gebracht«, bestätigt Olivia. »Chris weiß von Ravens Kommentar und ist extrem sauer, Sparrow.«

Überrascht hebe ich den Kopf.

Triumphierend reißt Wren den Zeigefinger in die Luft. »Also läuft der Deal tatsächlich auf eine öffentliche Entschuldigung hinaus«, spekuliert sie und schlürft von ihrem Kaffee.

»Nicht ganz«, erwidert Olivia. »Oder sollte ich sagen, teilweise?«

»Nun spann uns nicht länger auf die Folter!«

Ein Grinsen huscht über Olivias Gesicht. Dann wird sie ernst. »Na schön. Sparrow, es geht vor allem um dich.« Ungewöhnlich schnell bricht sie den Blickkontakt.

Ich rutsche auf meinem Stuhl nach vorn. Draußen hebt eine Boeing ab und schwebt in die Lüfte, doch ich schenke ihr keine Beachtung. »Was ist mit mir?«

Noch immer kann Olivia mir nicht in die Augen schauen. »Chris hat einen PR-Gag vorgeschlagen. In erster Linie, um Raven in seine Schranken zu weisen und zurück auf den Boden zu ziehen. Der Junge ist mittlerweile so weit abgehoben, dass er das Wesentliche aus den Augen verloren hat. Die Sandpipers profitieren ebenfalls von dem Deal. Die Medien interessieren sich für euch, ihr werdet bekannter.«

Ein Kloß bildet sich in meinem Hals, während eine Vorahnung heiß und beißend in meiner Kehle brodelt. »Was habt ihr ausgemacht?«, murmle ich nervös.

»Du wirst für zwei Monate Raven Anderson daten. Lasst es wie eine Liaison aussehen, einen Sommerflirt. Zeigt euch öffentlich zusammen und –«

Obwohl Olivia endlich die Kraft gefunden hat, mir ins Gesicht zu schauen, werden ihre Worte in meinen Ohren immer leiser. Ich fühle mich, als breite sich ein Nebel aus, der alle Geräusche um mich herum dämpft. Ein Flugzeug landet in der Ferne und kurz wünschte ich, es wäre Mom, die einfach vom Himmel gefallen ist, um mich in den Arm zu nehmen wie früher. Sie würde mir einen Kakao machen, mir Trost spenden und versichern, dass alles gut werden wird, denn daran kann ich in diesem Augenblick kaum glauben.

Ich höre nichts, nur dich. Was ist das?, würde ich sie fragen und stelle mir ihre Antwort vor: *Schock, Liebes. Du stehst unter Schock.*

Schock. Na klasse.

Wrens Stimme zieht mich aus der Taubheit. »Das kann nicht dein Ernst sein, Liv!«, faucht sie. »Wie wär's, wenn du uns erst mal fragst, ehe du so was abmachst?« Ihre Worte durchdringen den Nebel wie fliegende Messer. Olivias Nachricht hat aus meiner besten Freundin eine verärgerte Wildkatze gemacht.

»Noch seid ihr ein One-Hit-Wonder!«, verteidigt sich ihre Tante. »Mit einer Beziehung zu den Thunderbirds werdet ihr euch etablieren!«

»So gern ich mit meiner Musik Geld verdienen möchte – ich gehe nicht über Leichen!«, ruft Wren wütend. »Du kennst Sparrow. Sie ist introvertiert und hat jetzt schon mit dem ganzen Erfolg zu kämpfen. Wieso habt ihr sie für diese PR-Aktion ausgewählt? Und warum auch noch mit diesem arroganten Kerl?« Ohne eine Antwort abzuwarten, fordert sie: »Lass mich einen von den Thunderbirds daten! Mit denen werde ich schon fertig.«

Hoffnungsvoll hebe ich die Brauen, aber Olivia presst hervor: »Chris hat sich diese Kombi gewünscht, weil Raven Sparrow gegenüber eine scharfe Zunge hatte. So kann er zur Vernunft kommen und endlich lernen, eine Frau angemessen zu behandeln.«

»Aber Sparrow ist doch kein Sozialexperiment!«, erwidert Wren hitzig. »Ich bin wirklich enttäuscht von dir, Liv. Und weißt du was? Nur, weil du und Chris von und zu Collister euch auf einen Deal geeinigt habt, müssen wir den noch lange nicht befolgen.«

Olivia atmet tief durch und lächelt Wren versöhnlich an. »Sei nicht so biestig. Natürlich bin ich dafür da, eure Interessen zu vertreten. Wenn ihr den Deal ablehnen wollt, bespreche ich das mit Chris.«

»Gut.« Missmutig lässt Wren sich gegen die Lehne ihres Stuhls sinken. »Dann wirst du das wohl tun müssen, oder? Sag's ihr, Sparrow.«

Ein stummes »Ich mache es nicht« liegt auf meinen Lippen. Sie öffnen sich, jedoch tritt kein Ton heraus. Wren hat recht, ich bin die Introvertierte von uns und von dem Erfolg leicht überfordert. Doch die Absage will meinen Mund einfach nicht verlassen. Die Sandpipers wurden von heute auf morgen mit Ruhm überschüttet und baden darin. *Dancing with Ghosts* läuft im Radio und wir durften den Song in den vergangenen Wochen unzählige Male live singen. Trotzdem war es noch lange nicht genug. Ich will wieder auf die Bühne und herausfinden, was wir erreichen können.

Endlich nippe ich am Kaffee, den ich mir bis vor wenigen Monaten zuhause in San Diego nie gekauft hätte. Er war einfach zu teuer. Doch nun, wo das zuckrige Getränk meine Lippen benetzt, bin ich froh, dass Wren uns die Drinks besorgt hat. Das ist nicht nur süßes Koffein. Es ist der Geschmack von einer Welt, die mir bis jetzt verborgen blieb. Von einem Leben, in dem man nicht jeden Cent einzeln umdrehen muss, sondern sich einen überteuerten, angesagten Kaffee kauft, wenn einem danach ist.

Raven ... Meine Gedanken schweifen zum letzten Abend zurück, doch ich greife ein und leite sie um. Weg von dem verletzenden Zischen, hin zu der Stimme, der ich so oft schon gelauscht habe. Ärger und Chaos steckten in den Tracks der Thunderbirds. Schmerz. Doch allem voran Gefühl. Raven ist zornig. Raven ist traurig. Raven ist übermütig, leidenschaft-lich, arrogant. Aber wie ist der echte Raven?

Dieses Rätsel werde ich nicht lösen, indem ich darüber nachgrüble. Und deshalb antworte ich spontan und einfach aus dem Bauch heraus. »Ich mach's.«

»Wirklich?« Sowohl in Olivias als auch in Wrens Gesicht klafft ein riesiges Fragezeichen.

»Ja.« Ich lächle. Es ist nicht gezwungen.

»Aber ...« Wren ist so überrumpelt, dass ihr keine Gegen-argumente einfallen.

»Ich werde mich einfach darauf einlassen, okay?«, erkläre ich. »Wenn der Typ sich danebenbenimmt, kann ich immer noch aussteigen. Und wenn er abermals meine Grenzen übertreten sollte, werde ich öffentlich verkünden, wie ungehobelt er ist. Dann ist ein Imageschaden unab-wendbar.«

»Das ist eine gute Einstellung«, erwidert Olivia verblüfft.

Besorgt lehnt Wren sich über den Tisch und greift meine Hand. Ihre Locken streifen meinen Arm, so nah ist sie mir. »Tu mir einen Gefallen, Sparrow«, wispert sie eindringlich, »sag nur zu, wenn du dich damit wohlfühlst. Tu es nicht mir zuliebe.«

»Mach dir keine Sorgen«, beruhige ich sie. »Ich weiß, das klingt verrückt. Zwar habe ich Bammel, dass diese Aktion schiefgehen könnte, aber ein Teil von mir will's einfach wissen.«

Sie grinst. »Verstehe.« Dann wendet sie sich an Olivia, die ihr Handy gezückt hat. »Moment. Du wirst Chris jetzt nicht direkt zusagen. Lass Sparrow bitte den Flug lang darüber nachdenken.«

Seufzend steckt Olivia das Handy weg. »Na schön.«

»Passagiere gebucht auf Flug DL-6371 nach San Diego werden zum Flugsteig A25 gebeten.«

»Das sind wir. Auf geht's nach Hause.« Aufmunternd lächelt Wren mir zu, während wir unsere Rucksäcke schultern und zum Boarding laufen.

Zum Gate ist es nicht weit. Der Menschenandrang außerhalb der Sicherheitskontrolle hat sich gelöst. Als plötzlich ein Lied ertönt, das Wren und mir nur zu bekannt ist, horchen wir auf.

»So I'm dancing with the ghosts at the shore. Who followed my footprints to take my hand and sing with the sandpipers ...«

Begeistert recke ich den Kopf. Noch immer empfinde ich es als eine große Ehre, wenn jemand gern unsere Musik hört und einen unserer Songs sogar als Klingelton hat. Der Großteil unserer Fans ist weiblich, deshalb erwarte ich, eine Frau oder ein Mädchen zu entdecken. Doch meine Augen weiten sich, als ich erkenne, wessen Handy da läutet.

Vier Männer stehen etwa zehn Meter von uns entfernt und warten der Schalteranzeige zufolge darauf, in das Flugzeug nach New York steigen zu können. Sie fallen auf, wenngleich ihre Sonnenbrillen und Kapuzenpullover eben das verhindern sollen. Der Freizeitlook kann allerdings nicht die magische Ausstrahlung leugnen, die von ihnen ausgeht. Die Gäste der *Mercury Awards* hatten allesamt so eine Aura. Allem Anschein nach umgibt sie die meisten Menschen, die regelmäßig auf der Bühne performen und im Jubel der Zuschauer baden. Diese vier jungen Männer heben sich jedoch durch eine weitere Kleinigkeit von den anderen Passagieren ab: Sie wirken außerordentlich müde und verkatert.

»Träume ich, oder sind das wirklich die Thunderbirds?«, zische ich Wren zu.

»Das würde jedenfalls die Menschenansammlung erklären«, raunt sie zurück und starrt die Jungs ebenso beeindruckt an wie ich. Zwar waren wir gestern die Gewinnerinnen auf einer der wichtigsten Preisverleihungen des Landes, doch das ändert nichts daran, dass die Anwesenheit von Stars uns mit Ehrfurcht erfüllt. An das Leben im Rampenlicht haben wir uns noch lange nicht gewöhnt.

»Das müssen sie sein. Siehst du den Verband? Raven hat es tatsächlich hart erwischt letzte Nacht«, setzt Wren hinzu.

Besagter Raven steht am nächsten zu uns. Im Gegensatz zu seinen Bandkollegen trägt er keine Sonnenbrille, dafür aber einen dicken Wundverband auf der Stirn. Obwohl er die Kapuze tief ins Gesicht gezogen hat, blitzen unter der linken Seite des Stoffs blonde, an der rechten Seite schwarze Haare hervor. Er durchsucht seine Taschen, während Crane, der mit seinem dunkelblauen Jackett einen aufgeräumteren Eindruck erweckt als Raven, auf seine Hosentasche deutet. Hawk hat die Arme vor der Brust verschränkt und starrt aus dem Fenster auf die Flugzeuge. Er scheint nicht richtig anwesend zu sein, was Falcon, der heiter auf ihn einredet, nicht stört. Die vier haben offenbar keine Notiz von uns genommen.

»Warum haben sie unseren Song als Klingelton?«, frage ich Wren.

»Mittlerweile muss auch Chris mit den Jungs gesprochen haben«, schaltet sich Olivia ein, die die vier ebenfalls bemerkt hat und hinter uns angekommen ist. »Eventuell setzen sie sich nun mit euch auseinander und merken, dass ihr doch nicht so schlimm seid, wie sie immer tun.«

»Womöglich«, wispere ich. So ganz kann ich mir das nicht vorstellen, aber der Gedanke ist tröstlich. Wenn wir den Plan tatsächlich in die Tat umsetzen, werden Raven und ich uns in den kommenden Wochen zumindest auf geschäftlicher Ebene besser kennenlernen. Die Angelegenheit wird für uns beide angenehmer, wenn sich herausstellen sollte, dass die Rolle des arroganten Rockstars schlichtweg sein Image ist und er auch professionell und sachlich mit mir interagieren kann.

Als er das Handy endlich gefunden hat und *Dancing with Ghosts* nun deutlicher durch den Flughafen hallt, starrte er seinen Bandkollegen mit einem genervten Stirnrunzeln an. »Ich weiß noch immer nicht, wer von euch mir diesen Streich gespielt und den Klingelton geändert hat. Warst du es, Crane?«

Cranes Lippen umspielen ein Lächeln. »Auch mein Humor hat seine Grenzen.«

»Falcon?« Raven hält das Telefon mit zwei Fingern von sich, als verströme unsere Musik einen toxischen Dampf. Während er seinen Bandkollegen scharf ansieht, macht er keine Anstalten, den Anruf entgegenzunehmen. Anscheinend legt er keinen Wert darauf, gut erreichbar zu sein.

Lachend kratzt sich Falcon am Hinterkopf. »Nun ja ...«

»Also warst du es. Das ist nicht witzig, Fal. Wenigstens in meiner Freizeit will ich meine Ruhe vor diesen Frauen. Ich werde mich in den kommenden Wochen oft genug mit ihnen auseinandersetzen müssen. Das wird die größte Herausforderung meines Lebens.«

Tiefe Ernüchterung trifft mich wie ein Schlag auf die Brust. Fassungslos stößt Wren die Luft aus.

Nachdem Falcon sich halbherzig für den Streich entschuldigt hat, entfernt sich Raven einen halben Schritt von der Band und nimmt endlich ab. Während er spricht, hebt er plötzlich den Kopf und sieht mich an. Seine Worte bleiben ihm im Hals stecken, als er mich erkennt.

Ich starre zurück. Fünf Meter liegen zwischen uns, genauso viel Abstand wie gestern auf der Bühne. Wenige Schritte und trotzdem sind es Welten. Mir fallen seine bemerkenswert grünen Augen auf, in die die Mittagssonne fällt. Kurz glätten sich seine Gesichtszüge und ich meine, etwas Sanftes in seinen Iriden schimmern zu erkennen. Ist dies der Anflug von Reue? Der Teil von ihm, der einfühlsam ist und auf emotionalste Art Wörter ins Mikrofon singt, als lege er vor versammeltem Publikum seine Seele frei? Die Facette eines grundsätzlich guten Menschen, der gerade bemerkt, dass seine Worte zu hart waren?

Ich warte auf eine Reaktion seinerseits, eine Begrüßung, einen weiteren Kommentar, irgendwas. Vergeblich. Stattdessen scannen seine Augen meinen Körper, mustern meine Jeansshorts und meine Converse. Dann gleiten sie wieder hinauf zu meinem Top und bleiben an meinem Gesicht hängen. Dort hält er inne, studiert mich. Kurz glaube ich, etwas wie Anerkennung in seinem Ausdruck zu lesen. Dann scheint ihn der Anrufer aus der Situation zu reißen.

»Ja, ich bin dran. Sorry! Was gibt's?«

Er wirft mir einen letzten Blick zu, der in seiner Feindseligkeit dem Moment auf der Bühne in nichts nachsteht, ehe er sich kommentarlos entfernt, um zu telefonieren.

Wren und ich sehen ihm hinterher.

»Hat er mich gerade abgecheckt?«, keuche ich perplex.

»Ich würde nun gern Entwarnung geben«, erwidert Wren mit einer Mischung aus Unglaube und Belustigung in der Stimme. »Aber wenn du mich fragst, hat er das definitiv.«

»Was auch immer er gemacht hat, wir müssen zum Boarding!«, erinnert uns Olivia und deutet auf die Anzeigetafel, auf der unser Flug weit hinaufgerutscht ist.

Wren und ich folgen ihr zum Gate. Während ich mich an Taschen und Passagieren vorbeischiebe und darauf achte, nicht zu stürzen, geht mir der Ausdruck auf Ravens Gesicht nicht aus dem Kopf. Oder besser gesagt: Die vielen Emotionen, die ich in dieser kurzen Zeit in seinen Augen lesen konnte.

Er wusste, dass ich seine Worte gehört habe. Sowohl den Kommentar bei der Show als auch den über unseren Song. Trotzdem hat er nichts getan, um den verkrampften Moment zwischen uns zu lösen.

Vielleicht war meine Hoffnung, den echten Raven Anderson erst noch kennenzulernen, verklärt und mein erster Eindruck wird sich bestätigen. Nämlich, dass er schlichtweg ein Arschloch ist.

Sparrow
KAPITEL 3

»Ihr habt diesen Preis also tatsächlich gewonnen?« Dads Stimme dringt gedämpft unter dem grauen Chrysler hervor, unter dem er hüftaufwärts steckt. Der Lack des Fahrzeugs ist teilweise abgeblättert und der Rost frisst rotbraune Löcher in die Kotflügel. Eigentlich gehört ein Auto in solch einem lädierten Zustand auf den Schrottplatz. Wie das Schild über dem Eingang allerdings verrät, befinden wir uns in *Harry's Oldtimer Garage,* in der motorisierte Patienten wie der alte Chrysler Stammgäste sind.

»Nicht nur einen, sondern zwei«, erwidere ich aufgeregt und ziehe mich auf die Werkbank, über der Schraubenschlüssel sämtlicher Größen hängen. Die *Mercurys* stelle ich auf der Holzplatte neben mir ab. Sie wirken hier deplatziert. Ob eine Autowerkstatt wohl der seltsamste Ort ist, an dem solche Awards je gelandet sind? Dann schweifen meine Gedanken zu den Thunderbirds und mir stellt sich unwillkürlich die Frage, ob sich die Preise, die die Jungs im Laufe ihrer Karriere gewonnen haben, überhaupt noch in ihrem

Besitz befinden. Angesichts dessen, dass sie es so oft krachen lassen, kann ich mir gut vorstellen, dass sie sie auch schon mal aus dem obersten Stock einer Penthouse-Wohnung geworfen oder im Meer versenkt haben. Da die vier nicht die einzigen Stars sind, die zu solchen Eskapaden neigen, komme ich zu dem Schluss, dass eine Autowerkstatt doch nicht der schlechteste Ort für die Silberplaneten ist. Zumindest, wenn sie sich in meiner Obhut befinden. Dennoch ist es noch immer surreal, sie in meiner vertrauten Umgebung zu sehen. Ich bin nur ein Mädchen aus Wave Crest bei San Diego. Habe ich sie wirklich nicht ... verdient?

»Die Zuschauer haben über den Gewinn abgestimmt. Wir haben uns gegen je vier Konkurrenten in zwei Kategorien durchgesetzt«, erkläre ich Dad. Zum einen, weil er mit seinen Oldtimern in einer ganz anderen Welt lebt als die Stars und Sternchen; zum anderen, weil ich nicht recht weiß, wie viel er sich von meinen Erzählungen gemerkt hat. Ich war nämlich ein bisschen neben der Spur, als ich von der Nominierung erfahren habe. Mit meinen Erklärungen will ich nicht nur Dad, sondern auch mich selbst daran erinnern, wie viele Leute von unserem Talent überzeugt sind.

»Ich bin beeindruckt«, erwidert Dad und hört sich so gar nicht danach an. Er ächzt und flucht leise, wahrscheinlich ist die Unterseite des Wagens verdreckt oder verrostet oder beides.

Mein Finger fährt über die kleinen Krater einer der *Mercurys*. Die kühle Beschaffenheit unter meiner Haut löst ein Kribbeln in meinem Bauch aus, das so aufregend wie einschüchternd ist.

»Das türkise Designerkleid, das ich während der Awards

anhatte, hat Jenna Duvall persönlich für mich geschneidert«, setze ich hinzu. »Wie hat es dir gefallen?«

»Du hast ein Designerkleid getragen?« Dad rollt sich unter dem Chrysler hervor und sieht mir verblüfft in die Augen. Sein Gesicht ist rußverschmiert. Seine Haare, die in ihrer lockigen Struktur und der rotbraunen Farbe meinen ähneln, stehen ihm ungebändigt vom Kopf ab.

Der Tonfall seiner Stimme lässt mich aufhorchen. »Hast du die Sendung überhaupt angesehen?«

Einige Sekunden vergehen, ehe er antwortet: »Siehst du den Bentley in der Ecke? Ich habe die letzten Abende damit verbracht, den Lack aufzutragen, damit der Kunde den Wagen morgen früh abholen kann. Sei mir nicht böse, Sparrow, aber der Auftrag hatte für mich höchste Priorität.«

Den schwarzen Bentley habe ich tatsächlich bei meinem Betreten bemerkt. Dad hat erstklassige Arbeit geleistet. Trotzdem breitet sich ein bitterer Geschmack in meinem Mund aus.

»Früher hatte ich Hilfe«, ergänzt er. »Dadurch hatte ich mehr Freizeit.« Es liegt kein Vorwurf in seiner Stimme. Dennoch will ich es nicht leugnen: Bevor die Sandpipers bekannt wurden, bin ich ihm regelmäßig zur Hand gegangen, weshalb wir mehrere Aufträge schneller abarbeiten konnten.

Dad deutet auf das Werkzeug hinter mir. »Tust du mir einen Gefallen und reichst mir den zehn Millimeter Steckschlüssel?«

Ich komme seiner Bitte nach. Den Steckschlüssel finde ich sofort. Seit ich denken kann, ist diese Autowerkstatt mein zweites Zuhause. Zwischen Radmuttern und Motoröl bin ich aufgewachsen.

»Danke.« Seine Stirnlampe blendet mich kurz, dann verschwindet er wieder unter dem Chrysler.

Eine Weile sitze ich schweigend auf der Werkbank und lasse die Füße baumeln. Einerseits ist es in *Harry's Oldtimer Garage*, als sei die Zeit stehen geblieben. Andererseits hat sich in den vergangenen Jahren so viel verändert. Mom ist nicht mehr da und ich bin nun eine Preisträgerin. Die *Mercurys* sind ein Produkt der funkelnden, neuen Welt, von der ich nun ein Teil bin, und so ganz wollen sie einfach nicht in mein altes Leben passen.

»Willst du dir die Awards nicht wenigstens kurz anschauen?«, frage ich, um eine Brücke zu bauen. Zwischen meinem alten Leben und dem neuen, zwischen Dad und der Karriere.

Ein Seufzen ertönt unter dem Chrysler. »Na schön. Gerade komme ich hier ohnehin nicht weiter. Werde den Wagen auf die Hebebühne setzen müssen.« Dad taucht wieder auf und schiebt sich die Stirnlampe vom Kopf. Nachdem er die Handschuhe ausgezogen hat, reicht er mir die Hand. Ich nehme sie und helfe ihm auf.

Mit gerunzelter Stirn begutachtet Dad die *Mercurys*. Auch er berührt die Krater und fragt skeptisch: »Ist das echtes Silber?«

»Davon gehe ich aus.«

Anerkennend nickt er. »Schick.«

»Du hältst nichts von meiner Gesangskarriere, oder?« Die Worte verlassen meinen Mund so schnell, dass ich selbst überrascht bin.

Verwundert über meine Direktheit hebt Dad den Kopf. »Ehrliche Antwort?«

»Selbstverständlich.«

Er wendet sich ab, grummelt unzufrieden und gibt dann

zu: »*Nichts halten* klingt etwas drastisch. Ich mache mir eher Sorgen. Diese Welt scheint verlockend und aufregend zu sein, keine Frage. Aber ... Popstars, rote Teppiche, Designerkleider ... Bist das noch du, Sparrow?«

Nervös nage ich an meiner Unterlippe.

»Geld ist in diesen Kreisen schnell verdient, doch wie langlebig ist der Erfolg?«, fährt er fort. Eine tiefe Falte erscheint zwischen seinen Brauen. »Unsere Familie war einst so bodenständig. Nun fehlt mir nicht mehr nur Grace, sondern auch du.«

Ein Kloß bildet sich in meinem Hals. »Ich habe euch immer gesagt, dass ich euch vorübergehend in der Werkstatt helfe, aber nicht mein Leben lang an Autos schrauben will. Ich muss meinen eigenen Weg finden, Dad.«

»Dem widerspreche ich nicht. Aber bist du sicher, dass das der richtige Pfad für dich ist?«

Mit gesenktem Kopf starre ich auf meine Converse. Dad würde mich lieber als Rettungsschwimmerin am Strand sehen, als Studentin am College, sogar als Bedienung im Seaside Diner. Am liebsten hätte er mich hier – in seiner Werkstatt. Doch die Wellen des Lebens treiben mich auf die Bühne. Wieso kritisieren mich immer wieder Leute dafür? Oder liegt das wahre Problem nicht in meinen Mitmenschen, sondern in meiner Unfähigkeit, mich von ihrer Meinung abzugrenzen?

»Keine Ahnung, aber ich möchte es herausfinden«, erwidere ich mit fester Stimme. »Ich muss wissen, was sich hinter der nächsten Kurve verbirgt.«

Dad nickt. »Ich wünsche dir viel Erfolg«, sagt er mit einem trägen Lächeln, das seine Augen nicht erreicht. Dann wendet er sich der Hebebühne zu.

Obwohl ich mich eigentlich für meinen Termin am Nachmittag fertig machen sollte, ertrage ich es nicht, untätig zu bleiben, während Dad wenig später grübelnd neben dem Chrysler steht. Er schildert mir die störenden Geräusche: das Husten des Motors, wenn er den Wagen anlässt. Ich erinnere mich an ein ähnliches Modell, das wir letztes Jahr restauriert haben, und werfe ebenso einen Blick auf die Karosserie. Vier Augen sehen schließlich mehr als zwei. Tatsächlich finden wir zusammen schnell die Ursache: Der Auspuff hat einen verborgenen Schaden und sollte erneuert werden. Zum Glück hat Dad ein passendes Ersatzteil im Lager. Und dann geht alles von ganz allein: Dad und ich legen gemeinsam Hand an.

Nachdem wir den Auspuff ausgetauscht haben, drückt Dad lächelnd meine Schulter. »Das haben wir gut gemacht.«

Ich erwidere das Lächeln, doch dann fällt mir siedend heiß mein Termin ein. »Mist! Ich muss los. In einer knappen Stunde treffe ich mich mit Olivia in San Diego.« Mein Blick fällt auf den rostigen Spiegel neben dem behelfsmäßigen Waschbecken. Ich sehe aus, wie man aussieht, wenn man an Autos herumgeschraubt hat. Hektisch streife ich die Handschuhe ab, wasche mir notdürftig Hände und Arme und fahre mir durch die Haare. Fürs Umziehen bleibt keine Zeit. Mist!

Dad beobachtet, wie ich überstürzt die *Mercurys* in meinen Beutel packe. »Viel Erfolg. Und, Sparrow?«

Ich drehe mich zu ihm um.

Aus sanften Augen mustert er mich. »Danke für deine Hilfe.«

»Gern.« Nachdem ich mich verabschiedet habe, trete ich hinaus. *Harry's Oldtimer Garage* hinter mir lassend, laufe ich zu meinem Auto, atme tief ein und nehme mir trotz des Zeitdrucks einen Moment, die Umgebung auf mich wirken zu lassen. Das salzige Aroma des Meeres, das achthundert Meter entfernt liegt, füllt meine Lungen. Der Geruch von Zuhause.

Mister Miller, der Besitzer der Tankstelle nebenan, lehnt an einer Zapfsäule und winkt mir lässig zu. Ein paar Frauen laufen an mir vorbei. Sie werfen mir einen flüchtigen Blick zu, ehe sie sich wieder ihrem Gespräch widmen. Sie erkennen mich nicht. Wahrscheinlich steuern sie das Sandcastle Café an, das Wrens Mutter gehört und in dem Wren bis kurz vor unserem Durchbruch regelmäßig jobbte, um ihr Studium zu finanzieren.

Familienbetriebe sind nicht selten in Wave Crest. Es ist geplant, dass auch Wren trotz ihres Studiums der Theaterwissenschaft irgendwann ins Business einsteigt. Ebenso ihre kleine Schwester Celia, die letzten Sommer nur deshalb ein Praktikum in Dads Autowerkstatt machte, weil die Schule das Café der Eltern dafür ausschloss. Doch für uns Kinder ist das okay. Wir wohnen gern in Wave Crest und unterstützen unsere Familien. Hier ist die Welt noch in Ordnung.

Wohingegen wir in den Metropolen des Landes oft erkannt und ungefragt fotografiert werden, sind wir im verschlafenen Wave Crest keine Celebrities, sondern die Mädchen von nebenan. Und das macht mich irgendwie glücklich.

Ich stecke den Schlüssel ins Schloss meines Chevys – einen Oldtimer, den Dad und ich restauriert und lilametallic lackiert haben – und öffne die Tür. Für den Rest des Tages werde ich mein behütetes Leben hinter mir lassen. Auf geht's in die Großstadt und damit in den Teil der Welt, in dem ich Musikpreise gewinne.

Obwohl ich meinen Chevy an seine Grenzen bringe, parke ich ihn viel zu spät in der Tiefgarage unterhalb des Gebäudekomplexes, in dem Olivia vor wenigen Wochen ihr Büro bezogen hat. Zwar habe ich sie während der Fahrt auf meine Unpünktlichkeit vorbereitet, werde jedoch trotzdem immer hektischer und auch etwas aufgeregt, als ich den Wolkenkratzer betrete. Mein Herz schlägt fest gegen meinen Brustkorb und ein Kloß sitzt mir im Hals. Gleich werde ich schließlich nicht nur Olivia treffen, sondern auch Raven. Heute Nachmittag wollen wir unser Vorhaben konkretisieren und die Rahmenbedingungen für unser Arrangement festlegen.

Am Empfang weise ich mich aus und fahre in den achtzehnten Stock hinauf zum Büro. In meiner Eile falle ich beinahe über einen Mülleimer. Nachdem ich mich gefangen habe, erinnere ich mich daran, dass ich gar nicht so nervös sein muss. Wren wird an meiner Seite sein. In den letzten Monaten hat sie sämtliche neuen Erfahrungen begleitet, hat meine Hand gedrückt und das Reden übernommen. Sie ist einer der Menschen, die aufrecht für sich einstehen und ihre Meinung vertreten können. Gemeinsam mit meiner besten Freundin werde ich das Treffen mit Raven Anderson schon überstehen.

Doch nachdem ich die Tür aufgestoßen und »Sorry, dass ich zu spät bin« geflüstert habe, begreife ich, dass in dem Raum nur drei Personen sitzen. Ein Mann um die fünfzig mit lichten Haaren und einer winzigen Brille. Olivia, die eine schwarze Lederjacke über einem lila Top trägt und eine

Sonnenbrille in die Haare geschoben hat. Und Raven, der nur kurz aufsieht, als ich eintrete. Keine Spur von Wren.

Wie vom Donner gerührt bleibe ich stehen. In meinem Kopf rattert es. Wren kommt noch. Sie muss dabei sein, wenn wir die Bedingungen für Ravens und meine Fakebeziehung festlegen, oder? Andererseits kann ich mich nicht daran erinnern, mit ihr über das heutige Datum geredet zu haben. Kann es sein, dass Olivia sie nicht eingeladen hat? Möglich wäre es. Schließlich sind auch nicht sämtliche Thunderbirds anwesend, und ein konstruktives Gespräch in so einer großen Runde kann ich mir schwer vorstellen.

»Hallo, Sparrow!« Olivia kommt mir entgegen und drückt mich an sich. »Schön, dass du hier bist. Setz dich.«

»Hey, Liv.« Die Frage nach Wren bleibt mir im Hals stecken. Ich bin spät dran. Wenn sie eingeladen worden wäre, wäre sie schon längst hier. Widerwillig lasse ich mich von Olivia zu einem runden Tisch ziehen. Alles in mir sträubt sich gegen diese Begegnung, je näher ich den Männern komme. Ich frage mich, wieso ich überhaupt zugesagt habe, doch es gibt kein Zurück.

Der Mann, den ich noch nicht kenne, steht auf und reicht mir über den Tisch hinweg seine Hand. Obwohl er ruhig auf dem Stuhl gesessen hat, macht er einen gehetzten Eindruck, den ich mir nicht ganz erklären kann. Vielleicht wird man so, wenn man eine Band managt, deren Mitglieder kaum im Zaum zu halten sind. »Chris Collister, sehr erfreut.« Er lächelt kurz und setzt sich rasch wieder.

»Hallo«, hauche ich und drehe mich dann zu Raven, um auch ihm die Hand zu geben.

Das Kinn in der Handfläche vergraben, sieht er zu mir hoch. Auf seiner Stirn prangt ein Pflaster. Seine grünen Augen funkeln unter dunklen Wimpern und der Ansatz eines Bartes zeichnet seine Wangen. Schwarz und blond stehen seine Haare ungeordnet vom Kopf ab. Mit dem weinroten Hemd wirkt er heute adrett. Ich vermute, dass er entweder im Anschluss etwas vorhat, das ein schickes Outfit erfordert, oder dass Chris ihn gebeten hat, sich etwas Ordentliches anzuziehen, um einen guten Eindruck zu machen. Die Farbe steht ihm gut, keine Frage. Allerdings spielt es keine große Rolle, was Raven anhat. Nicht zufällig ist er das Gesicht einer so bekannten Band geworden. Er rockt jeden Stil und weckt durch seine beiläufige Selbstsicherheit eine gewisse Faszination in vielen Fans und leider auch in mir.

»Hi«, begrüßt Raven mich knapp und sieht langsam an mir runter.

Kurz erinnert mich das an unsere Begegnung am Flughafen, als er mich mit diesem unverhohlenen Interesse gemustert hat. Raven hat etwas so Intensives in seinen Augen, dass ich mich fühle, als sähe er in mich hinein. Und irgendwie auch als ... zöge er mich mit Blicken aus.

Protest regt sich in mir und wieder wünsche ich, Wren wäre da, oder, dass ich zumindest ein wenig schlagfertiger wäre und Raven etwas entgegenschleudern könnte, damit er aufhört, mich auf diese Art zu taxieren. Doch der Moment ist schnell vorbei, denn Raven hebt rasch die Lider. Als er redet, liegt eine Spur Belustigung in seiner Stimme. »Wie siehst du denn aus?«

Ich schaue an mir hinab. Dunkle Flecken zieren meine Schienbeine und Unterarme. Rückstände von Motoröl und Dreck, die der Chrysler auf meiner Haut hinterlassen hat und die die Katzenwäsche nur dürftig entfernt hat.

»Sorry ... Ich habe meinem Dad in der Autowerkstatt

geholfen und kam nicht mehr dazu, mich umzuziehen«, presse ich hervor und reibe über einen besonders dunklen Fleck auf meinem Arm.

»Du hast an einem Auto geschraubt?« Das Amüsement in Ravens Tonfall mischt sich mit Ungläubigkeit. »Deshalb hast du uns warten lassen?«

Schuldbewusst hebe ich die Schultern und setze dazu an, mich zu erklären, doch Olivia deutet auf den Stuhl an ihrer Seite. »Das ist in Ordnung, Sparrow. Wir nehmen deine Entschuldigung an.«

Unentschlossen schaue ich in Ravens Richtung und versuche, zu erkennen, ob er mich begrüßen will wie sein Manager. Doch er hat noch immer das Kinn in der Handfläche vergraben und wendet sich kopfschüttelnd ab. Na schön. Dann eben kein Handschlag.

Ich will mich endlich setzen, als Chris Raven unterm Tisch einen Tritt versetzt, der so heftig zu sein scheint, dass Raven empört den Kopf hebt.

»Was soll das?«, zischt er seinem Manager zu.

»Leg deine verdammten Starallüren ab und gib ihr die Hand!«, erwidert dieser ebenso gepresst.

Raven verdreht die Augen und streckt den Arm aus, ohne aufzustehen. Ich beuge mich zu ihm herüber und schüttle seine Hand. Er hat einen festen Druck, und kurz muss ich daran denken, dass genau diese Hand immer das Gitarrenriff umschließt, und jene Fingerkuppen über die Saiten tanzen. Ein Schauer erfasst meinen Nacken und ich verfluche mich dafür, dass ich mir gestern Abend das letzte Musikvideo der Band zu Gemüte geführt habe. Der Kameramann hat besonderen Fokus auf Ravens Hände und vor allem das kleine

Anker-Tattoo oberhalb der Daumenwurzel gelegt, das ich nun live vor mir habe.

»Raven Anderson, hocherfreut«, brummt er und gibt sich keine Mühe, den Sarkasmus in seiner Stimme zu verbergen.

»Sparrow Price«, erwidere ich, als er meine Hand schon längst losgelassen hat, und sinke auf den Stuhl.

Aus dem Augenwinkel sehe ich, wie Chris und Olivia sich einen Blick zuwerfen. Still einigen sie sich offensichtlich darauf, dass Chris das Wort übernimmt.

»Fangen wir an«, murmelt er und schiebt die winzige Brille seine Nase hinauf. Er sortiert einen Stoß Blätter. Auch vor Olivia liegen Papiere. »Da beide Parteien von dieser Verbindung profitieren werden, haben wir uns geeinigt, dass ihr zwei, Sparrow und Raven, eine Fakebeziehung führen werdet, an der ihr die Öffentlichkeit teilhaben lasst. Die Bedingungen habe ich schriftlich festgelegt und wir gehen die Punkte nun einzeln durch.« Er schiebt Raven und mir die Verträge zu.

Mein Mund wird trocken. Chris fackelt nicht lange und kommt direkt zur Sache. Und mir wird bewusst: Wir wägen nicht mehr ab, ob das überhaupt eine gute Idee ist. Es passiert wirklich.

Raven scheint sich mit dieser Tatsache schon angefreundet zu haben. Dennoch sieht er aus, als bereiten Chris' Worte ihm körperliche Schmerzen.

Olivia hingegen rutscht aufgeregt auf ihrem Platz hin und her. Immerhin hat sie Freude an dieser Angelegenheit. Die Verbindung zu Raven Anderson wird mich schließlich fest ins öffentliche Bewusstsein implantieren.

Mit schweißnassen Fingern blättere ich durch die

Papiere. Nie hätte ich gedacht, dass eine Fakebeziehung so genau dokumentiert werden muss.

»Kommen wir zu Regel Nummer eins.« Chris schaut mich über seine Brille hinweg an. »Über das, was wir hier besprechen werden, muss Stillschweigen gehalten werden. Nichts von diesem Vertrag oder der Tatsache, dass ihr nichts füreinander empfindet, darf jemals an die Öffentlichkeit gelangen. Ansonsten begeht die jeweilige Partei Vertragsbruch und hat eine nicht unerhebliche Summe zu zahlen. Verstanden?«

Mir fällt eine fünfstellige Zahl ins Auge, die auf der letzten Seite vermerkt ist, und ich muss schlucken.

Chris fährt nicht fort, ehe ich genickt habe. Da er keine Reaktion von Raven abwartet, schließe ich darauf, dass er an der Verschwiegenheit seines Schützlings nicht zweifelt. Ravens genervtem Gesicht zufolge wurde dieses Thema bereits ausgiebig besprochen.

»Als Nächstes klären wir die Rahmenbedingungen«, fährt Chris fort. »Die Beziehung zwischen euch beginnt heute in einer Woche und dauert exakt zwei Monate an. In diesen zwei Monaten werdet ihr euch mindestens einmal wöchentlich gemeinsam in der Öffentlichkeit zeigen. Sei es im Café, Restaurant, auf einem Spaziergang ... Wo überlassen wir euch. Eine Ausnahme bilden gemeinsame, öffentliche Auftritte, die zählen wir doppelt, sie reichen also für zwei Wochen.«

Olivia lächelt zustimmend.

Ich blättere durch die Unterlagen und finde den angesprochenen Absatz. Raven muss ich also einmal pro Woche treffen. Den Typen, der nicht mal ein müdes Lächeln für mich übrighat. Wie, um alles in der Welt, soll ich das durchstehen?

Fassungslos knete ich meine Finger und ergreife das Wort. »Aber die Thunderbirds wohnen in New York, richtig? Ich bin hier in San Diego zu Hause. Wie sollen wir das schaffen?«

Raven verzieht keine Miene, während Olivia die Hand auf meinen Unterarm legt. »Mach dir darum keine Sorgen. Wir organisieren das für euch.«

»Fällt unsere Minitour in Europa nicht in diesen Zeitraum?«, hakt Raven nach.

»Richtig«, entgegnet Chris. »Die Sandpipers werden euch begleiten. Genauer gesagt werden sie für die drei Auftritte eure Vorband sein.«

Raven gibt einen erstickten Laut von sich, der am ehesten der Emotion *Verzweiflung* zugeordnet werden könnte.

Verblüfft sehe ich in Olivias Richtung. »Europa? Vorband? *Was?*«

Entschuldigend lächelt sie. »Eine coole Gelegenheit, oder?«

»Schon. Aber weiß Wren davon?«

Olivia druckst herum, was mich schließen lässt, dass sie das nicht mit meiner besten Freundin abgesprochen hat. Enttäuscht balle ich die Hände zu Fäusten. Ich mag Liv und schätze ihre Arbeit, aber sie sollte uns in die Planung einer Europatour einbeziehen, auch wenn es nur wenige Auftritte sind. Gerade fühlt es sich an, als gleiten mir die Fäden meines eigenen Lebens aus den Händen und als könne ich nur zugucken, wie Chris und Olivia die Strippen ziehen.

Raven hingegen sagt nichts. Mich beschleicht der Verdacht, dass ihm dieses Vorgehen nicht neu ist. Allerdings ist er auch viel länger im Geschäft als ich und weiß, wie der Hase läuft. Und er scheint sich grundsätzlich mit Chris' Forderungen arrangieren zu wollen.

»Wir werden Wren die frohe Botschaft direkt im Anschluss mitteilen«, sagt Olivia schnell. »Ihr wart noch nie in Europa, oder? Freut euch drauf! Das wird spitze!«

Schweigend ordne ich die Blätter. Offenbar haben meine Widerworte in dieser Runde ohnehin nicht viel Gewicht. Ich muss an Dad denken und seine Sorge, dass das Showbusiness nicht meine Welt sein könnte. Es war berechtigt. Hinzu kommt, dass ich ihn kaum treffen kann, wenn ich mich so oft nach Ravens Aufenthaltsort richten muss. Andererseits will ich gern mal nach Europa. Und immerhin hätte ich Wren dabei.

Chris fährt fort. »Kommen wir zu den Veranstaltungen, die ihr gemeinsam besuchen werdet. Neben den drei Konzerten werdet ihr beiden als Paar zu der Premiere des Kinofilms *Sleepy, Scary Girl* gehen.«

»Nein.« Gleißende Panik ergreift Raven.

»Außerdem geht ihr zusammen zu den *Teen Choice Awards*«, fährt Chris unbeirrt fort, doch Raven lässt das nicht auf sich sitzen.

»Nicht *Sleepy, Scary Girl*«, beharrt Raven. Er hat sich aufgesetzt und funkelt Chris entschieden an. »Ich freue mich seit Monaten auf diese Premiere, du kannst nicht ...«

Chris legt den Kopf schief. »Diskutiere nicht mit mir. Die Bedingungen stehen fest.«

»Aber ...«

Irritiert wende ich mich an Olivia. »Was ist denn das Besondere an diesem Film?« Ich kann nicht verstehen, warum Raven ausgerechnet jetzt so viel Engagement zeigt.

»Die Thunderbirds haben den Titelsong geschrieben, glaube ich«, mutmaßt Olivia.

Raven fährt herum. »Es geht nicht nur um den Titelsong. Ich habe mitgespielt.«

Chris lächelt schief. »Es ist eine kleine Rolle. Er ist etwa zehn Sekunden zu sehen.«

Fassungslos platziert Raven die Hände auf der Tischplatte. »Entschuldige mal bitte. Darf ich dich daran erinnern, dass ich der Serienmörder bin, den alle bis zum Schluss suchen?«

»Den hast du aber nicht gespielt«, stichelt Chris amüsiert. »Die Morde hat ein Komparse gedreht. Du hast nur bei der Demaskierung in seinem Kostüm gesteckt.«

»Mach mir das erstmal nach.« Raven verschränkt die Arme vor der Brust.

»Du hast ja recht.« Lachend winkt Chris ab. »Es ist eine coole Aktion. Außerdem ist es noch streng geheim, dass du einen Gastauftritt in dem Film hast. Die Fans werden ausflippen.«

Insgeheim muss ich zustimmen. Auch ich wäre begeistert gewesen, plötzlich Raven als gesuchten Serienmörder im Kino zu sehen. Seiner Reaktion zufolge hängt er wirklich sehr an diesem Film. Also schalte ich mich ein. »Hör zu, ich muss dich nicht auf die Premiere begleiten, wenn dir das so wichtig ist, Raven. Vielleicht finden wir eine alternative Veranstaltung, auf der wir uns zusammen sehen lassen können.«

Überrascht hebt Raven den Kopf. Forschend mustert er mich, doch der Ausdruck in seinem Gesicht ist dieses Mal anders als zuvor. Als wolle er ergründen, weshalb ich auf seiner Seite stehe. Er wendet sich an Chris. »Da hörst du's.

Sie ist einverstanden, dass ich allein auf den roten Teppich gehe. Können wir diesen Posten streichen?«

Chris denkt kurz nach. Dann beschließt er: »Nein.«

Raven wird immer wütender. »Wieso hast du mich überhaupt zu diesem Treffen eingeladen, wenn ich sowieso kein Mitspracherecht habe?«

»Willst du das wirklich jetzt und hier ausdiskutieren?«, entgegnet Chris.

Raven atmet tief durch. Ich erwarte, dass er etwas Hitziges erwidert, doch Chris scheint seinen Schützling gut im Griff zu haben.

»Nein, will ich nicht«, brummt er und sieht aus dem Fenster.

»Gut. Weiter im Text«, murmelt Chris und streicht über die nächste Seite des Vertrags. »Die *Teen Choice Awards* in zwei Monaten wird die letzte Veranstaltung sein, die ihr gemeinsam besuchen müsst. Dort muss eure Beziehung intakt und harmonisch sein, verstanden? Wenn ihr das erledigt habt, könnt ihr eure Trennung verkünden.«

Raven drückt Zeigefinger und Daumen an seine Nasenwurzel und wispert: »Dem Himmel sei Dank. Möge der Tag schnell kommen.«

Im Stillen stimme ich ihm zu. Seinen Unmut kann ich nachvollziehen, nichtsdestotrotz enttäuscht mich seine Art, damit umzugehen. Dass er mich nicht mag, weiß ich. Doch dass er im direkten Gespräch mit mir keinen Hehl daraus macht, versetzt mir einen Stich nach dem anderen.

Chris scheint dies bemerkt zu haben. »Abgesehen davon, dass wir die Beziehung inszenieren, könnt ihr nach eurer Trennung übereinander sagen, was ihr wollt«, sagt er gedehnt. »Weißt du, wie viel Macht ein Ex-Partner über einen haben kann, Raven?« Er zwinkert mir zu.

Mir dämmert, was er damit sagen will. Ich könnte ab dem Zeitpunkt unserer Trennung richtig über Raven herziehen und das schon heute als meinen Trumpf ausspielen. Chris ignoriert dabei jedoch den Fakt, dass die Gesellschaft sich in Schlammschlachten oft genug auf die Seite der Männer stellt. Ob die Frau sich danebenbenommen hat oder nicht. Abgesehen davon bin ich nicht der Typ für einen Rosenkrieg. Und schon gar nicht will ich ihn mit dem aufmüpfigen Raven Anderson führen.

Dennoch haben Chris' Worte ihre Wirkung nicht verfehlt. »Ja, das weiß ich«, brummt Raven und reibt sich die Schläfe.

»Gut«, sagt Chris vergnügt und blättert weiter. Ravens Zurückrudern scheint ihm Freude zu bereiten. »Kommen wir zu eurem Umgang miteinander. Ab einem gewissen Zeitpunkt, etwa zur Filmpremiere, wird es nicht mehr reichen, euch einfach zusammen zu sehen. Wir wollen vermeiden, dass die Medien eine Inszenierung vermuten. Das bedeutet, dass wir Zärtlichkeiten von euch fordern. Vor der Kamera.«

Ein Beben geht durch Ravens Körper.

Mir klappt die Kinnlade runter.

Kurz schweigen wir alle vier.

Dann frage ich: »Das heißt, wir sollen uns … küssen?«

Raven reißt den Kopf herum und sieht mich an. Ein breites Grinsen liegt auf seinen Lippen. Offenbar amüsiert ihn meine Unsicherheit.

Meine Ohren werden heiß. Ich wünschte, er hätte nicht diesen verdammten Einfluss auf meinen Puls.

Chris seufzt tief. »Nein, natürlich nicht. Also nicht regelmäßig.«

Meine Augen weiten sich vor Schreck, während Ravens Grinsen immer breiter wird.

»Ihr sollt einfach miteinander umgehen wie Verliebte«, erklärt Chris und ignoriert Raven. »Steckt die Köpfe zusammen, wenn ihr Paparazzi seht. Auf dem roten Teppich vielleicht mal ein Küsschen auf die Wange. So was meine ich. Wenn ihr weitergehen wollt, halte ich euch natürlich nicht auf.«

»Wie sieht's aus mit Sex?«, entgegnet Raven. »Steht dazu auch was im Vertrag?«

Die Röte in meinen Ohren überträgt sich auf meine Wangen und ich presse die Handflächen auf meine Oberschenkel, um zu verhindern, dass meine Beine die Kontrolle über mein Handeln übernehmen und einfach aus dem Büro rennen.

Chris wirft Raven einen bitterbösen Blick zu. »Natürlich nicht.«

»Also siehst du das ähnlich wie mit den Küsschen. Du begrüßt das und hältst uns nicht auf«, spekuliert Raven mit erhobener Braue.

Ich darf nicht wegrennen ... Ich darf nicht wegrennen ... Und vor allem darf ich mir nicht vorstellen, wie wir das in die Tat umsetzen! Verdammt nochmal, was ist los mit mir?

Chris scheint die Nase voll zu haben. Er legt den Fuß aufs Knie und sieht seinen Schützling mit undurchdringlicher Miene an. »Kehren wir zurück zu den Rahmenbedingungen des Vertrags. Ehe ihr eure Unterschrift drunter setzt, hast du Sparrow noch was zu sagen, oder, Raven?«

Der Triumph schwindet aus Ravens Gesicht. Er seufzt

tief und dreht sich langsam zu mir um. »Das, was ich zu dir auf der Bühne gesagt habe, war gemein. Es tut mir leid.«

Seine Augen sehen geradewegs in meine. Sie sind so grün, dass es mich ein wenig aus dem Konzept bringt. Dennoch erkenne ich eine aufrichtige Entschuldigung, wenn ich sie bekomme. Diese zählt nicht dazu. Raven macht das zweifellos nur, weil Chris es von ihm verlangt. Doch es ist nicht der passende Zeitpunkt, um ihn zur Rede zu stellen. Ich für meinen Teil möchte mich schließlich professionell verhalten. Und so sage ich: »Ich nehme deine Entschuldigung an.«

Raven lächelt kurz, ehe er sich abwendet.

»Wunderbar. Dann kann diese PR-Aktion ja losgehen!« Heiter zieht Olivia zwei Kugelschreiber hervor und reicht sie Raven und mir über den Tisch hinweg. »Lest euch alles gründlich durch, ehe …«

Sie unterbricht sich, als der Ton von Miene auf Papier die Luft durchschneidet. Raven lässt den Stift sinken, schiebt Chris den unterschriebenen Vertrag zu und sagt: »Wozu durchlesen? Er lässt mir ohnehin keine Wahl.«

Chris steckt die Blätter in die Tasche. Sein zufriedenes Grinsen unterstreicht Ravens Worte.

Raven

KAPITEL 4

Nachdem ich Chris die Verträge zugeschoben habe, will ich einfach nur weg. Schon vor meiner Anreise habe ich geplant, im Anschluss an den Termin meinen Kumpel Rodrick in seiner Strandbar zu besuchen. Dort würde ich die ein oder andere Whiskey-Cola trinken und heute Nacht bestenfalls mit seiner Schwester Annabelle in der Kiste landen und sie vögeln, bis sie nicht mehr ihren Namen weiß. Ein ähnliches Programm hatte ich vor ein paar Monaten gefahren, als ich mit dem Rest der Band in San Diego war, und seitdem führen wir so etwas wie eine unverbindliche Freundschaft Plus.

Ich mag den Vibe der Westküste. Er ist ganz anders als der der Ostküste, an der ich aufgewachsen bin und noch immer lebe. Dennoch bin ich froh, nach diesem Kurztrip morgen wieder nach New York zu fliegen. Nirgends verbringe ich meine Zeit lieber als in meinem Haus und in der Nähe meiner Familie. Nach der Vertragsunterzeichnung muss ich mich nicht allzu oft nach Sparrow richten, dies hat mir Chris versprochen. Schließlich haben die Thunderbirds in den kommenden Monaten mehr Termine, die schon eine ganze Weile feststehen, während die Sandpipers aufgrund ihres Überraschungserfolgs kurzfristig gebucht werden.

Aber solange ich in San Diego bin, ist meine Priorität Annabelle. Die kleine Blondine mit den pinken Strähnen im Unterhaar arbeitet seit der Highschool hinter der Bar und ist nicht auf den Mund gefallen. Unsere Wortgefechte heizen uns irgendwie an und ich kann nicht erwarten, zu hören, welchen frechen Spruch sie mir heute um die Ohren pfeffert. Sie ist so ganz anders als Sparrow, die während des gesamten Termins kaum den Mund aufbekommen hat und dabei ein wenig aussah wie ein Hase, der in die Falle geraten ist. Wie diese Frau im Showbiz bestehen will, weiß ich nicht, aber das soll heute nicht meine Sorge sein. Mit den Sandpipers werde ich mich noch früh genug herumschlagen müssen.

»Na dann, die Damen«, sage ich und tippe mir an die Stirn. »Ich empfehle mich. Wir sehen uns voraussichtlich spätestens nächste Woche.«

Ich nicke in die Runde und Olivia winkt mit einem breiten Lächeln.

Verunsichert winke ich zurück. Diese Frau ist mir nicht geheuer. Sie scheint genauso viel Freude daran zu haben, ihre Band herumzukommandieren wie Chris. Wahrscheinlich hat er in ihr sein Gegenstück gefunden. Allerdings ist mir nicht klar, ob sich der Mehrwert dieses Deals für die Sandpipers auszahlt. Natürlich werden sie mehr Aufmerksamkeit bekommen, wenn man Sparrow in meiner Gesellschaft sieht. Aber wohl oder übel muss ich mir eingestehen, dass diese ihnen auch ohne mein Zutun sicher wäre. Die Band ist nach ihrem Auftritt bei Maddox Mason dermaßen durch die Decke gegangen, daher kommt man im Musikbusiness kaum noch an ihrem Namen vorbei. Sparrow hat meine Begleitung im Prinzip nicht nötig, um im Gespräch zu bleiben. Ich weiß jedoch nicht, ob ihr das bewusst ist. Olivia scheint sie regelrecht zu diesem Vertrag gedrängt zu haben. Offenbar ist es ihr wichtiger, die Band ins öffentliche Bewusstsein zu pflanzen, als die Interessen ihrer Schützlinge zu vertreten, was ich ziemlich problematisch finde. Denn im Gegensatz zu mir muss Sparrow mit Sicherheit nicht gemaßregelt werden.

Sparrow presst ein freundliches »Tschüss« hervor, ehe sie wieder auf den Vertrag starrt. Fast tut sie mir leid. Ich vermute, der heutige Tag könnte sie nachhaltig traumatisieren. Aber das ist nicht mein Problem. Ab zu Annabelle. Ein Abend voller Alkohol und Sex erwartet mich.

Gerade möchte ich das Büro verlassen, da hält Chris mich zurück. »Wir sind noch nicht fertig.«

Tief seufzend mache ich kehrt. Was jetzt kommt, kann ich mir vorstellen. Meine provokanten Sprüche hätte ich mir verkneifen sollen oder zumindest aufheben, bis ich mit Sparrow allein bin. Nett war es tatsächlich nicht, sie dermaßen aus der Reserve zu locken, zumal ich gemerkt habe, wie sehr sie das aus dem Konzept bringt. Doch ich konnte einfach nicht anders. Die Art, wie sich ihre Finger in die Oberschenkel gruben, wie die Lider ihrer braunen Augen flackerten und wie sie sich über die dreckigen Oberarme rieb – Sparrows Körper reagierte verlässlich auf meine Sticheleien und aus irgendeinem Grund genieße ich, das mit anzusehen. Wahrscheinlich bin ich einfach ein Sadist.

Chris zieht mich in die hinterste Ecke des Büros. Da es so groß ist, können Sparrow und Olivia uns hier nicht verstehen. Beide haben die Köpfe über dem Vertrag zusammengesteckt und diskutieren mit gedämpften Stimmen über den Inhalt, während Chris mich zur Rede stellt.

»Verdammt nochmal, was sollte das? Du hast doch gemerkt, wie sehr deine Worte das Mädchen verstört haben, oder? Reiß dich in Zukunft gefälligst zusammen!«

Ich lasse seinen Redeschwall über mich ergehen und gelobe Besserung. Er hat ja recht. Wie ein Gentleman habe ich mich wahrlich nicht benommen.

Chris redet noch immer, als Olivia und Sparrow das Büro verlassen haben. Erst, nachdem ich ihm hoch und heilig versprochen habe, mir meine Gedanken in Zukunft zu verkneifen, darf ich gehen.

Im Anschluss steuere ich genervt den Fahrstuhl an, der gerade dabei ist, seine Türen zu schließen. Da ich es kaum erwarten kann, dieses Gebäude zu verlassen, beschleunige ich meine Schritte und schiebe mich flink zwischen den Spalt, ehe er hinabfährt. Mit dem Hinterkopf am Spiegel atme ich tief aus. Erst da bemerke ich einen weiteren Fahrgast in der Kabine.

Sparrow steht mir gegenüber. Ihre Hände umklammern die Haltegriffe und ihre geweiteten Augen sind geradewegs auf mich gerichtet.

Erleichtert stelle ich fest, dass ich keine so große Abneigung mehr in mir spüre wie auf der Bühne der *Mercury Awards*. Sie heute so still zu erleben, machte mir eines bewusst. Sie ist tatsächlich ins Musikbusiness hineingeschlittert und hat wahrscheinlich die meiste Zeit über keine Ahnung, was sie da macht und wie das passieren konnte. Dennoch muss ich den Impuls unterdrücken, einen zweideutigen Spruch über unsere anstehende Romanze zum Besten zu geben. Das ist gar nicht so einfach, denn der Aufzug liefert mir allerhand versaute Vorlagen.

Also sage ich nur: »Hi.«

Auch sie murmelt: »Hi.« Als hätten wir uns nicht noch vor fünf Minuten gesehen.

Sie senkt die Lider. Eventuell wartet sie geradezu darauf, dass ich wieder etwas anspreche, das sie in Verlegenheit bringt. Ihre rotbraunen, gewellten Haare umspielen ihr Kinn. Es sieht außergewöhnlich aus, und ich frage mich, ob das ihre Naturhaarfarbe ist oder ob sie nachhilft. Da kein deutlicher Ansatz erkennbar ist, tippe ich auf Ersteres. Sommersprossen überziehen ihre gebräunte Haut und ich muss mir eingestehen, dass sie mit ihrer Jeansshorts und den Converse total zu dem Image passt, das die Sandpipers ausstrahlen wollen: natürliche, junge Frauen aus einem Küstenörtchen. Wahrscheinlich sind sie genau das.

»Ich habe mich noch gewaschen«, platzt es plötzlich aus ihr heraus.

Verdutzt lehne ich mich zurück. »Was?«

»Die Flecken, du erinnerst dich?«, fragt sie und fährt sich über die Oberarme. »Ich war bis eben im Bad und habe mir die Arme und Beine gewaschen. Darum bin ich jetzt im Fahrstuhl, also ... Falls du dich wunderst, warum ich noch im Gebäude bin.«

Richtig, die Autowerkstatt. Diese Info hatte mich wirklich überrascht, zumal Sparrow gar nicht den Eindruck macht, als schraube sie gern an Motoren. Wahrscheinlich hilft sie dort aus, wäscht oder lackiert die Fahrzeuge. Was überhaupt keinen Sinn ergibt, denn sie braucht kein Geld mehr von einem Handlangerjob. Tatsächlich entdecke ich nun vereinzelte Tropfen, die über ihre Schienbeine perlen.

»Ich habe mich nicht gewundert, warum du im Aufzug bist«, erwidere ich. »Du kannst dich schließlich aufhalten, wo du willst.«

»Ah, okay.« Wieder bricht sie den Blickkontakt und starrt auf ihre Schuhe. Ihr ist die Situation so unangenehm, dass es mir richtig leidtut, dabei sind wir einfach nur zusammen hier drin. Ob ihr klar ist, dass sie mir demnächst näherkommen, mit mir Händchen halten und vor den Kameras turteln muss? Darauf mache ich sie jetzt besser nicht aufmerksam, sonst könnten ihre Ohren noch heftiger erröten.

Plötzlich reißt Sparrow den Kopf hoch. Die bebenden Finger fest um die Griffstange geschlungen, erklärt sie: »Ich werde mich krank stellen. Am Tag der Kinopremiere. Werde so tun, als habe ich Fieber oder einen Magendarmvirus. Leute haben Angst, sich mit so etwas anzustecken, richtig?«

Ich verenge die Augen. »Warum solltest du das machen?«

»Du könntest allein auf den roten Teppich von *Sleepy, Scary Girl* treten und ich würde dir nicht zur Last fallen.«

»Zur ... Last?«

»Ja.« Sie presst die Lippen aufeinander. »Ich möchte dir nicht den Tag versauen.«

Kurz bin ich sprachlos. Und das schaffen nicht viele. Unweigerlich stelle ich mir vor, wie ich allein auf die Kinopremiere gehe. In die Kameras grinse, den anderen Schauspielern die Hand schüttle und Fragen beantworte, ohne Rücksicht auf meine Fakefreundin zu nehmen. Überaus verlockend. Eine teuflische Freude überkommt mich, denn auf diesem Weg würde es Chris nicht gelingen, mir den Tag zu versauen. Ich will gerade einwilligen, da fällt mir die Panik in Sparrows Augen auf. Sie wäre nicht mehr nur Olivias und

Chris' Marionette, sondern auch meine. Gewissensbisse plagen mich und so lenke ich ein.

»Hör zu, Sparrow. Das ist nicht nötig. Wir machen einfach das, was im Vertrag steht. Du musst nicht für mich lügen.«

Erleichtert lässt sie die Schultern sinken. »Nicht?«

»Wirklich nicht.«

»Gut. Aber es würde mir nichts ausmachen. Wie viel dir die Veranstaltung bedeutet, habe ich bemerkt. Niemand hat darauf Rücksicht genommen. Ich bin auf deiner Seite. Sag mir Bescheid, falls du es dir anders überlegst.«

Verblüfft betrachte ich sie. Besonders schlagfertig ist Sparrow nicht, aber sie weiß auf andere Art zu überraschen. Sie ist überaus kooperativ, wenngleich ich nicht ganz verstehe, wieso. Bestimmt nicht, wegen meines tollen Charakters. Wahrscheinlich will sie einfach keinen Ärger mit mir. Das spielt mir in die Karten und könnte die kommenden Monate etwas erträglicher machen.

»Danke, vielleicht komme ich darauf zurück«, erwidere ich.

Mein Handy vibriert und ich ziehe es heraus.

ANNABELLE

Die Drinks stehen kalt. Das Einzige, was fehlt, bist du.

RAVEN

Mein Termin hat länger gedauert als gedacht. Bin auf dem Weg.

Grinsend stecke ich das Telefon weg. Annabelle wird nicht mehr lange auf mich warten müssen. Der Aufzug hält im Erdgeschoss und ich steige aus. »Mach's gut, Sparrow.«

Sie folgt mir. »Du auch. Und danke.«

Fragend sehe ich sie an. »Wofür?«

»Du bist extra für das Gespräch nach San Diego geflogen. Das sind über fünf Stunden Flug, oder?«

Ausweichend nicke ich. »Ja, sind es. Kein Problem.« Es mag nicht gerade gut für die CO_2-Bilanz sein, aber in der Branche ist es völlig normal, für einen Termin das Land zu durchqueren. Chris hatte mich nicht gefragt, wie ich dazu stehe, sondern es einfach vorausgesetzt. Auch für die Jungs war das kein Thema. Flüge mögen zu meinem Alltag gehören, anstrengend ist das Warten am Flughafen trotzdem. Irgendwie tut es gut, dass Sparrow meine Anreise zu schätzen weiß.

Wir verabschieden uns und Sparrow läuft zum Parkhaus.

Während ich ihr hinterherschaue, erinnere ich mich an Hawks Worte. *Nimm's sportlich, Raven. Sie ist hot.* Und ich muss mir eingestehen, dass er recht hat.

Nachdem ich das Gebäude verlassen habe, steige ich in das dunkelblaue Porsche Cabriolet, das ich für meinen Aufenthalt in San Diego gemietet und frecherweise direkt vor der Tür geparkt habe. Zum Glück finde ich keinen Strafzettel oder gar eine Reifenkralle. Also setze ich mich ins Auto und lasse den Kopf an das Sitzpolster sinken. Ich öffne die obersten Knöpfe des Hemds, das ich auf Chris' Anweisung angezogen habe, und grinse mich durch den Spiegel der Sonnenblende hindurch an. Meine Haare sind etwas zu lang und die blonde Seite muss ich kommende Woche mal wieder nachfärben. Abgesehen davon sehe ich gut aus. Annabelle wird heute Abend sicherlich nicht zögern, wenn ich sie in mein Hotelzimmer einlade.

Ich stecke den Schlüssel ins Zündschloss und drehe ihn. Die Lichter am Armaturenbrett springen an, doch sonst passiert nichts. Ungläubig wiederhole ich den Prozess, aber der Motor bleibt aus. Ein paar Leuchten blinken, eine davon habe ich noch nie registriert. Somit habe ich auch keinen Schimmer, was sie bedeutet.

Ich stoße einen Fluch aus und steige aus dem Wagen. Keine Ahnung, was ich erwarte, dort zu sehen. Mit Autos kenne ich mich überhaupt nicht aus und wahrscheinlich wäre mir ein massiver Schaden vor dem Einsteigen aufgefallen. Dennoch umkreise ich den Porsche auf der Suche nach einer Erklärung und bin danach genauso schlau wie vorher.

Mein Smartphone vibriert erneut. Annabelle schickt mir das Foto eines Cocktails. Wenn sie wüsste, wie nötig ich den gerade habe!

Ich wische die Nachricht weg und wähle die Nummer der Autovermietung. Warteschleifenmusik. Ungeduldig lehne ich mich an das nutzlose Fahrzeug und fahre mir durch die Haare.

»Ihre Wartezeit beträgt zwanzig Minuten.«

»Zwanzig?«, stoße ich aus und reiße das Ding vom Ohr. Das ist eine halbe Ewigkeit!

Die Melodie dudelt fröhlich weiter. Und ich bin bereit, das verdammte Smartphone direkt in die Scheiben des Wolkenkratzers zu werfen, in dem Olivia ihr Büro angemietet hat.

Plötzlich hält ein Auto neben meinem. Der metalliclila-farbene Lack ist außergewöhnlich und schimmert im Schein der Sonne in den unterschiedlichsten Nuancen. Noch auffälliger ist allerdings das Fahrzeug selbst, denn es handelt sich um einen restaurierten Oldtimer der Marke Chevrolet. Das genaue Modell kann ich nicht benennen, da ich mich damit bei weitem nicht so gut auskenne wie Crane. Unbestreitbar ist dieser Wagen eine wahre Augenweide und darüber hinaus auch noch ausgesprochen gepflegt.

Kurz staune ich so sehr, dass ich sogar das nervige Gedudel vergesse. Dann wird das Beifahrerfenster hinab gekurbelt und eine Person lehnt sich quer über die Mittelkonsole hinaus. »Hey. Brauchst du Hilfe?«

Ich muss schlucken. In dem Chevrolet sitzt Sparrow.

»Das Ding springt nicht an«, erkläre ich.

Sie mustert den Porsche. »Soll ich ihn mir mal anschauen?«

Sie? Da ich nicht als sexistisches Arschloch rüberkommen möchte, verkneife ich mir einen Kommentar. Aber was, um alles in der Welt, will sie schon ausrichten?

»Ich weiß nicht, ob du helfen kannst«, entgegne ich vorsichtig. »Ich rufe gerade bei der Autovermietung an, aber na ja ... Bin wohl nicht der Einzige, der ein Problem hat.«

Sie legt den Kopf schief und grinst. »Weißt du, wo ich parken kann?« Mittlerweile stehen ein paar Autos hinter ihr, deren Fahrer ungeduldig hupen.

»Einfach hier vorn«, sage ich und deute vor mein Cabrio.

Sie tut, wie ihr geheißen. Während der Chevrolet vor mir zum Stillstand kommt, kann ich den Blick kaum von ihm nehmen. Er ist wirklich verdammt hübsch. Und als Sparrow ausgestiegen ist und mich anlächelt, fällt mir auf, wie gut der Wagen zu ihr passt. Er unterstreicht ihren Typ, den ich gerade gar nicht mehr so langweilig finde wie noch letzte Woche.

»Darf man hier überhaupt parken?«, fragt sie schüchtern und sieht sich um. Optisch blockieren wir den Vorplatz des Gebäudes.

»Es stört niemanden, oder?«, entgegne ich und breche den Anruf ab. »Nettes Auto hast du da.«

Sie schiebt sich die rotbraunen Locken hinters Ohr. »Danke. Das ist ein 1969 Chevrolet Chevelle. Dad hat mir den vor drei Jahren geschenkt, allerdings in einem ziemlich heruntergekommenen Zustand. Erst hatte ich gemischte Gefühle, weil ich befürchtete, der Chevy sei einfach nicht mehr zu retten. Monate haben wir in die Restaurierung gesteckt und jetzt kann ich mir kein besseres Fahrzeug vorstellen.«

Ich bin so überrumpelt, weshalb mir nichts einfällt außer ein lahmes »Cool!«, woraufhin Sparrow verhalten nickt und dann zielstrebig auf den Porsche zuläuft.

»Welches Problem hast du mit dem Auto?«

Kurz erkläre ich ihr, dass der Motor nicht anspringt. Sie lässt sich das von mir demonstrieren und fordert mich im Anschluss dazu auf, die Motorhaube zu öffnen.

Als ich nach dem passenden Knopf taste, öffne ich stattdessen versehentlich das Tankfach, woraufhin Sparrow lacht. Es ist ein helles, unbeschwertes Lachen, kein Auslachen. Glockenklar und ehrlich.

»Moment, ich habe es gleich gefunden«, brumme ich, da mir meine Ahnungslosigkeit echt peinlich ist.

Doch Sparrow scheint zu merken, dass ich keinen Schimmer habe, wo ich suchen muss. An der geöffneten Tür stehend, beugt sie sich über mich und betätigt auf Anhieb den richtigen Schalter. Ihr rosa T-Shirt streift mein Hemd und ich nehme zum ersten Mal ihren Geruch wahr. Er ist blumig, frisch und gleichzeitig vom krustigen Salz des Meerwassers durchzogen. Ich will dem nachgehen, die Blumen identifizieren und herausfinden, wie nah am Meer sie blühen, doch Sparrow richtet sich rasch wieder auf. Mit ihr zieht sich die Duftwolke zurück.

»Voilà!« Sie steuert die Schnauze des Fahrzeugs an und ich folge ihr. An die Motorhaube gelehnt, betrachtet sie konzentriert den Strauß an Kabeln, Schrauben und Tanks, während ich ihr über die Schulter schaue. Im Gegensatz zu ihr kann ich vom Inneren rein gar nichts ableiten.

»Gib mir einen Moment«, murmelt Sparrow nach wenigen Augenblicken und verschwindet zu ihrem Wagen.

Gespannt warte ich und entdecke verdutzt eine schwarze Rolle in ihren Händen.

»Hast du prophylaktisch immer ein Erste-Hilfe-Set für Fahrzeuge im Kofferraum?«, entfährt es mir.

Wieder lacht sie. »Das habe ich tatsächlich. Du solltest dir das vielleicht auch angewöhnen.« Sie zieht Klebeband von der Rolle und wickelt es um ein Kabel.

Verblüfft beobachte ich sie.

Als sie fertig ist, steckt sie die Rolle in ihre Jeanstasche und drückt die Motorhaube zu. »Versuch es! Lass den Wagen an.«

Sie hat einfach Isolierband um ein Kabel gewickelt? Und das soll den Porsche wieder zum Leben erwecken? Ich bin skeptisch, dennoch komme ich ihrer Aufforderung nach und setze mich hinters Steuer. Nachdem ich den Zündschlüssel gedreht habe, kann ich es kaum glauben: Der Motor springt an.

»Du hast es echt hinbekommen«, rufe ich ihr zu. »Du hast meine Karre repariert.«

Sie hebt die Schultern. »Nicht der Rede wert. Es war gar nicht so schwer, wie du ja gesehen hast. Vermutlich hat es sich ein Marder in dem Porsche bequem gemacht und das Kabel gelöst. Bissspuren habe ich auch entdeckt. Das Band wird eine Weile halten, aber du solltest den Schaden dem Autoverleih melden, damit sie das Teil ersetzen.«

»Das mache ich auf jeden Fall.« Glücklich genieße ich das Schnurren des Motors. Heute wird mich niemand aufhalten.

»Na dann.« Sparrow tritt von einem Fuß auf den anderen. An ihr lila leuchtendes Auto gelehnt, sieht sie aus wie die Fahrerin eines Rennspiels, die ich, ohne zu zögern, aus einer zweistelligen Auswahl erwählen würde. »Freut mich, wenn ich dir helfen konnte, Raven. Wir sehen uns nächste Woche.« Ein mattes Lächeln huscht über ihr Gesicht, während sie sich zu ihrem Chevy dreht, um einzusteigen.

Und dann höre ich mich plötzlich rufen: »Warte. Sparrow?«

Sie fährt herum.

»Ich stehe in deiner Schuld. Lass mich dich wenigstens zu einem Drink einladen, okay?«

Wenig später sitze ich mit Sparrow auf der Außenterrasse eines Cafés. Rote Markisen sind über unseren Köpfen gespannt und kleine Schirmchen zieren die Gläser der Gäste.

»Such dir etwas aus«, sage ich und schiebe ihr die Karte zu. »Dein Getränk geht auf mich.«

Dankbar schlägt sie diese auf und steckt die Nase so tief hinein, dass sie beinahe dahinter verschwindet.

Seufzend lehne ich mich zurück und lege die Füße übereinander. Offensichtlich habe ich Sparrow keinen Gefallen damit getan, sie einzuladen. Wir sind in ihrem Wagen zu einem Café gefahren, das Google uns empfohlen hat, und sie hat den kurzen Fahrtweg über kaum ein Wort über die Lippen bekommen. Als ich bemerkte, dass ich sie einfach etwas zu ihrem Chevy fragen muss, um sie zum Reden zu kriegen, waren wir schon fast da. Auch wenn sie versucht, es zu verbergen, ist mir völlig klar: Sparrow ist meine Gegenwart nicht geheuer. Verübeln kann ich ihr das nicht, schließlich habe ich bis jetzt mein Bestes getan, um sie in Verlegenheit zu bringen. Dass mir das ohne Weiteres gelungen ist, zeigt, wie ungeübt sie im Umgang mit Leuten aus dem Showbiz ist. Moderatoren und Journalisten können ebenso herausfordernd sein wie ich es war. Da sie dem kein bisschen standhält, führt mir wieder vor Augen, wie leichtfertig den Sandpipers der Erfolg in den Schoß gefallen ist, für den wir jahrelang kämpfen mussten.

Während sie konzentriert in ihre Karte starrt, frage ich mich, wieso ich auf die Idee gekommen bin, sie einzuladen. In den kommenden Monaten werde ich mehr Zeit mit ihr verbringen, als mir lieb ist, und hätte mich auch später revanchieren können. Doch ich wollte einfach nicht in ihrer Schuld stehen.

Als das Servicepersonal endlich die Bestellung aufnehmen möchte, bin ich erleichtert. Ich ordere einen

Cocktail, korrigiere mich aber auf einen Ipanema. Schließlich muss ich noch fahren. Sparrow nimmt eine Holunderlimo.

Nachdem der Kellner die Karten eingesammelt hat, setzt er stammelnd an: »Könnte ich vielleicht ... ein Autogramm für meine Tochter ...«

Ich zücke einen Edding, den ich immer in meiner Jeanstasche stecken habe, denn ich kenne das zu genüge. »Klar, ich signiere einfach auf der Serviette, okay?«

Verwirrt hebt er die Hände. »Ich meinte eigentlich die Dame.« Lächelnd betrachtet er sie. »Sparrow von den Sandpipers.«

»Oh, natürlich!« Strahlend setzt sie sich auf, zieht die Serviette an sich und schnappt sich zögerlich meinen Stift. »Wie heißt Ihre Tochter denn?«

Sprachlos sehe ich zu, wie Sparrow sich mit dem Kellner austauscht, der tatsächlich keine Ahnung zu haben scheint, wer ich bin. Das macht mich etwas fassungslos und ich bereue von Sekunde zu Sekunde mehr, sie eingeladen zu haben.

Als der Kellner weg ist, gibt Sparrow mir den Edding zurück. »Vielleicht sollte ich mir auch angewöhnen, einen Stift zum Signieren bei mir zu haben.«

Und ob, ich werde ihr meinen nämlich nicht nochmal leihen. Vor meinem inneren Auge wiederholt sich die Szene mit einer Traube von Fans und ich frage mich, wie ich damit umgehen soll, wenn Sparrow in Zukunft öfter um Autogramme gebeten wird und ich wie ein Idiot danebenstehe. Mir dreht sich der Magen um und ich überlege fieberhaft, wie ich dieses Treffen verkürzen kann.

Sobald mein alkoholfreier Cocktail da ist, werde ich ihn

in mich hineinschütten und zahlen. Soll Sparrow doch dem gesamten Team Autogramme geben.

Ihre braunen Augen blitzen auf, als sie plötzlich fragt: »Bist du enttäuscht, weil du kein Autogramm geben durftest?«

Sie wagt es ... »Nein«, lüge ich. »Ich hasse das sowieso.«

»Klar«, entgegnet sie. Ein zartes Lächeln umspielt ihre Lippen. Sie hat mich durchschaut. Verdammt. Allerdings nutzt sie diesen Moment nicht, um nachzubohren. Das ist der Unterschied zwischen uns. Sparrow ist nicht provokant. Sie ist einfach nett. Schüchtern und nett. Na ja, und wenn sie mich so entwaffnend anlächelt, auch ziemlich heiß.

Der Kellner serviert unsere Drinks. Ich halte an meinem Plan fest und trinke, so schnell ich kann. Als er nach einem zweiten Autogramm für seine Frau fragt, bin ich kurz davor, zusätzlich einen Shot zu bestellen, verkneife es mir aber.

Sparrow kommt auch dieser Bitte nach. Sie ist geschmeichelt, wahrscheinlich wurde sie bis jetzt noch nicht oft erkannt. Als wir wieder allein sind, frage ich sie mäßig interessiert nach dem kleinen Küstenstädtchen, in dem sie lebt, und Sparrow gibt bereitwillig Auskunft.

Wren sei ihre beste Freundin, Olivia Wrens Tante und Sparrows Vater besitze seit jeher eine Autowerkstatt. Sie habe im Frühling damit begonnen, öfter mit Wren am Strand zu singen, da habe Maddox Mason sie entdeckt.

Nach einer Weile höre ich nur noch mit halbem Ohr zu, denn zwei Männer, die einen Tisch weiter sitzen, wecken meine Aufmerksamkeit.

Sparrow verstummt. Mit gesenktem Blick zieht sie an ihrem Strohhalm. Anscheinend denkt sie, sie würde mich langweilen.

Ich lehne mich über den Tisch nach vorn und raune: »Dreh dich nicht um. Da hinten sitzen zwei Typen, die mich erkannt haben und wohl versuchen, *ganz unauffällig* ein Foto von mir zu machen.« Ein wenig erfüllt es mich mit Genugtuung, dass sie nicht die Einzige ist, der die Aufmerksamkeit zuteilwird.

Erleichtert darüber, dass ich abgelenkt war, setzt sie sich auf und rückt näher. »Das passiert dir sicherlich oft, oder? Stört dich das?«

»Ich habe mich mittlerweile daran gewöhnt, in der Öffentlichkeit angesprochen zu werden«, erwidere ich und registriere zufrieden, dass auch ihr bewusst ist, dass ich der Bekanntere von uns beiden bin. »Hawk kann nicht so gut damit umgehen. Darum taucht er oft für ein paar Tage unter.«

»Hawk«, wiederholt sie. »Wren und ich werden in den kommenden Wochen die gesamte Band kennenlernen. Das ist spannend.«

Ihre Wangen leuchten vor Aufregung. Sie ist ungeschminkt, ihre Wimpern haben denselben kräftigen Rotbraunton wie ihre Brauen und ihre Iriden zieren zarte, dunkle Tupfer. Kurz nimmt mich ihre unschuldige Begeisterung ein und ich schmunzle.

»Das wird sich nicht vermeiden lassen, vor allem während der Auftritte.«

Sie nickt, ihre Haare wippen um ihr Kinn.

Der Typ am Nebentisch wird nun richtig frech und steht auf, um ein Foto zu machen. Klar, ich bin das gewohnt. Aber ich habe es trotzdem lieber, wenn man nett fragt wie das Servicepersonal.

Sparrow bemerkt meinen Stimmungsumschwung und

dreht sich zu dem Kerl um. Dieser scheint auch sie zu erkennen, er stößt nämlich die Luft aus und setzt sich rasch.

»Was ist so schwer daran, uns einfach anzusprechen?«, zische ich Sparrow zu. »Wir sind doch keine Tiere im Zoo.«

»Vielleicht wollen sie uns nicht belästigen.«

»Und indem sie uns heimlich fotografieren, belästigen sie uns nicht?« Genervt ziehe ich mein Portemonnaie heraus. »Wir wollen zahlen«, rufe ich in Richtung Tresen.

Als ich die Scheine auf den Tisch lege, umschließt Sparrow nervös die Sitzfläche ihres Stuhls. Dass die Typen ihr mit Blicken im Nacken sitzen, stört auch sie immer mehr. Und das stört mich.

Und während ich kurz darauf beobachte, wie ihre Finger die Flasche hinauffahren, um das Kondenswasser aufzufangen, kommt mir eine Idee. »Weißt du was? Wir bieten ihnen einfach die Show, die sie sehen wollen.«

Sie hebt die Lider. Ein leises »Was?« entfährt ihr, doch sie versteht, was ich vorhabe, als ich die Hand in ihren Nacken lege und sie zu mir heranziehe. Ihre Augen sind aufgerissen, als ich die Lippen auf ihre drücke. Und ich rieche sie wieder, Blumen in den Dünen, Salzkruste an den Blüten. Nun identifiziere ich endlich die Sorte. Es sind Lilien. Hell und rein wie sie und damit das Gegenteil zu der allumfassenden Finsternis meiner Seele. Ich schließe die Augen, schmecke Holunder, fühle gehauchte Verblüffung auf meinen feuchten Lippen, lehne mich näher in ihre Richtung, höre schrappende Stühle. Sparrows Haare kitzeln meinen Handrücken. Ich ertaste ihren spitz zulaufenden Haaransatz und denke: Vielleicht werden mir die nächsten Monate doch mehr Spaß machen als angenommen.

Die Typen mit den Kameras sind nähergekommen, um diesen gespielt intimen Moment festzuhalten.

Chris darf sich freuen, denn unsere inszenierte Liaison startet eine Woche früher als geplant.

Sparrow
KAPITEL 5

Z wei Tage später sitze ich in den Dünen und starre aufs Meer. Einzelne Haarsträhnen tanzen vor meinem Gesicht, unruhig wie die Wellen. Der laue Juniabend hat sie aus meinem Pferdeschwanz gelöst, reißt sie davon, peitscht sie zurück. Immer wieder klemme ich sie hinters Ohr, doch sie entgleiten mir und lassen sich so schlecht kontrollieren wie mein Leben.

Vorhin habe ich mir die Sandalen von den Füßen gestreift und die Zehen im kühlen Sand vergraben. Die Sonne steht tief. Einige Badegäste steigen aus dem Wasser und schlagen ihren Weg zu den kleinen Strandhütten an der Promenade von Wave Crest ein. Die meisten spazieren jedoch zum Hafen, an dem die Imbissbüdchen und Verkaufsstände langsam den Betrieb aufnehmen.

Zu Beginn und Ende des Sommers öffnet der Nightmarket für ein magisches Wochenende seine Pforten. Er wird von bunten Lichterketten und Lampions flankiert, die in der Dämmerung leuchten und Jung und Alt in ihren Bann ziehen. An einem Stand kann man seine Wünsche auf Papier schreiben, anzünden und gen Himmel schweben lassen. Kinder können an verschiedenen Ecken Preise gewinnen. Aussteller verkaufen Ware, die man so nirgendwo anders bekommt: handgemachten Schmuck, recycelte Kunst und Kleidung aus zweiter Hand. Die Auswahl an Speisen ist jedes Jahr bunt gemischt.

So lange ich denken kann, gehört der Nightmarket zu den Highlights des Sommers. Doch heute zieht er mich rein gar nicht an.

Ich wickle die senfgelbe Cordjacke um mich und lege das Kinn auf den Arm. Dads Worte hallen in meinem Kopf. *Diese Welt scheint verlockend und aufregend zu sein. Aber bist du sicher, dass dies der richtige Pfad für dich ist?*

Ich will es herausfinden, hatte ich gesagt. Entschieden war ich bereit, diesen Weg zu gehen. Doch hatte er vielleicht recht? Passe ich wirklich nicht in diese Welt?

»Endlich habe ich dich gefunden. Hier steckst du also!«

Um die Besitzerin der Stimme zu identifizieren, muss ich mich nicht umdrehen. »Hi, Wren.«

»Wie lange sitzt du schon am Strand?« Sie tritt neben mich. Der Wind stürzt sich auch auf sie und reißt frech an ihrer Jeansjacke.

»Eine Weile.« Langsam ziehe ich die Zehen aus dem Sand und zeichne mit ihnen Kreise auf den Boden.

Wrens gebräuntes Gesicht grinst keck. »Harry sagt, dass du heute nicht in der Werkstatt aufgetaucht bist. Warst du also den ganzen Tag hier?«

Abwehrend hebe ich die Achseln. »Kann gut sein, ja.«

Wren atmet tief aus und plumpst neben mich in den Sand. Nachdem sie ihre Flipflops abgestreift hat, streckt sie die Beine aus. Nebeneinander malen unsere Füße Muster, Punkte, Herzen.

»Ist es sehr schlimm?«, frage ich zerknirscht.

»Nein«, erwidert Wren wie aus der Pistole geschossen.

»Du lügst.«

»Nein, wirklich nicht!«

»Der erste Kommentar unter dem Foto enthielt direkt eine Beschimpfung. Gegen mich.«

Sie holt Luft und setzt an: »Es gibt immer ein paar Hater.«

Ich möchte widersprechen, doch sie redet weiter. »Es ist die Minderheit, Sparrow. Selbst ich bin überrascht, aber anscheinend mögen uns die meisten Leute.«

Ich brumme etwas Zweifelndes.

»Du hast dich für diesen Weg entschieden. Dieses Foto wirst du nicht mehr aus dem Netz kriegen. Mach das Beste daraus.«

»Ja, ich habe mich dafür entschieden und auch den Vertrag unterschrieben«, entgegne ich. »Aber der läuft erst ab nächster Woche. Außerdem habe ich einem frontalen Kuss nicht zugestimmt.«

»Nicht? Ich dachte, ihr habt das vielleicht abgesprochen und —«

»Keine Silbe von diesem Moment war abgesprochen! Wir haben bei Vertragsunterzeichnung darüber geredet, dass ein angedeuteter Kuss drin sein könnte. Aber natürlich erst im Laufe der kommenden Monate.«

Wren nickt. »Okay, dann kam das unerwartet.«

»Das kannst du laut sagen.«

»Also hat er dich nicht mal vorgewarnt?«

Ich raufe mir die Haare. »Nichts dergleichen! Er hat es

plötzlich getan. Und das nur, weil uns ein paar Tische weiter zwei Typen erkannt haben.«

»Wie kam es überhaupt dazu, dass ihr euch zusammen in ein Café gesetzt habt?«

In kurzen Sätzen umreiße ich die Umstände. Da Wren über Nacht bei ihrem Bruder in San Diego war und erst heute zurückgekehrt ist, hatte ich noch keine Zeit, ihr von dem Vertragsabschluss zu erzählen. Vielleicht hat sich mittlerweile zu viel in mir aufgestaut. Den ganzen gestrigen Tag saß ich auf glühenden Kohlen, weil ich befürchtete, dass das Foto früher oder später in den Medien auftauchen würde. Wider Erwarten blieb mein Handy still. Gegen Abend war ich davon ausgegangen, dass der Knipser sich dagegen entschieden hatte, es zu teilen, warum auch immer. Doch heute Morgen dann der Schock: Das Foto von Raven und mir, wie er mich küsst und ich ihn mit weit aufgerissenen Augen anstarre, verbreitete sich auf sämtlichen Kanälen, während die Klatschpresse Olivias Mailbox mit Interviewanfragen flutete. Die ersten Kommentare auf Instagram gaben mir den Rest und ich floh ohne mein Handy an den Strand.

Nachdem ich geendet habe, starre ich aufs Meer und schiebe wieder die widerspenstige Strähne hinters Ohr. Doch der Wind lässt nicht zu, dass ich sie bändige.

»Bereust du es, den Vertrag unterschrieben zu haben?«, fragt Wren.

»Ein bisschen«, murmle ich. »Vermutlich hätte ich von vornherein bestimmter auftreten sollen. Hätte Bedingungen formulieren und nicht mit gesenktem Kopf alles abnicken sollen. Ich habe das Gefühl, dass ich in diese Abmachung gerutscht bin, ohne mir darüber bewusst zu sein, was die Folgen sind und was sie für mich bedeuten.«

Wren formt einen Ball aus nassem Sand in den Händen. »Das verstehe ich. Und weißt du, was du auch hättest tun sollen? Du hättest Raven so heftig eine knallen müssen, dass ihm hören und sehen und vor allem seine überhebliche Art vergeht.«

Ich glucke.

»Ernsthaft, Sparrow! Was glaubt er, wer er ist?«

»Der Frontman einer der erfolgreichsten Bands des Landes. Ungefähr jeder will mit ihm schlafen, und das ist ihm bewusst.«

»Wir sind aber nicht jeder!« Entschieden drückt sie den Sand in den Boden. »Er hat respektvoll mit dir umzugehen und dich um Konsens zu fragen! Das werde ich ihm persönlich ins Gesicht sagen.«

Ein Lächeln stiehlt sich auf meine Lippen. »Wir hätten dich als sein Fakedate auswählen sollen. Du hättest dich gegen ihn behaupten können.«

Wren legt die Hand auf meine Schulter. Ich drehe den Kopf und sehe in ihr zuversichtliches Gesicht. »Auch du packst das. Ich bin bei dir.«

Zweifelnd lasse ich die Körnchen durch meine Finger rieseln. Dennoch fühlt sich mein Herz nach ihren Worten leichter an.

»Kann er wenigstens gut küssen?«, wirft sie ein.

Ich lache. »Ich war völlig überrumpelt und starr vor Schock. Gefühl kam dementsprechend keines bei mir an. Da ich nicht auf ihn eingegangen bin, kann er es auch nicht genossen haben.«

»Das ist immerhin etwas«, murmelt Wren voller Genugtuung.

Unbewusst reibe ich mir den Nacken, die Stelle unter

dem Haaransatz, an dem Ravens Hand verweilte. Kurz spüre ich wieder seine Finger, die zwar einen festen Griff hatten, sich aber mit zarter Beharrlichkeit nach oben tasteten. Hätte ich seinen Kuss erwidert, wären sie eventuell hinauf gefahren, in mein Haar, hätten mit meinen Strähnen gespielt und mich gehalten. Seine hungrigen Lippen wären meine Wange entlanggeglitten, hätten an meinem Ohrläppchen geknabbert, an meinem Hals gesaugt ... Ja, ich glaube, Raven Anderson ist ein Typ, der einen nicht nur küsst, sondern seine Partnerin dabei genau so berührt.

Ertappt schlage ich mir dieses Gedankenspiel aus dem Kopf und bin froh über die untergehende Sonne, denn in der einsetzenden Dämmerung kann Wren meine heißen Ohren nicht sehen. Verdammt, ich bin wütend auf Raven. Auf *diese Art* darf ich nicht an ihn denken. Schon gar nicht nach dem, was im Café passiert ist!

»Hast du trotzdem Lust, mit mir auf den Nightmarket zu gehen?« Sehnsüchtig dreht Wren den Kopf zu den Lichtern der Lampions, die immer deutlicher zutage treten.

Zögerlich wische ich den Sand von den Knien. Noch nie habe ich den Nightmarket ausfallen lassen. Dennoch ist mir überhaupt nicht danach.

»Dein Dad wird da sein«, versucht Wren mich zu überreden. »Er sagte, wir finden ihn wie immer am mediterranen Steakstand.«

»Dad in allen Ehren, aber ... Ich wünschte, Mom wäre da.« Die Worte schmerzen. Mir und Dad besonders. Deshalb würde ich sie in seiner Anwesenheit nie aussprechen. Vor Wren schon, weil sie das versteht. Und weil ich mich vor ihr immer schwach zeigen darf.

»Ich habe etwas mitgebracht«, entgegnet sie und zieht

einen Gegenstand hinter ihrem Rücken hervor, der mir bis jetzt nicht aufgefallen ist. »Damit sie dir ein wenig näher ist.«

»Meine Ukulele.« Begeistert nehme ich sie an mich.

Wren lächelt, der liebevolle Glanz in ihren Augen gleicht einer Umarmung.

Sie beobachtet, wie ich den hölzernen Korpus auf die Oberschenkel lege und die Finger zart über die Saiten gleiten lassen. Dann zählt sie hinunter.

Unser leiser Gesang mischt sich mit dem Rauschen der Wellen. Die weichen Töne der Ukulele begleiten unsere Stimmen. Und als wir bei meiner Lieblingszeile angekommen sind – »Everything will turn out well in the end« –, erfasst auch mich die Hoffnung.

Vielleicht wird ja doch noch alles gut.

Nachdem wir geendet haben, lege ich den Kopf auf Wrens Schulter. Wir verharren so, bis der Wind die leise Musik des Nightmarkets zu uns hinüberträgt wie einen Lockruf. Dann rapple ich mich auf, klopfe meine Hose ab und halte Wren die Hand hin.

»Lass uns die Ukulele nach Hause bringen und auf den Markt gehen.«

Sie lächelt und schlägt ein.

Raven

KAPITEL 6

I n den folgenden Tagen beschäftige ich mich wenig mit meiner neuen Fakefreundin.

Nach unserem ersten Date im Café konnte Sparrow es kaum erwarten, von mir wegzukommen, weshalb ich mich bereit erklärte, die paar Blocks zu meinem geliehenen Porsche zu laufen, damit sie mich nicht mitnehmen musste.

Als sie an mir vorbeifuhr, blickte ich etwas wehmütig dem Chevy hinterher, dessen Lack vom Sonnenschein perfekt in Szene gesetzt wurde und in den wunderschönsten Lilatönen schimmerte. Es ist wirklich hot gewesen, wie sie meinen Wagen repariert hatte, zumal man ihr die Kenntnisse überhaupt nicht ansah. Ich hingegen hatte nicht gerade mit Wissen geglänzt. Das war prinzipiell nicht schlimm, weil ich klischeehafte Rollenbilder ohnehin für überholt halte, aber es kratzte an meinem Ego. Fest nahm ich mir vor, mich demnächst mit Autos auseinanderzusetzen. Einfach, um mich nicht nochmal in die Situation zu bringen, in der ich mir von einer Frau wie Sparrow helfen lassen muss.

Am Porsche angekommen, bemerkte ich verärgert einen Strafzettel hinter dem Scheibenwischer. Ich sandte ein Foto davon an Chris, damit er sich darum kümmerte, und fügte den Hinweis hinzu: *Behalte die Medien im Auge. Eventuell wirst du etwas sehen, das dich erfreut.*

Entgegen meiner Hoffnung hielt ihn das nicht davon ab, mir im Rahmen einer aufgebrachten Voicemail seine Verärgerung über meine Parkgewohnheiten mitzuteilen. Diese verpuffte jedoch jäh, als zwei Tage später das Foto von Sparrow und mir die Klatschseiten eroberte.

»Gut gemacht«, lobte Chris mich mit einem zufriedenen Grinsen, als wir uns am nächsten Tag mit der Band trafen, um bei einem gemeinsamen Frühstück die kommende Tour durchzusprechen.

Mir war klar, dass er mich nicht nur für das Foto lobte. Seine Drohung, die Thunderbirds nicht mehr zu managen, hatte mir so viel Angst eingejagt, dass ich seit seiner Standpauke im Caesars Palace darauf geachtet hatte, es nicht in einem Ausmaß krachen zu lassen, in dem die Medien davon Wind bekamen. Einmal war ich mit Hawk unterwegs, der sich überraschenderweise als guter Einfluss entpuppte. Oft setzt er sich ab und verbringt die Nächte allein mit etwas, über das er nicht offen spricht. Wenn er mal mit uns feiert, tut er das bemerkenswert ruhig. Verlassene Straßen, dunkle Bars, Eckkneipen mit Indiebands – das zieht ihn mehr an als der Glamour. Und ich ließ mich gern davon anstecken. Schließlich stand unser Management auf dem Spiel.

Rodrick und Annabelle hingegen hatte ich schweren

Herzens abgesagt. Unser Treffen wäre zweifelsohne auf eine gemeinsame Nacht mit Annabelle hinausgelaufen. Es wäre nur eine Frage der Zeit gewesen, bis sie Instagram geöffnet, mich mit Sparrow Price hätte knutschen sehen und mir daraufhin wahrscheinlich am liebsten ihren Drink ins Gesicht gespuckt hätte.

Zwar mag ich manchmal rücksichtslos und egozentrisch sein, allerdings hätte sich das nicht gut angefühlt. Für keinen von uns.

Mittlerweile ist die neue Woche angebrochen und der Vertrag über die inszenierte Beziehung von Sparrow und mir offiziell in Kraft getreten.

Wir Thunderbirds werden heute Abend einen Auftritt nachholen, den wir im letzten Winter aufgrund einer Erkrankung von Crane verschieben mussten. Obwohl die Sandpipers bereits in wenigen Tagen mit uns auf die kleine Europatour gehen werden, haben Chris und Olivia darauf bestanden, dass Sparrow heute Abend auf unserem Konzert in New York erscheint, um in meiner Nähe gesehen zu werden. Die Mädels sind vermutlich nicht begeistert, da sie wegen dieses Termins quer durchs Land reisen müssen. Allerdings bin auch ich vergangene Woche extra nach San Diego geflogen, um den Vertrag zu unterschreiben. Die beiden werden darüber hinwegkommen.

Am Vormittag findet die Band sich zum Soundcheck in der Konzerthalle ein. Hawk sieht aus, als habe er letzte Nacht gar keinen Schlaf bekommen, während Crane fokussiert und in sich ruhend an den Drums Platz nimmt und die ersten Rhythmen zum Besten gibt. Falcon klimpert Melodien auf seinem Keyboard und ist, wie gewohnt, gut drauf. Ich stecke in einem etwas zu großen, weißen Shirt, werde mich aber noch in eine ansprechende Garderobe werfen. Da der Auftritt eingeschoben wurde, werden wir nicht in den Bühnenoutfits spielen, die anlässlich des Europagigs angepasst wurden, sondern alles verläuft ungezwungen und wir haben freie Wahl über unsere Kleidung.

Heute ist mir nach einem Anzug. Da ich in der Pause zu meiner Mom nach Long Island fahren möchte und ihr Haus nur wenige Kilometer von meinem entfernt liegt, werde ich einen Zwischenstopp bei mir machen und einen aus meinem Schrank aussuchen.

Da meine Laune heute gut ist, blickt der Rest der Band vorsichtig optimistisch auf den Abend. Meine Stimmung ist wechselhaft und viel zu oft muss mein Umfeld darunter leiden. Wenn ich einen schlechten Tag erwische, kann Falcon mich am verlässlichsten aufmuntern, wohingegen Crane es schafft, mich runterzubringen. Hawk hingegen hält sich in diesen Phasen von mir fern und tauscht allenfalls am Handy Songtexte mit mir aus. Seine eigenen Dämonen sind ihm laut genug. Auf der Bühne äußern sich meine Stimmungswechsel glücklicherweise lediglich durch Leidenschaft. Mal singe ich die fröhlichen, mal die emotionalen Songs mit mehr Inbrunst. Doch nach dem Auftritt gilt es dann oft, Druck abzubauen. In dieser Hinsicht kann ich auf die Jungs zählen und sie begleiten mich ins Nachtleben.

Zu meinen Bandkollegen spüre ich schon seit unserer

ersten Session eine tiefe Bindung. Nicht umsonst entschieden wir uns kurz nach dem Unterzeichnen des Plattenvertrags für ein Bandtattoo: Die Flügel auf den rechten Oberarmen, die uns permanent und unwiderruflich miteinander verbinden würden. Selbst wenn wir irgendwann musikalisch getrennte Wege gehen sollten – der gemeinsame Erfolg prägt uns. Mit den Jungs erlebe ich Dinge, die einzigartig sind und viele Menschen außerhalb des Showbiz schwer nachvollziehen können. Im Geiste werden wir auf ewig Brüder bleiben.

Wenn sie von der Bühne getreten sind, legen meine Freunde untereinander meist ihre Künstlernamen ab. Hawk wird wieder zu Troy, Crane zu Benson und Falcon zu Jimmy. Ich jedoch bestehe darauf, stets Raven genannt zu werden, und spreche auch sie nach Feierabend mit ihren Vogelnamen an. Ich fühle mich als Raven einfach wohler in meiner Haut anstatt als Devin.

Oft haben wir im Kreis der Band darüber spekuliert, weshalb das so ist und warum ich diese stimmungsmäßigen Ausreißer habe. Einen Treffer landete einzig und allein Crane, und das auch nur in einem Vier-Augen-Gespräch, das wir auf einem Hoteldach in Paris führten. Mir, beziehungsweise Devin, fehlt Bryce. Und das jeden Tag. Raven hingegen sieht über den Kummer hinweg und tritt stark und unabhängig auf. Als der, der ich sein will.

Doch für heute beschließe ich, meinen Bruder aus meinem Bewusstsein zu schieben. Die Gitarre spielt sich von ganz allein, die Techniker stellen die Scheinwerfer ein, vor meinem inneren Auge füllt sich die Halle. Unzählige Menschen werden mir am Abend zujubeln. Ich habe Lust. Und während ich das Mikrofon näher an meinen Mund ziehe und meine Gefühle etwas zu enthusiastisch in den Song lege, sehe ich zwei bekannte Gestalten durch den Saal laufen.

Ich unterbreche meinen Gesang abrupt und kneife die Augen zusammen. »Was machen die Sandpipers denn hier?«, frage ich über die Schulter, ohne jemand Speziellen zu adressieren.

Falcon ist heute richtig im Flow. Daher bekommt er gar nicht mit, dass ich nicht mehr singe. Er spielt einfach weiter, während Hawk interessiert den Kopf hebt und Crane in einen ruhigen Rhythmus wechselt.

»Solltest du das nicht wissen?«, ruft Hawk mir zu. »Ist doch deine *Freundin*.« Er nimmt die Hände vom Bass, um beim Stichwort *Freundin* Gänsefüßchen in die Luft zu malen.

»Sollten die beiden nicht unser Konzert besuchen?«, spekuliert Crane.

»Sollten sie«, gebe ich zurück. »Aber ich verstehe nicht, wieso sie schon zum Soundcheck hier sind.«

»Vielleicht hat es sich organisatorisch angeboten«, schlägt Falcon vor, der endlich unser Gespräch bemerkt und auf eine eingespeicherte Melodie gewechselt hat. »Ich find's cool, sie hier zu sehen.« Er winkt ihnen zu.

Sparrow und Wren scheinen das nicht zu bemerken. Zielstrebig laufen sie quer durch die Halle, ohne zu uns hinaufzusehen. Das finde ich komisch.

Ich trete ans Mikrofon, deute eine Verbeugung an und verkünde: »Wen haben wir denn da? Die Thunderbirds begrüßen herzlich ihre Special Guests, die Sandpipers!« Ich lege möglichst viel Freundlichkeit in meine Stimme, dennoch hören sich meine Worte sarkastisch an. Das mag daran liegen, dass sie sarkastisch sind.

Sparrow hebt kurz den Blick, ehe sie den Backstagebereich am Bühnenrand ansteuert. Und Wren ... Wren zeigt uns den Mittelfinger.

Ungläubig stoße ich die Luft aus und auch die anderen geben überraschte Laute von sich.

Ein zufriedenes Grinsen huscht über Wrens Gesicht, dann folgt sie Sparrow in den Hinterraum.

»Was erlaubt sie sich?«, frage ich die Band. »Und uns sagt man nach, wir würden uns danebenbenehmen.«

»Sie scheinen nicht besonders glücklich damit zu sein, dass sie hier sind«, wirft Falcon ein.

»Hast du mal darüber nachgedacht, wie euer letztes Treffen für Sparrow war, Raven?«, entgegnet Hawk.

»Sie sind neu im Business. Hast du sie vielleicht angerufen und gefragt, wie es für sie ist, dass ihr nun eine Affäre mit einem Thunderbird nachgesagt wird?«, schließt Crane sich an.

»Könnte es sein ...« Falcon beugt sich mit weit aufgerissenen Augen über sein Keyboard zu uns herüber. »Dass Sparrow einen Freund hat, Raven? Dann könnte eure Fakebeziehung zu einem echten Streitthema in ihrem Privatleben führen.«

Ich starre die Jungs an. Weder habe ich Sparrows Nummer noch weiß ich, ob sie einen Freund hat. Habe ich eine Vergebene geküsst oder gar einen Ehestreit ausgelöst? Abgesehen davon, dass die Sandpipers durch die Decke geschossen sind wie eine Rakete, ist mir gar nichts von den beiden bekannt.

»Ich kläre das«, murmle ich und lege meine Gitarre ab. Den Weg über die Bühne nehmend, dränge ich mich an Bühnenbauern und Security vorbei. Schon vor dem Konzert herrscht ein reges Treiben hinter den Kulissen. Unzählige Menschen sind an der Organisation beteiligt, damit der Abend für die Zuschauer zum unvergesslichen Erlebnis wird.

Die Sandpipers scheinen diesen Weg nicht zu kennen, sie zucken nämlich zusammen, als sie mich in der Tür des Backstageraums entdecken.

»Hallo«, grüße ich und lehne mich an einen Pfeiler. »Wir haben euch nicht vor heute Abend erwartet. Darf ich fragen, womit wir die nette Begrüßung verdient haben?«

Wren schnappt nach Luft und verschränkt die Arme vor der Brust. Sparrow flüstert ihr etwas zu, woraufhin sie erwidert: »Geh nur, ich bespreche das mit ihm.« Dann verschwindet Sparrow in den Katakomben.

Das verwirrt mich. Ich will ihr folgen, doch Wren baut sich vor mir auf, ihre Augen verengt vor Zorn.

»Du glaubst, du kannst dir alles erlauben, oder?«, faucht sie mich an. Tatsächlich wirkt sie enorm wütend, allerdings war ich in meinem Leben schon mit den verschiedensten, unangenehmen Situationen konfrontiert und lasse mich von ihr wahrlich nicht einschüchtern.

»Falls du es nicht mitbekommen haben solltest, Wren«, entgegne ich und spiegle ihre Geste. »Sparrow und ich haben einen Vertrag unterschrieben und nein, ich habe auch keine Freude an dieser Verbindung. Trotzdem sollten wir in den kommenden Monaten versuchen, wie erwachsene Menschen miteinander umzugehen. Dass sie sich aus dem Staub macht, während du für sie sprichst wie eine Mutter, ist nicht förderlich für eine Zusammenarbeit.«

Wren reißt empört die Augen auf. Wahrscheinlich trägt meine Reaktion wenig zu einer Schlichtung bei.

»Du hast sie geküsst, Raven. Ohne ihr Einverständnis.

Und fang jetzt gefälligst nicht mit dem Vertrag an, der gilt erst seit heute und beinhaltet auch nicht, dass du mit Sparrow machen kannst, was du willst.«

Chapeau. Ob ich sie hätte fragen sollen, ist mir bis dato nicht in den Sinn gekommen. Wahrscheinlich, weil sich bis jetzt niemand über einen Kuss von mir beschwert hat, im Gegenteil. Ich werde regelrecht darum angebettelt. Außerdem hat Sparrow mir nicht mitgeteilt, dass ihr die Situation unangenehm war. Sie ist lediglich schnell verschwunden. Eventuell hätte ich das davon ableiten können.

Seufzend gebe ich mich geschlagen. »Na schön, du hast recht. Lass mich mit ihr reden, ich kläre das mit ihr.«

Skeptisch hebt Wren die Braue.

»Dann lass mich halt nicht zu ihr. Ich werde ohnehin die Möglichkeit bekommen, mit ihr zu sprechen. Wir daten einander schließlich«, ergänze ich, da ich Wren mit Sicherheit nicht anflehen werde.

Doch sie macht mir Platz und so laufe ich weiter in die weiß gestrichenen Kellerräume. Mit Wren auf den Fersen passiere ich weitere Bühnenbauer, das Büfett und finde Sparrow auf einer Sofaecke.

Sie wirkt ein wenig verloren auf der abgewetzten Ledercouch. Ihre Haare sind zu einem rotbraunen Kranz geflochten und zu ihrer Jeansshorts trägt sie ein senfgelbes T-Shirt. Da es hier unten so kühl ist, reiben ihre Hände über ihre Oberarme. Sofort sehe ich sie wieder an ihrem lila Chevy lehnen, erinnere mich daran, wie sich ihre Nase kräuselte, als sie auf Kabel und Schrauben hinabblickte und wie dieser triumphierende Schimmer über ihr Gesicht wanderte, als sie die Lösung fand. Ein warmer Griff umfasst mein Herz, und fast tut es mir leid, ihr in diesem kalten Raum zu begegnen, denn ich spüre förmlich, wie sie sich nach ihrer gewohnten Umgebung sehnt. Der Werkstatt, dem Strand. Obwohl ich sie nie dort getroffen habe, weiß ich schlichtweg, dass sie dort hingehört.

»Hi«, sage ich endlich und bemerke, dass ich sie schon eine Weile wortlos angestarrt habe.

Wrens Braue wandert immer höher und ich wünschte, sie würde einfach gehen, damit ich mit Sparrow allein reden kann. Ich wünsche mir sogar ein kaputtes Fahrzeug her, nur damit Sparrow ein Problem hat, das anders ist als ich. Lösbar. Ich wünsche mir den Glanz in ihr Gesicht.

»Hallo«, antwortet Sparrow. Mein anfängliches Schweigen überrascht offenbar auch sie, und ihre Finger spielen nun mit dem Saum ihrer Jeansshorts herum.

»Sorry, dass ich dich geküsst habe«, sage ich hölzern, weil Wren darauf zu warten scheint. »Ich frage dich zukünftig.«

»Okay«, erwidert Sparrow. Ihr Blick huscht von Wren zu mir. Sie weiß offensichtlich nicht, was sie sagen soll.

Wann war ich das letzte Mal in einer Situation gefangen, die ähnlich unangenehm war? Mir fällt keine nach meiner Grundschulzeit ein.

»Hast du letzte Woche mal wieder an einem Auto geschraubt?«, frage ich, um irgendetwas zu sagen, das die peinliche Stille durchbricht.

»Auto?«, wiederholt Wren fassungslos, doch auf Sparrows Lippen bildet sich ein vorsichtiges Grinsen.

»Ja. Mein Dad hat einen 1956 Chrysler, dessen Lack ich aktuell neu auftrage.«

»Bekommt der Chrysler auch so eine extravagante Farbe?«, möchte ich wissen, weil es mich tatsächlich interessiert, und weil ich Sparrow zum Reden bringen will. Über etwas, für das sie brennt.

Sie schüttelt den Kopf. »Es wird ein langweiliges, mattes Schwarz. Dad wird ihn verkaufen. Klassisch mögen viele Kunden dieses Modell am liebsten.«

Über Wrens Kopf tanzen unsichtbare Fragezeichen.

»Aber wir haben vor Kurzem ein metallenes Grün eingekauft«, ergänzt Sparrow. »Er ist für einen Cadillac vorgesehen, den Dad demnächst mit mir abholen möchte. Ich kann es kaum erwarten, ihn zu lackieren.«

»Wo befindet sich der Cadillac aktuell?«

»Er steht in Chicago. Aber Dad trifft den Besitzer auf halbem Weg. Das ist ihm dieser Wagen wert.«

Seufzend lehnt Wren sich an die Steinmauern. »Da will man klare Bedingungen eurer Fakebeziehung aufstellen und ihr redet über Autos.«

Ertappt ballt Sparrow die Hände zu Fäusten. Sie grinst. »Stimmt. Sorry. Trotzdem danke für deine Hilfe, Wren.«

Nervös reibe ich mir den Nacken. Was genau gerade geschehen ist, weiß ich auch nicht, aber tatsächlich habe ich Sparrow gern dabei zugehört, wie sie über die Oldtimer redet. Ich habe, ganz abgesehen vom Thema, gern mit Sparrow geredet. Wie konnte das passieren?

Chris betritt das Zimmer. »Oha, mein Lieblingspaar hat sich gefunden«, verkündet er zufrieden und zwinkert Sparrow zu.

Diese steht auf und lehnt sich an die Couch. Anscheinend ist es komisch, zu sitzen, während drei Leute neben ihr stehen.

»Wunderbar, dass ich euch hier zusammen treffe, es geht nämlich um euer nächstes Date«, fährt Chris fort.

Sparrow meidet den Blickkontakt. Erneut ist ihr die Situation so unangenehm, dass ich mich frage, wie sie es überhaupt schafft, vor Publikum aufzutreten.

»Zwei Blöcke weiter ist ein mexikanisches Restaurant«, erklärt Chris und blickt abwechselnd auf sein Handy und über seine Brille in unsere Gesichter. »Ein Fahrer wird euch in dreißig Minuten abholen, damit ihr beiden dort mittagessen könnt.«

Sparrow und Wren scheinen über den Plan informiert zu sein, mir jedoch ist das neu. Vehement schüttle ich den Kopf. »Jetzt gleich? Das kannst du vergessen, Chris. Ich muss noch nach Hause fahren und mich umziehen. Außerdem ...«

»Du brauchst dafür nicht extra nach Hause zu fahren. Wir haben hier genug Klamotten für dich. Halte dich an den Plan und iss ein paar Tortillas mit Sparrow. Das reicht schon. Ihr müsst euch nicht küssen, es sei denn, ihr wollt es.« Er wirft Sparrow einen vielsagenden Blick zu, der sie sofort dazu bewegt, die Lider zu senken. Mir wird immer deutlicher bewusst, in welche Situation ich sie mit dem überstürzten Kuss gebracht habe. So langsam beginne ich, meine forsche Herangehensweise zu bereuen.

»Heute Abend sind die beiden im Publikum«, widerspreche ich. »Wir haben letzte Woche abgeliefert, das reicht. Ich habe jetzt schlichtweg keine Zeit für ein Date.«

Entschieden steckt Chris sein Handy weg. »Letzte Woche war euer Privatvergnügen, nun gelten die vertraglichen Regeln. Ihr werdet gemeinsam in das Restaurant gehen, darum sind die Sandpipers extra früher angereist. Mach nicht so einen Aufriss um dein Outfit, Raven. Du weißt doch, dass es heute keinen Bühnendresscode gibt.«

Im Gegensatz zu mir wurden die Sandpipers über diesen

Plan in Kenntnis gesetzt. Hätte ich von dem Dinner gewusst, hätte ich den Tag anders geplant. »Es geht nicht nur um das Outfit«, setze ich an. *Es geht um eine Privatangelegenheit, für die ich mich nicht rechtfertigen werde.*

Ich spüre Sparrows mitfühlenden Blick auf mir und frage mich, ob sie versteht. Ob sie mich lesen kann. Was sie denkt.

»Vertrag ist Vertrag«, droht Chris und normalerweise würde mich das überzeugen, doch die Sache sieht anders aus, wenn es um Familie geht.

»Ich werde nicht mit Sparrow ins Restaurant fahren«, stelle ich klar.

Chris' Miene verdunkelt sich. In seiner Wahrnehmung entgleite ich ihm, mal wieder, dabei gebe ich mir Mühe. Mein persönlicher Geduldsfaden ist zum Reißen gespannt und ich befürchte, dass wir beide kurz vor einer handfesten Auseinandersetzung stehen, da sagt Sparrow plötzlich: »Ich könnte dich begleiten.«

Wren, Chris und ich richten unsere Aufmerksamkeit schlagartig auf sie.

Unsicher reibt Sparrow sich übers Knie. »Ich muss dein Haus natürlich nicht betreten«, setzt sie hinzu. »Aber eventuell werden wir zusammen im Auto fotografiert. Du könntest dein Outfit wechseln und würdest dich mit mir in der Öffentlichkeit zeigen, wie der Vertrag es verlangt. Wir schlagen zwei Fliegen mit einer Klappe.«

Wir.

Nachdenklich mustere ich Sparrow, deren Blick auf mir ruht. Ich habe es ihr bis jetzt nicht leicht gemacht. Trotzdem unterstützt sie mich bei meiner persönlichen Angelegenheit und macht sie zu ihrer. Zu *unserer*. Das ist absurd. Aber auch nett. Sparrow Price ist tatsächlich nett.

Und geht ganz anders mit mir um, als ich es an ihrer Stelle tun würde.

Verwundert leckt Chris sich die Lippen. Und Wren sieht aus, als habe Sparrow ihr gerade vorgeschlagen, einen Schimpansen zu adoptieren.

Für wenige Momente denke ich über den Vorschlag nach. Bis ich beschließe: »Das ist eine super Idee. Lass uns fahren.«

Sparrow

KAPITEL 7

Als ich kurze Zeit später in Ravens Auto sitze und mit ihm in Richtung Long Island fahre, frage ich mich, wie ich mich bloß in so eine Situation manövrieren konnte.

Wren und ich hatten das Zusammentreffen mit den Thunderbirds und vor allem mit Raven auf dem sechsstündigen Flug nach New York mehrfach durchgesprochen. Dabei hatte ich zwei Dinge betont, die mir besonders wichtig waren: Ich wollte eine Grenze zwischen ihm und mir ziehen und mich lediglich auf den Kontakt beschränken, den der Vertrag vorsah. Und vor allem sollte er mich mit Respekt behandeln. Weil ich befürchtete, dass mich in seiner Gegenwart wieder diese Schüchternheit befallen würde, erklärte Wren sich bereit, mich zu unterstützen, und machte ihre Sache gut. Wir beide kalkulierten jedoch nicht ein, dass ich bei der erstbesten Gelegenheit einknicken und Raven auf diese ungeplante Spritztour begleiten würde.

Während er mit starrem Blick das Gaspedal durchdrückt

und die Straße gen Osten einschlägt, sehe ich aus dem Beifahrerfenster, reibe mir feine Schweißtröpfchen von der Oberlippe und stelle meine Entscheidung infrage. Raven machte den Eindruck, als sei ihm der Abstecher wirklich wichtig. So wichtig, dass er nicht protestierte, als ich vorschlug, ihn zu begleiten. Im Gegenteil. Ich glaubte, den Anflug von Erleichterung in seinem Gesicht gesehen zu haben, nachdem ich mein Angebot ausgesprochen hatte.

War ich zu gutmütig? Hätte ich ihm gegenüber hart bleiben sollen wie Wren und Chris? Oder war es in Ordnung, sich auf mein Bauchgefühl zu verlassen?

Auf dem Highway dreht Raven die Musik leiser – er hat eine Rockband aufgelegt, die ich nicht kenne – und kurbelt das Fenster herunter. Der Wind fühlt sich gut auf meiner Haut an, denn es ist ein wirklich heißer Tag. Er zupft an seinem Kragen, als enge er ihn ein und sagt schließlich: »Danke für deine Unterstützung.«

»Kein Problem«, nuschle ich, obwohl es eigentlich schon gewisse Umstände macht.

Doch Raven will das so nicht stehenlassen. »Ernsthaft, Sparrow. Chris sieht meine Bemühungen, dennoch ist er aktuell nicht gut auf mich zu sprechen. Es hilft, dass du mitgekommen bist.«

Ich befeuchte meine Lippen mit der Zunge und nicke kaum merklich. Er hat recht, ich muss öfter für mich einstehen und meine Qualitäten und Erfolge festhalten. Dazu gehört auch anzuerkennen, dass ich mit dieser Aktion einfühlsam gehandelt habe.

»Du fährst einen Jaguar«, wechsle ich das Thema und lasse den Finger über das Armaturenbrett gleiten.

»Exakt.« Er klingt etwas verlegen. »Gefällt er dir?«

»Er ist ... neu.« Ein kurzes Lachen entfährt mir. Es ist wahrscheinlich eine ungewöhnliche Beschreibung für eine Sportlimousine, dennoch ist dies das Wertschätzendste, das mir im Vergleich zu unseren stattlichen Oldtimern einfällt. Bereits auf dem Parkplatz habe ich das Modell erkannt. Es ist der XJR 575 der Sonderserie zum fünfzigsten Geburtstag des Jaguars. Sie gilt als eine der stärksten Limousinen auf dem Markt und kostet über hundertfünfzigtausend Dollar.

Diesen Wagen kauft man, wenn man viel Geld hat, sich aber eigentlich nicht gut mit Autos auskennt. Der Jaguar muss dreihundert PS unter der Haube haben und schnurrt trotz der Geschwindigkeit wie ein Wildkätzchen. Die Ausstattung ist luxuriös, es gibt einen Fahrassistenten. Trotzdem würde ich die charakterstarken Oldtimer unserer Garage so einem Wagen immer vorziehen. In jedem steckt Geschichte, die Spuren wechselnder Besitzer, ein eigener Geruch. Unikate, die wir mit viel Liebe und unserer Hand-schrift aufpeppen.

»Ich komme nicht oft dazu, ihn zu fahren«, sagt Raven, als müsse er sich rechtfertigen.

»Das merkt man. Er riecht, als käme er frisch aus der Fabrik.«

»Hast du nie darüber nachgedacht, dir einen teuren Sportwagen anzuschaffen?«

»Nein.« Wieder muss ich kichern. »Das würde für mich nie infrage kommen, auch nicht, wenn mein Bankkonto platzen würde. Eher würde ich mit Dad in eine größere Werkstatt investieren. Unser Ersatzteillager ausbauen und moderne Hebebühnen anschaffen.«

»Die Sandpipers sind erfolgreich und verdienen viel Geld. Du könntest es in eure Werkstatt stecken.«

»Stimmt. Irgendwie ist das noch nicht ganz in mein Bewusstsein gesickert. Ich werde mit Dad darüber reden, wenn wir von der Europakurztour zurück sind. Allerdings bin ich mir nicht sicher, ob er meine finanzielle Unterstützung annehmen würde.«

»Das sollte er tun. Es ist ein großes Privileg, mit der Musik Geld zu verdienen. Es kann die Familie entlasten.«

»Das stimmt. Ich bin gespannt, wie er das sieht.«

Raven biegt ab. In der Ferne erkenne ich das Meer. Gierig sauge ich den Anblick auf. Sofort regt sich in mir die Sehnsucht nach Wave Crest, nach meinem Strand. Ich bin so weit von zuhause weg, dass ich von hier aus auf einen anderen Ozean schaue.

»Du wohnst in einer schönen Gegend«, sage ich eher zum Fenster als zu Raven.

Er hat mich trotzdem gehört. »Danke. Ich komme eigentlich aus der Bronx, bin aber vor ein paar Jahren nach Long Island gezogen. Weil es mir so gut gefallen hat, habe ich hier zwei Häuser gekauft. Eines für mich und eines für meine Mom.«

Unvermittelt drehe ich mich zu ihm um. Ich weiß nicht, wieso diese Info mich überrascht. Vielleicht, weil ich Raven immer als abgebrühten Rockstar wahrgenommen habe, der nicht viel Wert auf sein Umfeld oder gar Familie legt. Doch dann fallen mir wieder die Nachmittage ein, in denen ich in meinem Chevy saß und die Musik der Thunderbirds aus den Lautsprechern dröhnte. Und wie ich dachte, dass Raven Ebenen in meinem Inneren anspricht, die andere Bands, andere Sänger nie erreichen. Es gibt Dinge, für die er brennt, und Menschen, die er liebt. Einer davon scheint seine Mutter zu sein.

Kurz betrachte ich ihn genau. Versuche, ihn zu begreifen, zu ergründen. Die verwuschelten, schwarzen Haare auf der rechten Seite seines Kopfes, den ausgestreckten Arm, dessen zugehörige Hand auf dem Lenkrad ruht, den kleinen Anker oberhalb seines Daumens. Eine tätowierte Vogelschwinge tritt unter dem Ärmel seines T-Shirts hervor und reicht bis zum Ellenbogen, Pfeile deuten seinen Hals hinauf bis zu seinem Kinn. Mich überkommt das Bedürfnis, die Konturen nachzufahren. Mit den Lippen.

Ernüchtert lehne ich mich im Sitz zurück. Es wird anstrengend, weiterhin vor Raven und mir zu leugnen, welche verdammte Anziehung er auf mich ausübt. Ich mag heute eingeknickt sein und meine Prinzipien über Bord geworfen haben. Doch ich schwöre mir, hinsichtlich dieses Geheimnisses standhaft zu bleiben.

»Sparrow, ich muss dich etwas fragen«, sagt Raven plötzlich.

Ertappt schlucke ich. Er hat nicht bemerkt, dass ich ihn einen Moment zu lange ins Visier genommen habe, oder? Das darf er nicht bemerkt haben! Bereits jetzt übertritt er oft genug meine Grenzen. Wie würde er sich bloß benehmen, wenn er wüsste, dass ein Teil von mir so sehr auf ihn abfährt, dass ich kaum die Augen von ihm nehmen kann? Der nächste Satz überrascht mich jedoch völlig.

»Hast du einen Freund? Oder einen Ehemann?«

Verdattert fahre ich mir durchs Haar. »Wie kommst du denn darauf?«

»Also nein.« Erleichtert wischt er sich den Schweiß von der Stirn und erklärt: »Die Jungs haben darüber spekuliert, ob ich dich zur Ehebrecherin gemacht habe, als ich dich geküsst habe. Oder ob du mit mir deinen Freund betrogen hast.«

»Um Himmels willen.« Ich lache hinter vorgehaltener Hand. »Keine Sorge. Unter dem Kuss hat niemand gelitten. Außer vielleicht ...« Ich breche ab, lasse die Worte vom Wind davontragen. Verdammt, erneut fällt es mir schwer, für mich einzustehen.

Raven kann sich trotzdem zusammenreimen, worauf ich hinauswollte. »Außer dir. Das ist mir mittlerweile bewusst, Sparrow. Ich werde dich nicht nochmal küssen, es sei denn, du willst es. In Ordnung?«

Ich nicke hastig. Mein Kopf spinnt den Film weiter, stellt sich vor, wie er mich nach einem Kuss fragt und wir vor laufender Kamera knutschen. Eine absurde Vorstellung, trotzdem ein durchaus realistisches Szenario. Sollte es so weit kommen, würde ich nicht wie erstarrt dasitzen, beschließe ich mit glühenden Wangen. Ich würde den Kuss erwidern und meine geballte Leidenschaft mit einfließen lassen. Einfach, damit er weiß, dass ich es besser kann.

Ob wir miteinander harmonieren würden? Unser erster Kuss war definitiv ausbaufähig. Eventuell würde es sich angenehmer anfühlen, wenn er mich nicht überrumpeln würde und ich auf seine Lippen vorbereitet wäre. Verdammt, ich sollte diese Vorstellung nicht vertiefen. Schon gar nicht, wenn er mich mit diesem Blitzen in den Augen ansieht.

»Um das festzuhalten: Ich habe auch keine Freundin«, ergänzt Raven frech grinsend, bremst ab und parkt den Wagen auf der Einfahrt eines stattlichen Hauses.

»Okay«, stoße ich aus und weiß nicht, was ich darauf erwidern soll. Wie soll ich diese Information einordnen?

»Du machst mich also auch nicht zum Ehebrecher, wenn du mich küsst«, fügt er hinzu und genießt offenbar mal wieder mein verdutztes Gesicht. »Mich brauchst du übrigens nicht um Erlaubnis fragen, wenn es dich überkommen sollte. Ich stecke das weg.«

Sein Grinsen ist so breit, dass ich nicht einschätzen kann, ob er mich schlichtweg in Verlegenheit bringen will oder ob dies wirklich eine Einladung ist, ihn zu küssen. Mir fällt nichts anderes ein, als aus dem Fenster zu zeigen und das Thema zu wechseln.

»Ähm, das ist also dein Haus?«

Als streife er sich den Schalk vom Nacken, glätten sich seine Gesichtszüge. Er schnallt sich ab und sagt: »Nein. Es ist das Haus meiner Mom. Komm mit, du brauchst nicht im Auto warten.«

Sparrow

KAPITEL 8

R aven Anderson ist kein einfacher Mensch. Er ist von sich überzeugt und arrogant. Noch dazu genießt er es furchtbar, mich zu verunsichern. Aber eines muss man ihm lassen: Er ist immer für eine Überraschung gut.

Ich steige aus dem Jaguar und blinzle in die Sonne. Das Haus von Ravens Mutter ist im viktorianischen Stil gehalten. Türkise Kacheln schmiegen sich an weißen Balken. Die kegelförmigen Dächer zweier Türme ragen in den Himmel. Auf einem Schaukelstuhl liegt eine massive, braune Maine-Coon-Katze mit hellen Pfoten. Sie hebt neugierig den Kopf, als sie uns bemerkt.

Eine Frau tritt auf die Veranda. Sie trägt bequeme, beige Shorts und ein T-Shirt mit Blumenmuster. Ihre kurzen Haare sind blond, wodurch sie Raven mit seinem naturschwarzen Schopf auf den ersten Blick überhaupt nicht ähnlich sieht. Als sie jedoch ihre Sonnenbrille hochschiebt und ins Haar steckt, erkenne ich die gleichen grünen Augen, wie ihr Sohn sie hat. Erfreut breitet sie die Arme aus.

Raven läuft auf sie zu. Im Gehen dreht er sich zu mir um, fordert mich nochmals leise auf: »Sei nicht so schüchtern, komm einfach mit!«, und fällt seiner Mutter in die Arme.

Langsam laufe ich die Stufen der Veranda hinauf, begrüße die Katze mit leisen Worten und lehne mich an das hölzerne Geländer. Die Umarmung zwischen Mutter und Sohn rührt mich. Raven ist viel größer als sie, wodurch sie sich an seine Brust schmiegen kann. Umschlungen von seinen tätowierten Armen wirkt sie so beschützt. Er hält sie wie einen kostbaren Schatz.

»Ich freue mich, dass du dir heute trotz des Auftritts Zeit freigeschaufelt hast«, sagt sie, löst sich von ihrem Sohn und streckt den Kopf nach mir aus. »Wen hast du denn da mitgebracht?«

»Ich bin Sparrow«, stelle ich mich vor.

»Sie ist ...«, setzt Raven an, doch seine Mutter unterbricht ihn. »Jetzt erkenne ich sie, das ist deine neue Freundin! Ich habe euch miteinander in der Zeitung gesehen. Herzlich willkommen in der Familie, Sparrow! Ich bin Eden.« Sie zieht mich an sich und ehe ich mich versehe, befinde ich mich in einer genauso innigen Umarmung wie eben noch Raven.

Über Edens Schulter sehe ich in Ravens vor Schreck aufgerissene Augen. Anscheinend wollte er mich aus Höflichkeit nicht wie unnötiger Ballast im Auto sitzen lassen. Dass seine Mom mich nun als seine feste Freundin sieht, hat er allerdings nicht erwartet.

»Nein, Mom, das ...«, beginnt er, doch seine Mutter tätschelt ihm versöhnlich den Unterarm.

»Du brauchst es nicht leugnen. Der Fotograf hat euch

enttarnt!« Amüsiert lässt sie von mir ab, führt mich an den Schultern neben Raven und tritt einen Schritt zurück, um uns zu betrachten. »Ihr seid so ein schönes Paar. Ich freue mich für dich, Devin.«

Raven hat kapituliert und widerspricht nicht weiter. Verlegen kratzt er sich den Hinterkopf und sieht mit einem vagen Lächeln zu mir herunter, wohl um abzuschätzen, ob ich mitspiele oder ausbreche. Doch mittlerweile kennt er mich ein bisschen. Ich bin nicht der Typ, der in solch einer Situation die Bombe platzen lässt. Außerdem beschäftigt mich nun etwas anderes. *Devin?* Er heißt gar nicht Raven?

Ich mustere ihn, während seine Mom uns ins Haus führt, und muss mir eingestehen: Der Name Devin passt gut zu ihm. Endlich wird mir bewusst, dass die Thunderbirds unter Künstlernamen bekannt sind und sich Vogelnamen gegeben haben, um ein Konzept zu bedienen. Das hätte mir eigentlich klar sein sollen, allerdings verhält sich das bei den Sandpipers anders. Wir sind wirklich Sparrow und Wren aus Wave Crest. Unsere Mütter haben sich nicht abgesprochen, als sie uns Vogelnamen gaben. Es war schlichtweg Zufall und glückliche Fügung, dass Zaunkönig und Spatz zueinanderfanden und eine enge Freundschaft knüpften.

Der Duft von frisch gebackenem Kuchen flutet eine liebevoll eingerichtete Landhausküche hinter dem Eingangsbereich.

Die Maine-Coon ist uns gefolgt und hopst schwerfällig auf die Fensterbank, auf der sich ein Körbchen befindet. Sie scheint keine Scheu zu haben, mustert mich aber mit unverhohlener Neugier.

»Das ist Angus«, sagt Eden lächelnd und streichelt der Katze über den Kopf. »Du kannst ihn ruhig anfassen, Sparrow. Er kratzt nie.« Sie fordert uns dazu auf, Platz zu nehmen. Eine Hand auf Ravens Rücken gelegt, beugt sie sich hinab und erklärt ihm mit gedämpfter Stimme: »Ich hole sie, Devin. Sie hat heute einen ausgesprochen guten Tag.«

Ravens Schultern entspannen sich bei diesen Worten. »Das freut mich«, erwidert er, ehe seine Mutter im Nebenraum verschwindet.

Nachdem sie außer Hörweite ist, murmelt Raven: »Sorry. Ich habe nicht damit gerechnet, dass sie dem Foto Glauben schenkt und uns …«

»Schon gut«, unterbreche ich ihn. »Ich mag deine Mom. Sie erinnert mich ein wenig an meine eigene Mutter. Du kannst ihr das mit der Inszenierung ja ein anderes Mal erklären.«

Eine Sanftheit wandert über seine Züge. »Du bist immer so geduldig mit mir, Sparrow«, sagt er leise, während er Angus den Kopf krault. »Ich habe das gar nicht verdient.«

Diese Meinung teile ich nicht. Gerade lerne ich eine völlig neue Facette von Raven kennen. Als er die Konzerthalle verlassen wollte, war mir klar, dass es um eine bedeutsame, private Sache ging. Allerdings habe ich nicht seine Mom dahinter erwartet. Es unterstreicht, wie wichtig Raven Familie ist. Und das finde ich wunderschön.

Mein Eindruck verstärkt sich, da Eden in Begleitung einer alten Dame in die Küche kommt. Gestützt von Ravens Mom tritt sie näher. »Wie schön, dich zu sehen, mein Junge!«, grüßt sie Raven, der sie herzlich in den Arm nimmt.

Strahlend drückt er die zierliche Frau an sich und instinktiv wird mir klar, dass es bei diesem Familienbesuch nicht vordergründig um seine Mom ging, sondern um seine Oma. Ergriffenheit umfasst mein Herz, während ich beobachte, wie er ihren Stuhl an den Tisch schiebt. Auch wenn etliche Jahre zwischen ihnen liegen, ist die Bindung zwischen ihnen innig. Die Zärtlichkeit in Ravens Augen unterstreicht das. Dieser Mann verblüfft mich immer wieder.

»Das ist meine Grandma«, stellt er sie mir schließlich vor und lässt sich neben mich nieder. »Aber ich nenne sie seit jeher Nana.« Er hebt die Stimme und sagt: »Das ist Sparrow. Ist es in Ordnung, wenn auch sie dich Nana nennt?«

»Natürlich.« Die alte Dame greift nach meiner Hand. »Sparrow, so ein wundervoller Name.«

»Danke«, hauche ich. »Schön, Sie kennenzulernen, Nana.«

»Der Kuchen ist auch fertig«, verkündet Eden und stellt einen gedeckten Rhabarberkuchen in unsere Mitte.

So sitze ich mit Ravens Familie, koste vom leckersten Kuchen der Welt und fühle mich wie in einem Traum. Hätte mir jemand heute Morgen gesagt, dass ich mit Raven, seiner Mutter und seiner Grandma Kaffee trinken würde, hätte ich die Person ausgelacht. Und hätte ich mich auf das Gedankenspiel eingelassen, hätte ich nie damit gerechnet, dass die Tafel von so viel Harmonie bestimmt ist.

Inmitten dieser Leute ist Raven ein völlig anderer Mensch. Ausgeglichen, fröhlich und fürsorglich. Als er abräumt, stößt Nana ihre Tasse um, wodurch sich Kirschsaft über sein weißes Shirt ergießt und einen stattlichen Fleck hinterlässt. Raven ist das einerlei. Er tadelt sie liebevoll und gießt seiner Grandma Saft nach.

Dieses Missgeschick bleibt nicht Nanas einzige Auffälligkeit. Während sie von ihrem Tag berichtet, wirkt sie zerstreut, fragt ihren Enkel nach der Highschool und wiederholt sich mehrmals. Manchmal bricht sie mitten im Satz ab, verliert den Faden, nimmt einen anderen wieder auf. Man könnte diese Ausrutscher aufs Alter schieben. Doch als Nana mich plötzlich mit Susan anredet und fragt, wieso ich die Hecken nicht gestutzt habe, wird mir klar, was mit ihr los ist.

Eden hebt entschuldigend die Achseln und Raven scheint das sehr unangenehm zu sein.

Ich hingegen erwidere: »Danke für die Erinnerung. Ich werde mich noch heute um den Garten kümmern.«

Eden und Raven tauschen verblüffte, aber erleichterte Blicke. Nana murmelt etwas Zufriedenes und berichtet mir von ihrem Tomatenbeet. Das zweite Mal an diesem Nachmittag.

Nachdem wir aufgegessen haben, geleitet Eden ihre Mutter ins Wohnzimmer. Wahrscheinlich braucht Nana etwas Ruhe. Angus folgt den beiden und ich sehe gerade noch, wie er sich auf dem Schoß der alten Dame niederlässt, ehe Eden die Tür anlehnt.

Ich helfe Raven beim Abräumen. Wir bestücken schweigend die Spülmaschine, während gedämpfte Stimmen aus dem Nebenraum dringen. Nana wird laut, doch Eden beruhigt sie und die Situation scheint sich zu entspannen.

Weil es ihm offenbar zu unruhig geworden ist, taucht Angus bei uns auf und nimmt wieder auf der Fensterbank Platz, wo er zu einer ausgiebigen Putzsession ansetzt.

Schließlich wäscht sich Raven die Hände und dreht sich zu mir um. Er holt tief Luft, bevor er gesteht: »Nana ist dement. Sorry, ich hätte dich darauf vorbereiten sollen.«

Ich trockne meine Hände ab und nicke. »Das habe ich mir gedacht. Meinem Dad habe ich schon immer gern in der Werkstatt geholfen, aber nach der Highschool hatte ich eine Phase, in der ich dachte, Autos seien nichts für mich. Um

Erfahrungen in der Pflege zu sammeln, habe ich im Altersheim gejobbt. Einige Bewohner waren dement.«

Raven lächelt träge. »Das ist ein sehr forderndes Berufsfeld. Du hast dich dann doch wieder für die Oldtimer entschieden, was?«

»Ja. Autos bleiben einfach meine Leidenschaft.«

Er nähert sich dem Flur, der zu einem Wintergarten führt, und sieht die eingerahmten Bilder an der Wand an. Ein kleiner Junge ist abgebildet, daneben eine Frau in Edens Alter. Durch den frechen Funken in den grünen Augen des Jungen und das ausgelassene Grinsen schließe ich, dass es sich bei ihm um Raven handeln muss. Die Frau an seiner Seite muss Nana sein. Sie kniet hinter ihm und umfasst strahlend seine Hüften, während er einen Plastikdino in die Luft reißt.

Ich trete neben ihn und er lehnt sich mit dem Rücken an die Wand. Seite an Seite betrachten wir das Foto. Eines von vielen, das eine Geschichte erzählt.

»Mein Dad hat die Familie früh verlassen«, murmelt Raven, ohne das Foto aus den Augen zu lassen. »Nana hat sein Fehlen wettgemacht. Sie hat immer bei uns gewohnt und Mom unterstützt. Außerdem hat sie auf uns aufgepasst, während Mom arbeiten war. Nana war in dieser Zeit mehr als nur eine Großmutter für mich. Sie war Hausaufgabenhilfe, offenes Ohr, Köchin und beste Freundin zugleich. Sie hatte eine Lösung für jedes Problem.« Eine ausdruckslose Dunkelheit legt sich über seine Züge. »Ich habe Angst vor dem Tag, an dem sie mich nicht mehr erkennt. Deshalb versuche ich, es ihr schwer zu machen, mich zu vergessen, indem ich so oft wie möglich hier bin.«

»Es ist sehr rücksichtsvoll von dir, sie trotz deines vollen Terminkalenders zu besuchen.«

»Es ist das Mindeste.«

Ein weiteres Foto von Raven zieht meine Aufmerksamkeit auf sich. Auf diesem ist er älter, ich schätze zehn. Er steht mit einem Jungen vor einer Schultafel, beide haben den Arm um den Nacken des anderen geschlungen. Noch ist ihr Übermut unangetastet von der nahenden Pubertät; die kindlichen Züge eben und sorglos. Und ... sie ähneln sich wie ein Ei dem anderen.

»Wer ist das?«, frage ich und bemerke erst jetzt, dass ich den Finger nach dem Rahmen ausgestreckt habe. Ich berühre ihn nicht, zeige auf den Jungen an Ravens Seite, dessen Brauen dieselbe Farbe und Form haben wie seine. Dunkelbraun, fast schwarz, von der Nasenwurzel ausgehend geschwungen zulaufend.

Kurz zeichnet ein Schrecken Ravens blasses Gesicht und er krümmt sich, als habe ihm jemand einen nassen Schwamm in den Kragen gesteckt. Er lässt den Moment vorbeiziehen, streckt den Rücken. Der Zug um seinen Mund wird hart.

»Das ist niemand.«

»Aber ...«

Eden tritt durch die Tür und ich schaue auf. Plötzlich kommt mir die Situation intim vor. Ihr Sohn und ich, Arm an Arm vor der Fotowand, inmitten von Geheimnissen aus der Vergangenheit. Ich fühle mich wie ein Eindringling. Dann sickert mir tröpfchenweise die Erinnerung ins Gedächtnis, dass sie uns ja ohnehin für ein Paar hält, und ich entspanne mich.

Nicht aber Raven. Er schaut zu seiner Mutter hinab, augenscheinlich locker, doch die Fäuste geballt.

Was ist bloß geschehen? Wieso versetzt dieses Bild ihn in solchen Stress?

»Ich habe Nana nach oben ins Bett gebracht, Devin«, erklärt Eden. Sie wirkt plötzlich erschöpft. »Sie hatte einen kurzen Wutanfall, doch ich konnte sie beruhigen. Ich denke, ihr müsst euch nicht von ihr verabschieden. Dennoch danke ich euch, dass ihr hier wart. Sie hat sich sehr gefreut.«

Mit einem sanftmütigen Lächeln betrachtet sie mich. Wieder fallen mir ihre Augen auf. Sie sind so grün wie Ravens. Doch auch ihr sehe ich den Schmerz an. Dank Ravens Erzählungen kann ich mir einen Reim darauf machen. *Nana hat Eden jahrelang unterstützt. Deshalb pflegt sie ihre Mutter. Sie wird Zeugin ihres Verfalls. Tag für Tag.*

Als Raven Eden an sich zieht, um ihr tröstend über den Rücken zu streicheln, wird mir klar, dass dies gute Leute sind. Ein Umfeld, in dem ich mich wohlfühlen würde, wenn ich öfter hier wäre. Was ich aber nicht sein werde. Denn Raven wird Eden in wenigen Monaten offenbaren müssen, dass unsere stürmische Romanze nicht angehalten hat und sie sich mich als zukünftige Schwiegertochter aus dem Kopf schlagen muss. Diese Lüge werden wir nicht nur ihr, sondern der ganzen Welt auftischen.

Betreten sehe ich auf meine Uhr und stelle erschrocken fest: »Der Auftritt. In dreißig Minuten musst du auf der Bühne stehen!«

»Was?« Raven zieht sein Handy hervor. »Fuck! Wir müssen los, Mom, entschuldige!«

Schnell falle ich Eden in die Arme und folge Raven hinaus. Ich bin etwas wehmütig, weil ich sie wohl zum letzten Mal sehe.

»Der Fleck auf deinem Shirt, Junge!«, ruft seine Mom

ihm hinterher, doch Raven entriegelt die Türen des Jaguars mit dem automatischen Öffner und wir lassen uns in die Sitze fallen.

»Ich ziehe mich vor Ort um!«, gibt Raven zurück und startet den Motor. »Ich wollte eigentlich meinen Anzug zu Hause abholen, aber dafür wird keine Zeit bleiben«, erklärt er mir unter zusammengebissenen Zähnen.

Wir winken Eden und Raven rast los. Der Jaguar flitzt über den Highway. Mein Blut kocht vor Aufregung, doch von Raven nimmt eine sonderbare Ruhe Besitz. Je näher wir unserem Ziel kommen, desto entspannter wirkt er.

»Man merkt dir gar nicht an, dass du gleich vor mehreren tausend Leuten auf der Bühne stehen wirst«, breche ich die Stille, als er den Wagen vor dem VIP-Eingang parkt. Wir hatten die Menschentrauben von Weitem gesehen und Raven ist extra einen Umweg gefahren, damit wir nicht im Verkehrschaos stecken bleiben. Die ganze Rückfahrt lang haben wir nicht miteinander gesprochen und ich frage mich, ob das an unserem überstürzten Aufbruch liegt, oder an dem Foto, auf das ich ihn angesprochen habe.

Raven schnallt sich ab und nimmt sich trotz der Eile einen Moment, um innezuhalten und mich anzusehen. Ein Grinsen zupft an seinem Mundwinkel und eine gewisse Zärtlichkeit schimmert auf seinen Wangen. »Ich habe mich auf der Bühne schon immer wohlgefühlt, aber früher ging auch mir die Düse. Viele Menschen sind zu Beginn ihrer Karriere aufgeregt, wenn sie live auftreten, vergiss das nicht. Man gewöhnt sich daran. Du wirst eines Tages auch nicht mehr so nervös sein, Sparrow.« Er lehnt sich zu mir herüber und stupst meine Nase an. Liebevoll und neckend zugleich.

»Lass das«, erwidere ich verschämt und reibe mir die

Nasenspitze. »Außerdem glaube ich nicht, dass sich meine Nervosität je legt. Menschen ticken verschieden und du bist halt einer, der etwas sorgloser vor Publikum treten kann als andere.«

Amüsiert lauscht er meinem Geplapper. Er nimmt sich viel zu viel Zeit dafür, wenn man bedenkt, dass die ganze Halle auf ihn wartet.

»Es gibt Dinge, die mich viel nervöser machen als der Auftritt«, murmelt er mehr zu sich und öffnet die Fahrertür.

»Was meinst du damit?«, frage ich, doch die Tür fällt bereits hinter ihm zu. Ich steige aus und eile ihm hinterher, ohne dem Moment weitere Beachtung zu schenken.

Raven

KAPITEL 9

A m nächsten Tag schiebe ich meinen Rucksack achtlos unter den Sitz meines Vordermanns, lasse den Kopf an die Rückenstütze fallen und schließe die Augen. Ich kann den Abflug kaum erwarten. Sobald wir in der Luft sind, werde ich hoffentlich ein paar Stunden Schlaf finden, um Kraft zu tanken.

Der Auftritt am letzten Abend war ein voller Erfolg. Zwar kamen Sparrow und ich zu spät und Chris rügte mich dafür, in einem saftgetränkten Shirt anstelle in einem Anzug aufgetaucht zu sein, doch nachdem ich mich in mein vorgesehenes Bühnenoutfit geschmissen hatte, lief alles wie geschmiert. Die Jungs und ich spielten unser Programm, das ich so gut kenne, dass ich sogar im Schlaf performen könnte. Ich war in meinem Element. Frei. Auch von Sparrow. Denn wo auch immer sie ihren Platz eingenommen hatte, sie ging unter im Meer von Köpfen, das uns zujubelte. Und das war ein großes Glück. Denn der Nachmittag bei meiner Mom würde mich hartnäckiger verfolgen, als ich gedacht hätte.

Dieses flaue Gefühl flammte erstmals in mir auf, als ich nach dem Konzert aus unerklärlichen Gründen damit rechnete, sie im Backstage zu treffen. Doch da war sie nicht. Was ja eigentlich absehbar war, denn mit dem gemeinsamen Ausflug hatten wir unser Vertragssoll für heute erfüllt. Das Gefühl kochte wieder in mir hoch, als die Sandpipers nicht in unserer Stammbar auftauchten, die ich mit den Jungs aufsuchte, sobald wir geduscht hatten.

Ich habe keine Ahnung, wie ich zu der Annahme kam, dass die beiden da sein würden. Wahrscheinlich hatte ich damit gerechnet, weil die Mädels uns heute Mittag überrascht hatten, und ich dachte, Olivia und Chris würden sie ab sofort an unsere Fersen heften. Andererseits hatte unser Burritodate, das durch einen Besuch bei meiner Mom ersetzt wurde, klare Regeln: Es war abgesprochen und getimet. Chris war sichergegangen und hatte ein Foto von uns beiden an die Medien geschickt, außerdem wurde Sparrow auf dem Konzert gesehen. Das reichte. Wir mussten nicht permanent aufeinanderhängen. Ich sollte erleichtert sein, dass Chris mir meine Freiheiten zugestand.

Dennoch. Wo steckte Sparrow?

Mein persönliches Fass zum Überlaufen brachte dann mein Traum, in dem ich mit Sparrow in ihrem Chevy die Küste entlangfuhr, ihr helles Lachen den Hubraum füllte und ich irgendwie so verdammt glücklich war. Bis ich in meinem Bett aufwachte, endlos verwirrt war und als Übersprungshandlung Roxanne schrieb, meiner Freundschaft Plus aus New York. Trotz der Uhrzeit antwortete sie und wäre tatsächlich für ein Treffen bereit gewesen, das mich garantiert auf andere Gedanken gebracht hätte. Hätte mein Verstand nicht eingesetzt und mir klargemacht, welche Konsequenzen spontaner Sex für Roxanne, für Sparrow und auch für mich haben würde. Ich war zurückgerudert, als sie sich auf den Weg machen wollte. Mein verdammter Flieger würde schließlich in wenigen Stunden abheben.

»So ein Mist«, murmle ich nun und wische mir über die Stirn. Meines Wissens sollten die Sandpipers mit derselben Maschine nach London fliegen wie wir, am Flughafen habe ich sie aber nicht entdecken können. Die Augen noch immer geschlossen, ermahne ich mich, mich nicht in der Boeing umzusehen wie ein ausgesetzter Hund, der sein Frauchen sucht.

»Schläfst du etwa schon?« Falcons fröhliche Stimme reißt mich aus meinen Gedanken. Er hat sich an den Passagieren vorbeigeschoben und setzt sich neben mich. Die Spitzen seines Mohawks sind seit heute Morgen grün. Weiß der Himmel, wo er die Energie hergenommen hat, sich in der Früh die Haare zu färben.

»Ich wünschte«, brumme ich resigniert und ziehe die Kapuze tief in die Stirn. Blinzelnd beobachte ich, wie sich Hawk, Crane und Chris in die Reihe vor mir setzen. Die meisten Passagiere scheinen ihren Platz gefunden zu haben, der Gang lichtet sich.

»Dabei hast du die neuste Schlagzeile über dich noch gar nicht gelesen.« Übermütig zückt Falcon sein Handy. Selbst der grüne Nagellack passt zu seinen Haaren.

Ich horche auf. »Schlagzeile?«

»Es ist ein Foto, das genau das abbildet, was abgesprochen war«, wirft Hawk ein und wickelt seine Lederjacke zu einem Bündel, das er sich hinter den Nacken schiebt. Offenbar möchte auch er auf dem Flug den Schlaf nachholen, der letzte Nacht mal wieder zu kurz gekommen ist.

»Zeig her«, fordere ich und ziehe Falcons Handy an mich.

Thunderbird Raven turtelt mit Sandpiper Sparrow verkündet die *Starflash* unter einem verschwommenen Foto. Die meisten Leute müssten wohl heranzoomen, um uns zu identifizieren. Ich muss das nicht, denn ich weiß, welchen Moment der Fotograf erwischt hat. Der, in dem ich Sparrows Nase anstupse und sie zärtlich anlächle. Etwas in meinem Magen sackt hinab, und ich muss mich daran erinnern, dass wir uns noch auf der Erde befinden. Ich fühle mich nämlich, als seien wir schon längst in der Luft und stürzen gerade ab. Als stürze ich in etwas, das ich nicht kontrollieren kann.

»Ihr seht richtig süß aus«, meint Falcon. Aus dem Augenwinkel erkenne ich, wie auch Crane und Chris das Foto auf ihren Handys betrachten. Nur Hawk scheint kein Interesse daran zu haben und hat es sich auf seiner Jacke bequem gemacht.

»Wenn ich schon eine Fakebeziehung führe, dann eine, die echter wirkt als eine richtige«, krächze ich und recke mit dem überzeugendsten Grinsen, zu dem ich gerade imstande bin, den Daumen empor.

»Sehr authentisch«, lobt Chris anerkennend. »Weiter so, Raven. Diesen Imageboost könnt ihr gut gebrauchen.«

Crane hingegen sieht mich prüfend aus seinen dunklen Augen an. Wahrscheinlich ist er der Einzige, der das Zucken meines linken Augenlids wahrnimmt; der spürt, wie eng es mir um die Kehle wird. Doch selbst, wenn wir Zeit für ein Vieraugengespräch hätten, könnte ich ihm nicht erklären, was mit mir los ist. Warum fühle ich mich so komisch, wenn ich das Foto ansehe? Vielleicht haben mir die Peanuts aus dem Automaten, die ich als flottes Frühstück verzehrt habe, nicht bekommen.

Glücklicherweise tönt die Stimme einer Stewardess aus den Lautsprechern und verrät uns die Rahmendaten zum Flug. Ein Seitenblick gibt mir Aufschluss darüber, dass weder Wren noch Sparrow in unserer Nähe sitzen. Sind sie überhaupt im Flugzeug? Ich könnte Chris fragen, der mit Sicherheit Bescheid weiß, will den Frauen andererseits nicht so viel Raum in meinem Bewusstsein geben.

In der Hoffnung, alles rund um die Sandpipers ausblenden zu können, sobald wir in der Luft sind, setze ich meine Over-Ear-Kopfhörer auf und verliere mich in der Musik.

Ich erwache, als Falcon sanft meinen Arm rüttelt.

Verschlafen schiebe ich die Kopfhörer von den Ohren. Instinktiv strecke ich mich, doch meine Knie prallen gegen den Sitz meines Vordermanns. Das gleichmäßige, dumpfe Brummen verrät mir, dass wir uns hoch in der Luft befinden. Vor den Fenstern erstrecken sich die Wolken wie eine flauschige Decke.

»Es gibt Essen«, erklärt mir Falcon und deutet auf die Stewardess, die Crane gerade ein Alupäckchen reicht. »Was nimmst du? Vegetarisch oder Fleisch?«

»Ich würde euch die Garnelen empfehlen«, wirft eine weibliche Stimme ein.

Ich schaue auf und entdecke vor mir ... Wren. Sie kniet auf Hawks Platz, der – wie es typisch für ihn ist – verschwunden ist, und späht grinsend über die Lehne zu mir hinunter.

Blinzelnd sehe ich mich um. Wenn Wren hier ist, kann Sparrow nicht weit sein. Wo ist sie?

»Ich wusste gar nicht, dass man Garnelen bestellen kann«, erwidert Crane und dreht die Karte zwischen den Fingern.

»Oh, entschuldige!« Gespielt zerstreut schlägt Wren sich die flache Hand gegen die Stirn. »Ich muss vergessen haben, dass es in der Economy Class nur einfaches Essen gibt.«

»Sitzt ihr etwa in der Business Class?«, bringe ich heiser hervor.

»Und ob!« Neugierig schaut Wren über Cranes Schulter, der die Folie von seinem Essen abzieht. Sie verzieht das Gesicht. »Das sieht nicht sonderlich appetitlich aus.«

Nun ergibt es endlich Sinn, weshalb ich die Sandpipers weder am Flughafen noch im Flugzeug entdecken konnte. Sie durften vor uns boarden und sitzen auf gesonderten Plätzen nahe des Cockpits.

»Wieso gibst du dich überhaupt mit dem Pöbel ab?«, entgegnet Crane, den Wrens Gesellschaft offensichtlich zu nerven scheint. »Wirst du im Luxusbereich nicht vermisst?«

Ich wähle das vegetarische Gericht aus, das Falcon von der Stewardess entgegennimmt und mir reicht.

»Würde ich ja gern, aber neben Sparrow sitzt gerade Hawk!«, ruft Wren heiter und nimmt mich beinahe beiläufig in Augenschein.

»Hawk sitzt bei Sparrow?«, entfährt es mir. Es ist ungewöhnlich, dass er sich überhaupt mit Fremden unterhält.

»Hast du ein Problem damit?«, feuert Wren zurück.

»Ich bin ihr Fakefreund. Nahezu jeder Passagier hat eine Handykamera. Käme es nicht blöd rüber, wenn sie nun mit dem nächsten Thunderbird flirtet?«

»Wer sagt, dass sie *flirtet*?« Wrens Gesicht nimmt einen beinahe angeekelten Ausdruck an. »Außerdem: Dürfte sie als deine Freundin nicht reden, mit wem sie will?«

Touché.

»Beruhige dich, Raven! Troy wird dir deine Fakefreundin schon nicht streitig machen«, ruft Falcon belustigt und widmet sich seinem Essen.

Ich atme tief durch und starre auf das Alupäckchen. Das befürchte ich auch nicht, wenngleich Hawk mit seinen rotblonden Haaren und dem undurchdringlichen Blick viele Frauen anspricht. Mich wurmt eher, wie viel Zeit er mit ihr verbringen kann, während ich sie nicht mal begrüßen konnte.

»Sieht das lecker aus.« Der ironische Unterton in Wrens Stimme ist nicht zu überhören, als sie auf Falcons Essen starrt.

»Es reicht. Du solltest uns nun in Ruhe lassen«, beschließt Crane.

»Ich wollte sowieso gerade gehen«, flötet Wren und klettert über ihn hinweg. »Vorn ist die Luft ohnehin etwas besser.« Mit einem frechen Grinsen verschwindet sie den Gang entlang.

Wren ist ziemlich schlagfertig. Dennoch hat sie Glück, uns mal wieder semiverkatert und verschlafen erwischt zu haben und dass wir uns vor Chris benehmen wollen. Wir waren verhältnismäßig zahm, aber können auch ganz anders.

Schweigend stochern wir in unserem Essen. In den Gesichtern meiner Bandkollegen lese ich: Jeder Einzelne wünscht sich Garnelen auf seinen Teller.

»Warum fliegen die Sandpipers Business Class und wir nicht?«, wirft Falcon ein.

»Das ist eine wirklich gute Frage«, pflichte ich bei. »Wir

sind schließlich schon länger im Showgeschäft. Außerdem sind sie unsere *Vorband*. Sollten wir nicht mindestens dieselben Bedingungen haben?«

»Ich hatte vor, euch Tickets für die Businessclass zu buchen«, erklärt Chris, der der Einzige zu sein scheint, dem sein Essen schmeckt. »Aber dann dachte ich mir, dass ihr nach euren verschwenderischen Partyeskapaden gut in der Economy Class aufgehoben seid.«

Unzufrieden blicke ich auf Hawks leeren Sitz. Es wurmt mich, dass er sich gerade mit Sparrow unterhält, während ich eingepfercht auf meinem Fensterplatz hocke. Unter dem Vorwand, mir die Beine vertreten zu wollen, fordere ich Falcon dazu auf, mich rauszulassen.

Nachdem ich mich ausgiebig gestreckt habe, schlage ich den Weg in den vorderen Bereich des Flugzeugs ein. Ich tue das gar nicht bewusst. Obwohl die nächstgelegenen Toiletten hinter mir liegen, tragen meine Füße mich von allein in jene Richtung, in die Wren verschwunden ist.

Bei dem Vorhang, der die Business Class abgrenzt, bleibe ich stehen. Ein Schild weist darauf hin, dass Passagiere der Economy Class den Durchgang nicht passieren dürfen. Also beschließe ich, mich etwas frisch zu machen, stelle mich vor der besetzten Toilette an und übe mich in Geduld. Ich werde Sparrow sowieso spätestens morgen Abend zum Auftritt sehen. Wieso bin ich bloß so zapplig? Aus Gewohnheit ertasten meine Finger die Black Devils in meiner hinteren Hosentasche und ich ermahne mich, nicht die Nerven zu verlieren und mir in der WC-Kabine eine Zigarette anzuzünden. Doch je länger ich warten muss, desto unruhiger werde ich.

Nachdem ich die Kabine verlassen habe, gebe ich mir

einen Ruck. Ich schiebe den Vorhang zur Seite und scanne die Business Class. Kaum habe ich mich richtig umgesehen, steht prompt Hawk vor mir.

»Wir dürfen uns hier nicht aufhalten«, erklärt er ohne Umschweife.

»Was machst du dann hier?«, gebe ich zurück.

Er studiert meine Gesichtszüge und entgegnet amüsiert: »Mich unterhalten. Hast du damit ein Problem, Raven?«

»Natürlich nicht.« Penibel auf eine möglichst gleichgültige Ausstrahlung achtend, schiebe ich für Hawk den Stoff zur Seite, an dem er vorbei tritt.

Er deutet mit dem Kopf in den vorderen Bereich des Fliegers. »Sie ist nett. Dein Mädchen, meine ich.«

Dein Mädchen. Meine Nackenhaare richten sich auf, und ich kann nicht sagen, ob dies das Resultat eines guten oder bedrohlichen Gefühls ist. Sehr wahrscheinlich von beidem.

Ich suche nach einer Antwort. Der erste Impuls lautet: *Sie ist nicht mein Mädchen*, doch eine Stimme in mir widerspricht: *Und ob sie das ist. Zumindest offiziell.* Außerdem widerstrebt es mir, mich ausgerechnet Hawk gegenüber von ihr zu distanzieren, der eben noch ungezwungen mit ihr reden konnte.

Weil ich nicht mit mir selbst einig werde, erwidere ich gedehnt: »Ja. Mein erster Eindruck könnte mich getäuscht haben.« Ein Teil von mir sehnt sich nach der Zeit zurück, in der ich die Sandpipers abgrundtief gehasst habe. Es war einfach, mich mit dem Gefühl der Abneigung auseinanderzusetzen als mit diesem ... was ist das überhaupt?

»Sparrow sagte, dass sie deine Grandma kennengelernt hat«, fährt Hawk fort. »Das hast du uns gestern Abend gar nicht erzählt.«

»Stimmt. Ich stand noch unter Strom vom Gig. Ich habe sie spontan mit zu meiner Familie genommen, weil Chris uns unbedingt auf ein Date schicken wollte. Ihr wisst, wie wichtig Nana mir ist.«

»Schon. Aber nicht mal jeder von uns dreien kennt deine Oma, und du stellst ihr sogar deine Fakefreundin vor?«

Das ist ein valider Punkt. Sparrow ist zwar keine Fremde mehr für mich, doch besonders gut kenne ich sie nicht. Dennoch habe ich keinen Moment gezögert und sie mit ins Haus genommen. Mom hält sie nun für meine Freundin, aber seltsamerweise fand ich das zu keinem Zeitpunkt schlimm. Ich war nur besorgt, dass die Situation Sparrow überfordern könnte, doch sie ist cool mit Nana umgegangen.

Ich verschränke die Arme vor der Brust. »Es hat sich einfach richtig angefühlt. Im Anschluss hat Chris sein Foto bekommen.« Ich habe keine Lust, mich weiter vor Hawk zu rechtfertigen.

»Ich habe es gesehen. Sehr süß.« Er hält den Vorhang auf. »Die Mädels sitzen nur zwei Reihen entfernt. Schleich dich doch rein und sag hallo.«

Wenn Hawk es mir schon so direkt anbietet, kann ich der Versuchung nicht widerstehen. Ich schiebe mich weiter in die Business Class. Hawk nickt mir zu, ehe er die Gardine fallen lässt und verschwindet.

Der vordere Abschnitt ist mir nicht fremd, oft genug hat Chris uns diese hochpreisigen Plätze gebucht. Die Sitze sind tiefblau, breit, gepolstert und lassen sich in Liegepositionen fahren. Das Unterhaltungsprogramm auf den kleinen Monitoren ist umfangreich und die Speisen werden auf Keramiktellern serviert. Und das Wichtigste: Gerade ist keine Stewardess in Sicht.

Wenige Meter entfernt entdecke ich *sie*. Wrens schwarze Locken sind zu einem Dutt zusammengebunden und quellen hinter einer Sitzlehne empor. Daneben erkenne ich den rotbraunen Schopf von Sparrow. Olivia sitzt eine Reihe vor ihnen. Die drei haben mich nicht bemerkt, schließlich haben sie mir den Rücken zugekehrt.

Meine Mahlzeit habe ich nun endgültig vergessen. Ich mache einen halben Schritt auf sie zu, lege mir eine Begrüßung zurecht, die hoffentlich spontan klingt, doch ohne es richtig zu wollen, schnappe ich einige ihrer Gesprächsfetzen auf. Darunter: meinen Namen.

In der Bewegung halte ich inne. Ich will eigentlich nicht lauschen, doch es passiert von ganz allein.

Ich höre Wren, die sagt: »Dieser Nasenstupser ... Raven hat viel zu viel Spaß daran, dich aus der Reserve zu locken, Sparrow. Du musst ihm mal etwas entgegensetzen!«

»Mensch, Wren ...« Der Rest von Sparrows Antwort ist so leise, dass ich ihn nicht verstehen kann. Zweifellos versucht sie, sich zu verteidigen, denn mal wieder macht ihr jemand Vorhaltungen darüber, wie sie sich benehmen soll.

Und in mir löst sich ein Knoten. Denn im Prinzip schultert Sparrow diese neue Situation bemerkenswert gut. Ich will mir nicht mit anhören müssen, wie auch noch ihre Bandkollegin ihr Verhalten kritisiert. Na gut, mir gefällt außerdem nicht, dass es bei diesem Gespräch um mich geht und ich darin offenbar keine gute Figur mache.

Ich gebe mir einen Ruck und trete auf die beiden zu. »Ihr lasst es euch also in der Business Class gutgehen, was?«, frage ich und lehne mich lässig an den Sitz des Vordermanns, der aktuell leer ist.

Ihre Köpf schießen auseinander, die Augen vor Überraschung geweitet.

Sparrow trägt eine enganliegende Kette mit einem niedlichen Muschelanhänger um den Hals, die ich noch nicht an ihr gesehen habe. Ihre Wangen sind leicht gerötet. Ich weiß nicht, ob ihr warm ist, oder ob das mit meinem Erscheinen zusammenhängt. Abgesehen davon sieht sie hübsch aus in ihrer senfgelben Cordjacke und dem weißen Top darunter.

Wren erholt sich von dem Schrecken schneller als Sparrow. »Du darfst hier nicht rein«, verkündet sie.

Eine Passagierin schräg gegenüber dreht sich nach mir um und schnappt nach Luft. Sie weiß, wer ich bin. Kein Wunder. Jeder weiß das.

Augenrollend lächle ich. »Ist mir bekannt. Aber wie sollte ich einen fast neunstündigen Flug ganz ohne meine Freundin aushalten?« Ich beuge mich zu Sparrow hinunter und breite die Arme aus.

Mit stockendem Atem lässt sie zu, dass ich sie an mich ziehe. Sie ist steif wie ein Brett. Jeder Muskel ihres Körpers ist angespannt.

»Hey«, spreche ich leise in ihr Ohr. Mein Gesicht liegt direkt an ihrem Nacken und ich hole tief Luft, um mir eine Nase des ganz eigenen Sparrow-Dufts zu genehmigen. Blüten, Salz und Meerwasser.

»Hey«, erwidert Sparrow ebenso leise und schlingt die Arme um mich. Ihre Hände gleiten über meine Wirbelsäule und sie entspannt sich, als fände sie Halt in dem Augenblick. Vielleicht biete ich ihr wirklich einen besonderen Moment der Ruhe. Eventuell ist sie auch einfach erleichtert, weil ich sie nicht geküsst habe. Allerdings hatte ich ihr versprochen, das nicht mehr zu tun.

Skeptisch beobachtet Wren, wie ich mich von Sparrow löse.

Die Frau in der Reihe schräg gegenüber hantiert mit ihrem Handy herum.

Ich suche Sparrows Blick, die schüchtern zu mir hochlächelt. Es war schön, sie zu umarmen. Und besser noch: Dieser Moment könnte dazu führen, dass ein neues, inniges Foto von uns viral geht, was Chris in der Tat zufriedenstellen dürfte.

»Wie geht es dir?«, frage ich Sparrow. Nicht nur, weil man so etwas in so einer Situation fragen sollte. Es interessiert mich wirklich. Wie sie sich fühlt, ob sie Flugangst hat, wie ihr Abend war. Wie sie sich in zehntausend Meter Höhe die Zeit vertreibt, welcher Film auf ihrem Bildschirm läuft, ob sie wie Wren die Garnelen gegessen hat oder die vegetarische Variante bevorzugt. Auf einmal wird mir bewusst, wie wenig ich über die Frau, die ich offiziell date, weiß. Bisweilen hat sie mich schließlich nicht interessiert. Im Gegenteil, ich wollte mich so wenig mit ihr beschäftigen wie möglich. Nun finde ich das schade. Natürlich nicht, weil mir plötzlich etwas an ihr liegt. Es wäre mit Sicherheit nicht unklug, ein paar Eckdaten voneinander zu wissen, falls es zu einem Interview kommen sollte.

»Mir geht's gut«, antwortet Sparrow. Ich kann nicht einschätzen, ob sie ehrlich ist oder das nur sagt, damit ich nicht nachhake. »Und dir?«, setzt sie hastig hinzu.

»Mir nicht. Die Sitzplätze in der Economy Class sind nicht für große Leute wie mich gemacht.«

Sie legt den Kopf schief. »Das ist ungünstig. Dafür sehen große Leute auf Konzerten immer die Bühne. Das kann ich nicht von mir behaupten.«

»Deshalb stehen große Menschen ja in der Verantwortung, die kleinen während eines Gigs auf die Schultern zu nehmen«, erkläre ich Sparrow. Da ich bemerke, dass Wren mich immer argwöhnischer beäugt, hebe ich beschwichtigend die Hände. »Okay, ich gehe ja schon zurück in die Holzklasse.«

»Ist wohl besser so«, erwidert sie mit hochgezogener Braue.

»Mach's gut. Bis später«, sagt Sparrow, die Wangen noch etwas röter als zuvor, aber nicht weniger schön.

»Bis später«, erwidere ich und laufe erhobenen Hauptes in die Economy Class zurück.

Ich bin mir ziemlich sicher, dass die Frau ihr Foto bekommen hat, und das rundet meinen Besuch bei Sparrow ab. Klar, in erster Linie habe ich sie gesucht, weil es mir keine Ruhe ließ, nicht zu wissen, wo sie ist. Aber das lag vordergründig an diesem seltsamen Traum. Laut Vertrag muss ich mich regelmäßig mit ihr zeigen, und vorbildlich wie ich bin, habe ich das getan. Unsere Fakebeziehung läuft genauso an, wie sie soll. Jetzt darf Sparrow mich nur nicht nochmal im Schlaf verfolgen. Sollte das zur Gewohnheit werden, habe ich ein echtes Problem.

Der Rest des Fluges verläuft ohne weitere Zwischenfälle. Ich verschlinge meine Currynudeln und falle im Anschluss in einen tiefen, glücklicherweise traumlosen Schlaf.

Wir kommen spät am Abend in London an. Meinen Schlafrhythmus habe ich total zerschossen, doch das finde ich halb so schlimm. Es ist nicht das erste Mal, dass wir die Nacht zum Tag machen, und eine Stadt wie London hat rund um die Uhr ihren Reiz. Da unser Auftritt erst für den nächsten Abend anberaumt ist, checken wir in einem Hotel nahe dem Big Ben ein und beziehen unsere Zimmer. Es ist eines der gehobenen Preisklasse und entspricht unserem Standard. Auch unsere Personenschützer sind vor Ort. Voraussichtlich werden sie eine ruhige Schicht haben, denn unsere Fans sind offenbar einer falschen Spur gefolgt und belagern eine Unterkunft in der Nähe der London Bridge.

Nachdem ich mich frisch gemacht habe, setze ich mich in die Lobby, wo ich mit den anderen Thunderbirds verabredet bin, um einen echten britischen Pub zu besuchen. Wir wollen es locker angehen und schauen, wo die Nacht uns hintreibt. Aber natürlich dürfen wir nicht übertreiben. Chris' Drohungen sitzen uns fest im Nacken. Falcon und Crane finden sich bald ein. Nur Hawk, der wie immer unpünktlich ist, lässt auf sich warten.

Anstelle unseres Kumpels betreten schließlich die Sandpipers die Lobby. Sie und Olivia hatten ein Taxi genommen, das eine teure Schleife gefahren und im Verkehr steckengeblieben ist.

Die Mädels wirken erschöpft, was kein Wunder ist. Die Anreise war lang und eventuell konnten sie im Flugzeug nicht schlafen.

Nachdem Sparrow ihre Chipkarte erhalten hat, dreht sie sich in meine Richtung. Ich winke ihr zu.

Sie winkt zurück. Für wenige Momente steht sie unschlüssig in der Lobby, als überlege sie, auf mich zuzukommen.

Ich widme mich meinem Handy und lade ein Foto vom

Big Ben bei Nacht in den privaten Status, muss aber immer wieder in ihre Richtung schauen.

»Sollten wir die Mädels fragen, ob sie mitkommen wollen?«, erkundigt sich Crane.

Ehe ich mir eine Meinung dazu bilden kann, tritt Hawk aus dem Fahrstuhl. Er trägt einen schwarzen Hut, seine Lederjacke und sieht genauso fit aus, wie ich mich fühle. In der Hand hält er ein Glas Weißwein, das er offenbar der Minibar entnommen hat, und von dem er, seiner ausladenden Verbeugung zufolge, schon gekostet hat.

Die Sandpipers grüßen ihn, dann zieht Wren Sparrow am Ärmel in den Aufzug.

»Zu spät«, schließt Falcon und reibt die Sohlen seiner Sneaker aneinander.

Unzufrieden starre ich ihnen nach. Ich könnte sie aufhalten oder Sparrow zumindest eine Nachricht schreiben, um sie zu fragen, ob sie mit uns einen Absacker trinken will, aber ich habe ihre Nummer nicht. Alternativ könnte ich mich an der Rezeption nach ihrem Zimmer erkundigen und klopfen.

Andererseits führten unsere privaten Gespräche bei meiner Mom zu jenem beunruhigend angenehmen Traum, den ich auf keinen Fall wieder erleben will. Wahrscheinlich ist es besser, wenn unsere Verbindung rein geschäftlicher Natur bleibt.

Ich lasse den Gedanken fallen und erhebe mich. »Auf geht's, Jungs. Die Pubs warten auf uns.«

Sparrow

KAPITEL 10

S obald wir ins Hotelzimmer getreten sind, betätigt Wren den Lichtschalter und inspiziert die Ausstattung. »Nicht schlecht«, kommentiert sie knapp und zieht ihren Rollkoffer hinter sich hinein.

Staunend folge ich ihr. *Nicht schlecht* ist definitiv untertrieben. Die edlen Tapeten, die seidigen Gardinen und das prunkvolle Bett übersteigen sämtliche meiner Erwartungen. Fast genauso hatte ich mich gefühlt, als wir das Hotel in Las Vegas bezogen, aber dieses Zimmer setzt noch eins drauf. Olivia ist weit davon entfernt, uns Pensionen zu buchen, die unter unserem Niveau liegen, wie sie sagt. Wren genießt diesen Luxus, doch ich hadere damit. Am wohlsten fühle ich mich einfach in unserer WG in Wave Crest. Die Zimmer sind klein, die Dielen morsch und das Haus renovierungsbedürftig. Aber es ist mein Refugium am Meer.

Wren zieht die Vorhänge zur Seite, um das gekippte Fenster zu schließen, und fordert mich auf, hinauszusehen.

Der Ausblick lohnt sich. Das London Eye liegt in der Ferne. Bunt, schön und überwältigend.

Mein Rucksack gleitet von meinen Schultern, den Koffer lasse ich achtlos neben mir stehen.

»Es ist wunderschön«, flüstere ich und fahre mit den Fingern über den Stoff der Gardinen. Die Lichter Londons nehmen mich gefangen, halten mich fest. Ich bin tatsächlich in Europa, zum ersten Mal im Leben. So weit weg von Wave Crest. Plötzlich muss ich an Dad denken. Die Werkstatt. Meinen Chevy. Heimweh umfasst mein Herz. Als Popstar ist man auf der ganzen Welt zuhause, hatte Olivia mal gesagt. Ich weiß nicht, ob ich das jemals, ohne zu zögern, unterschreiben würde.

»Es ist wirklich atemberaubend.« Mit ausgebreiteten Armen lässt Wren sich aufs Bett fallen. Als ich nicht antworte, tadelt sie: »Hoffentlich denkst du gerade nicht wieder, dass Küstenmädchen nicht hierhergehören, Sparrow! Denn das *tun* wir!«

Seufzend drehe ich mich zu ihr um. Ihr Strahlen ist so breit. Mir ist bewusst, dass sie keinen Widerspruch duldet. Ich sinke auf die Matratze und lege mich neben sie. »Ist gut. Ich spreche nicht aus, was ich denke.«

»Das ist wohl besser so.« Sie schlägt mit einem Kissen nach mir, das ich lachend abwehre. »Genieß es, Liebes.«

Wren lässt sich zurück auf die Bettdecke sinken und wir beide schweigen. Kosten die Ruhe aus und das Gefühl, zwar am anderen Ende der Welt zu sein, aber nicht allein.

»Sie haben überlegt, uns zu fragen, ob wir mit ihnen auf Achse gehen«, spreche ich schließlich in die Stille hinein.

»Die Thunderbirds?« Wren richtet sich auf. »Das glaube ich nicht.«

»Raven hat uns so angesehen.«

»Der Typ sieht dich immer *so* an!« Sie zieht bedeutungsschwanger die Brauen zusammen. »Als würde er sich am liebsten auf dich stürzen und dir seine Eckzähne in deinen Hals rammen. So anzüglich.«

Ich winke ab. »Der guckt doch immer so.«

»Mich sieht er nicht so an.«

»Du bist auch gemein zu ihm, sobald du in seiner Nähe bist.«

»Entschuldige mal! Das hat er sich selbst zuzuschreiben!«

»Hat er.« Ich lache.

»Wenn sie gefragt hätten ... wärst du doch nicht etwa mitgegangen, oder?«, hakt Wren nach.

»Nein!«, erwidere ich schnell, überlege kurz und frage dann verunsichert: »Oder vielleicht doch?«

Wren setzt sich mit ernster Miene auf und verschränkt die Beine zum Schneidersitz. »Sparrow, hör zu. Ich hab's dir im Flugzeug schon gesagt. Raven ist brandgefährlich und macht mit dir, was er will. Er schleppt dich sogar zu seiner Mutter. Was sollte das?«

»Es war nett, das habe ich dir doch erzählt. Er trägt eine sanfte Seite in sich. Ich fand es schön, dass er mir diese Facette gezeigt hat.«

»Sanft? Hast du diese Geste auch genossen?« Spielerisch schnippt sie nach meiner Nase.

»Nun ...« Ich hatte Ravens Nasenstupser nicht als herabwürdigend empfunden, sondern eher wie ein liebevolles Necken. Ich will es Wren erklären, doch ihre Meinung steht fest.

»Zeig ihm, mit wem er es zu tun hat.«

»Und wie?« Ich setze mich neben sie. Mein Knie berührt ihres.

»Du bist hübsch.«

Mit gesenktem Blick streiche ich die Haare hinters Ohr. »Worauf willst du hinaus?«

»Der Typ hat dich geküsst«, fasst Wren zusammen. »Ich glaube, er steht auf dich.«

Empört fahre ich hoch. »Wren!«

Sie lacht. »Wie wäre es, wenn du es mal drauf anlegst?«

»Das kann ich nicht! Ich bin schüchtern!«

»Du musst ihn ja nicht gleich ausziehen.« Wrens Grinsen wird immer abenteuerlustiger. »Aber da ihr euch sowieso *datet* ...« Das letzte Wort betont sie, indem sie Gänsefüßchen in die Luft zeichnet. »Was meinst du, wie er reagieren würde, wenn du die Initiative übernehmen würdest?«

Zweifelnd hebe ich die Brauen. »Ich weiß nicht, wie du dir das vorstellst.«

»Natürlich will ich dich zu nichts überreden, Sparrow. Aber ich denke, es wäre eine gute Möglichkeit, ihn in seine Schranken zu weisen.«

»Indem ich ihn küsse?« Nun werfe ich ein Kissen nach ihr.

Wren fängt es lachend auf und umschlingt es mit den Armen. »So weit musst du nicht gehen, aber nimm doch mal seine Hand! Vielleicht würde ihn das überrumpeln, damit er endlich seine vorlauten Sprüche stecken lässt.«

»Wren, ich weiß nicht.« Gähnend lege ich mich an ihre Seite. »Dass meine Berührung ihn so sehr aus dem Konzept bringen würde, kann ich mir nicht vorstellen.«

Sie sinkt neben mich. »War ja nur ein Vorschlag. *Ich* würde das so machen.«

»Ich bin aber nicht so mutig wie du.« Meine Füße rutschen vom Bett und ich lasse sie baumeln. Es ist nicht das erste Mal, dass ich mir wünschte, anders zu sein. Mit ihrer Lockerheit vereint Wren so viele Attribute, die ich auch gern hätte.

Sie fasst nach meinem Arm. Ihre Handfläche ist so warm wie der Ausdruck in ihrem Gesicht. »Du bist wunderbar, wie du bist, Sparrow.«

Deswegen liebe ich Wren. Sie versucht, alles aus mir herauszuholen, ohne mich zu verändern.

Lächelnd sehen wir einander an. Dann entweicht uns beiden gleichzeitig ein Gähnen. Kein Wunder, wir sind vorbildlich den Flug über wach geblieben, um uns an den Tag-Nacht-Rhythmus in Europa zu gewöhnen.

Wir lachen, dann rapple ich mich auf. Obwohl wir uns Hotelzimmer und auch fremde Betten gern teilen, werde ich heute Nacht das Nebenzimmer beziehen. Wir nehmen einander das Versprechen ab, die andere zu wecken, wenn etwas ist. Dann laufe ich mitsamt Rollenkoffer nach nebenan.

Mir bleibt keine Zeit, um mich nach Dad zu sehnen, denn kurz nachdem ich in die Kissen sinke, schlafe ich ein.

Raven

KAPITEL 11

Das Schwarzbier im *Ficher's Greene* schmeckt hervorragend und wir Jungs schlittern in richtig tiefe Gespräche. Falcon hat vor ein paar Wochen in Detroit ein Mädchen kennengelernt, mit dem er regelmäßig telefoniert. Seine Laune ist seitdem besser als sowieso schon und wir ermutigen ihn, sie wiederzusehen. Woran es allerdings ihm und uns anderen aktuell fehlt, ist Zeit. Ich würde gern mal wieder ein paar Wochen Urlaub machen, an einem Ort, wo mich wirklich niemand erkennt. Crane sehnt sich danach, mit uns neue Musik zu schreiben und aufzunehmen. Nur Hawk hat eine gute Strategie gefunden, sich seine Auszeiten zu nehmen. Wie üblich verschwindet er gegen zwei Uhr.

Als der Morgen graut, laufen Falcon, Crane und ich ins Hotel zurück. Der Duft von frischem Kaffee flutet die Gänge, doch er lockt keinen von uns in den Speisesaal. Zielstrebig verschwinden wir in unseren Zimmern und fallen in die

Betten. Ein wenig bin ich stolz auf uns. Wir haben es schließlich für unsere Verhältnisse relativ gemächlich angehen lassen, den Bogen nicht überspannt und sind alle noch Herr unserer Sinne.

Ich lasse mich vom Schlaf einlullen, der so tief genug ist, um mich von sämtlichen Träumen zu verschonen. Weder Nana noch Bryce oder gar Sparrow tauchen auf. Leider ist die Ruhephase viel zu kurz. Das Zimmertelefon bimmelt mich nach geschlagenen zwei Stunden wach und die nette Empfangsdame befehligt mich in Chris' Namen in die Lobby.

Obwohl ich in fünf Minuten unten stehen soll, nehme ich eine schnelle Dusche, ehe ich mir ein Jackett überwerfe und mich auf den Weg mache.

Ich weiß nicht, was genau heute ansteht. Ich habe keinen Überblick über meine Termine und ziehe es vor, in den Tag hineinzuleben. Nicht selten werde ich meines Schlafs beraubt oder erscheine verkatert auf Fotoshootings. Schlimm ist das nicht. Es passt zu meinem Image. Außerdem ist mir das lieber, als mich langfristig mit einer Planung auseinanderzusetzen, auf die ich keinen Einfluss habe und die oft genug kurzfristig umgeworfen wird.

»Bin ich der Erste?«, entfährt es mir, als ich in der Lobby ankomme. Ich habe erwartet, dass meine Freunde ebenso aus den Federn geschmissen wurden wie ich.

»Nein, der Letzte. Die anderen Jungs haben frei bis zum Konzert am Abend«, erwidert Chris mit angesäuertem Blick auf die Uhr und macht einen Schritt zur Seite, sodass ich Sparrow neben ihm entdecken kann. »Ihr habt heute ein Interview mit HitTV. Gemeinsam. Als Paar.«

Obwohl wir nur zu dritt sind – Olivia ist offenbar im Hotel geblieben –, hat Chris uns einen Mehrsitzer mit drei Reihen gebucht. Wahrscheinlich war dies das einzige Fahrzeug, das das Taxiunternehmen uns gerade zur Verfügung stellen konnte. Ich setze mich auf die hinterste Bank.

Sparrow ist vor mir und unterhält sich mit Chris. Sie trägt wieder die senfgelbe Cordjacke, ein schwarzes T-Shirt darunter und Jeans. Ihre rotbraunen Haare sind zusammengebunden, was den Blick auf ihren schlanken Hals und den spitz zulaufenden Haaransatz freigibt. Ich erinnere mich daran, wie meine Finger diese Stelle während unseres Kusses gefunden und sich in ihren Locken verirrt haben, und kurz frage ich mich, ob ich sie vor laufender Kamera wieder so innig berühren kann, ohne zu weit zu gehen. Küssen würde ich sie nicht, aber die Umarmung letztens schien sie genossen zu haben.

Abgesehen vom Küssen hatten wir nicht darüber gesprochen, wo unsere persönlichen Grenzen liegen. Nun erkenne ich definitiv ein Versäumnis darin, sie gestern Abend nicht in den Pub eingeladen zu haben. Wir sollten uns endlich über unseren Umgang miteinander als Fakepaar unterhalten, ohne einander in Verlegenheit zu bringen. Das hatte ich ihr bis jetzt nicht leicht gemacht. Da wir keine Zeit für ein klärendes Gespräch haben werden, beschließe ich, mich handzahm zu geben und mich mit Annäherungen weitestgehend zurückzuhalten. Andererseits können die meisten Paare in Gesellschaft anderer kaum die Finger voneinander lassen. Eventuell werde ich nach ihrer Hand greifen und schauen, wie sie reagiert.

In den Studios angekommen, werden wir von einem Produzenten in Empfang genommen. Chris trifft einen befreundeten Aufnahmeleiter und setzt sich zu ihm in dessen Büro auf einen Plausch. Wir sind auf uns gestellt.

Während Sparrow und ich dem Produzenten durch die Gänge folgen, die dem Backstagebereich der meisten Konzerthallen ähneln, sieht Sparrow sich mit großen Augen um. Die Faszination in ihrem Blick ist so entwaffnend, dass ich grinsen muss.

»Was ist?«, fragt sie mich.

»Nichts«, gebe ich noch immer grinsend zurück. Sie stößt mich an und ich erkläre lachend: »Du warst doch nun schon öfter in einem Studio. Trotzdem schaust du aus, als hätte man dich auf einem fremden Planeten ausgesetzt.«

»Ein wenig fühle ich mich auch so«, gibt sie zu. Wir passieren ein paar Kameras samt Kameramännern und sie kommt mir näher, um ihnen auszuweichen. »Immerhin ist es ein sehr spannender Planet«, setzt sie mit einem Blitzen in den Augen hinzu.

Ich wünschte, ich könnte die Welt wie sie sehen. Was hier passiert, ist für mich Alltag und hat schon lang seinen Glanz verloren.

Die Moderatorin der heutigen Sendung heißt Bella, hat kurzes, pink gefärbtes Haar und hat mich bereits vor zwei Jahren interviewt, als ich die Band dabeihatte. Kein Publikum ist anwesend, was ich etwas schade finde, denn einen Raum voller Leuten empfinde ich als nicht so einschüchternd wie ein Gespräch in kleiner Runde. Es gelingt mir eher, Massen zu überzeugen als erlesene Personen. Außerdem löst Bellas keckes Grinsen ein unangenehmes Gefühl in mir aus. Ich erinnere mich schwach, dass ihre Fragen damals bohrend waren und das Interview zu einer hanebüchenen Schlagzeile führte, laut der Falcon seinen Hund aus der Jauchegrube einer Kläranlage retten musste. In Wirklichkeit hatte der Hund sich lediglich in die Nähe des Gebäudes verirrt. Daraufhin hatte Chris uns zu einem Coaching angemeldet, in dem wir lernten, Fangfragen im Keim zu ersticken und unangenehmen Rhetoriken auszuweichen. Bis heute profitiere ich von diesen Lektionen. Und ich weiß genau: Vor Bella muss ich mich in Acht nehmen.

Sparrow und ich lassen uns auf ein rotes Sofa nieder und Bella beginnt mit einem knappen Briefing, in dem sie die aufkommenden Inhalte mit uns bespricht. Wie immer stecke ich zu Beginn die Rahmenbedingungen ab: Keine Fragen über meine Familie.

Bella akzeptiert das anstandslos, schließlich sind meine Auflagen unter den meisten Produktionsfirmen bekannt. Chris spricht sie außerdem stets ab, ehe er einem Interview zusagt. Als Sparrow von dieser Bedingung hört, dreht sie ruckartig den Kopf zu mir.

Mir wird klar, wie seltsam sich das für sie anhören muss. Ich hatte ihr Einblick in meine Familie gewährt, als sie fast noch eine Fremde für mich war. Es passt nicht zur Diskretion, die ich nun fordere. Allerdings hat sie Nana kennengelernt und kann sich hoffentlich zusammenreimen, weshalb ich öffentlich nicht über ihren Zustand reden möchte.

Dennoch gibt mir die Situation zu denken. Es macht mir bewusst, dass ich Sparrow mit zu Mom genommen habe, ohne darüber nachzudenken. Es hatte sich richtig angefühlt. Und es war vertraut mit ihr. Es war ...

»Kamera läuft«, verkündet ein Mann mit einer schwarzen Cap.

Strahlend nimmt Bella Position ein. »Ich habe heute die Ehre, ein Exklusivinterview mit zwei der begehrtesten Persönlichkeiten der Starlandschaft zu führen! Vor mir sitzt Gitarrist und Frontman Raven Anderson von den Thunderbirds mit keiner Geringeren als Sparrow Price von den Sandpipers.«

Ein grünes Licht blinkt über der Kamera, deren Linse auf uns gerichtet ist. Ich spüre, wie Sparrows Körper sich anspannt. Unwillkürlich schnellt meine Hand an ihren Rücken, um ihr Halt zu geben. Das scheint sie jedoch noch mehr zu überfordern. Mit flackernden Lidern schaut sie mir ins Gesicht, dann wieder in die Kamera.

Da ich merke, wie unwohl sie sich fühlt, ziehe ich mich zurück.

»Hallo«, sagt Sparrow und zwingt sich zu einem Lächeln. Mit jeder Faser ihres Seins bemüht sie sich, einen professionellen und lässigen Eindruck zu machen. Ich muss mir eingestehen, dass es ihr bemerkenswert gut gelingt, in die Rolle der aufstrebenden Sängerin zu schlüpfen. Doch mittlerweile bin ich vertraut mit ihrer Körpersprache und bemerke ihren leicht beschleunigten Atem; sehe ihre Finger, die sich in die Sitzfläche des Sofas bohren. Sie kann der ganzen Welt etwas vormachen, aber nicht mir.

»Hi, Bella«, sage ich und lasse mich an die Rückenstütze fallen. Den Arm strecke ich hinter Sparrow auf der Lehne aus. Sie kann sich an mich schmiegen, wenn sie will. Ich bin für sie da. Außerdem würde es einen guten Eindruck machen, wenn sie sich mir an den Hals wirft.

»Es ist so schön, euch zu Gast zu haben«, erklärt Bella.

Ihre Stimme kiekst vor Übermut. »Aber, Raven, Sparrow ...
euch einen nicht nur die Vogelnamen. Ihr seid nicht zufällig
zusammen hier, oder?«

Sparrow holt tief Luft und dreht erneut den Kopf zu mir.
Ihre Augen nehmen einen gewitzten Glanz an, als fälle sie
eine Entscheidung. Sie wendet sich wieder an Bella und
wirkt nun sehr ruhig.

»Richtig«, erwidert sie mit fester Stimme. »Raven und ich
sind ein Paar.« Damit greift sie nach meiner Hand, die hinter
ihr liegt, und zieht sie auf ihren Schoß.

Mein Magen sackt ab. Ich starre auf unsere miteinander
verschränkten Finger und schlucke schwer. Obwohl ihre
Handflächen kalt sind, löst die Berührung eine Hitze in mir
aus, die sich ihren Weg in meinen Bauch und dann in meine
Brust sucht.

Dass Bella mich angesprochen hat, merke ich erst, als sich
eine unangenehme Stille ausbreitet und die Blicke beider
Frauen sich in meine Haut bohren.

»Ja, Sparrow und ich sind zusammen«, gebe ich keuchend
von mir, räuspere mich und setze mich auf. Obwohl ich das
bereits gegenüber Mom ausgesprochen habe, fühlt es sich in
diesem Rahmen überraschend überwältigend an. Wahrscheinlich, weil das dieses Mal nicht ich ausgesprochen habe,
sondern Sparrow. Und sie hat meine Hand genommen, als ob
es stimmt. Als ob sie Gefühle für mich hätte. Als wären wir ...

Sparrow wirkt sicher, ein feines Lächeln umspielt ihre
Mundwinkel. Die plötzliche Bestimmtheit in ihrem
Auftreten versetzt mir einen Stoß, der mein Herz ins Wanken
bringt. Sie ist wunderschön.

Obwohl Bella diese Information nicht neu ist, ist sie völlig
aus dem Häuschen. »Wie schön, ich freue mich so für euch!

Dennoch kommt diese Nachricht überraschend. Seit wann seid ihr zusammen?« Fragend sieht sie mich an.

Verwirrt suche ich nach Worten. Chris hatte mich gebeten, mich mit Sparrow auf eine deckungsgleiche Geschichte zu einigen, die wir den Medien auftischen. Blöderweise hatte ich mich bisweilen um kein konstruktives Gespräch in diese Richtung bemüht, geschweige denn über unsere öffentlichkeitswirksame Lovestory nachgedacht.

Sparrow hingegen hat ihre Hausaufgaben gemacht. »Es ist ganz frisch, erst seit ein paar Wochen. Trotzdem sind wir uns bereits jetzt so sicher, dass wir unsere Verliebtheit in die Welt hinausschreien wollen.« Sie kichert und schmiegt sich an mich. Sanft umschließt sie meinen Oberkörper und legt den Kopf an meine Halsbeuge.

Unbeholfen ersetze ich die rechte Hand in ihrer mit der linken, um den Arm um sie zu legen und sie an mich zu drücken. »Richtig, wir ...« Meine Finger wandern zu ihrer Taille auf den geriffelten Stoff ihres schwarzen Tops. Ihr Duft nimmt mich ein, trägt mich weg. Ans Meer, an den Strand, in ein Abenteuer. Fokus, Raven, Fokus!

»Seht sie euch an. Wie kann man sich nicht in sie verlieben?«, erwidere ich und lege ein möglichst lässiges Grinsen auf.

Ein sanftes Beben geht von Sparrow aus. Sie mag eine verdammt gute Schauspielerin sein, doch die Situation fordert sie heraus. Genau wie mich.

»Ihr seid so süß!«, quiekt Bella. »Aber wir wollen ein paar Details erfahren. Wie habt ihr euch kennengelernt? Wo seid ihr einander nähergekommen?«

»Unsere Managements sind befreundet. Raven hat mich eines Tages in Wave Crest besucht und auf ein Date eingeladen. Es war Nightmarket, ein kleines Festival, auf dem Händler ihre Waren und Fingerfood verkaufen. Wir sind Hand in Hand an der Promenade entlangspaziert und haben viel gelacht. Bella, kennst du das, wenn sich ein Moment plötzlich richtig anfühlt und alles Sinn ergibt? Als habe sich das Leben genau auf dieses Ereignis hinbewegt. So ein Moment war das.«

Bella bestätigt das ehrfürchtig nickend. Ich bin ebenso berührt und überrascht, wie gut Sparrow lügen kann.

Verunsichert lachend streichle ich über ihren Rücken, wie das ein Freund in dieser Situation wahrscheinlich tun würde. Und etwas in mir sehnt sich danach, in einer anderen Realität zu leben. In jener, in der Sparrow keine Lüge erzählt hat, sondern eine Erinnerung. Mit ihren Worten hat sie ein wundersames Bild in mir zum Leben erweckt. Die Vorstellung eines ersten Dates in Wave Crest ist romantisch und passt so sehr zu der Sparrow, die ich in den letzten Wochen kennenlernen durfte. Wie wäre es gewesen, wenn wir die Chance auf genau so einen Start gehabt hätten?

»Kann er gut küssen?« Bellas Stimme hat einen geheimnisvollen Unterton angenommen.

Sparrows Augen gleiten zu mir und ich meine, einen Funken Enttäuschung in ihnen zu erkennen. Mit unserem ersten Kuss habe ich sie überrumpelt, höchstwahrscheinlich hat sie ihn nicht genossen. Das kann ich besser. So gern würde ich es ihr zeigen, vor Bella, vor allen, doch ich erinnere mich an meinen Vorsatz und lasse es bleiben.

»Ja, er ist ziemlich stürmisch«, sagt Sparrow, ohne mich anzuschauen.

Dann kann ich den frechen Raven in mir nicht mehr zurückhalten. »So magst du's doch.«

Das bringt sie nun doch aus dem Konzept. Ungläubig hebt sie die Brauen und schnappt nach Luft.

Zufrieden grinse ich und zwicke sie in den Bauch.

Sie lacht auf und fängt meine Hände ab, woraufhin ich ihre Handgelenke umschließe und sie an mich ziehe. »Gib's auf, du verlierst die Rangelei sowieso«, wispere ich.

»Für den Moment vielleicht«, gibt sie leise zurück und stellt ihre Abwehrversuche ein.

Entzückt schaut Bella von Sparrow zu mir. »Hach, es ist mir immer wieder eine Freude, ein frisch verliebtes Paar zu interviewen. Aktuell geht ihr gemeinsam auf Tour. Welche Städte werdet ihr besuchen? Gibt es noch Tickets?«

London, Rom, Berlin. Sparrow steht Bella souverän Rede und Antwort. Seit unserer Kabbelei ist sie spürbar aufgetaut. Ihre Hand liegt locker auf meinem Knie. Als gebe ich ihr Sicherheit und auch, als gehöre sie hier hin. Als gehöre sie *zu mir.*

Ich lausche dem Gespräch zufrieden, ohne mich sonderlich einzumischen. Sparrow hat die Situation im Griff. Zu gern lasse ich sie diese Erfahrung machen.

Doch als plötzlich eine Stimme aus einem kleinen Monitor an Bellas Seite ertönt, bin ich nicht mehr so ruhig.

»Eine Band, deren Musik ich absolut nicht leiden kann? Ich denke, es ist kein Geheimnis, dass das die Sandpipers sind.«

Ein Kloß bildet sich in meinem Hals. Der Mann auf dem Bildschirm bin ich. Denn ich habe das tatsächlich vor etwa drei Monaten in einem Interview gesagt.

»Ich verstehe wirklich nicht, was die Leute an ihnen finden. Sie sind von heute auf morgen ins Showbusiness gestolpert und offensichtlich überhaupt nicht bereit, vor

Publikum aufzutreten. Bei ihrem letzten Auftritt zitterten sie vor Angst.« Das hatten sie in der Tat, wenngleich ich maßlos übertrieb. Nachdem sie sich gefangen hatten, waren die Sandpipers durchaus bereit, zu performen. Die Fans waren ihnen nicht böse, im Gegenteil. Die Aufregung machte die Band nahbar.

Ein triumphierendes Lächeln umspielt Bellas Lippen.

Die Scham in meinem Bauch mischt sich mit Wut. Genau aus diesem Grund habe ich meine Familie als Tabu bezeichnet. Ich habe nun mal einen Charakter, der aneckt. Moderatoren haben stets ihre wahre Freude daran, mich auflaufen zu lassen. Sie würden es in Bezug auf Nana tun, würden Bryce ins Spiel bringen. Sparrow ist ein Thema, das ich liebend gern ebenso hinter einer schützenden Wand des Schweigens verstecken würde. Doch dies ist ein PR-Gag. Ich muss mich Bella stellen.

Sparrow, die eben locker von unserer Minitour erzählt hat, schweigt nun. Schwer schluckt sie gegen die Enttäuschung an. Als ihre Hand von meinem Knie gleitet, halte ich sie fest. Sie wird kein Opfer dieser Demütigung sein. Nicht nochmal.

»Dass ich das gesagt habe, ist eine Weile her«, entgegne ich mit schmallippigem Lächeln. »Dinge ändern sich, Menschen auch. Sparrow ist jetzt mein Mädchen und die Sandpipers meine Lieblingsband.« Ich ziehe sie demonstrativ an mich. »Und hiermit ist das Interview beendet, wir haben Termine.«

Bella hat eine hitzige Reaktion meinerseits kalkuliert, sie ist nämlich keineswegs überrascht, als ich aufstehe. Sparrow verabschiedet sie überschwänglich. Ich muss mich zwingen, nicht die Augen zu verdrehen. Die Freundlichkeit halte ich für geheuchelt. Wieso, um alles in der Welt, hat sie sonst diesen Clip abgespielt?

Während Bella sie umarmt, lasse ich Sparrow nicht los, und da ich endlich aus diesem gottverdammten Studio raus will, mache ich kurzen Prozess. Ich schnappe mir Sparrow und nehme sie Huckepack auf den Rücken.

Sie protestiert, schlingt dann aber die Arme um meinen Hals. Der Kameramann filmt uns, während wir gehen. Immerhin bekommt das Team alberne, verliebte Shots.

Auf dem Gang lasse ich Sparrow hinab. Sie ist verwirrt von unserem plötzlichen Abgang und sieht sich nach Bella um.

»Müssen wir uns nicht abmelden?«

»Glaubst du, ihr ist nicht klar, dass wir gehen?«

»Doch, aber ...«

»Ich will hier einfach weg. Bella hat uns auflaufen lassen. Das war das letzte Interview, das sie mit mir geführt hat.«

Unschlüssig schaut Sparrow zurück. Plötzlich meidet sie mich. Leise fragt sie: »Willst du Bella wirklich die Schuld für etwas geben, das du gesagt hast?«

Verärgert balle ich die Fäuste. Der Clip hat genau den Effekt auf Sparrow, den Bella erzielen wollte. Er führt sie weg von mir, verunsichert sie.

Tief stoße ich die Luft aus. »Sparrow, hör zu. Wir kannten uns damals noch nicht. Ich war ein Arsch, als ich über euch geurteilt habe, okay? Bitte häng dich nicht daran auf.«

Mit gesenktem Kopf spielt sie an einem Knopf ihrer

Cordjacke. Meine Worte wirken hohl auf diesem kühlen Flur. Mir selbst kommen sie fremd vor. Dennoch sind sie die Wahrheit.

Ich lege den Finger unter ihr Kinn und zwinge sie, mich anzusehen. »Ich lasse niemanden so etwas über meine Fakefreundin sagen. Schon gar nicht mich selbst.«

Ihr Mundwinkel zuckt, ehe sie an meine Seite tritt. »Na schön. Lass uns gehen.«

Raven

KAPITEL 12

Den Rest des Tages verbringe ich in meinem Zimmer und hole etwas Schlaf nach. Drei Stunden sind trotzdem nicht genug, doch Koffein muss regeln. Ich spüle zwei Koffeintabletten mit Kaffee runter und erinnere mich daran, wie ich früher oft eine Line schniefte, ehe ich vor das Publikum trat. Crane hat mir damals intensiv ins Gewissen geredet, und zum Glück sind diese Zeiten vorbei. Dennoch nehme ich mir ein Bier aus der Minibar, um mich vor dem kommenden Gig locker zu machen.

Nachdem ich es zischend geöffnet und einen Schluck getrunken habe, hebt sich meine Laune und so langsam bekomme ich richtig Lust.

Ich liebe es, aufzutreten. Die Menschen mit Gitarrenriffs zum Ausrasten zu bringen, während ich Songtexte ins Mikro singe, die ich mit Hawk geschrieben habe. Ebenso liebe ich es, von der Energie der Menge zu trinken und in ihrem Jubel zu schwimmen.

Ich muss an Sparrow denken und daran, wie abfällig ich

mich über ihren verpatzten Auftritt geäußert habe. Plötzlich sehe ich Bryce vor mir, der einst die zitternden Lippen an das Mikrofon presste und mit flatternden Lidern auf das Publikum blickte. Nur zehn Menschen waren zu unserem ersten Konzert gekommen, und trotzdem befürchtete ich, dass er seinen Bass sinken lassen und abhauen würde. Doch seine Finger umklammerten das Griffbrett fest, während er jeden Muskel seines Körpers dazu überredete, auf der Bühne zu bleiben und in die Saiten zu hauen.

Die Töne, die schlussendlich aus den Soundboxen traten, waren zwar schief, aber es waren Töne. Ich war stolz auf Bryce. So stolz, dass ich mein eigenes, zartes Lampenfieber mit Leichtigkeit überwand. Und bereits als ich die ersten Wörter ins Mikrofon sang, wussten wir, dass ich der geborene Frontman war. Denn meine Ängste rang ich viel schneller runter als er; schneller als die meisten Hobbykünstler. Natürlich sind Gigs vor mehreren tausenden von Leuten eine andere Hausnummer, trotzdem genieße ich jeden Moment. Mom sagt immer, das Talent wurde mir in die Wiege gelegt.

Sparrows Unsicherheit ist völlig normal, überlege ich, während ich mein Bier leere. Es war normal, vor einer gefüllten Konzerthalle die Stimme zu verlieren. Sie steht erst seit wenigen Monaten auf der Bühne, gewöhnt sich noch immer an das Rampenlicht. Auch Bryce ging es lange so.

Bryce ...

Meine Finger verkrampfen sich, das Aluminium zwischen meinen Händen klackert. Ein Stich bohrt sich in meinen Brustkorb, in meine Seele, und ich schließe die Augen, um mich gegen den aufkeimenden Schmerz abzuschirmen. Ich will ihn nicht spüren, nicht jetzt. Am liebsten nie wieder.

Die Dose in meiner Hand bebt. Ich schlucke gegen die Erinnerung an, dann verfliegt das Ziehen in meiner Lunge. Erleichtert stehe ich auf und werfe die Dose mit einem geschickten Wurf in den Mülleimer.

Mein Geist ist wieder klar. Nun bin ich bereit, London zu rocken.

Zum Soundcheck komme ich zu spät, aber das ist nicht schlimm. Die tadelnden Worte von Chris stecke ich weg, da sie nicht so umfangreich ausfallen wie sonst. Er hat ohnehin andere Sorgen, denn auch Hawk ist noch nicht erschienen, sodass unser Manager mit Hotel und Fahrer telefonieren muss, um herauszufinden, wo er steckt.

Ich bin froh, dass der Fokus zur Abwechslung nicht auf mir liegt. Gedanken darüber, wo mein Bandkollege bleibt, mache ich mir keine. Immer wieder ist er verschwunden und stunden- oder gar tagelang nicht erreichbar, aber er taucht stets auf, wenn er gebraucht wird.

Tatsächlich erscheint er, als die Halle sich schon gefüllt hat. Er wirkt etwas gestresst. Offenbar hat er die Zeit aus den Augen verloren.

Weil ich so spät kam, habe ich Sparrow und Wren noch nicht getroffen und erblicke sie erstmals, als sie auf die Bühne treten. In der Regel sehen wir uns die Gigs unserer Vorbands nicht an, da wir uns bereits im Vorhinein intensiv mit ihnen beschäftigen und mit manchen sogar um die Häuser ziehen. Mit den Sandpipers ist das anders. Sie wurden uns zugeteilt. Auch der Rest der Thunderbirds hat sie bis auf den Flug nur sporadisch gesehen. Abgesehen von *Dancing with Ghosts* kennen wir keine Tracks von ihnen, da wir Musik einer völlig anderen Stilrichtung konsumieren.

Sparrow und Wren treten in hellen Strandkleidern und ihren Ukulelen auf die Bühne. Olivia hat sich dazu entschieden, keine Experimente zu machen und das Image der Band weiterhin an ihr Durchbruchsvideo anzulehnen, das dank Maddox Mason viral ging, und es gelingt. Die Sandpipers wirken nicht verkleidet, sondern authentisch. Echt. Monitore im Hintergrund runden das Bild ab, indem sie Clips eines Strands zeigen, sowie rollende Wellen, die Muster in den Sand zeichnen.

»Whispers in the waves, soft as a sigh, the ocean holds the tears I've cried. But as sun sets, pain drifts away. Tomorrow holds a brighter day.«

Während des Auftritts beobachte ich die Menge genau. Die Sandpipers sind zart, hell und verkörpern eine Sanftheit, die im harten Kontrast zu unserer lauten, dunklen Bühnenshow steht. Bei uns fliegen die Funken und die Federn. Hier dominieren ruhige Töne, die dafür umso eindringlicher sind. Diese Band ist völlig anders als unsere, aber trotzdem ... wunderschön.

Als die Sandpipers abschließend zu ihrer Single *Dancing with Ghosts* ansetzen, zückt das Publikum die Feuerzeuge. Der Text ist bekannt und wird mitgesungen. Unsere Fans sind wie ein Chor, der geschlossen hinter Sparrow und Wren steht, sie akzeptiert und aufnimmt. Ich kann es selbst kaum glauben. Aber trotz ihrer Andersartigkeit werden sie geliebt.

Während die Sandpipers sich unter Applaus verabschieden, wird auf Sparrows Gesicht gezoomt. Tränen glitzern in ihren Augen. Sie strahlt und wirkt zutiefst erleichtert. Erst jetzt beginne ich mich zu fragen, wie sich die letzten Tage für sie angefühlt haben. Die beiden Sängerinnen wurden über ihre Köpfe hinweg einfach zu unserer Vorband ernannt. Die Reaktion des Publikums war nicht kalkulierbar. Es hätte sein können, dass sie sie mit Bechern beschmeißen oder ausbuhen. Doch die Frauen haben sich behauptet, obwohl sie es schwer hatten und sich musiktechnisch von uns und eventuell dem Geschmack unserer Fans unterscheiden.

»Nicht übel«, kommentiert Falcon, als ich mich zu den Jungs umdrehe, um ihre Stimmung aufzufangen.

»In der Tat«, stimmt Crane zu. »Sie haben live einen tollen Sound. Wren klingt rauchig, Sparrow ist eine perfekte Ergänzung.«

»Ich mag Sparrows Stimme. Sie ist so klar«, meint auch Hawk.

Ich auch, will ich sagen. Tue es aber nicht. Denn eigentlich will ich Sparrows Stimme nicht mögen.

»Sie haben sich besser geschlagen, als ich erwartet habe«, erwidere ich stattdessen. »Lasst uns loslegen, Jungs. Die Menge wartet auf uns.«

Der Gig wird ein voller Erfolg. London liebt uns und wir lieben London.

Erstmals präsentieren wir unsere neue Show, die ganz im Zeichen unseres Namens steht. Donner und Vögel. Schwarze Schwingen von mehreren Metern Spannweite runden unser Bühnenbild ab und passen perfekt zu den tätowierten Flügeln, die sich unsere rechten Oberarme hinabziehen. Vor allem bei Crane kommen sie gut zur Geltung, da er ein schulterfreies Top trägt.

Hawk ist in seine Lederjacke gehüllt, den Hut tief ins Gesicht gezogen.

Falcon strahlt an seinem Keyboard und fühlt die Musik mit jeder Faser seines Seins.

Und ich stehe mit meiner Gitarre im Mittelpunkt der Bühne, trage diesen schulterlangen Umhang aus schwarzen Federn und genieße es, eins zu werden mit den Melodien. Mit dem Jubel, mit dem Lärm. Meine Seele verschmilzt mit den Songs.

»The sky is bleeding red tonight. Thunder in my chest, my very own fight. You're the calm before the flood. But we drown in the same blood.«

Ich gehe auf in meiner Interpretation der Stilfigur Raven, die so sehr mit mir verschmolzen ist, dass meine Bandkollegen und Freunde mich mit diesem Namen ansprechen. Raven ist stark, Raven hat Macht, Raven bringt die Menge dazu, auf sein Kommando zu reagieren. Sie schweigen, sie klatschen, sie schreien genau, wie ich es will. Sie halten den Ton, verstummen, singen mit, mal lauter, mal leiser. Raven rettet nicht nur den Abend, das Publikum und die Welt – Raven rettet auch mich. Devin.

»In this crimson storm, we're fading fast. Love like lightning, it never lasts.«

Selbst an Sparrow denke ich nicht mehr, während ich dort oben stehe. Knapp zwanzigtausend Menschen liegen mir zu Füßen. Ich bin unbesiegbar und begehrt.

Nach dem Auftritt bin ich glücklich und aufgedreht. Crane macht einen abgeschlagenen Eindruck, während Hawk zufrieden wirkt und Falcon nicht mehr zu halten ist. Er bittet mich, mit ihm die Stadt unsicher zu machen. Ich bin versucht, abzusagen, da Chris aktuell ein besonderes Augenmerk auf mich richtet. Aus dem Pub kam ich unbeschadet heraus, ohne in den Schlagzeilen zu landen, aber in einem Club laufe ich Gefahr, meiner Feierlaune zum Opfer zu fallen. Werde ich mich im Griff haben?

Andererseits: Was Chris nicht weiß, macht ihn nicht heiß, und man lebt nur einmal. Ich werde versuchen, mich zusammenzureißen. Außerdem brauche ich dringend eine Ablenkung.

Seit Sparrow mir im Backstagebereich entgegenkam, bin ich ein bisschen durcheinander. »Das war eine tolle Show!«, hatte sie gesagt, woraufhin ich »Danke« entgegnete, ohne das Kompliment zurückzugeben. Ich vergaß es total, weil Worte der Anerkennung selten ein so warmes Gefühl in mir auslösen, wie wenn sie von Sparrow kommen. Es fühlte sich an wie eine Umarmung, obwohl sie mich nicht berührte.

Als wir Thunderbirds zum Hotel zurückgefahren werden, ploppt eine Nachricht auf meinem Handy auf.

LARISSA

Na, Thunderboy, wie gefällt dir London? Hast du heute Nacht schon was vor?

Ein Grinsen bildet sich auf meinem Gesicht. In Großbritannien gibt es drei Frauen, die ich treffe, wenn ich im Land bin. Mary in Brighton, Candace in Manchester und Larissa in London. Sie muss auf der Show gewesen sein oder zumindest davon mitbekommen haben. Diese Einladung kommt wie gerufen.

RAVEN

Noch gar nichts. Hast du einen Vorschlag?

LARISSA

Ich bin heute Abend im Ground Zero in Camden Town, komm doch auch! Ich setze dich auf die Gästeliste. Deine Kumpels ebenfalls, falls du sie mitbringen willst.

RAVEN

Gebongt. Ich mache mich gleich auf den Weg.

Ich erzähle den Jungs von der Einladung. Falcon ist sofort dabei und Hawk sagt ebenso zu. Nur Crane zögert. Während wir drei es uns zur Aufgabe machen, ihn zu überzeugen, vibriert mein Handy erneut.

LARISSA

Eine Frage habe ich, ehe wir uns gegenüberstehen. Stimmt es, dass du jetzt mit Sparrow von den Sandpipers zusammen bist?

Mein Mund wird trocken.

Bei meinem letzten Aufenthalt in London haben Larissa und ich diverse Nächte miteinander verbracht. Sie ist diskret und hat mich als ihr persönliches Abenteuer gesehen. Das bin ich gern für sie. Dementsprechend bin ich vergeben nicht so interessant für sie wie als Single. Wenn ich ihre Frage nun bejahe, um den Schein zu wahren, kann ich eine Wiederholung unserer letzten Liaison vergessen. Meinen Bekanntschaften gegenüber kann ich ja wohl ehrlich sein, oder?

Ich hadere mit mir, dann tippe ich.

RAVEN

Vergiss Sparrow. Heute Abend bin ich nur für dich da.

Die Bässe im Ground Zero pumpen, die Drinks sind ordentlich gemixt. Larissas Kleid betont ihre Hüften und ihren Po, von dem ich genau weiß, wie er sich unter meinen Händen anfühlt.

Falcon stürmt die Tanzfläche, während Crane über einem Whiskey an der Bar kauert.

Hawk beugt sich zu mir herüber, wispert: »Ich bin eben eine rauchen« und ist verschwunden. Da er mich nicht fragt, ob ich mitkommen will, gehe ich davon aus, dass er nicht plant, zurückzukehren.

Ich proste Crane zu und nippe dann an meinem eigenen Whiskey. Die Musik gefällt mir nicht, der Club ist überfüllt und Falcon ist bereits damit beschäftigt, die ersten Fans abzuwimmeln. Es ist nur eine Frage der Zeit, bis auch ich erkannt werde. Ich könnte mich mit Larissa aufs Hotel verziehen, aber will ich das? Will ich sie?

Plötzlich legt jemand von hinten die Arme um mich und seufzt an meinen Nacken. »Was ist los, Ravy? Wolltest du nicht mit mir feiern?« Ihre Brüste sind an meinen Rücken gepresst. Es ist kein unschönes Gefühl, dennoch bringe ich etwas Abstand zwischen uns, als ich mich zu Larissa umdrehe.

»Lass mich kurz meinen Drink leeren«, erkläre ich mich und tätschle versöhnlich ihre Schulter. »Dann bin ich ganz bei dir.«

»Den kannst du auch auf der Tanzfläche austrinken«, quengelt sie und zieht an meiner Hand. »Was ist denn los mit dir? Du lässt dich doch sonst nicht bitten.«

»Ich bin etwas müde«, erwidere ich. Das stimmt kein Stück, im Gegenteil. Die Koffeintabletten befeuern meinen Puls noch immer.

»Ist es etwa wegen Sparrow?«, ärgert mich Larissa. »Vermisst du sie?«

»Was? Nein!« Der Klang ihres Namens lässt zuckende Blitze durch meine Venen jagen. Ich ziehe die Hand aus Larissas. »Ich habe dir doch erklärt, wie die Dinge stehen. Es läuft nichts zwischen uns. Sparrow ist meine Fakefreundin.«

»Soso. Und wenn es nicht wegen ihr ist, wieso starrst du dann sonst dauernd auf dein Handy?«

»Einfach so.« Das stimmt sogar. Ich habe Sparrows Nummer nämlich immer noch nicht, was mich übrigens an den Rand der Verzweiflung bringt. Warum, zur Hölle, habe ich Sparrows Nummer nicht? Sie ist schließlich meine Fakefreundin. Andererseits ist das gut. Es bewahrt mich davor, ihr im Laufe des Abends Nachrichten zu schicken, die ich bereuen könnte.

Unzufrieden leere ich mein Glas und bestelle direkt noch was.

»Ich frage dich nach dem nächsten Drink nochmal«, erwidert Larissa beinahe mitleidig und schließt sich einer Mädchengruppe auf der Tanzfläche an, die Gefallen an Falcons überdrehten Dancemoves gefunden hat.

Grummelnd widme ich mich dem Whiskey und senke die Lider. Wenige Momente lang dominiert die Schwärze meinen Geist. Dann tanzt Sparrows brauner Schopf vor meinem inneren Auge. Sie dreht sich zu mir um und grinst.

»Fuck.« Ich reibe mir mit dem Handrücken über die Stirn.

Das ist nicht gut. Gar nicht gut.

»Alles in Ordnung?« Crane ist zu mir herübergerückt und drückt sein Glas an meines.

»Wonach sieht's denn aus?«

»Dass eben nicht alles in Ordnung ist. Darum frage ich ja.«

Ich klopfe ihm seufzend auf den Rücken und wir beide setzen synchron die Whiskeys an die Lippen.

Nachdem wir die Drinks abgestellt haben, sage ich knapp: »Diese Datingsituation ist anstrengender, als ich dachte.«

»Anstrengend?«, hakt Crane nach.

»Allein die zusätzlichen Termine.«

»Ich kann verstehen, dass das jemanden wie dich nervt. Du liebst es, deine Freiheiten auszuleben.«

»Und das ist nicht alles. Ich war heute mit Sparrow bei diesem Interview und dort hat sie gesagt ...« Ich unterbreche mich, weiß nicht genau, ob ich diesen Gedanken wirklich benennen soll, doch der Alkohol hat meine Zunge gelockert. Und ich spreche mit Crane. Ihm gegenüber darf ich frei über meine Gefühle reden. »Sie wurde gefragt, ob ich gut küsse.«

Abwartend hebt Crane die Brauen. »Und was hat sie gesagt?«

»Sie sagte zwar ja … aber für einen kurzen Augenblick hat sie mich so angesehen.«

»Wie angesehen?«

»Ich weiß es doch auch nicht, Crane. Als sei sie enttäuscht oder so. Es war nur flüchtig. Eventuell habe ich es mir eingebildet.«

»Aber sie sagte, du kannst gut küssen. Wo ist das Problem? Es geht darum, den Schein zu wahren. Das tut sie.«

»Wie du auf den Fotos vielleicht gesehen hast, habe ich sie bereits geküsst.«

Crane blinzelt. »Aber das war doch gestellt, oder etwa nicht?«

»Na ja …« Der Alkohol rauscht durch meine Blutbahnen. Meine Gedanken überschlagen sich. »Ich muss zugeben, dass das nicht abgesprochen war. Ich habe es einfach getan.«

»Du hast *was*?«

»Beruhige dich, es war nur ein Kuss und ich habe mich danach entschuldigt! Aber in dieser Situation war sie völlig überrumpelt. Trotzdem dachte ich nicht, dass sie es furchtbar fand.«

»Oh, Devin.« Crane vergräbt das Gesicht in den Händen. Indem er mich mit meinem Vornamen anspricht, adressiert er nicht die Kunstfigur Raven. Er appelliert an meine Vernunft. Eindringlich sieht er mich an. »Natürlich hat ihr das nicht gefallen. Du bist dauernd ein Arsch zu ihr.«

»Das stimmt so nicht. Ich habe mich gebessert, okay? Aber manchmal kann ich einfach nicht aus meiner Haut.«

Schweigen tritt ein. Der Track wechselt und ist noch grottiger als der vorige.

»Um ehrlich zu sein, weiß ich nicht, was ich dir raten soll«, sagt Crane schließlich und deutet auf Larissa, die sich immer wieder zu mir umdreht. »Deine Londoner Bekanntschaft steht total auf dich. Lenk dich ab.«

Ich neige den Kopf. »Ich weiß nicht, ob das heute Abend für mich der richtige Weg ist.«

»Was denn dann? Willst du Sparrow davon überzeugen, sich geirrt zu haben, weil du doch ein toller Küsser bist?« Er lacht trocken.

»Ha, ha.« Mittlerweile habe ich so viel getrunken, dass es nicht mehr in meiner Kehle brennt.

Crane wird ernst. »Du solltest die Sandpipers für den Abend vergessen und etwas Spaß haben.« Er rutscht vom Barhocker und macht Anstalten, mich mit auf die Tanzfläche zu nehmen. Das ist selten, Crane tanzt ungern.

»Aber unter diesen Leuten sind Fans«, gebe ich zu bedenken.

»Was soll's. Wir haben überall Fans.«

»Ich trinke noch eben zu Ende.«

Crane willigt ein und schließt sich Falcon und Larissa an.

Ich starre ein paar Minuten lang in das Getränk. Sobald ich meine Gedanken schweifen lasse, verwandelt sich das satte Bernstein der Flüssigkeit in braune Augen, die vorwurfsvoll in meine blicken.

So sehr ich versuche, mich abzulenken – es klappt nicht. Und das wird es nicht, wenn ich diese eine Sache nicht richtiggestellt habe.

Ich schütte den Whiskey in mich hinein, nehme ein paar Scheine aus der Tasche, drücke sie dem Barkeeper in die Hand und gehe. Crane hat mich auf eine Idee gebracht und

heute Nacht wird niemand mich davon abhalten, sie durch-
zuführen.

Sparrow
KAPITEL 13

Ich schrecke aus dem Schlaf, weil ein Klopfen an mein Ohr dringt. Erst glaube ich, mir das nur eingebildet zu haben. Doch als sich das Geräusch wiederholt, dieses Mal eindringlicher und lauter, richte ich mich auf und sehe auf die Uhr. Es ist drei. Noch lange keine Aufstehzeit. Bei diesem Lärm habe ich allerdings keine Chance zu schlafen. Blinzelnd trinke ich einen Schluck Wasser aus dem Glas, das auf meinem Nachttisch steht, schlüpfe aus dem Bett und schleiche zur Tür.

Obwohl wir bereits die zweite Nacht hier verbracht haben, ist das Hotelzimmer mir fremd. Ich pralle gegen die geöffnete Badtür, reibe mir den Ellbogen und taste mich wacker voran. Meine nackten Zehen sinken in den Teppichboden, der sich trotz seiner Nachgiebigkeit stumpf anfühlt. So ganz anders als mein Teppich zu Hause.

Vor der Tür bleibe ich stehen. Das Klopfen ist verstummt. Schlaftrunken schiebe ich mir die Haare aus dem Gesicht und lausche. Wer ist das? Will diese Person wirklich zu mir oder hat sie sich an der Tür geirrt? Ich halte den Atem an, während Stille die Gänge erfüllt. Gerade als ich glaube, der Spuk ist vorbei, will ich kehrtmachen. Doch da wispert jemand: »Sparrow?«

Überrascht halte ich inne. Ich kenne diese Stimme. Es ist ...

Ich drehe am Knauf und strecke den Kopf hinaus. »Raven?«

Es ist so hell auf dem Flur, dass ich nur mit Mühe sein Gesicht erkennen kann. Da er vor der Deckenbeleuchtung steht, liegt er komplett im Schatten. Doch während die Sekunden verstreichen, nehmen die Konturen Gestalt an. Und so auch das träge Lächeln auf seinen Lippen.

»Hey«, sagt er gedehnt und stützt sich am Türrahmen ab. Er sieht nicht aus, als habe er geschlafen, und er riecht auch nicht so.

»Was machst du um diese Uhrzeit hier?«, flüstere ich verwundert und versuche, so beiläufig wie möglich meine Frisur zu ordnen.

»Das ist eine gute Frage.« Er fährt sich durch die Haare und verlagert sein Gewicht, wodurch mich das Licht blendet. Als er das bemerkt, rückt er wieder zurück.

»Hast du getrunken?«

»Ja ... aber nicht viel.«

So ganz glaube ich das bei seinen glasigen Augen nicht, aber wenn der Maßstab ein durchschnittlicher Thunderbirds-Absturz ist, war es im Vergleich dazu vielleicht wenig.

»Es ist mitten in der Nacht«, zische ich nun etwas ungeduldig. »Geh ins Bett!«

»Mache ich gleich«, entgegnet er folgsam, zögert und spricht dann weiter. »Ich bin nur hier, weil ...« Er bricht ab, schaut den Gang entlang, reibt die Handflächen aneinander.

»Weil was?«

Er atmet tief durch, presst die Lippen aufeinander und blickt mir ins Gesicht. »Du siehst hübsch aus«, sagt er wie aus dem Nichts.

Meine Augen weiten sich. »Okay, du bist wirklich betrunken«, stammle ich und streiche nervös mein Shirt glatt.

Er zuckt die Achseln und fährt sich erneut durch die Haare. Ist er etwa verlegen? Das kann nicht sein. Raven Anderson ist nicht verlegen. Aber wieso zieht sich nun dieser Rosaton über seine Nase?

»Es geht um Folgendes«, wispert er und richtet den Fokus auf seine Schuhe. »Heute Morgen beim Interview ... mir ist klar geworden, dass dein erster Kuss mit mir richtig beschissen gewesen sein muss. Und nun ja, ich kann das besser, weißt du?«

Blanke Hitze schießt mir in die Brust und wandert unwillkürlich tiefer. »Und jetzt stehst du nachts um drei vor meiner Tür, um dich dafür zu entschuldigen?«, spekuliere ich fassungslos. »Das hast du doch schon getan und ich habe dir verziehen.«

»Ich will mich nicht nur entschuldigen. Ich will ...« Sein Blick bleibt an meinen Lippen hängen. Sein Brustkorb hebt sich, als er stockt. »Ich will dir zeigen, dass ich es besser kann.« Nun ist nichts mehr missverständlich. Seine Augen sind klar, sein Ausdruck entschlossen.

Und mich erfasst die Aufregung mit voller Wucht. Mein rasender Herzschlag hallt in meinen Ohren.

Raven sieht mich einfach nur an. Geduldig, fragend, bezaubernd.

Als ich nicht reagiere, fragt er: »Darf ich dich küssen?«

Dies muss ein Traum sein. Ein besonders realer Traum mit Raven Anderson in der Hauptrolle.

»Um dir was zu beweisen?«, höre ich mich erwidern. Eine mutige Antwort, obwohl ich grundsätzlich unheimlich nervös bin.

Wieder zuckt er die Achseln. »Um mir was zu beweisen, um dir was zu beweisen, wer weiß? Vielleicht will ich einfach, dass wenigstens ein Kuss mit mir eine schöne Erinnerung in dir erzeugt.«

Er lässt sich nicht in die Karten gucken. Wie immer. Etwas anderes hätte mich auch gewundert. Doch mein Körper hat bereits entschieden. Schon ab dem Punkt, als ich mich aus der Tür geschoben und sie hinter mir angelehnt habe. Als ich zugelassen habe, seinem Sog nicht mehr nachzugeben, worauf es mich zu ihm zog wie zu einem Magneten. Ganz nah stehe ich vor ihm in meinem weißen Schlaf-T-Shirt und meiner lila Shorts, während er zu mir hinabschaut. Mit seinen markanten Zügen, dem begierigen Ausdruck und dem Funkeln in den Augen ist er die fleischgewordene Versuchung.

Ich will etwas antworten, bekomme jedoch keinen Ton über die Lippen. Also nicke ich leicht, ehe ich mich ihm entgegenstrecke.

Ein warmer Schimmer erstrahlt auf seinem Gesicht. Dann legt er die Hand auf meinen Hals. Sie wandert zu meinem Haaransatz, sein Daumen streichelt meine Wange. Er beugt sich zu mir hinab, zieht mich an sich und stockt kurz. Sein Atem fällt auf meine erhitzten Lippen, während er den magischen Moment vor dem Kuss auskostet und festhält.

Meine vor Vorfreude zuckende Halsschlagader liegt direkt unter seinen Fingern.

Dann überbrückt er endlich das letzte Stückchen Freiraum zwischen uns und küsst mich. Zart legt er die Lippen auf meine, liebkost sie bedacht und vorsichtig. Er schmeckt nach Pfefferminzkaugummi, doch den Beigeschmack von Alkohol kann ich nicht leugnen. Dennoch bin ich bereit, ihn zu übergehen. Diese Geste erfordert Mut. Und ich bin froh, dass er ihn gefasst hat. Auch wenn er dafür zum Whiskey greifen musste.

Seine Zunge findet meine, ist genauso zärtlich wie seine Lippen. Er holt ruckartig Atem, als ich mich auf die Zehenspitzen stelle, um ihm näherzukommen. Der entschlossene Griff im Nacken gibt mir Halt. Bis er langsam bebt, und ich den Kuss kurz unterbreche, weil ich mir darauf keinen Reim machen kann.

Seine Lider sind halb geschlossen, sein Atem tritt ihm stoßweise über die Lippen. Anhand seines bittenden Blicks wird es mir klar: Er begehrt mich. Und zwar richtig. Auch mein Körper steht in Flammen.

Wir könnten nun aufhören. Die letzten Sekunden zählten als Kuss, und zwar als ein wirklich guter. Doch wir kommen zur stummen Übereinkunft, dass wir noch lange nicht fertig sind.

Meine Lippen versiegeln sich erneut mit seinen. Er küsst mich zurück, gierig, ungeduldig, ausgehungert.

Ich lege die Arme um seinen Nacken, erwidere seine Leidenschaft. Ein Stöhnen entfährt mir, als er mich gegen den Türrahmen drückt. Das scheint ihn zu motivieren, den Kuss zu intensivieren. Seine Hände wandern meinen Rücken entlang, finden meinen Hintern, pressen mich ihm entgegen.

Er reibt sich an mir, und ich spüre seine Erregung durch seine Jeans.

Mein Verstand ist in die hinterste Ecke meines Gehirns verschwunden und ich werde den Teufel tun, ihn zu rufen. Ich hänge an Ravens Lippen, erwidere den Kuss und fühle seine Härte. Er hat mich in der Hand, ich kann an nichts anderes denken als daran, ihn auszuziehen. Von ihm ausgezogen zu werden. Mehr von ihm zu spüren. Überall.

Bis plötzlich ein verschlafenes Gemurmel aus dem Zimmer tritt.

Sofort zieht Raven sich zurück. Fragend schaut er an mir vorbei in den dunklen Flur. Nur noch seine Daumen berühren mich, die ihren Weg in den Bund meiner Shorts gefunden haben.

Widerwillig drehe ich mich zur halb geöffneten Tür und flüstere: »Es ist alles in Ordnung. Ich bin gleich wieder bei dir.«

»Du hast Besuch?« Raven sieht ernsthaft schockiert aus. Er zieht die Finger aus meiner Shorts, blinzelt, reibt sich über die Stirn und fügt dann hastig hinzu: »Entschuldige. Ich hätte dich fragen sollen, ob jemand bei dir ist. Ich meine, es ist kein Wunder, wenn du ...«

»Du denkst, dass ein Mann bei mir schläft?« Lachend umschließe ich seinen Arm. »Das ist Wren. Wir teilen uns ein Zimmer, wenn sich eine von uns einsam fühlt.« Am Abend war Wren nämlich diejenige, die das Heimweh überrollte.

»Ach so.« Verwirrt tritt Raven einen Schritt zurück und kurz macht er einen peinlich berührten Eindruck. Dann mustert er mich, als sähe er mich plötzlich mit anderen Augen. Ein besonderer Glanz leuchtet in ihnen. Der Hauch von Verletzlichkeit? Doch der selbstsichere Raven ist schnell zurück.

»Ich sollte nun gehen. Gute Nacht, Sparrow. Ab sofort will ich keine Enttäuschung mehr in deinem Gesicht sehen, wenn jemand dich fragt, wie ich küsse.« Er wendet sich ab und hebt zwei Finger zum Abschied.

Damit will er verschwinden? Ich schnappe nach Luft und lehne mich an den Türrahmen. »Ich sagte doch im Interview, dass du wild bist.«

Er schaut über die Schulter und grinst. »Das kann ich nun auch ruhigen Gewissens von dir behaupten.«

Sparrow
KAPITEL 14

I n den folgenden Tagen verliert Raven kein Wort über jene Nacht. Im Gegenteil: Er tut so, als habe es den Kuss nie gegeben.

Wir reisen nach Rom und schließlich nach Berlin. Wir fliegen mit denselben Flugzeugen und teilen meist Tourbusse und Vans. Außerdem verfolgen Wren und ich die Auftritte der Thunderbirds und begegnen ihnen hin und wieder kurz Backstage. Abgesehen davon haben wir wenig Berührungspunkte. Einmal treffen wir die Jungs im Frühstückssaal, da wir immer dasselbe Hotel beziehen. Doch sie scheinen überwiegend den Zimmerservice zu nutzen oder die Morgenstunden zu verschlafen.

Während Wren beim Frühstück von Tag sechs unserer Reise die Stärken und Schwächen unseres Auftritts in Rom zusammenfasst, löffle ich gedankenverloren aus meinem aufgeschlagenen Ei. Immer wieder schaue ich zur Tür, um zu prüfen, ob die Thunderbirds den Saal betreten. Raven geht mir nicht aus dem Kopf. Die Erinnerungen an den Kuss mit ihm fühlen sich mittlerweile so irreal an, dass ich mich frage, ob es sich bei dieser Begegnung nicht einfach um einen Traum handelt. Habe ich mir das alles nur eingebildet? Oder war er doch zu betrunken, um sich daran zu erinnern?

Als die vier Jungs tatsächlich hereintreten, macht mein Herz einen nervösen Hüpfer. Raven sieht mal wieder mächtig verschlafen aus, bekommt es aber trotz der Ringe unter seinen Augen und des zerknitterten T-Shirts hin, verwegen und einfach unglaublich gut auszuschauen. Wahrscheinlich könnte er aus einer Jauchegrube steigen und hätte trotzdem die Ausstrahlung eines jungen Gotts.

Ich beobachte ihn genau, während er am Büffet entlang streift. Wohingegen ich bei der üppigen Auswahl noch immer staune, ist er unbeeindruckt. Als er sich in meine Richtung geneigt einen Kaffee zubereitet, sehne ich unseren Blickkontakt so hibbelig herbei, dass Wren sich umdreht, um zu überprüfen, was mich so fesselt. Doch wie die anderen Thunderbirds winkt Raven uns nur flüchtig zu und läuft weiter.

Zerknirscht sinke ich auf die Eckbank zurück. Was erwarte ich eigentlich? Dass sich etwas zwischen uns verändert hat? Dieser Typ hat seine Absichten genau erklärt, ehe er mich geküsst hat. Er wollte mir und ihm etwas beweisen. Wahrscheinlich hält er es schlichtweg nicht aus, wenn eine Frau ihn einen schlechten Liebhaber nennt. Er hat nach einem Kuss gefragt und ich habe eingewilligt. Trotzdem bereue ich diese magischen Minuten keinesfalls. Ein Kuss ist ein Kuss. Er kann von Bedeutung sein, doch er kann auch das sein, was es war: Der einfache Austausch von Zärtlichkeiten. Der Übergang zum Vorspiel. Rein körperlicher Natur.

Als ich wieder den Kopf hebe, bemerke ich, dass Ravens Blick geradewegs auf mich gerichtet ist.

Verwirrt blinzle ich, hebe fragend die Brauen.

Unweigerlich sieht er weg, nimmt sich seine Schüssel Obstsalat und verschwindet.

War das Zufall? Hat er mich gemustert? Was ist das zwischen uns?

Berlin ist unsere letzte Station in Europa, ehe wir wieder zurück in die Staaten reisen. Wir sind spät in der Nacht gelandet und haben bis zu unserem Auftritt morgen Abend frei. Wren und ich freuen uns darauf, Fotos vor dem Brandenburger Tor zu machen, die East Side Gallery entlangzuschlendern und den Fernsehturm zu bestaunen. Vor allem Wren hat in den vergangenen Tagen an Heimweh gelitten, weshalb sie die Nächte in meinem Zimmer verbrachte. Obwohl sie nach außen hin einen taffen Eindruck macht, gibt es einige wenige Menschen, bei denen sie sich verletzlich zeigt. Ich gehöre dazu. Ein bisschen Abwechslung kann meine beste Freundin also gut gebrauchen. Außerdem können wir uns frei in der Stadt bewegen, da unsere Erfolgswelle noch nicht in Deutschland angekommen ist.

Olivia macht uns allerdings einen Strich durch die Rechnung. Wir wollen gerade den Saal verlassen, als sie sich neben Wren auf die Eckbank setzt. »Bevor ihr zwei euch aus dem Staub machen könnt, noch eine Info, Sparrow. Ein Taxi holt dich heute um fünf ab. Zieh dir etwas Schickes an. Ein Candlelight-Dinner erwartet dich.«

»Das ist aber großzügig von dir, dass du das für uns gebucht hast!«, entgegnet Wren, die ihrem Unterton zufolge erfasst hat, dass nicht sie die Auserwählte für den Platz an meiner Seite ist.

»Sparrow wird mit Raven essen«, erklärt Olivia überflüssigerweise.

Wren seufzt genervt auf. »Ich hätte mich auch über ein Dinner gefreut. Und vor allem wollte ich den Tag mit Sparrow verbringen.«

»Wir holen das nach«, versichere ich ihr schnell. »Außerdem haben wir bis heute Nachmittag Zeit für uns.«

»Du solltest dich nicht beschweren, Wren«, tadelt Olivia. »Schließlich muss Sparrow den Abend mit diesem Gockel verbringen und nicht du.« Unsere Managerin hat in den vergangenen Tagen nähere Bekanntschaft mit Raven gemacht und ihn spätestens da zu hassen gelernt, als er ihr gegenüber die Augen verdreht hat, als sie mit ihm die PR-Strategie unserer Beziehung besprechen wollte. Außerdem ist er einfach gegangen, als sie im Begriff war, eine eifrige Rede zu halten, die die Bindung zwischen Thunderbirds und Sandpipers stärken sollte.

»Eben«, stimme ich zu und gebe mir Mühe, nicht aus der Rolle der genervten Fakefreundin zu fallen. »Gern bin ich nicht mit ihm zusammen, weißt du?«

Wren nickt murmelnd und ich muss mir eingestehen, dass meine Aussage nicht zu hundert Prozent der Wahrheit entspricht. Denn um ehrlich zu sein, freue ich mich darüber, wieder mit Raven allein zu sein.

Wie geplant verbringen Wren und ich den Tag in Berlin. Da wir bisweilen selten in Großstädten unterwegs waren, verirren wir uns rettungslos. Als das Date näher rückt, stellen wir entsetzt fest, dass wir uns am anderen Ende der Stadt befinden. Die Zeit wird nicht ausreichen, um ins Hotel zurückzufahren und mich umzuziehen.

Also verkündet Wren kurzerhand: »Das ist kein Problem. Wir kriegen das hin!« und zerrt mich in den nächstbesten Laden. Wir finden ein Kleid, das gut zu meinen Sneakern passt, und Wren zieht mir ihr Jackett über die Schultern.

Irgendwie schaffen wir es zur Adresse des Restaurants, die Olivia mir genannt hat, ohne ein Taxi zu rufen.

»Pass auf dich auf«, flüstert Wren, als sie mich zum Abschied an sich drückt. »Und wenn der Typ frech wird, rufst du mich an, verstanden?«

»Verstanden«, erwidere ich und löse mich aus der Umarmung. Ein wenig tut es mir noch immer leid, sie nun ins Hotel schicken zu müssen, aber Vertrag ist Vertrag.

Wren hinter mir lassend, betrete ich das Lokal und bin im nächsten Moment wie erschlagen. Die Polster der Stühle aus dunklem Holz sind mit edlem Samt überzogen und Büsten dienen als Deko. Es ist furchtbar edel. Sofort fühle ich mich mit meinem hastig gekauften, pastellgelben Sommerkleid mit den aufgestickten Zitronen und den praktischen Vans underdressed.

Der Kellner führt mich an einen Tisch, an dem mein Vertragspartner schon wartet. Gelangweilt lässt er die Untersetzer durch die Finger gleiten und sieht dabei mächtig unbeeindruckt aus. Allerdings passt er optisch in dieses Etablissement, denn er trägt einen enggeschnittenen, schwarzen Anzug mit einem tannengrünen Hemd darunter.

Ich muss schlucken. Mittlerweile kenne ich Raven gut genug, um zu wissen, dass er dieses Outfit nie aus eigenem Antrieb gewählt hätte. Dennoch wirkt er kein bisschen verkleidet. Der Anzug steht ihm gut, ohne sein Wesen zu verwässern. Er ist noch immer ein waschechter Thunderbird. Aber heute eben einer, der sich in Schale geworfen hat.

Ein Untersetzer gleitet ihm aus den Fingern, als er mich bemerkt. Doch er bündelt sie geschickt und platziert sie zu einem Turm geschichtet zwischen die Weingläser.

»Hey«, sagt er, erhebt sich und drückt mich etwas ungelenk an sich.

»Hallo«, erwidere ich mit heißen Wangen. Ich genieße die Berührung und seinen Geruch, von dem mittlerweile eine gewisse Vertrautheit ausgeht. Dann setze ich mich ihm gegenüber.

Mein Herz rast viel zu schnell. Nachdem ich mich Wrens Jackett entledigt habe, zupfe ich nervös an meinem Kleid und weiß nicht recht, wohin mit mir.

Raven hingegen sieht mich offen und neugierig an. Als ich verunsichert frage: »Was ist?«, zuckt sein Mundwinkel.

»Das Preisschild.« Er deutet auf meine Schulter.

»Verdammt. Das habe ich total vergessen.« Umständlich nestle ich an dem Plastik herum. Ich möchte auf keinen Fall den Stoff beschädigen, weshalb ich nicht zu fest zerren will. Offenbar mache ich keine gute Figur.

»Warte, ich helfe dir.« Raven erhebt sich, nimmt ein Messer zur Hilfe und entfernt das störende Papier mit einem flinken Handgriff.

»Danke.«

Während er sich setzt, reibe ich mir den Oberarm. Raven

hat für einen kurzen Moment meine Haut gestreift, und diese Stelle kribbelt nun.

»Kein Problem.« Er wirkt so amüsiert, dass mich das Bedürfnis erfasst, mich zu erklären.

»Sorry, ich habe mich verfahren und hatte keine Zeit mehr, um ...«

Er lacht und hebt die Hand, um mich zum Schweigen zu bringen. »Du brauchst dich nicht zu rechtfertigen, Sparrow. Ich mag das Kleid an dir.«

Der Ober erscheint, überreicht uns die Speisekarte und fragt, ob wir bereits wissen, welches Getränk wir bestellen wollen. Ich trinke sehr wenig Alkohol, suche mir aber einen Rotwein aus, woraufhin Raven direkt eine ganze Flasche bestellt.

Das Lächeln auf seinem Gesicht wird immer vergnügter, als der Kellner verschwindet.

»Die Flasche wird teuer«, tadle ich ihn.

»Na und?«, gibt er frech zurück.

»Du wirst das bezahlen!«

Er schnaubt. »Das hatte ich sowieso vor.«

Nach einem kurzen Blick in die Karte klappe ich sie wieder zu. Obwohl wir eine englische Ausgabe bekommen haben, kann ich mir auf kaum ein Gericht einen Reim machen. Da Raven mich so aufmerksam mustert, bin ich mir sicher, dass er sich das denken kann und geradezu auf eine Frage wartet. Ich werde ihm nicht die Genugtuung geben und mir von ihm erklären lassen, was der Unterschied zwischen Chateaubriand und Wagyu ist. Stattdessen nehme ich mir Zeit, die Hände zu falten und dankbar zu sein. Oft mag ich mit den vielen neuen Eindrücken überfordert sein und vermisse Dad, der die Werkstatt aktuell ohne mich am

Laufen hält. Währenddessen sitze ich mitten in Berlin in einem noblen Restaurant und werde in Kürze ein sündhaft teures Menü mit einem der begehrtesten Männer Amerikas zu mir nehmen. Triumph durchflutet mich, der sich verstärkt, als ich bemerke, dass Ravens Augen an mir kleben. Sie haben ihren interessierten Glanz noch immer nicht abgelegt.

»Und in solchen Schuppen isst du regelmäßig?«, frage ich, nachdem der Angestellte uns den Wein eingeschenkt hat.

Raven prostet mir zu und schüttelt den Kopf. »Ich fühle mich nicht sonderlich wohl in edlen Restaurants.«

Ich koste vom Wein. »Dennoch bist du mit den Gepflogenheiten vertraut.« Mir ist nicht entgangen, dass Raven beim Anblick der Preise keine Miene verzogen hat und weder die Gerichte noch das Ambiente neu für ihn zu sein scheinen.

»Nachdem mein Vater sich von meiner Mutter hat scheiden lassen, hat er eine Frau geheiratet, die finanziell um einiges besser aufgestellt war als Mom. Die beiden haben mich oft mit auf Luxuskreuzfahrten genommen.«

Überrascht setze ich das Glas ab. Einen jungen Raven kann ich mir auf einer Dinnerparty kaum vorstellen.

»Damals, als du noch Devin warst?«, entgegne ich mit einem frechen Grinsen.

»Ich bevorzuge Raven.« Ein Schatten zieht sich über sein Gesicht, doch das nur kurz. »Wie wäre es, wenn du mir endlich deinen richtigen Namen verrätst?«

»Was meinst du damit?«

»Nun komm schon. Wren, der Zaunkönig, und Sparrow, der Spatz. Zusammen seid ihr die Sandpipers, die Strandläufer. Es ist offensichtlich, dass ihr die Vogelnamen von den Thunderbirds kopiert habt.«

Ich verschlucke mich fast an meinem Wein. »Das glaubst du wirklich?«

Zwischen seinen Brauen bildet sich eine Falte. »Willst du damit etwa sagen ...«

»Tut mir leid, dich enttäuschen zu müssen«, gebe ich glucksend zurück. »Sparrow und Wren sind unsere echten Namen. Wir haben sie nicht ausgewählt, um in ein Muster zu passen, und ihr hattet damit überhaupt nichts zu tun. Am Strand von Wave Crest sind unzählige Strandläufer unterwegs. Da wir dort am liebsten singen, war der Name unserer kleinen Band schnell gefunden.«

Raven sieht aus, als breche etwas in ihm entzwei.

Nun muss ich lachen. »Ich hätte nicht erwartet, dass dich das so mitnimmt.«

Irritiert fährt er sich durch die Haare. »Ich bin wirklich davon ausgegangen, dass das Künstlernamen sind. Angelehnt an uns.«

»Die Welt dreht sich nicht nur um dich, Raven.«

Er wendet den Blick ab und bleibt mir eine Antwort schuldig. Eventuell schweigt er, weil meine Aussage nicht stimmt. Denn gefühlt die ganze Welt will einen Teil von ihm. In Rom mussten die Jungs sogar das Hotel wechseln, weil Fans ihren Aufenthaltsort ausfindig gemacht haben.

Betretenes Schweigen setzt ein und ich schaue hinaus. Der Ober hat uns zielstrebig an eine Fensterfront gesetzt, vor der Menschen geschäftig mit Einkaufstaschen vorbeilaufen.

Auch nachdem uns die Gerichte serviert wurden, bleibt Raven sonderbar still. Während er wortlos sein Steak schneidet und ich meine Nudeln um die Gabel wickle, frage ich mich, was in ihm vorgeht. Beschäftigen ihn noch immer unsere Namen? Oder langweile ich ihn einfach? Als ich schließlich zu sprechen beginne, erwische ich sonderbarerweise einen Moment, indem auch er zu reden anfängt.

»Du zuerst«, räume ich lachend ein.

Er nickt und sieht plötzlich unheimlich ernst aus. »Sparrow, ich muss mich bei dir entschuldigen.«

Ich reiße die Augen auf. Bei Raven weiß ich nie genau, was mich erwartet. »Wofür?«

Er nimmt Haltung an, legt das Besteck auf dem Rand seines Tellers ab und ballt die Fäuste. Obwohl er leise spricht, verstehe ich jedes Wort deutlich, denn sie sind eindringlich und klar. »Ich habe euch Unrecht getan. Es war unfair von mir, euch zu sagen, dass ihr den *Mercury* unverdient bekommen habt, und das auch noch während ihr auf der Bühne standet und im Begriff wart, eure Danksagungen zu machen. Ich war ignorant und habe euch schlichtweg unterschätzt. Es tut mir leid.«

»Dafür hast du dich schon entschuldigt.«

»Das stimmt. Aber zu dem Zeitpunkt hatte ich keine Wahl.«

Ich knete die Finger im Schoß. Ja, ich erkenne eine ehrliche Entschuldigung, wenn ich sie bekomme. Dies ist definitiv eine.

Raven hält meinen Blick fest, während ich mir verlegen eine Strähne hinters Ohr schiebe. Irgendwie fiel es mir leichter, mit seiner erzwungenen Entschuldigung umzugehen als mit seiner echten. Offenbar ist er so still geworden, weil er Wren und meine Rolle als Popstars überdacht hat. Ich fühle mich gesehen. Und wenngleich ich seine Worte auf der Bühne arrogant und gemein fand, muss ich mir eingestehen, dass er Mut und Rückgrat beweist, indem er seine Entschuldigung wiederholt.

Peinlich berührt greife ich zum Wein. »Das ist schon in Ordnung, Raven. Jeder macht mal Fehler. Und wir machen das aktuell ja ganz gut, oder? Fakedaten, meine ich.«

»Das stimmt.« Er wirkt etwas entspannter, als er mit mir anstößt. »Auf uns. Und darauf, dass Sandpipers und Thunderbirds doch irgendwie gar kein schlechtes Match sind.«

Ich trinke und muss lachen. »Auf jeden Fall! Hast du gelesen, was die Medien über uns schreiben? Wir beide hätten uns gesucht und gefunden. Unsere Verbindung sei vorherbestimmt gewesen, allein wegen der Namen. Total albern.«

Er nimmt einen großen Schluck und stellt kopfschüttelnd das Glas ab. »Ja ... lächerlich.«

»Sie werden auch nicht müde davon zu berichten, wie gut wir optisch zusammenpassen«, füge ich hinzu und denke an den Schnappschuss von Raven und mir nach dem Konzert zurück, über den die HotHits geschrieben hat: *Match made in Heaven!* »Es gibt auf Instagram Fanaccounts, die sich ausschließlich mit uns als Paar beschäftigen. Wir haben sogar einen eigenen Hashtag. #thunderpipers.«

Der Kellner erscheint und räumt ab.

Raven scheinen diese Informationen etwas zu überrumpeln, mit einem lässigen Achselzucken stimmt er dann aber zu: »Sie nehmen uns die Beziehung ab. Möchtest du noch einen Nachtisch?«

Ich überlege nicht lange. »Den Eisbecher hätte ich gern.« Mit dem hatte ich bereits geliebäugelt, als ich ihn auf der Karte entdeckt habe. Es war eins der wenigen Gerichte, die ich auf Anhieb identifizieren konnte.

»Kommt sofort«, meldet der Angestellte und eilt davon.

Kurz schweigen wir, während ich hinaus in die Dämmerung blicke. Dann platzt es aus mir heraus: »Haben Chris und Olivia uns eigentlich den Platz am Fenster reserviert, damit wir um jeden Preis entdeckt werden?«

Raven grinst. »Davon kannst du ausgehen. Siehst du die Hecke da draußen? Von dort aus hat jemand uns bereits kurz nach unserer Ankunft fotografiert.«

Überrascht sehe ich mich um. »Das hast du entdeckt? Ich habe nichts mitbekommen.«

Raven bleibt entspannt. Er zieht sein Jackett aus und hängt es über den Stuhl. Langsam krempelt er die Ärmel seines Hemdes hoch, was den Blick auf seine tätowierten Unterarme preisgibt. Wieder fällt mir der Anker auf seinem Daumen auf, über den er unentwegt streicht. »Ich bin so was gewöhnt. Allerdings sind die Paparazzi in Europa recht human. In Amerika können die richtig aufdringlich werden, deshalb habe ich oft einen Personenschützer dabei. Chris wollte heute sichergehen, dass niemand ins Restaurant stürmt und uns die Kamera ins Gesicht hält. Siehst du den Typen mit dem Schnurrbart zwei Tische weiter?«

Ich nicke. »Was ist mit dem?«

»Das ist unser Bodyguard.«

Entrüstet hebe ich das Kinn. »Deshalb kommt er mir so bekannt vor!«

Raven lächelt und schüttet uns Wein nach. »Pablo ist in London zu uns gestoßen und begleitet uns, bis wir Europa verlassen. In den USA übernimmt dann wieder Dylan, mein persönlicher Assistent und Security Guard. Ihn habe ich gern um mich, wir sind Freunde.«

Nachdenklich nicke ich. Auch Olivia hat uns das ein oder andere Mal Security gebucht, eine feste Person ist allerdings nicht für uns zuständig. Ich sollte ihr das vorschlagen und definitiv an der Auswahl teilnehmen.

Der Ober erscheint und stellt mir einen Becher vor die Nase, ehe er wieder verschwindet.

»Das Eis ist bemerkenswert klein für den Preis«, gebe ich zerknirscht zu.

»Bestell doch noch eins«, schlägt Raven vor.

»Das kann ich nicht machen. Das schickt sich nicht.«

»Pfeif drauf, was sich schickt. Mach, was du willst.«

Lächelnd greife ich zum Löffel. Ich mag Ravens unkonventionelle Art. Er denkt nicht lange nach, bevor er handelt. Er macht, was er will, und davon kann ich mir eine Scheibe abschneiden. Ehe ich koste, nehme ich einen kräftigen Schluck Wein, der eine angenehme Wärme in mir entfacht hat und hilft, nicht so verkopft mit Raven umzugehen. Da kommt mir eine Idee.

»Da wir beobachtet werden, sollten wir dem Publikum eine Show bieten. Findest du nicht?«

Interessiert legt er den Kopf schief. »Was schwebt dir vor?«

Ich schiebe den Löffel in die Eiskugel und halte ihm dann eine mundgerechte Portion über den Tisch hinweg vor die Nase. »Möchtest du kosten, Schatz?«, frage ich mit gespielt verführerischem Augenaufschlag.

Kurz wägt er ab, ob er sich tatsächlich auf das Rollenspiel einlassen will. Als sich sein Mundwinkel zu einem schiefen Grinsen hebt, erwarte ich, dass er sich über den Tisch hinüberlehnt, um sich füttern zu lassen, doch zu meiner Überraschung steht er auf und nimmt neben mir auf der Eckbank Platz. Ohne Umschweife rückt er an mich, breitet den Arm aus und legt ihn auf die Lehne. Der Geruch seines

Parfüms hüllt mich ein. Seine Stimme ist tief und rauchig, als er antwortet: »Gern, Darling.«

Der Löffel in meiner Hand zittert, während er in seinem Mund verschwindet.

Ich kichere, irritiert über die plötzliche Nähe, die grotesk kitschige Situation und die Hitze, die sich in mir sammelt.

Raven scheint sich seiner Wirkung auf mich bewusst zu sein und zieht offenbar nicht in Erwägung, sich von mir zu entfernen, um die Anspannung in mir zu lösen. Stattdessen sagt er: »Um ehrlich zu sein, bin ich kein Erdbeerfan. Außerdem möchte ich dir nichts wegessen.« Er nimmt mir den Löffel aus der Hand und tunkt ihn seinerseits ins Eis. »Mund auf.« Dann führt er ihn an meine Lippen, die ich folgsam öffne.

»Braves Mädchen.«

Verdammt! Dies sollte bloß ein albernes Schauspiel für die Kamera sein, und nun esse ich aus seiner Hand wie ein williges Kätzchen? Ich werde unruhig und verlegen, will ihm den Löffel abnehmen, um den Spieß umzudrehen, doch er lässt nicht mit sich verhandeln. »Du hast dich über die kleine Portion beschwert, Sparrow. Du wirst sie essen.« Er führt den Mund an mein Ohr, als könnten die Paparazzi uns hören, und wispert: »Spiel mit. Die Kameras werden es lieben. Und Chris und Olivia sowieso.«

Eine Gänsehaut zieht sich über meine Oberarme, als seine Bartstoppeln meine Ohrmuschel kitzeln. Nervös nicke ich und hebe das Kinn. Er hat recht. Ich habe unterschrieben. Deshalb werde ich mit dieser Spannung leben und allen beweisen, dass ich sehr wohl ins Showbusiness passe. Olivia, Raven, Dad und besonders mir. Denn es gibt tatsächlich unangenehmere Dinge, als sich von Raven Anderson mit Eis füttern zu lassen.

Als wir eine Stunde später das Restaurant verlassen, glühen meine Wangen. Obwohl ein kühler Sommerwind durch die Berliner Gassen weht, ist mir warm. Das liegt einerseits an Ravens Anwesenheit und andererseits am Wein, den wir ausgetrunken und obendrauf noch einen Verdauungsschnaps geext haben, ehe Raven die Rechnung bezahlt hat. Immerhin hat der Alkohol die Sorgen und den Stress der letzten Tage von meinen Schultern gepustet. Die Fotografen scheinen verschwunden zu sein, jedenfalls erwartet uns niemand draußen.

»Wie hat's dir gefallen?«, fragt Raven beiläufig. Er zündet sich eine Zigarette an und nickt Pablo zu, der mit etwas Abstand zu uns das Restaurant verlassen hat. Offenbar hat er ein Auge auf Raven, bis dieser ins Hotel zurückgefahren wird.

»Ich fand es schön!«, erwidere ich heiter. »Fast schade, dass wir jetzt zurückmüssen. Aber Olivia hat angekündigt, heute Abend noch mit Wren und mir sprechen zu wollen. Ein paar Anfragen zu Auftritten und Interviews sind reingekommen, und wir haben sie gebeten, nicht mehr alles über unsere Köpfe hinweg zu entscheiden.«

»Sie muss euch unbedingt in wichtige Entscheidungen einbeziehen«, sagt Raven, nimmt einen Zug von der Kippe und steckt das Feuerzeug zurück in die Hosentasche. Stattdessen holt er sein Handy hervor und wischt durch ein paar Nachrichten.

»Ja, mich nervt nur, dass sie heute Abend noch mit mir darüber reden will«, entgegne ich. »Ich fühle mich oft bemuttert von ihr.«

»Kommt mir bekannt vor«, brummt er seufzend und schiebt das Telefon zurück in die Hosentasche. »Chris helikoptert auch gerade. Er hat mich angewiesen, das nächste Uber zu nehmen und bloß nicht wieder einen draufzumachen.«

»Dabei wart ihr in den letzten Tagen recht harmlos unterwegs, oder?«

»Und ob. Wie auch immer, ich rufe uns ein Uber.«

»Tu das.«

Er öffnet die App, zögert. Forschend sieht er mir in die Augen. Übermut lodert in seinen Iriden. Und eine unausgesprochene Frage.

»Was denkst du?«, spreche ich leise in die Dämmerung.

Er pustet Rauch aus und schaut in die Ferne. Dann nimmt sein Blick mich wieder gefangen, wild und rau wie das Meer. »Und wenn wir einfach nicht zurückfahren?«

Ich blinzle. »Du meinst ...«

»Wir könnten uns absetzen. Nur für den Abend.«

Ich hole Luft, doch es fühlt sich an, als käme kein Sauerstoff in meinen Lungen an. Als mache die plötzliche Aufregung mich kurzatmig, um meinen Adrenalinspiegel zu steigern, der mich auf ein Abenteuer der besonderen Art vorbereitet.

»Wir werden Ärger bekommen.«

»Scheiß drauf. Wir sind erwachsen. Das müssen sich auch Olivia und Chris hinter die Ohren schreiben.«

Ich atme erneut tief ein, um meinen Puls zu beruhigen, doch er beschleunigt sich mit jeder Sekunde.

»Berlin ist so viel mehr als ein langweiliges Nobelrestaurant in der Friedrichstraße«, fügt Raven hinzu.

Die Spannung erfasst mich so heftig, dass ich von Fußballen auf die Zehenspitzen wippe. »Okay.«

Raven grinst und drückt seine Zigarette in einem Aschenbecher vorm Eingangsbereich des Restaurants aus. »Du willst also etwas erleben, Küstenmädchen?«

Heftig nicke ich.

»Gut.« Er sieht sich nach Pablo um, der gerade auf sein Handy schaut und uns nicht beachtet. In Windeseile nimmt Raven meine Hand und wispert: »Dann komm.«

Pablo bemerkt schnell, dass wir uns aus dem Staub gemacht haben. Dennoch ist er zu spät. Wir nutzen die dreißig Sekunden seiner Unaufmerksamkeit und stürmen zur nächsten U-Bahn-Station.

Kaum sind wir unten angekommen, bimmelt Ravens Handy. Noch immer meine Hand fest umschlungen, zieht er mich in eine Bahn, die gerade eingefahren ist und viel zu voll ist. Die Türen schließen sich hinter uns, und ich presse mich kichernd an seine Brust, ehe wir ins Ungewisse fahren. Ich weiß nicht, wo es hingeht oder was mich erwartet. Nur, dass Raven genauso erwartungsvoll grinst wie ich und, dass ich an seiner Seite sicher bin.

Raven hat recht. Von Berlin habe ich bis jetzt viel zu wenig gesehen.

Wir steigen in Friedrichshain aus und schlendern beschwingt durch die Straßen. In einer Bar in Kreuzberg machen wir Halt, bestellen Drinks und verkrümeln uns in eine hintere Ecke, damit Raven von niemandem erkannt wird.

Das Publikum ist bunt und ungezwungen. Obwohl dies keine Touristengegend ist, wird viel Englisch gesprochen. Offenbar leben hier Menschen unterschiedlicher Nationen.

Da ich mich damit überhaupt nicht auskenne, erklärt Raven mir die Rezepturen verschiedener Cocktails, die an einer Tafel über der Bar stehen, und bald weiß ich, woraus ein Old Cuban, ein Moscow Mule und ein Dark and Stormy bestehen. Als sich der Alkohol in meinem Bewusstsein immer bemerkbarer macht, befürchte ich kurz, mich versehentlich total abzuschießen und mit dem feierwütigen Raven in die falschen Kreise zu gelangen. Doch er bestellt mir ein Wasser, bevor ich die Kontrolle über mich verliere. Auch er selbst trinkt bemerkenswert langsam. Natürlich verträgt er aufgrund seines Körpergewichts und seiner Gewohnheiten bei Weitem mehr als ich. Doch aus irgendeinem Grund hat er beschlossen, es nicht darauf ankommen zu lassen. Er leert sein Glas in derselben gemächlichen Geschwindigkeit wie ich. Und sein Fokus liegt nicht auf dem Getränk, sondern auf mir.

Tatsächlich. Es fällt mir zum ersten Mal auf, als es während unseres Gesprächs zu einer kurzen Pause kommt. Eben noch haben wir heimlich darüber gemutmaßt, aus welchen Ländern unsere Tischnachbarn kommen und in welchem Verhältnis sie zueinanderstehen. Ich habe darauf gewettet, dass die Frau mit dem Mann zu ihrer Linken anbändelt, und Raven hat auf den Typen zu ihrer Rechten getippt.

Während wir noch spekulierten, betrat eine Dame die Bar, die von der Frau am Nebentisch mit einem Kuss begrüßt wurde. Damit hatte niemand von uns gerechnet, und wir lachten darüber, wie falsch wir lagen.

Nun sieht Raven mich noch immer an, als ich nicht mehr lache. Es macht mich verlegen und befeuert die Ausgelassenheit in meinem Herzen. Seit Maddox Mason die Sandpipers entdeckt hat, bekomme ich ungefragt so viel Aufmerksamkeit. Das Publikum ausverkaufter Konzerthallen jubelt mir zu. Doch nichts fühlt sich so gut an, wie das Interesse von Raven zu genießen. Er hat eine Art, mich anzusehen, als stünde ich im Rampenlicht einer Bühne, die nur er sieht. Er blüht in meiner Gegenwart auf, ich spüre es genau. Und als er mit mir die Location wechselt und mich in einem Club auf die Tanzfläche zieht, zögere ich keinen Moment.

Ich tanze, er tanzt. Wir tanzen zusammen inmitten von Menschen und haben irre viel Spaß. Wir bleiben nie lange an derselben Stelle, in der Hoffnung, uns hier möglichst inkognito zu bewegen. Es läuft Indie und Rock, darunter deutsche Songs, die wir nicht kennen. Aber das ist uns egal. Seit wir uns abgesetzt haben, fühle ich mich frei, ungebunden und stark. Der Druck der letzten Monate fällt von mir ab. Mit Raven ist alles so wunderbar leicht. Dem Strahlen auf seinem Gesicht entnehme ich, dass er ebenso empfindet.

Raven entledigt sich irgendwann seines Jacketts und ich ziehe Wrens Jacke aus. Nun wirkt er nicht mehr ganz so overdressed, wenngleich er auch im Anzug das beiläufige Bild eines verlorenen Rockstars erfüllt. Das tannengrüne Hemd steht ihm allerdings so unfassbar gut, dass ich nur schwer den Blick von ihm nehmen kann. Er hat so eine furchtbar anziehende Präsenz, beginnend mit dem kleinen Ankertattoo oberhalb seines Daumens bis hin zu dem stechenden Grünton seiner Augen, die in den Stroboskopen aufblitzen und stets mich im Blick haben. Während wir tanzen, nimmt er meine Hand und zieht mich an sich und kurz glaube ich, er wird mich küssen. Doch er lässt mich wieder los, als das Lied wechselt.

Dennoch surrt eine Spannung zwischen uns. Ich bin mir sicher, dass es im Laufe der Nacht zu einem Kuss kommen könnte. Einfach, weil wir beide vor Euphorie sprühen und uns miteinander wohlfühlen. Beflügelt vom Alkohol überlege ich, über meinen Schatten zu springen und es kurzum zu tun. Mich auf die Zehenspitzen zu stellen, seinen Kragen zu packen und ihn zu mir herunterzuziehen. Doch ich war nie besonders mutig. Außerdem habe ich keine Ahnung, welche Konsequenzen so ein übereiltes Handeln haben könnte. Schließlich ist Raven der ungebundene Rockstar mit etlichen Bekanntschaften. Sehr wahrscheinlich hat er für den Abend Interesse an mir. Aber ich habe ihn als impulsiv und unzuverlässig kennengelernt. Ich sollte mich vor ihm hüten und nicht mal darüber nachdenken, mich intensiver auf ihn einzulassen.

Dennoch wächst die Anziehung zwischen uns mit fortschreitender Uhrzeit immer mehr. Trotz all meiner Zweifel hoffe ich irgendwann, dass er diese magische Grenze überschreitet und mich genauso küsst wie in jener Nacht in London. Doch er macht es nicht.

Er will mich nicht überrumpeln, sich mich nicht einfordern. Er hat versprochen, anständig zu bleiben. Er hält sein Wort.

Schließlich ist tatsächlich Raven derjenige, der mich fragt, ob wir zurückfahren wollen. Vernünftig. Denn ich bin mittlerweile unheimlich müde, hätte jedoch nie vorgeschlagen, den Abend zu beenden.

Zögerlich nicke ich, doch Raven bemerkt meine gemischten Gefühle. Er beugt sich zu mir hinab und streicht mir eine Strähne aus dem Gesicht. »Wir können uns demnächst gern nochmal absetzen. Aber erstmal brauchst du etwas Schlaf.«

Überrascht über seine Fürsorge willige ich ein, als er mich aus dem Club führen möchte. Draußen ist es frisch. Raven entdeckt auch hier eine nahegelegene U-Bahn-Station und schlägt vor, den Zug zu nehmen, um nicht so lange auf ein Taxi zu warten, und wir laufen rasch die Stufen in den Untergrund hinab.

In der Bahn erfasst mich die Müdigkeit mit voller Wucht. Es ist nicht so überfüllt wie auf dem Hinweg, trotzdem mangelt es an Sitzplätzen. Als einer frei wird, setzt Raven sich und zieht mich ohne Umschweife auf seinen Schoß. Dankbar nehme ich Platz.

Als er die Hände vor meinem Bauch faltet, wird mir klar, wie innig diese Geste ist. Ich fühle mich sicher bei ihm, umsorgt. Schläfrig lehne ich mich an seine Brust, lasse den Kopf in den Nacken fallen und studiere den Fahrplan an der Decke, doch meine Lider sind schwer. Es gelingt mir kaum, die deutschen Stationen vorzulesen.

»Du bist niedlich, wenn du müde bist«, wispert Raven, der im Gegensatz zu mir hellwach zu sein scheint.

Überrumpelt drehe ich den Kopf. »Ich bin nicht ...«

»Nicht müde? Ich bitte dich. Du kannst kaum die Augen offenhalten. Wir müssen aussteigen. Komm.« Schmunzelnd hilft er mir auf die Füße.

Draußen empfängt mich der kühle Nachtwind und mit

Schrecken stelle ich fest, dass ich Wrens Jacke im Club vergessen habe. Raven beruhigt mich damit, dem auch noch morgen nachgehen zu können, und legt mir ohne Ankündigung sein Jackett über die Schultern.

Mich überwältigt die Zärtlichkeit dieser Geste, und am meisten überwältigen mich die Wärme und der Geruch, der von dem Stoff ausgeht. Ich frage mich, ob dieser zugewandte Raven nur nachts erscheint, denn tagsüber tendiert er dazu, gleichgültig und draufgängerisch zu sein. Wenn sich meine These bestätigt, will ich mit ihm in der Dunkelheit leben.

Mitten in der Empfangshalle des Hotels kommen wir zum Stillstand. Der Aufzug, der zu Ravens Zimmer führt, ist auf der anderen Seite der Lobby. Wir müssen uns verabschieden. Widerwillig setze ich dazu an, mich aus Ravens Jackett zu schälen, doch er hält mich ab. »Gib es mir morgen zurück, fröstelnder Spatz.«

Ich murmle etwas Abwehrendes, bin jedoch heilfroh, die Anzugjacke behalten zu können. »Danke ... und danke für den Abend. Olivia und Wren haben wahrscheinlich eine Vermisstenanzeige aufgegeben, aber das war es wert.«

»Ich habe zu danken.« Er lächelt. Nun erkenne ich die Müdigkeit auch in seinen Augen. Er setzt zu einem Abschied an, stockt und sagt dann: »Ich habe noch eine Frage, bevor ich dich ins Bett schicke. Eine, die für ein offizielles Paar wohl etwas unüblich ist.«

Blinzelnd sehe ich zu ihm hoch. Will er die Spannung zwischen uns endlich auflösen? Will er ...?

»Gibst du mir deine Nummer?«

Erleichterung mischt sich mit Enttäuschung. Trotzdem muss ich kichern. »Natürlich.« Leise nenne ich ihm die

Ziffern, die er in sein Smartphone eingibt und mich anklingelt.

»Perfekt. Schlaf gut, Sparrow.« Raven nimmt mich in den Arm. Einen Moment. Zwei Momente. Drei. Eine Ewigkeit, die viel zu kurz ist. Ich glaube, seine Lippen auf meinem Haar zu spüren, ehe er mich loslässt. »Bis morgen.« Zwei Finger erhoben, macht er Kurs auf den Fahrstuhl.

Ich laufe in die entgegengesetzte Richtung. Für wenige Augenblicke hoffe ich, er hält mich auf und ruft mich zu sich zurück. Doch es bleibt still.

Auch ich drehe nicht um. Verdammte Vernunft.

Auf meinem Zimmer presse ich die kühlen Hände auf die Wangen. Es wird hell draußen und ich habe noch nicht mal geschlafen. Mein Donnervogel ist ein verdammt schlechter Umgang für mich.

Nachdem ich aufs Bett gesunken bin, ziehe ich die Füße an und blinzle in die aufgehende Sonne. Ich schreibe Olivia, dass ich noch lebe und wohlbehalten im Hotel angekommen bin. Dann gestehe ich Wren ebenso per Textmessage, ihre Jacke im Club vergessen zu haben. Da beide schlafen, erwarte ich keine Antwort.

Um mich bettfertig zu machen, tapse ich ins Bad, ohne mein Handy aus den Augen zu lassen. Könnte es sein, dass er ...?

Das Display blinkt auf und ich stürze auf das Smartphone zu.

UNBEKANNT

Gut in deinem Zimmer angekommen,
Fakefreundin?

Grinsend ziehe ich den Vorhang zu und krieche unter die Bettdecke. Dann speichere ich seine Nummer ein.

SPARROW

Ja, ich bin schon in mein Nest geschlüpft.
Ich hatte unheimlich viel Spaß, Rabe der
Nacht. Nur schade, dass wir keine Fotos
gemacht haben.

RAVEN

Das war nicht nötig. Erinnerungsfotos gibt es
genug.

Er hängt einen Link an und ich erstarre. Im Club sind wir also doch nicht unerkannt geblieben. Jemand hat den Moment abgepasst, in dem Raven mich an sich gezogen hat, und schamlos auf den Auslöser gedrückt. Im Anschluss landete das Foto direkt auf Instagram. Die Schlagzeile darunter meldet:

Sparrow und Raven turteln frisch verliebt in Berlin.

Meine Finger schweben über der Tastatur. *Wie viel davon war echt?*, will ich fragen. *Hast du etwas empfunden, als du mich berührt hast?*

Doch mir ist bewusst, dass dies alles kaputt machen könnte. Also begnüge ich mich damit trotz unseres unerlaubten Fernbleibens Chris' und Olivias Auflagen erfüllt zu haben, und schlafe bald darauf ein.

Raven

KAPITEL 15

Am nächsten Morgen erwache ich weit nach der Frühstückszeit. Das ist kein Wunder, schließlich bin ich erst heute früh ins Bett gekommen. Ich lasse mir Kaffee aufs Zimmer liefern und beschließe dann, einen Abstecher zum Club zu machen, um Wrens Jacke abzuholen. Glücklicherweise hing sie noch in der Garderobe. Zurück im Hotel suche ich Pablo auf. Er ist ziemlich verärgert, weil wir uns gestern einfach aus dem Staub gemacht haben, lässt sich aber von mir breitschlagen, Sparrow die Jacke zu übergeben. Er tut wie geheißen und bringt mir im Gegenzug mein Jackett mit.

Warum ich einerseits den kilometerweiten Weg durch Berlin auf mich genommen habe, um die Jacke zu besorgen, es aber nicht schaffe, an Sparrows Tür zu klopfen, hinterfragt Pablo zum Glück nicht. Ich hätte auch nicht gewusst, wie ich mich rechtfertigen sollte. Es gibt keine konkrete Begründung dafür, weshalb ich Sparrow heute nicht gegenübertreten will.

Außer die Szenen des letzten Abends, die sich immer

wieder vor meinem inneren Auge abspielen. Die Erinnerungen lösen ein Flattern in meiner Brust aus, das gleichzeitig so warm und so betörend ist, dass es mein Handeln und meine Gedanken bestimmt. Das ist ein unfassbar gruseliges Gefühl und nichts, in das ich mich hineinsteigern will.

Um mich abzulenken und nicht dauernd Szenen des letzten Abends vor Augen zu haben, frage ich die Jungs, ob sie mit mir die Zeit bis zum Auftritt totschlagen und gemeinsam etwas unternehmen wollen. Die drei scheinen bis jetzt weder von den Fotos von Sparrow und mir Wind bekommen zu haben noch von der Tatsache, dass wir bis in die frühen Morgenstunden zusammen waren.

Crane lehnt ab, da es ein Problem mit seinem Schlagzeug gibt und er bei der Reparatur helfen möchte. Hawk hat wie üblich andere Pläne. Also vertreibe ich mir den Mittag mit Falcon, dessen gute Laune mich heute nur bedingt ansteckt.

Wir beschließen, im Hotel zu bleiben, denn Berlin ist ganz verrückt nach den Thunderbirds und wimmelt vor Fans. Einige haben sogar vor der Konzerthalle übernachtet. Wir waren fast zwei Jahre nicht mehr hier und alle wollen einen Teil von uns.

Gemeinsam zocken wir ein Rennspiel an Falcons Playstation, die er immer im Gepäck hat. Währenddessen schwärmt er von Emma, diesem Mädchen aus Detroit, mit dem er noch immer in Kontakt steht. Sie scheint etwas in ihm bewirkt zu haben, denn er ist entschlossen, sie während unserer freien Tage zu besuchen. Es bleibt spannend, ob seine Begeisterung anhält und sich tatsächlich eine Beziehung zwischen den beiden entwickelt. Ich weiß um sein Bedürfnis danach und wie gern er am liebsten so schnell wie möglich eine Familie gründen möchte.

Gegen Nachmittag erhalte ich eine Nachricht von Sparrow, in der sie sich bei mir für die Rettung von Wrens Jacke bedankt. Ich antworte einsilbig und lasse das Gespräch ruhen. Angesichts meines verwirrten Gefühlszustands erscheint mir das als die beste Vorgehensweise. Im Grunde möchte ich die ganze gestrige Nacht *ruhen lassen*.

Nicht aber Chris. Als wir uns am Abend im Backstage treffen, lobt er die Fotos, die von Sparrow und mir kursieren.

»Genauso habe ich mir das vorgestellt, Raven«, ruft er aufgeregt und hält jedem Bandmitglied die Bilder vor die Nase. »Ihr wirkt wie ein verliebtes Pärchen. Die Medien lieben das! Und dass du in letzter Zeit nicht wegen irgendwelcher Eskapaden in den Schlagzeilen warst, habe ich ebenso bemerkt. Ich sehe, wie sehr du dich bemühst. Alle Achtung.« Er reckt den Daumen hoch und eilt davon. Wahrscheinlich, um das nächste Date zwischen Sparrow und mir mit Olivia dingfest zu machen.

Schwer seufzend sortiere ich die Plektren in meiner Handfläche und warte auf die bohrenden Fragen meiner Bandkollegen.

Die wollen derweil offenbar herausfinden, ob jemand von ihnen weiß, weshalb die Fotos zwischen mir und Sparrow so innig wirken, denn sie schauen sich ratlos an. Da niemand eine Antwort zu haben scheint, durchbricht Falcon die Stille.

»Sparrow und du wart zusammen tanzen? Wir haben den ganzen Nachmittag gemeinsam verbracht. Warum hast du mir nicht davon erzählt?«

Ich weiche seinem Blick aus. »Weil es nicht wichtig war.«

»Warum so schüchtern? Hattet ihr Sex?«, wirft Hawk so beiläufig wie direkt ein.

»Dein Ernst?«, stöhne ich.

»Mich würde eher überraschen, wenn ihr nach dieser Turtelei keinen gehabt hättet«, kontert er.

Crane schnaubt, Falcon grinst.

Ich atme tief durch, um nicht aus der Haut zu fahren, und besinne mich: Er hat recht. Normalerweise bin ich genau *so ein* Mann, der seine Bekanntschaft noch in derselben Nacht vögelt. Aber mit Sparrow ist das anders. Sie ist nicht einfach eine Bekanntschaft.

»Jungs, eure Fragen gehen mir echt auf die Nerven«, stelle ich klar. »Es ist unsere Aufgabe, solche Szenen zu inszenieren. Genau das tun wir, und zwar nicht besonders schlecht, sonst würdet ihr mich nun nicht auf diese Weise löchern.«

Hawk hebt abwehrend die Hände und Falcon räumt ein: »In Ordnung, Raven. Ich fand es nur seltsam, dass du mir das verschwiegen hast, wo ich dir doch so viel über Emma erzählt habe.«

»Sorry, ich muss es vergessen haben. Derzeit ist mein halbes Leben eine Illusion. Als wir gezockt haben, war ich endlich ich selbst. Ernsthaft, Jungs, es ist nicht so einfach, eine Fakebeziehung zu führen. Dauernd mischt sich die Wahrheit mit einem Bluff.«

Falcon und Hawk geben sich geschlagen, nur Cranes Blick bleibt starr auf mich geheftet. Er kennt mich nun mal am besten.

Fuck. Der Kuss. Ich reibe mir die Augen, versuche, die Erinnerungen zu löschen. Ich darf nicht an diesen Kuss zurückdenken. Denn wenn mich die Emotionen einholen, die von mir Besitz ergriffen, als unsere Lippen sich berührten, habe ich wieder das Gefühl, zu fallen. Diese Momente waren keine Inszenierung für die Kamera. Sie waren ganz allein unsere Entscheidung.

Zum Glück bleibt keine Zeit, um mich länger mit Sparrow auseinanderzusetzen. Ein Roadie ruft die Sandpipers auf die Bühne und die beiden treten auf den Gang des Backstagebereichs.

Zum ersten Mal seit gestern Abend begegne ich Sparrow. Ihre Miene erhellt sich, als sie mich erblickt, doch der Glanz schwindet, als sie in mein Gesicht schaut. Ich muss keinen besonders erfreuten Eindruck machen, was vorwiegend an dem Kreuzverhör wenige Sekunden zuvor liegt.

»Lasst es krachen«, flüstert Hawk den beiden zu. Seine Art, viel Glück zu wünschen.

Die Sandpipers grinsen und huschen auf die Bühne.

Eigentlich will ich heute darauf verzichten, mir den Auftritt der Sandpipers anzusehen. Wenig später finde ich mich doch schräg hinter der Bühne wieder. Irgendetwas hat mich einfach in ihre Nähe gezogen. Vielleicht das Wissen, dass ich mir die beiden zum vorerst letzten Mal live anschauen kann, denn Berlin ist der Abschluss unserer kleinen Europatour.

Ich treffe auf Hawk, der Wrens und Sparrows Auftritte fast immer verfolgt. Ich glaube, er mag ihre Musik tatsächlich.

Die Sandpipers performen heute routiniert und souverän. Mir gefällt es, wenn Sparrow diese selbstbewusste Ausstrahlung hat. So ist sie, wenn sie sich sicher fühlt und sich fallen lassen kann. Als wir gestern Abend zusammen getanzt haben zum Beispiel. Mit den beige-blauen Tönen der Küste im Rücken, die das Bühnenbild der Sandpipers abrunden, wirkt sie angekommen.

Unser Auftritt folgt auf dem Fuß und ich gebe alles. Es tut gut, sich die Seele freizusingen. Die vergangenen Tage haben mich immer wieder aus dem Tritt gebracht, irritiert, vor eine Wand von scheinbar unlösbaren Fragen gestellt. Doch wenn ich auf der Bühne stehe, ist alles klar. Der Rhythmus von Cranes Schlagzeug steuert den Takt meiner Bewegungen, die Töne von Falcons Keyboard färben meine Gedanken. Die Texte, die Hawk und ich verfasst haben, verlassen meine Lippen und kommen direkt aus meinem Herzen.

Ich mag oft nicht wissen, was ich will und wo ich hingehöre. Doch sicher ist, dass ich für die Bühne gemacht bin.

Nach der Show beschließe ich, ausnahmsweise vernünftig zu sein und zeitig ins Bett zu gehen. Letzte Nacht habe ich wenig geschlafen und wir werden morgen früh in die Staaten zurückfliegen. Zwar werde ich mich auf dem Flug ausruhen können, dennoch sind Reisetage immer anstrengend.

Nach dem Duschen lege ich mich nur in Boxershorts ins Bett und greife zu meinem Handy. In diesem Hotelzimmer ist die Lüftung unheimlich laut, aber ich hoffe, trotzdem schnell einschlafen zu können. Wie üblich scrolle ich durch Social-Media-Kanäle, in der Hoffnung, dass mir dabei einfach die Augen zufallen. Doch seltsamerweise rückt eine Frage in mein Bewusstsein, die mich schon den ganzen Abend über beschäftigt hat. Ohne lange darüber nachzudenken, öffne ich den Chat mit Sparrow.

RAVEN

Gibt es diesen Nightmarket wirklich?

Ich halte den Atem an und starre auf das Display. Sparrow ist online und liest meine Nachricht. Doch anstatt zu antworten, ist sie kurz darauf wieder offline.

Fassungslos fahre ich mir durch die Haare. Ignoriert sie mich? Nein, das kann nicht sein. Bei Frauen habe ich eine Erfolgsquote von nahezu hundert Prozent. Raven Anderson blitzt nicht ab. Wenn, dann lasse *ich* abblitzen.

Doch nach wenigen Momenten ist sie wieder online und ich entspanne mich. Schuldbewusst reibe ich mir den Nacken. Habe ich beim Gedanken, dass sie meine Nachricht übergehen könnte, wirklich Herzrasen bekommen? Lächerlich.

SPARROW

Klar gibt es den Nightmarket. Er findet zweimal jährlich in Wave Crest statt und ist ein absolutes Highlight.

Okay, da habe ich meine Antwort. Zeit zu schlafen. Doch irgendwie beschäftigt mich dieser mysteriöse Ort.

RAVEN

Erzähl mir davon.

Sie tippt. Stoppt. Tippt.

Auf die Unterarme gestützt, warte ich gespannt auf ihre Antwort.

SPARROW

Der Nightmarket läutet den Beginn und das Ende des Sommers ein. Es gibt viele niedliche Stände dort, an denen man Selbstgemachtes von Händlern aus aller Welt kaufen kann. Und es wird superleckeres Streetfood angeboten. Es ist Tradition, zum Schluss kleine Papiertüten anzuzünden und seine Wünsche gen Himmel zu schicken.

RAVEN

Was hast du dir beim letzten Mal gewünscht?

SPARROW

Das ist geheim. Wenn ich es verrate, wird es nicht wahr. :)

RAVEN

Ach so. Klar. Du musst es mir natürlich nicht sagen.

SPARROW

Wie kommst du jetzt auf den Nightmarket?

Weil mir das Bild von deiner Erzählung aus dem Interview nicht aus dem Kopf geht. Weil ich mich oft frage, wie mein Leben aussähe, wenn dies unser Anfang gewesen wäre. Und weil ...

RAVEN

In dem Clip, der während eures Auftritts läuft, sieht man in der Ferne einen Markt. Ich habe mich gefragt, ob er das ist.

SPARROW

Stimmt! Ich habe es fast vergessen, weil wir mit dem Rücken zur Leinwand stehen. Ja, die Aufnahmen stammen aus Wave Crest.

Ich google *Nightmarket* und *Wave Crest*, um mich selbst zu überzeugen. Und da ist er, der Markt, von dem Sparrow erzählt hat. Er ist kleiner, als ich ihn mir vorgestellt habe. Das macht ihn nicht minder interessant. Die Lichterketten und Lampions wirken in der Dunkelheit mystisch und gemütlich zugleich. Sicherlich ist es schön, Hand in Hand über die Promenade zu spazieren. Immer das Rauschen der Wellen im Ohr und der Duft von Waffeln oder Burgern in der Nase.

Eine Weile antworte ich nicht, während die Eindrücke von Sparrows Heimatstadt mich verzaubern. Dann blinkt Sparrows Nachricht auf.

SPARROW

Wenn du möchtest, kannst du mich vielleicht mal während des Nightmarkets besuchen kommen und ich zeige ihn dir.

RAVEN

Ja. Vielleicht.

Am nächsten Tag ist unsere Abreise.

Die Sandpipers nehmen einen Flug direkt nach San Diego, während wir Thunderbirds nur eine halbe Stunde später nach New York abheben werden. Da unsere Flüge beinahe zeitgleich starten, werden wir gemeinsam zum Flughafen gefahren und verbringen einen Teil der Wartezeit am Gate zusammen.

Auf der Außenterrasse rauche ich eine Black Devil Zigarette nach der anderen, während ich den Flugzeugen bei Start- und Landungsmanövern zuschaue. Hier draußen sehe ich mich außerdem in Sicherheit vor Menschen, die uns erkennen könnten. Bereits vor einem Jahr habe ich mich für einen Privatjet eingesetzt, doch die Jungs entschieden sich dagegen, um die Umwelt nicht zu belasten. Natürlich haben sie recht, dennoch bin ich als Sänger und Gesicht der Band derjenige, der am meisten unter aufdringlichen Fans leidet und mehr Grenzüberschreitungen aushalten muss als die anderen.

Nach einer Weile werfe ich einen Blick über die Schulter und beobachte die Reisegruppe durch die Glasfront. Obwohl Hawk nicht gerade für seine Extrovertiertheit bekannt ist, hat er einen außerordentlich guten Draht zu den Sandpipers. Schon den ganzen Morgen blödelt er mit ihnen herum.

Liebend gern würde ich seine Position einnehmen und eine platonische Nähe zu Sparrow aufbauen. Sie scheint sich auch darüber zu wundern, dass ich mich wieder zurückziehe. Doch wenn wir in Gesellschaft sind, fällt es mir unheimlich schwer, angemessen auf sie einzugehen. Eventuell, weil ich nicht genau weiß, wo unsere Bekanntschaft hinführt. Weil der Begriff Freundschaft nicht das erfasst, was Sparrow und mich verbindet. Weil er vielleicht einfach nicht ausreicht.

Bei dem Gedanken wende ich mich erschrocken ab und ziehe mir die Kapuze tief in die Stirn. Nein, so ist das nicht. Sparrow und ich sind Bekannte, die das ein oder andere Erlebnis geteilt haben. Wir machen gemeinsam besondere Situationen durch, die meine Gefühle durcheinanderwirbeln. Wir sind keine Freunde, dafür kennen wir uns nicht gut genug. Aber was sind wir dann?

»Raven? Dein Kaffee.« Chris streckt den Kopf aus der Tür der Außenterrasse und hält mir einen Becher hin. Er sieht heute richtig entspannt aus. Seit die Pärchenfotos von

Sparrow und mir kursieren, ist er äußerst gut auf mich zu sprechen.

»Danke.« Ich nehme den Becher an und lehne mich ans Geländer. Chris hat immer den Überblick über unsere Termine, deshalb frage ich: »Kommende Woche haben wir frei, richtig? Wo habt ihr ein Date zwischen Sparrow und mir arrangiert?«

Chris schüttelt lachend den Kopf. »Wie wir im Vertrag festgelegt haben, zählen gemeinsame Auftritte doppelt. Zwischen der Minitour und der Filmpremiere könnt ihr euch ruhig eine Pause voneinander gönnen.«

»Also sehen Sparrow und ich uns erst wieder am …«

»Planmäßig am dreiundzwanzigsten.«

»Das ist in zwölf Tagen«, wispere ich.

»Richtig. Die Auszeit hast du dir verdient. Olivia und die Sandpipers müssen nun zum Boarding. Das heißt, du kannst gleich endlich wieder durchatmen.«

Durchatmen. Wieso hatte ich dann das Gefühl zu ersticken?

Sparrow ist dabei, ihren Rucksack zu schultern. Ihr Blick ist geradewegs auf mich geheftet. Bittend. Und ich verstehe. Sie hat mir lange genug meinen Freiraum eingestanden. Nun kann sie allerdings nicht einfach verschwinden, ohne dass ich sie in den Arm genommen habe. Das funktioniert offenbar für sie nicht und für mich schon gar nicht.

Ich lasse den verdutzten Chris stehen und trete in das Gebäude. Nachdem ich den Kaffee auf einem Beistelltisch abgestellt habe, öffne ich die Arme, in die Sparrow sich ohne Umschweife fallen lässt.

Ein Seufzer der Erleichterung entfährt mir. Es ist, als falle Gewicht von mir. Ich lasse die Nähe zu und damit einhergehend ein Fünkchen Verletzlichkeit. Und ich liebe jede Sekunde.

Sparrow scheint das gemerkt zu haben. Nach wenigen Momenten wispert sie nämlich amüsiert in meinen Hoodie: »Weichst du mir aus?«

»Quatsch«, erwidere ich.

Ein klitzekleines Beben geht durch ihren Körper, dann überträgt er sich auf mich. Wir beide unterdrücken ein Lachen, sehen uns an. Grinsen darüber, wie schlecht diese Lüge war. Und es tut so gut. Weil diese Begegnung zwischen uns so rein, so klar ist.

»Zwölf Tage«, wispert sie. Auch Sparrow hat gerechnet.

»Das ist lang«, sage ich vage.

»Es geht vorbei.«

Wieder drücke ich sie an mich und rieche ihren ganz eigenen Duft gemischt mit der Beständigkeit des Strandes.

Olivias Stimme dringt an mein Ohr. »Sparrow! Wir müssen los!«

Sparrow löst sich von mir und lächelt frech zu mir herauf. »Nächstes Mal nutzt du deine Zeit gefälligst besser und kommst nicht erst in den letzten zwei Minuten auf mich zu.«

Wie konnte sie mich bloß durchschauen? Und warum ist sie nicht sauer?

»Klar«, erwidere ich knapp. »Wir sehen uns, Fakefreundin.« Meine Hand hält ihre, bis sie sich aus meiner zieht. Niemand von uns setzt zu einem Kuss an, wieso auch.

Die Sandpipers verschwinden im Gedränge und hinterlassen eine Leere in mir, die vorher schon da war. Aber nun, wo sie für kurze Zeit gefüllt war, fällt sie mir negativ auf.

Sparrow
KAPITEL 16

Die Welt ist aufregend, doch nirgends ist es so schön wie zu Hause.

Wren und ich strahlen, als wir nach dieser langen Reise endlich unsere WG betreten. Wir sind hundemüde, dabei hat der Tag hier erst begonnen. Vernünftig wäre es, nun wach zu bleiben, um dem Jetlag nicht zu unterliegen. Doch wir stellen unsere Koffer in die Ecke, reißen die Fenster auf und fallen in Wrens Bett. Dort lauschen wir dem Rauschen der Wellen, die man aus der Ferne hört, rekapitulieren leise die letzten zwei Wochen, in denen wir mehr gesehen haben als in unserem ganzen Leben zuvor, und lassen Ruhe in unsere erschöpften Körper einkehren.

Die Sonne erhebt sich über Wave Crest, scheint durch unsere Fenster und wirft gleißend helle Rechtecke auf den Parkettboden. Die Dachgeschosswohnung haben wir nur wegen des niedrigen Preises angemietet. Das Meer kann man von hier aus nicht sehen. Die Räume sind klein und renovierungsbedürftig, doch bis jetzt haben uns Zeit und Mittel gefehlt, um sie instand zu setzen. Die WG wirkt schäbig, nachdem wir die letzten Nächte in hochpreisigen Hotels zugebracht haben. Dennoch ist es unser Zuhause.

Das *alles hier* ist unser Zuhause. Die Patchworkdecke aus T-Shirts, die Wrens Grandma genäht hat. Die bunt angemalten Tassen auf dem Regal, die wir in der Schule getöpfert haben. Die Pflanzen, die Wrens Mom in unserer Abwesenheit gegossen hat. Auf ihren Übertöpfen kleben Wackelaugen. Sie haben Namen: Tom, Mark und Travis – benannt nach den Mitgliedern von Wrens Lieblingsband. Jedes der überschaubaren Zimmer strotzt vor Erinnerungen, ist voller Persönlichkeit. Die Wohnung ist nicht perfekt, aber sie ist unser Heimathafen.

»Was meinst du?«, setzt Wren schließlich vorsichtig an. »Wir haben nun so viel Geld. Sollen wir uns demnächst nach einer größeren Bleibe umsehen?«

Ich fahre die Knopfleiste der Bettdecke nach und schüttle den Kopf. »Nein. Bitte lass uns damit noch ein bisschen warten.«

Wren sinkt lächelnd ins Kissen. »Okay.«

Ich bin mir sicher, dass sie sich diese Antwort erhofft hat. Wahrscheinlich werden wir mit unserem wachsenden Lebensstandard nicht für immer hierbleiben. Aber ich will an unseren Wurzeln festhalten, solange ich kann.

Wir schlafen nur ein paar Stunden. Zum einen, weil wir wenigstens den Versuch starten wollen, uns der Zeitzone anzupassen, und zum anderen, weil Wave Crest uns ruft. Wir waren lange weg und möchten uns selbst davon überzeugen, dass alles noch an seinem Platz steht.

Wren will ihre Mom besuchen, deren Schicht im *Sandcastle Café* nun vorüber sein muss. Mein Weg führt mich selbstverständlich direkt in *Harry's Oldtimer Garage*.

Auf dem Parkplatz vor der Werkstatt begrüße ich meinen Chevy. Dad hatte mir angeboten, ihn während meiner Abwesenheit in seiner Nähe abzustellen, damit er ein Auge auf das lila Schmuckstück haben kann. Ich kontrolliere kurz, ob alles mit dem Wagen in Ordnung ist, ehe ich mich gegen die Fahrertür lehne und aufs Meer schaue. Ein wenig will ich das Zusammentreffen zwischen Dad und mir hinauszögern. Mein Leben entfernt sich immer weiter von seinem. Er hat Mom verloren, jetzt droht ihm auch seine Tochter zu entgleiten. Wie werden wir aufeinander zugehen? Andererseits ist zumindest ein Teil seiner Zweifel berechtigt. Manchmal fühle ich mich in eine Richtung gedrängt, die nicht zu mir passt. Dies liegt vor allem an Olivias Vorstellungen und der kompromisslosen Art, sie durchzusetzen. Zwar habe ich Gefallen an Ravens Anwesenheit gefunden, fühlte mich aber anfangs nicht wohl mit dem Deal, ihn fakezudaten. Ob Liv wirklich die richtige Managerin für uns ist?

In der Ferne spülen die Wellen feinen Sand an den Strand und mit ihnen bahnt sich auch Raven seinen Weg in mein Bewusstsein. Unsere Verabschiedung fügte sich in die Aufbruchsstimmung des Flughafens ein, weswegen Wren unsere Innigkeit gar nicht bewusst mitbekam. Dass dieser intime Moment zwischen uns nicht zu sprechen kam, fand ich nicht schlimm. Ich schloss ihn in mein Herz und seitdem haftet der Zauber an mir wie ein Bann, den ich nicht zu brechen vermag. Fast stürmisch war Raven, als ihm bewusst wurde, dass wir uns beinahe zwei Wochen nicht sehen werden. Seine Umarmung war innig. So ehrlich. Ein harter Kontrast zu seiner abwehrenden Haltung in den Tagen vorher.

Ich könnte ihm böse sein, aber das bin ich nicht. Denn direkt zu Beginn unseres Kennenlernens hat er mich hinter die Kulissen seines Lebens spähen lassen. Raven Anderson ist nicht nur der gefeierte Rockstar, der keine Party auslässt. Er ist auch Devin. Ein Mann, der Termine verschiebt, um seine demente Großmutter zu besuchen. Um Erinnerungen mit einem geliebten Menschen zu schaffen, solange es geht. Seinen Songs zufolge weiß er, wie sich ein Verlust anfühlt, und fürchtet ihn. Das ist menschlich. Dads harscher Umgangston ist eine ähnliche Art, damit umzugehen.

Doch Ravens zärtlicher Blick während unserer Verabschiedung verfolgt mich wie ein Eingeständnis. Wahrscheinlich kann er nicht so einfach aus seiner Haut. Aber eventuell bekomme ich die Chance, in den kommenden Wochen mehr zu erfahren. Sowohl von Raven als auch von Devin.

Nachdem ich in die Werkstatt getreten bin, fällt die Tür hinter mir ins Schloss. Verunsichert schaue ich mich um. Obwohl Dad um diese Uhrzeit immer hier zu finden ist und an seinen Autos schraubt, ist nichts von ihm zu sehen. Kurz frage ich mich, ob er seine Gewohnheiten geändert hat. Ob sich während dieser endlos langen zwei Wochen in Wave Crest alles so sehr gewandelt hat wie in meinem Leben. Aber da kommt Dad auch schon aus dem Lager und schreckt zurück, als sei ich durchs Dach gefallen.

Wir schauen einander ein paar Momente lang in die Augen, ohne zu reden. Dads verdattertes Gesicht macht mir Angst. Angst, dass er mich nicht mehr als seine Tochter erkennt, nun wo ich durch Europa getourt bin.

Dann breche ich die Stille und sage zaghaft: »Hi, Dad.«

»Du bist zurück.« Mein Vater zerrt sich die Handschuhe von den Fäusten und lässt sie achtlos auf die Werkbank fallen, während er auf mich zuläuft.

»Natürlich bin ich zurück«, erwidere ich und reibe mir den Nacken. »Wo sollte ich denn sonst ...?«

Ich kann nicht zu Ende reden, da er mich grob in eine Umarmung zieht. Er riecht nach Motoröl und Rasierwasser. Nach Zuhause. Nach meinem Dad.

»Ich habe befürchtet, du kommst nicht wieder. Dass der Glamour dich so sehr in seinen Bann gezogen hat. Dass du nur kurz deine Sachen holst, bevor du dich in die nächste Stadt absetzt.« Seine Stimme bebt.

»So was denkst du von mir?« Beinahe belustigt mich das. Ich löse mich von ihm und erkenne Tränen in seinen Augen. »O Dad. So ein Unsinn!« Wieder lege ich die Arme um ihn, denn ich möchte ihn meinen Blicken nicht länger aussetzen.

Er zieht die Nase hoch und reibt sich die Wangen. Er klingt viel gefasster, als er sagt: »Hätte ja sein können. Geld verändert die Menschen.«

»Mich aber nicht.« Sanft streichle ich über seinen Rücken. »Ich habe nun zwölf Tage, in denen ich bis auf ein paar Termine in Wave Crest bin und viel freie Zeit habe. Hast du Kapazitäten für eine helfende Hand?«

Er grinst. Erleichtert, beschwingt, glücklich. »Sicher

doch. Vorgestern wurde ein Ford geliefert. 1966er Baujahr. Er wird dir gefallen. Steht gleich dort drüben.«

Ich folge ihm. Die ganzen letzten zwei Wochen sah ich aus wie aus dem Ei gepellt. Auch meine Kleidung wirkt richtig sauber und unberührt in Dads Werkstatt. Das wird sich gleich ändern. Denn ich kann es kaum erwarten, mir endlich wieder die Hände schmutzig zu machen.

Die Auszeit zu Hause vergeht wie im Flug. Ich helfe Dad in der Werkstatt, spaziere den Strand entlang und treffe alte Freunde im Diner. Einen halben Tag lang wird ein Homespecial über mich gedreht und Dad findet die Journalistin so interessant, dass er sich für ein Foto mit mir ablichten lässt. Eines Abends verabreden Wren und ich uns an der Promenade, um *Dancing with Ghosts* zum Besten zu geben. Ganz spontan und unentgeltlich, einfach, weil wir Lust darauf haben. Es ist ein ähnlicher Auftritt wie jener, welcher für unseren Durchbruch verantwortlich war. Doch dieses Mal werden wir schnell erkannt und eifrig gefilmt.

Zugegebenermaßen war mir das unaufgeregte Publikum damals lieber. Aber die Umstände haben sich nun mal verändert. Dennoch lassen wir uns nicht ganz entwurzeln. Wren ist das genauso wichtig wie mir und das liebe ich an ihr.

Von Raven höre ich die ersten Tage gar nichts. Bis er ein Video unseres Spontanauftritts gesehen hat und mir eine knappe Nachricht hinterlässt:

RAVEN

Coole Aktion am Pier.

Danke. :)

Wieder vergehen ein paar Tage. Dann ergreife ich die Initiative und schreibe ihm.

SPARROW

Hallöchen, Fakefreund, wie geht's dir? Wie ist die Stimmung in New York? Oder treibst du dich woanders in der Weltgeschichte herum?

Er antwortet umgehend. Das überrascht mich, weil es kurz den Anschein macht, als habe er auf meine Nachricht gewartet. Doch schnell verwerfe ich den Gedanken. Wahrscheinlich ist er zufällig gerade am Handy.

RAVEN

Ich bin in New York. Nana ist letztens ausgebüchst. Mom hat das sehr beunruhigt, deshalb bin ich bei ihr.

SPARROW

O nein. Das tut mir leid. Ihr habt sie aber unbeschadet gefunden?

RAVEN

Ja. Sie ist putzmunter. Sie hat sich an den Coopers Beach in den Sand gesetzt. Dort war sie früher oft mit uns und hat Sandburgen gebaut.

Mit uns ...

Er muss den Jungen meinen, der auf sämtlichen Kinderfotos an seiner Seite war.

Meine Finger schweben über der Tastatur. Ich frage mich

schon lange, was aus dem Kleinen geworden ist. Nun wäre die passende Gelegenheit, ihn darauf anzusprechen. Allerdings erinnere ich mich auch daran, dass Raven ihn in seinen Gesprächen stets umschifft hat und wie kategorisch er das Thema Familie in Interviews ausgeschlossen hat. Da ein Chat nicht den richtigen Rahmen bietet, um ihn zu löchern, lenke ich die Unterhaltung auf ein weiteres Familienmitglied, das ich bereits kenne.

SPARROW

Ein Glück! Hast du deiner Mom mittlerweile gesagt, dass die Beziehung zwischen uns inszeniert ist?

RAVEN

Nein.

SPARROW

Oh. :D Mein Dad verfolgt die Klatschpresse zum Glück nicht, er hat gar nichts von der PR-Aktion mitbekommen.

RAVEN

Nicht? Trotzdem ist er stolz auf seine Tochter, oder?

SPARROW

Schon. Aber er befürchtet, dass ich mich in der Welt der Reichen und Schönen nicht wohlfühle. Außerdem hat er Angst, mich an den Ruhm zu verlieren.

RAVEN

Ich weiß zwar nicht viel über deinen Dad, aber du machst nicht den Eindruck, als würdest du vergessen, wo du herkommst.

SPARROW

Genauso ist es. :)

RAVEN

Fühlst du dich denn unwohl? Als bekannte
Sängerin meine ich.

SPARROW

Ich habe Schwierigkeiten, mich an dieses
neue Leben zu gewöhnen. Ich liebe die Ruhe
in Wave Crest. Oft habe ich das Gefühl, ich
passe einfach nicht ins Rampenlicht. Und,
dass alle das merken.

RAVEN

Das ist Unsinn. Die Sandpipers sind fabelhaft
auf der Bühne. Natürlich hat das neue Leben
seine Schattenseiten, aber du musst dich
nicht verstecken, Sparrow. Du hast Talent.

SPARROW

Hört, hört. Bist du über Nacht zum Fan
mutiert?

RAVEN

Nicht erst über Nacht.

SPARROW

Danke für deine Worte. Das bedeutet mir viel.
Deine Kritik hat mich anfangs sehr
verunsichert. Ich habe dich nämlich schon
eine Weile verfolgt, weißt du?

RAVEN

Sag bloß, du bist in Wirklichkeit mein Fan.

SPARROW

Ich habe eure Musik schon immer sehr gern
gehört.

RAVEN

Tatsächlich? Wer war dein Lieblingsthunderbird?

SPARROW

Wer sagt, dass ich einen hatte?

RAVEN

Du mochtest Hawk. Gib's zu.

SPARROW

Wie kommst du denn darauf?

RAVEN

Er sieht gut aus. Und ihr unterhaltet euch
immer angeregt.

SPARROW

Das liegt daran, dass er nett und etwas
zugänglicher ist als ihr anderen! Vergiss es,
ich verrate dir meinen Lieblingsthunderbird
nicht. :D Und damit wünsche ich dir eine
gute Nacht, ich muss morgen früh aufstehen.
Dad und ich fahren gemeinsam nach Los
Angeles. Wir wollen einen Cadillac Eldorado
Brougham abholen und hoffen, wir
bekommen ihn heil nach Hause. Er ist
nämlich schon aus dem Jahr 1956.

RAVEN

Davon hast du auf dem Flug erzählt. Den
Wagen habe ich eben mal gegoogelt. Sieht
Hammer aus! Zumindest die restaurierte
Variante. Gute Fahrt und gute Nacht.

RAVEN

Ist meine Fakefreundin noch wach?

SPARROW

Nur halb. Was gibt's?

RAVEN

Wie war die Fahrt nach LA? Habt ihr den Cadillac abgeholt?

SPARROW

Lieb, dass du fragst! Das haben wir tatsächlich. Einfach war es aber nicht. Der Caddy ist wirklich in einem schlechten Zustand und hat auf halber Fahrt schlappgemacht. Zum Glück konnte Dad ihn an einer Tankstelle notdürftig reparieren.

RAVEN

Ich hoffe, dass der Wagen euch keine Verluste einbringt.

SPARROW

Nie! Die Leute werden sich um dieses Auto reißen, wenn wir mit ihm fertig sind.

RAVEN

Bist du mit deinem lila Chevy nach LA gefahren?

SPARROW

Bin ich.

RAVEN

Den finde ich enorm cool. Du in diesem Wagen hat was.

SPARROW

Vielleicht darfst du nochmal mitfahren, wenn du brav bist.

RAVEN

Ich und brav sein? Da verlangst du echt viel von mir.

Stimmt auch wieder. Dann wird es wohl nichts.

RAVEN

Eigentlich schreibe ich dir, weil ich dich nicht nur fragen wollte, wie dein Tag war. Ich will noch etwas wissen.

SPARROW

Und was?

RAVEN

Welcher war dein Lieblingsthunderbird?

SPARROW

Das lässt dich nicht los, was? Warum willst du das unbedingt wissen?

RAVEN

Jeder hat einen, sogar ich. Es ist Crane. Der Typ ist wie ein großer Bruder für mich. Ich würde ihm mein Leben anvertrauen.

SPARROW

Also ist er so etwas für dich wie Wren für mich. :) Aber da gehe ich nicht mit, Crane ist nicht mein Lieblingsthunderbird.

RAVEN

Hawk wird es auch nicht sein, das hättest du gestern zugeben können. Nun bleiben nur noch Falcon und ich.

Ich schmunzle. Er will so dringend hören, dass ich früher auf ihn stand. Das ist geradezu niedlich. So ganz kann ich mir darauf dennoch keinen Reim machen. Zweifellos ist er der begehrteste Thunderbird. Massenweise Menschen fahren auf ihn ab. Warum ist ihm so wichtig, dass ausgerechnet ich darunter war?

SPARROW

Na schön, ich gebe es zu, damit du mir nicht länger in den Ohren hängst: Ich stehe auf Gitarristen.

RAVEN

Du stehst auf mich.

SPARROW

Zumindest warst du mein Lieblingsthunderbird.

RAVEN

Bis ich dir vor einem Millionenpublikum gesagt habe, dass du deinen Preis nicht verdient hast.

SPARROW

Never meet your idol.

RAVEN

O Sparrow. Wir haben darüber ja bereits geredet. Ich hoffe, ich kann das alles als Fakefreund wiedergutmachen.

SPARROW

Tust du! Ich könnte mir keinen Besseren vorstellen!

RAVEN

Das ist hoffentlich nicht ironisch gemeint.

SPARROW

Tatsächlich nicht. In letzter Zeit hat mir unsere Inszenierung oft Spaß gemacht.

RAVEN

Das höre ich gern.

SPARROW

Wobei ... Hawk wäre sicherlich auch ein niedlicher Fakefreund.

RAVEN

...

SPARROW

Scherz.

RAVEN

Kleines Biest.

SPARROW

Das hättest du nicht tun dürfen.

RAVEN

Wovon sprichst du?

SPARROW

Du weißt genau, was ich meine. Du hast einen Kaffee nach einem Paparazzo geworfen und ihm gesagt, er solle sich einen vernünftigen Job suchen.

RAVEN

Das sollte er auch. Er verdient sein Geld damit, Menschen zu bedrängen und daraus Profit zu schlagen.

SPARROW

Ich gebe dir recht damit, dass das keine ehrenwerte Arbeit ist. Das mit dem Kaffee hätte trotzdem nicht sein müssen.

RAVEN

Das habe ich tatsächlich bereut. Ich habe nämlich schlecht gezielt und nicht ihn getroffen, sondern sein Auto. Einen neuen Kaffee holen musste ich mir darüber hinaus auch noch.

Er fragte mich, ob ich mir nicht eine hübschere Freundin als Sparrow von den Sandpipers suchen könnte. Excuse me?

SPARROW

Du hast ihn meinetwegen mit einem Kaffee beworfen? Ich weiß nicht, ob ich das furchtbar oder ein bisschen niedlich finde.

RAVEN

Finde es furchtbar, das war es schließlich auch.

SPARROW

Chris war bestimmt wütend.

RAVEN

Bestimmt. Ich habe seine Anrufe bisher ignoriert.

SPARROW

Du bist unmöglich. :D

SPARROW

Hey Fakefreund, bist du noch wach?

RAVEN

In New York ist es drei Stunden früher als in San Diego. Natürlich bin ich noch wach.

235

So natürlich ist das nicht. Ein Uhr nachts ist schon sehr spät.

RAVEN

Warum bist du um vier Uhr früh noch auf? Klingt ungewöhnlich für ein braves Küstenmädchen.

SPARROW

In der Lobster Bar war eine Party, auf der ich mit ein paar Freundinnen war. Eben bin ich ins Bett gefallen und dachte, ich schau mal, ob du noch wach bist.

RAVEN

Auf einer Party, soso. Gab es da etwa Alkohol?

SPARROW

Quatsch!

Na gut, ein bisschen vielleicht. Egal. Ich habe eine Frage an dich.

RAVEN

Was willst du wissen? Welche mein Lieblingssandpiper ist?

SPARROW

Nein, das weiß ich bereits.

RAVEN

Ganz schön von sich überzeugt.

SPARROW

Das war leicht. Wren und du streitet dauernd.

RAVEN

Lass uns einen Deal machen. Eine Frage für eine Frage. Du fängst an.

Du kommst auf Ideen. Aber okay. Es geht um jene Nacht, als du plötzlich nachts vor meiner Tür standest. Erinnerst du dich?

RAVEN

Wie könnte ich das vergessen?

SPARROW

Du warst betrunken, als du mich geküsst hast. Hättest du nüchtern genauso gehandelt?

RAVEN

Du stellst Fragen. Wahrscheinlich nicht, die Aktion war spontan. Tut es was zur Sache, dass ich getrunken hatte?

SPARROW

In den Tagen darauf warst du so abweisend. Ich habe mich gefragt, ob du es bereut hast.

RAVEN

Um Himmels willen, nein. Das war nicht der Grund für meinen Rückzug.

SPARROW

Was war es dann?

RAVEN

Ich bin dran, vergessen? Beantworte mir zuerst folgende Frage, Sparrow. Wie wäre die Nacht verlaufen, wenn Wren uns nicht unterbrochen hätte?

Unweigerlich spüre ich wieder seine Lippen auf meinen, seine Finger an meinem Nacken. Sie befanden sich irgendwann an meinen Hüften und fanden den Weg zu meiner Shorts. Am Bündchen zog er mich an sich, und ich spürte seine Erregung deutlich an mir. Ich wollte ihn. So sehr.

Das Kribbeln in meinem Bauch breitet sich aus, wandert hinab. Wie die Nacht verlaufen wäre? Wie oft ich mich das gefragt habe.

SPARROW

Das ist schwer zu sagen. Entweder mein Verstand hätte sich eingeschaltet und ich hätte dich auf dein Zimmer geschickt. Oder …

RAVEN

Oder?

SPARROW

Bring mich bitte nicht in Verlegenheit.

RAVEN

Tu ich nicht. Es ist doch nur ein Gedankenspiel. Mein Verstand war in dem Moment weit weg und deiner auch. Wir hätten uns länger geküsst. Hättest du dich damit zufriedengegeben?

SPARROW

Ich weiß nicht. Du?

RAVEN

Das zähle ich als Rückfrage. Und nein. Wahrscheinlich hätte ich mich nicht zügeln können, wenn ich gemerkt hätte, dass du das ebenso genießt wie ich.

SPARROW

Du bringst mich sehr wohl in Verlegenheit.

RAVEN

Du hast angefangen mit dieser Nacht.

SPARROW

Wahr. Du bist dran.

RAVEN

Hast du gerade wieder diese lila Shorts an?

SPARROW

An die erinnerst du dich? Tatsächlich trage ich sie gerade.

RAVEN

Klar erinnere ich mich an die. Ich mochte das Gefühl von diesem dünnen Leinenstoff unter meinen Fingern. Wohl wissend, dass ich ihn dir nur von den Hüftknochen schieben müsste, um dir noch näherzukommen.

SPARROW

Angenommen, du hättest sie hinabgeschoben. Was hättest du dann getan?

RAVEN

Klare Sache. Ich wäre vor dir auf die Knie gegangen.

Ich hätte deinen Hintern umfasst und dich an mich gezogen. Hätte an dir gerochen, dich eingeatmet.

SPARROW

Raven ...

RAVEN

Ist das in Ordnung? Sollen wir aufhören?

SPARROW

Es ist so was von in Ordnung. Bitte, erzähl mir mehr.

Ich hätte dich geküsst. Bis zu der Stelle, die dir die größte Lust bereitet. Ich hätte dich mit meiner Zunge gereizt, bis du die Hände in meinen Haaren vergraben und meinen Kopf an dich gezogen hättest.

Berührst du dich gerade?

SPARROW

Ja.

Ich schrecke zurück, als mein Handy klingelt. Raven ruft an. Kurz zögere ich. Wir haben eine massive Grenze überschritten, dessen bin ich mir bewusst. Wenn ich nun mit ihm rede, nachdem er mich so angeheizt hat, übertreten wir eine weitere Schwelle.

Ich könnte das bereuen. Doch mein Verlangen ist so stark. Wie gern ich ihn nun in meiner Nähe hätte. Auf mir, in mir. Überall. Er kann nicht so schnell bei mir sein. Aber seine Stimme ist besser als nichts.

»Sparrow?« Er hört sich rau an, tiefer als sonst.

Besser als nichts? Mein Körper reagiert auf dieses gehauchte Wort, das aus seinem Mund eine besonders fesselnde Wirkung hat. Es ist die Stimme eines Rockstars, die meines Fakefreunds. Raven.

»Ja.« Meine Antwort gleicht einem Wimmern. Ich sinke zurück in die Polster.

»Kannst du dir die Shorts ausziehen?«

»Das habe ich schon getan.«

»Gut. Ich schließe mich dir an.« Das Klappern einer Gürtelschnalle ertönt, gefolgt von dem entfernten Geräusch fallender Kleidung. Dann seufzt er tief und ich stelle mir vor, wie er sich in die Kissen fallen lässt. »So ist es besser.

Ich liege nun im Bett. Hast du es dir auch bequem gemacht?«

»Ja«, erwidere ich knapp, weil ich einfach nicht mehr herausbekomme.

Er liegt im Bett? Und trägt untenrum nichts? Der Gedanke daran steigert meine Lust. Das Bild erwacht in mir zum Leben und ich versuche, mich an seine Tätowierungen zu erinnern. Ich weiß, dass eine Vogelschwinge seinen Oberarm ziert, genau wie die der anderen Thunderbirds. Ich kenne außerdem das Pfeil-und-Bogen-Tattoo, von dem lediglich die Spitzen an seinem Hals sichtbar sind, wenn er ein T-Shirt trägt. Dass sie zu einem Bogen gehören und auch der Rest seines Oberkörpers tätowiert ist, habe ich in einer Zeitschrift gesehen, in der er oben ohne posierte. Der Fotograf hat besonderes Augenmerk auf sein markantes Gesicht gelegt und auf die Zigarette, an der er zog. Ich bin mir sicher, Tattoos entdeckt zu haben, die seine Leiste hinabdeuten. Schwalben? Pistolen? Genau kann ich mich nicht erinnern.

»Nun möchte ich, dass du dir vorstellst, wie ich dich verwöhne«, reißt Raven mich aus den Gedanken, woraufhin mir nichts als ein gehauchtes »In Ordnung« einfällt.

Ich schließe die Augen, während meine Hand hinabwandert. Auf den ganz eigenen Unterton seiner Stimme konzentriert, stelle ich mir vor, wie er im Bett liegt und in sein Smartphone spricht.

»Ich lecke dich, du sinkst an die Wand. Dann knabbere ich an dir, sauge, sehe zu dir hoch.«

Den Hörer ans Ohr gedrückt, hänge ich an seinen Lippen und lausche seinen Worten, während ich mich anfasse. »Berührst du dich auch?« Meine Worte sind brüchig, wohingegen er klar, aber gepresst spricht. Kleine Seufzer rutschen zwischen seine Sätze und machen das Ausgesprochene perfekt.

»O ja.«

Ich stelle mir vor, wie er seine Erregung umschließt. Wie er unanständige Worte ins Handy flüstert und seine Faust im Schoß hinauf- und hinabgleitet.

»Ich schaue dir in die Augen, während ich mir einen runterhole«, fährt er eindringlich fort. »Ich will sehen, wie du das genießt. Weil es mich unfassbar anmacht, dich stöhnen zu hören.«

Als habe er es verlangt, tritt ein Stöhnen aus meinem Mund. Ich will ihm ebenso Futter bieten und Details erwidern, die ihn genauso anheizen. Allerdings habe ich so etwas noch nie gemacht. Ich weiß nicht, was ich sagen soll, das sich nicht total bescheuert anhört. Gleichzeitig ist mein Kopf wie leergefegt. Die Bilder, die er in mein Gehirn zaubert, rauben mir die Fähigkeit, rational zu handeln. Stattdessen kommt mir nur ein stockendes »Raven ...« über die Lippen.

»Es klingt unheimlich heiß, wie du meinen Namen sagst.«

»Ich wünschte, ich könnte dir auch etwas so Ansprechendes erzählen, aber ...«

»Es ist völlig in Ordnung. Ich genieße jeden Moment. Kannst du mir einen Gefallen tun und mich dabei zuhören lassen, wie du kommst?«

Als er mit rauer Stimme diesen Wunsch ausspricht, schießt mir die Hitze in die Wangen. Die Lust in mir bündelt sich. »Ja, gern. Um ehrlich zu sein ...« Ich lache verunsichert. »Ich halte es kaum noch aus.«

»Oh, okay. Stell dir vor, wie meine Zunge schneller wird. Wie ich mit zwei Fingern in dich eindringe und deine Lust mir über die Hand läuft.«

»Berührst du dich dabei noch immer?«

Er klingt tief, seine Worte werden von gehauchtem Stöhnen begleitet. »Das tue ich. Du glaubst nicht, wie gern ich von dir kosten würde. Allein der Gedanke daran raubt mir den Verstand.«

»Raven, ich ...« Mein Atem beschleunigt sich, meine Finger im Schoß ebenso.

Auch ihm höre ich an, wie nah er seinem Höhepunkt gekommen ist.

»Ich will erleben, wie du die Kontrolle verlierst«, keucht er gepresst. Die Sehnsucht nach mir dominiert jede Silbe. »Komm für mich, Sparrow.« Damit ist es um mich geschehen.

Mein Orgasmus rollt über mich hinweg wie eine Welle, spült die süße Qual der Erregung hinfort und belohnt mich mit einem Stöhnen vom anderen Ende der Leitung. Für den Moment sind wir uns so nah wie noch nie. Wir lassen einander an unserem Höhepunkt teilhaben, sind vereint in unserer Lust, aber getrennt durch drei Zeitzonen.

»Ich ... Wow«, bringe ich über die Lippen, doch augenblicklich bremst mich meine Verunsicherung aus. Ich habe mich ihm hingegeben. Nicht körperlich, aber in einer Form der Intimität, die ich noch nie mit jemandem geteilt habe.

Doch Raven ist nach wie vor souverän. »Das war in der Tat heiß. Hat es dir gefallen?« Im Hintergrund höre ich ein Rascheln. Vermutlich säubert er sich.

»Sehr.« Einen Moment bleibe ich liegen und starre an die Decke, ohne das Handy abzulegen. »Glaubst du, du könntest das morgen bereuen?«

Kurz hält er inne, dann antwortet er entschieden: »Im Leben nicht. Ich fand es wundervoll.«

Ein Lächeln zieht sich über mein Gesicht. »Das fand ich

auch.« Tief durchatmend versuche ich, die richtigen Worte zu finden. Wir haben noch nie miteinander telefoniert und sind direkt in die Vollen gegangen. Die Müdigkeit zerrt an mir und ich frage mich, ob er gleich auflegen wollen wird. Doch eine weitere Frage brennt mir noch auf der Seele. Die, die er unbeantwortet ließ.

»Du, Raven?«

»Ja?« Das Rascheln verstummt, als hielte er inne.

»Dein Rückzug letztens. Warum hast du mich gemieden?«

Er stockt, spürbar überrascht darüber, dass ich dieses Thema erneut aufbringe.

Da ich befürchte, die Stimmung ruiniert zu haben, setze ich hinzu: »Ich würde gern wissen, was der Auslöser dafür war und was ich tun kann, damit du dich wohler fühlst. Außerdem will ich mir nicht wieder den Kopf zerbrechen, was ich falsch gemacht haben könnte, wenn ich ein paar Tage lang nichts von dir höre.«

»Du hast nichts falsch gemacht«, entgegnet er sofort. »Es ist nur ...« Erneut ertönt ein Rascheln, er muss sich aufgesetzt haben. Sein Satz hängt unausgesprochen in der Luft, während er still mit sich hadert. »Ich bin dir nicht ausgewichen, weil ich dich nicht mag. Sondern, weil der Kuss so schön war, dass er mir Angst gemacht hat.«

Raven

KAPITEL 17

»In dieser Aufmachung willst du also auf den roten Teppich? Was sind das überhaupt für dicke Vögel auf deinem Hemd?« Ungläubig zupft Hawk am Kragen des dunkelblauen Stoffs und inspiziert eine der unzähligen Stickereien.

»Ist das nicht klar?«, entgegne ich kopfschüttelnd und betrachte mein Abbild im Spiegel des Hotelbadezimmers. Unaufgeräumt sehe ich aus, obwohl ich mein Bestes gegeben habe, mich zurechtzumachen. Die letzten Jahre waren von Feiern und Auftritten gespickt. Ich hatte Dauertickets in meiner ganz persönlichen Achterbahnfahrt des Lebens. Extremen Hochs folgten bodenlose Tiefs, aus kalt wurde heiß und umgekehrt. Ich lebte das Leben, von dem Bryce und ich immer träumten. Lebte es hart, lebte es richtig, ausufernd genug für zwei. Unter anderem, um nicht viel nachzudenken. Über Nanas Verfall, über Bryce' zu frühes Ende. Diese Zeit hinterlässt so langsam ihre Spuren in meinem Gesicht. Dennoch habe ich mir Mühe gegeben.

Ich trete einen Schritt zurück und lasse mein komplettes Spiegelbild auf mich wirken. Hawk rätselt noch immer, um welche Vögel es sich handelt. Mein Kumpel benötigt entweder eine Brille oder ein Tierlexikon.

»Dicke Vögel mit dünnen Beinen«, sagt Hawk und stützt das Kinn in der Hand ab. Sein Hut rutscht ihm in den Nacken, während er mich in Denkerpose von oben bis unten begutachtet, und er rückt ihn mit einem schnellen Handgriff zurecht. »Was will Raven Anderson uns damit sagen? Und wichtiger noch: Was sagt seine neue Freundin Sparrow Price dazu?«

Ich rolle die Augen. »Hör auf, mich aufzuziehen. Du weißt genau, dass das Strandläufer sind. Nun sag schon, kann ich so zur Filmpremiere?«

Er schnaubt. »Dich interessiert die Meinung anderer doch sonst auch nicht.« Nachdem er einen warnenden Blick von mir geerntet hat, hebt er entwaffnet die Hände. »Schon gut! Ehrlich gesagt: Ein klassischer Anzug hätte es in meinen Augen auch getan, aber die Symbolik hinter deinem Outfit hat was.«

Ich nicke knapp. »Wir haben uns abgesprochen. Ich weiß noch nicht, was Sparrow trägt. Auf jeden Fall wird es in irgendeiner Form an Raben erinnern.«

»Abgesprochen?« Hawk hebt die Brauen. »Du gehst in einem Partneroutfit zu dem Event, das dir die Welt bedeutet? Was ist bitte mit deiner Aufmüpfigkeit passiert?«

Gute Frage. »Die Medien werden es lieben«, rede ich mich heraus und versuche, so überzeugend zu klingen, dass nicht nur Hawk, sondern auch ich mir glaube. »Und Chris erst recht. Er hat ewig nicht mehr davon gesprochen, seinen Job hinzuschmeißen, richtig? Du solltest mir dankbar sein.«

»In erster Linie ist er so entspannt, weil wir in den letzten Wochen keinen Kontakt mit der Polizei hatten.« Lässig lehnt er sich an den Türrahmen. »Wir haben uns alle bemüht, kürzerzutreten. Und du bist recht ruhig geworden, seit du neben der Karriere auch noch deine Fakefreundin bespaßen musst.«

»Vielleicht solltest du dir auch eine Fakefreundin suchen, damit du etwas ausgeglichener wirst.«

Lachend tätschelt Hawk meine Schulter. »Nachricht ist angekommen. Ich höre jetzt auf, dir dumme Sprüche zu drücken, ich versprech's. Eigentlich will ich damit nur sagen: Du gefällst mir ganz gut, wenn du nicht jede Gelegenheit mitnimmst, um dich komplett abzuschießen.«

»In den letzten zwölf Tagen habe ich mich um Nana gekümmert«, schiebe ich vor. »Ich habe dir doch von ihrem Verschwinden berichtet.« Und ich war tatsächlich enorm oft damit beschäftigt, mit Sparrow zu schreiben. Das will ich Hawk allerdings ungern offenbaren. Aber er kommt von ganz allein auf sie.

»Wie läuft's eigentlich mit Sparrow? Hattet ihr während unserer Verschnaufpause Kontakt?« Er schiebt den Vorhang des Hotelzimmerfensters zur Seite und schaut hinaus. Das Zimmer ist recht hoch gelegen und wir haben einen wunderbaren Ausblick über die Straßen von LA.

»Hin und wieder.« Ich ziehe die goldene Fliege und die Hosenträger zurecht, die mein Outfit abrunden.

Er reißt den Kopf herum und grinst. »Ach ja? Sparrow hat mir erzählt, ihr schreibt jeden Tag.«

»Wieso fragst du mich überhaupt, wenn du sowieso Bescheid weißt?«, entgegne ich, ehe sich die Spur von Eifersucht in mir regt. »Und wie oft schreibst du bitte mit ihr?«

Sein Grinsen wird breiter. »Hin und wieder.« Lachend

umfasst er meine Oberarme. »Gottverdammt, Raven. Crane zufolge weichst du ihm gegenüber ebenso aus, wenn es um Sparrow geht. Wir sind deine Freunde, vergessen? Wir freuen uns für dich, wenn du sie wirklich magst und eure gefaketen Dates sogar angenehm werden. Und falls daran jemals Zweifel bestanden: Mit Sparrow verbindet mich lediglich eine Freundschaft.«

Reflexartig atme ich auf. Sparrow hatte mir dies ebenso versichert, aber es tut trotzdem gut, dieselbe Nachricht aus Hawks Mund zu hören. Ich schließe die Augen. Wie albern.

Dann lasse ich mir seine Worte durch den Kopf gehen. Er signalisiert mir klar, dass er mich nicht verurteilen würde, wenn aus mir und Sparrow mehr werden würde. Plötzlich setzt sich vor meinen Augen ein Bild zusammen. Eines, in dem ich Sparrow im Arm halte, vor die Thunderbirds trete und sie als meine neue Freundin vorstelle. Fuck. Genau von diesem Szenario hatte ich letzte Nacht geträumt. Und die davor. Unwillkürlich spüre ich meinen Herzschlag deutlicher als sonst, aber gleichzeitig kommt es mir vor, als sitze die Krawatte viel zu eng um meine Kehle. Vorsichtig lockere ich sie und fülle meine Lungen mit Luft. Diese Fantasie ist schön, doch in erster Linie ist sie beängstigend.

»Auch für mich ist Sparrow allenfalls eine Freundin«, erkläre ich.

»Klar doch.« Hawk gibt sich keine Mühe, den Sarkasmus in seiner Stimme zu unterdrücken.

Im Gegensatz zu mir hat Sparrow keine Unterkunft in LA gebucht. Ihr Zuhause liegt weniger als zwei Stunden entfernt und sie wird von einem Chauffeur gefahren, der auch mich abholen und uns gemeinsam am Kino absetzen soll. Da wir noch etwa dreißig Minuten Zeit haben, bevor Sparrow auftauchen wird, überredet Hawk mich, in der Bar nebenan einen Entspannungswhiskey zu trinken. Obwohl ich Sparrow nicht völlig blau entgegentreten will, sage ich zu. Tatsächlich werde ich von Sekunde zu Sekunde unentspannter, was nicht unbedingt am roten Teppich liegt. Sparrow und ich haben uns einander in den letzten Tagen angenähert, ohne uns zu sehen. Ich frage mich, wie viel sich zwischen uns verändert hat. Während der Whiskey meine Lippen benetzt, beruhige ich mich.

Was soll schon passieren? Sparrow und ich werden so professionell weitermachen wie vorher. Wir werden gemeinsam über den roten Teppich schreiten, für Fotos posieren und vor Kameras turteln. Obwohl es nicht üblich ist, dass die Schauspieler sich den Film anschauen, werde ich mir den Streifen nicht entgehen lassen und Sparrow wird mir Gesellschaft leisten. Nach dem Abspann gehen wir eventuell zusammen zur After-Show-Party, verabschieden uns dann mit einer braven Umarmung voneinander und treffen uns kommende Woche zum nächsten Fakedate wieder. Eine weitere Etappe des Vertrags wird geschafft sein, im Handumdrehen bin ich ein freier Mann. Ich habe alles unter Kontrolle. Oder?

Doch das nervöse Flattern in meiner Brust spricht eine andere Sprache. Wird wirklich alles zwischen uns ein einfaches Schauspiel bleiben?

Mein Fitnesscoach und Securityguard Dylan trudelt ein

und setzt sich zu uns. Er ist groß, muskulös und hat die blonden, langen Haare zu einem Dutt gebunden. Da er mich heute Abend zur Filmpremiere begleiten und für meine Sicherheit sorgen wird, trägt er einen Anzug.

Hawk berichtet von einer Buchmesse in LA, zu der er morgen in der Früh aufbrechen wird. Sie ist der Grund, weshalb auch er in der Stadt ist. Die anderen Thunderbirds haben sich bewusst dagegen entschieden, die Filmpremiere zu besuchen, um ihre Auszeit zu genießen, da die nächste Woche mit dem Videodreh unserer neuen Single enden wird. Halbherzig versuche ich, Hawk davon zu überzeugen, heute Abend mit auf die Premiere zu kommen. Schließlich ist der Titeltrack des Films von den Thunderbirds. Doch wie zuvor Crane und Falcon lehnt er ab. Vermutlich will er Sparrow und mir Zeit allein geben.

Je länger ich mit Hawk und Dylan auf der Außenterrasse sitze und auf Sparrow warte, desto unbeschwerter werde ich. Das liegt nicht zuletzt an dem Gespräch zwischen Hawk und Dylan. Hawk versucht ununterbrochen, Dylan von einem Drink zu überzeugen, doch dieser lehnt entschieden ab. Nicht im Dienst! Außerdem trinke er nur zu besonderen Anlässen, da Alkohol ungesund sei. Hawk solle auch darüber nachdenken, seinen Konsum runterzufahren. Ich muss grinsen, denn hier prallen Welten aufeinander. Dieselbe Diskussion führt Dylan oft genug mit mir und er wird sich an Hawk genauso die Zähne ausbeißen.

Im Kreis meiner Freunde lässt mich die Sorge um Nana, die mich die letzte Woche beschäftigt hat, langsam los und selbst die Aufregung vor dem Abend fällt von mir ab. Nicht mal Sparrows Nachricht, laut der sie gleich am Hotel ankommen wird, bringt mich aus der Ruhe.

Bis ein metalliclila Chevy vor der Bar hält. Hawk reckt den Kopf und Dylan schiebt sich die Sonnenbrille in die Haare. Zu dritt starren wir auf den in der Sonne glänzenden Lack, diese violette Erscheinung, die sich nicht nur mit ihrer Farbgebung, sondern auch mit ihrem stilvollen Modell von sämtlichen Autos der Umgebung abhebt.

»Heftiger Wagen«, murmelt Dylan beeindruckt.

»Es ist ein Chevrolet Chevelle, 1969 Baujahr«, bringe ich tonlos über die Lippen.

»Woher weißt du das?«, fragt Hawk, beugt sich nach vorn und sagt dann: »Moment, ist das ...?«

Eine Frau steigt aus dem Wagen, lehnt sich lässig an die Fahrertür und winkt uns mit einem Grinsen zu. Ihr cremefarbenes Leinenkleid ist mit handflächengroßen schwarzen Vögeln bestickt. Raben? Sie hat sich an unsere Abmachung gehalten und ist trotzdem ihrem Stil treu geblieben. Und verdammt, sie sieht gut aus dabei.

»Sparrow«, erwidere ich, erhebe mich mechanisch und reiße beinahe Dylans Smoothie um. »Jungs, ich muss los.«

»Viel Spaß«, erwidert Hawk erheitert.

»Moment, die Rechnung!«, ruft Dylan, der ebenfalls aufgesprungen ist. Schließlich will er mir hinterherfahren.

»Lass ihn, ich mache das«, höre ich Hawk aus der Ferne erwidern, denn ich bin bereits bei Sparrow angekommen.

»Hi«, sage ich und komme mir plötzlich vor wie ein Schuljunge, der ein Gedicht aufsagen muss, dessen Text ihm entfallen ist. Ich lasse Sparrow und ihren Wagen auf mich wirken, dann die kleinen Raben, die unmissverständlich zeigen, dass sie zu mir gehört. Das Kleid betont ihre Taille und ihre Brüste, und ich ermahne mich, den Fokus wieder auf das Auto zu legen. »Du bist ... in deinem Chevy

251

gekommen?«, druckse ich, als ob das nicht auf der Hand läge.

Sie nickt strahlend. Ihre rotbraunen Haare wippen um ihr Kinn. »Ich dachte, wir könnten auf die Limousine verzichten. Du hast doch nichts dagegen, oder?«

»Überhaupt nicht.« Ich atme tief aus. »Ich liebe dein Auto. Und dein Outfit. Du siehst umwerfend aus, Sparrow.«

Ihr Blick gleitet mein Hemd hinab. »Du kannst dich auch sehen lassen, Fakefreund.«

Kann ich nicht. Ehrlich, in meinem schlichten Hemd und mit der goldenen Fliege wirke ich absolut unscheinbar neben Sparrow, deren Kleid aus hellem Leinenstoff gleichzeitig alltäglich, aber doch edel ist. Hawk hatte recht. Ich hätte zu einem Anzug greifen sollen. Allerdings hatte ich in letzter Zeit so oft einen an und wohl fühle ich mich in den Dingern nie.

Ändern kann ich daran jetzt nichts. Und so lehne ich mich zurück und genieße die Fahrt. Bereits als ich nach der Vertragsunterzeichnung in ihrem Oldtimer saß, war ich beeindruckt. Doch dieses Mal liegt der Situation eine besondere Magie inne. Denn sie gleicht den Träumen, die mich wieder und wieder heimsuchen.

Während Sparrow den Wagen hinter Dylans Mercedes zum Kino lenkt, erzählt sie mir, dass der Chevy einen leichten Rechtsdrall habe, an den sie sich mittlerweile gewöhnt hat. Außerdem habe er ordentlich Dampf unter der Haube. Leider könne sie mir das in der Stadt nicht zeigen. Dafür müssten wir auf den Highway, aber da wir erwartet werden, hätte ich da bestimmt etwas dagegen.

Habe ich nicht. Am liebsten würde ich mit ihr davonfahren und nicht zurückblicken. Doch das behalte ich für mich.

Während ich ihr lausche, bemühe ich mich, zuzuhören, doch mir gehen unzählige andere Dinge durch den Kopf. Beispielsweise fällt mir ein, dass wir es verpasst haben, einander zur Begrüßung zu umarmen. Ich hatte sie einfach angestarrt, war eingestiegen und los ging die Fahrt. Ein bisschen bereue ich, den Moment nicht genutzt zu haben, um sie an mich zu ziehen und ihre Haut zu berühren.

Je länger sie den Chevy durch die Straßen manövriert, desto mehr wächst der Drang in mir, näheren Kontakt zu ihr herzustellen. Ihre Knie liegen frei und der Saum ihres Kleides rutscht immer höher, während sie Gas gibt und abbremst. Verdammt, ich sollte etwas Nützliches zum Gespräch beitragen und sie nicht nonstop anstarren wie ein notgeiler Teenager. Doch ungewöhnlicherweise habe ich in den letzten zwölf Tagen auf Sex verzichtet. Mit Ausnahme von unserer Nummer am Telefon, die ja auch irgendwie zählte. Und irgendwie nicht. Herrgott, ich bin ausgehungert. Nach Nähe und vor allem nach Sparrow. Der Duft vom salzigen Strand der Küste flutet den Hubraum und benebelt meine Sinne. Ich weiß, dass er von ihr ausgeht. Er ist überall und doch nicht nah genug. Am liebsten würde ich die Nase an ihrem Hals vergraben wie ein dürstender Vampir.

Na super. Seit fünf Minuten sitze ich neben ihr im Auto und habe Probleme, ihr zu folgen, geschweige denn meine Fantasien im Zaum zu halten. Da steht mir ja ein entspannter Abend bevor. Nicht.

»Hast du so was schon mal gemacht?« Sparrow sieht mit einem schüchternen Lächeln zu mir herüber. Offenbar ist auch sie verunsichert. Die Nacht, in der wir uns zum Höhepunkt gebracht haben, während wir telefonierten, liegt wenige Tage zurück. Am Morgen darauf haben wir uns geschworen, dass alles zwischen uns cool ist und sich unser Verhältnis nicht verändert hat. Klappt ja gut. Andererseits war sie schon immer schnell eingeschüchtert, wenn sie in meiner Nähe war. Immerhin bin ich ihr Lieblingsthunderbird.

Ich versuche, mich zu fokussieren und Sparrows Frage aufzunehmen. »Ob ich so was schon mal gemacht habe?« Was meint sie? Fuck, ich habe den Faden verloren.

Sie lächelt mir aufmunternd zu. »Ja. Ich jedenfalls nicht. Deshalb bin ich so aufgeregt.« Richtig, die Nummer am Telefon. Das ist der Grund, warum auch ich so angespannt bin.

Sie hält an einer Ampel, folgt meinem Blick auf ihre Beine und zieht verlegen den Stoff hinab.

Mist, sie hat es bemerkt. Rasch wende ich mich ab.

»Vor Jahren habe ich das mal ausprobiert, aber es hat mir nicht viel gegeben. Es war anders als du ... Als wir ...« Unwillkürlich höre ich wieder ihr sanftes Stöhnen im Ohr, als sie kam. Sie kam, weil sie sich vorgestellt hat, dass ich sie geleckt habe. Allein mit meinen Erzählungen habe ich sie erregt. Hitze erfasst mich.

»Es war so wunderbar leicht mit dir und sehr schön.« Nicht nur schön. Es war geil. Als wir aufgelegt haben, habe ich mich erneut befriedigt, nur mit der Erinnerung an ihre Stimme im Kopf. Ich erwarte ihre Reaktion, doch ihr Gesicht ist unergründlich. Wo ist bitte meine Souveränität geblieben? »Ich fand es verdammt heiß, dir zuzuhören«, setze ich hinzu.

Ihr Mund öffnet sich zu einem stummen O. »Sprichst du gerade von jener Nacht?«

Schrecken erfasst mich. »Du nicht?«

»Ich wollte wissen, ob du schon mal auf einer Kinopremiere warst.«

»Oh. Richtig. Die Kinopremiere.« Ich bin so ein Idiot. »Ja, war ich. Aber nicht als Mitwirkender.« Wie von allein gleitet mein Fokus wieder auf ihre Beine, dann in ihr Gesicht. Klar entgeht ihr auch dieser Ausrutscher nicht.

Sie betrachtet mich ein wenig überfordert, als habe sie Schwierigkeiten, sich aus meinem Verhalten einen Reim zu machen.

Verübeln kann ich es ihr nicht, denn die habe ich auch. Dann lacht sie und legt die Hand auf meinen Oberschenkel. Sie ist so klein im Vergleich zu meiner, dennoch tritt sie eine Lawine der Entzückung los, die über meinen ganzen Körper rollt.

»Hey, entspann dich. Wir haben schon so viel geschafft. Stichwort: vier Wochen Fakebeziehung. Dann werden wir es auch jetzt schaffen, die Illusion aufrechtzuerhalten. Unabhängig davon, was zwischen uns passiert ist.«

Ich nicke, dankbar für ihre Souveränität. Gleichzeitig bin ich mir sicher: Heute Abend wird wahrscheinlich nicht eine Person auf der Welt an meiner Zuneigung für Sparrow Price zweifeln.

Sparrow hat praktisch gedacht, als sie den Chauffeur mitsamt Limousine abbestellt und mich eigenhändig abgeholt hat. Dass wir beide vor Ort von Fotografen erwartet werden würden und man als Ehrengast einer Filmpremiere nicht einfach in einem Parkhaus parkt, hatte sie nicht auf dem Schirm.

Dylan hat das schnell verstanden und gibt mir hektisch über das Handy Vorschläge, wie wir unser medienwirksames Ankommen retten können. Sparrow ist gar nicht begeistert davon, dass ein ihr fremder Mann meines Securityteams ihren Chevy übernehmen und parken wird. Doch ihr bleibt keine andere Wahl. Die Straßen sind voll und ich werde erwartet. Die geladenen Promis werden zu Beginn der Veranstaltung über den roten Teppich schreiten. Im Anschluss sind die Schauspieler dran. Da bis jetzt nicht offiziell bekannt ist, dass ich Teil des Casts bin, ist mein Erscheinen in der Mitte anberaumt.

Sparrow flattern die Nerven, als sie den Chevy vor dem Kino parkt. Ich hingegen werde urplötzlich ruhig. Die Fotografen halten die Kameras auf den Wagen. Blitzlichtgewitter prasselt auf uns nieder. Ich bin das gewöhnt. Mehr noch – ich befinde mich in meinem Element.

»Raven, ich ...« Mit abgehacktem Atem wendet Sparrow sich mir zu. Ihr schönes Gesicht wird von Panik verzerrt, die weit über Lampenfieber hinausgeht.

Ich greife nach ihren Händen und rede eindringlich auf sie ein. »Hör zu, Sparrow. Du kennst diese Situation von deinen Auftritten. Dort draußen warten eine Menge Menschen darauf, uns zu sehen. Einige Fans freuen sich seit Monaten auf diesen Moment. Wir werden es genießen. Denn ich kann es nicht erwarten, mit dir vor die Öffentlichkeit zu treten.«

Sanft lächelt sie. »Richtig, dir bedeutet dieser Film so viel.« Das stimmt zwar, aber ich freue mich auf noch etwas ganz anderes. Sobald wir hier raus sind, ist es mein Auftrag, allen zu zeigen, dass sie mein ist. Nach dieser zwanzigminütigen Tortur, in der ich als Beifahrer neben ihr sitzen und Däumchen drehen musste, werde ich keine Berührung scheuen.

»Du hast recht. Ich reiße mich zusammen. Ich versuche ... Spaß zu haben.«

»Das ist mein Mädchen«, erwidere ich grinsend und fasse nach dem Türgriff. Und dann stehen wir auch schon auf dem roten Teppich. Aus den Augenwinkeln sehe ich, wie Dylans Kollege Ian in den Chevy steigt. Sparrow wirft einen besorgten Blick über die Schulter, doch ich lege den Arm um ihre Taille und ziehe sie an mich. »Bei Ian ist der Wagen in besten Händen«, wispere ich ihr zu und sie nickt. Nun gilt es, sich einzig allein auf den Moment zu fokussieren.

Die Blitze der Kameras zucken vor unseren Augen, unsere Namen werden gerufen.

Sparrow schmiegt sich eng an mich. Ich spüre ein zartes Zittern in ihren Fingerspitzen, die sich zaghaft an meinem Hemd festhalten. Doch in ihrer Haltung liegt auch eine gewisse Härte. Sie will kein Opfer ihrer Nervosität werden. Und deshalb tut sie ihr Bestes, dem Druck standzuhalten.

Von mir verlangt diese Situation nichts ab, jedenfalls eigentlich. Denn obwohl ich es gewöhnt bin, im Glanz der Aufmerksamkeit zu strahlen, mischt sich meine Euphorie mit zuckersüßer Aufregung. Vorerst kann ich nicht zuordnen, wo sie überhaupt herkommt. Als wir dann vom Moderator James Stackhouse empfangen werden und ein Kameramann vor uns steht, der auf dem roten Teppich zugelassen ist, findet Sparrows klamme Hand meine. Ihre Lider flattern, ihr Atem geht rasch. Ich erblicke die Hauptdarstellerin Aurora Clary und weitere Mitglieder des Casts, alle zurechtgemacht und in

257

atemberaubenden Kleidern. Doch eins steht für mich fest: Niemand hier ist so ansehnlich wie Sparrow.

Mir wird bewusst, dass sie der Auslöser für die züngelnde Flamme in meinem Inneren ist. Die schönste Frau der Veranstaltung stellt sich der Öffentlichkeit, umschließt meine Finger und zeigt sich als meine Begleitung.

James Stackhouse bewundert unsere Kleidung und vor allem bewundert er Sparrow. Natürlich tut er das. Sie ist hinreißend.

»Unglaubliche Outfits. Sind das Raben?«, fragt er und fasst nach dem Rock ihres Kleides. Die Geste scheint Sparrow sichtlich unangenehm zu sein. Sie lacht nervös und tritt einen halben Schritt zurück.

»Sind es«, schalte ich mich ein, lege den Arm um ihre Schulter und ziehe sie an mich. Ihre Haut ist kühl, und ich versuche, ihr etwas Wärme zu spenden.

Dieser Moment muss ihr Kraft geben. Sie sieht nämlich zu mir herauf und lächelt. Mein Herzschlag setzt aus und plötzlich habe ich das Gefühl, sie müsse mich festhalten und nicht umgekehrt.

»Hast du auch die Vögel auf Ravens Hemd gesehen?«, fragt sie James mit fester Stimme und legt den Zeigefinger auf meine Brust.

»Sind das ... hilf mir auf die Sprünge, sind das Möwen?«

Sie rollt lachend die Augen. »Natürlich sind das keine Möwen. Mein Freund hat Strandläufer auf seinem Hemd.«

»Sandpipers, richtig! Wieso habt ihr eure Band eigentlich so benannt, Sparrow?«

»In Wave Crest, meinem Heimatort, wohnen viele Strandläufer. Sie haben ihre Nester in den Dünen und ...«

Doch ich höre gar nicht mehr zu. Beziehungsweise tue ich

das augenscheinlich, weil ich an ihren Lippen hänge, ohne wirklich zu registrieren, was sie sagt. Stattdessen hallt dieses eine Wort in meinem Kopf wider. Sie hat mich ihren Freund genannt. Okay, das muss sie. Sie ist meine Begleitung und Fakefreundin. Doch wieso fühlt sich das in diesem Moment so ... *echt* an?

James fragt mich etwas, aber ich habe wieder nicht zugehört. Das könnte mir nun unangenehm sein, doch ich übergehe es. Mit peinlichen Situationen komme ich zurecht. »Ist sie nicht wunderschön?«, frage ich James stattdessen, weil ich ohnehin an nichts anderes denken kann.

Sparrow reißt den Kopf hoch und schaut mich forschend an. Sie will wissen, ob ich sie aufziehe, in meiner Rolle aufgehe oder das schlichtweg ernst meine. In diesem Moment kommt es mir vor, als sieht sie mir direkt in die Seele. Es ist egal, dass James Stackhouse mitsamt Kamerateam vor uns steht, dass massenweise Fans kreischen und Fotos machen. Es kümmert mich nicht, was um uns herum geschieht. Denn Sparrow ergründet meine Worte. Und das ist alles, was zählt.

»In der Tat ist sie das!«, bestätigt James. »Eine hübsche Begleitung für einen Mann wie dich.«

»Eine Zeit lang stand ihre heutige Teilnahme auf der Kippe«, sage ich, ohne den Blick von Sparrow zu nehmen. Meine Stimme ist leise geworden. Trotzdem müssen Sparrow und der Tontechniker jedes Wort mitbekommen haben. »Ursprünglich sollte ich allein herkommen. Aber sie hat sich dann doch dazu entschlossen, mich zu begleiten und jetzt ...« Ich räuspere mich. Nur schwer kann ich den Blick von ihren Lippen nehmen. »Ich bin froh, dass du mit mir hier bist«, füge ich mit belegter Stimme hinzu.

Der Ausdruck in Sparrows Gesicht ist nicht mehr

forschend, er ist gerührt. Ihre Züge werden sanft. Und dann passiert etwas, womit ich nie gerechnet hätte: Sie schlingt die Arme um meinen Nacken und küsst mich. Einfach so.

Da ich so überrumpelt bin, bekomme ich im ersten Moment nicht die Augen zu und starre sie nur an. Ihr zierlicher Körper ist ganz nah an meinem, ihre Lippen zart und bittend. Als sie kurz innehält, warte ich darauf, ob sie mich nun leise dazu auffordern wird, mitzuspielen. Für die Kameras, für den Vertrag. Doch sie sagt nichts. Tiefe Ehrlichkeit schimmert in ihren braunen Iriden. Und dann schlinge ich die Arme um sie und erwidere den Kuss.

Ihre Lippen teilen sich und meine Zunge streicht über ihre. Ihr Atem stockt. Oberhalb ihres Rückenausschnittes bildet sich eine Gänsehaut unter meinen Fingern.

Ich höre James einen Spruch über rettungslos Verliebte in die Kamera sprechen, bevor er sich entfernt. Dem Klicken zufolge halten sie die Linsen weiterhin direkt auf uns.

Sollen sie. Dass ich Sparrow küsse, darf die ganze Welt sehen.

Sparrow

KAPITEL 18

Ravens Küsse haben folgende Sachen gemeinsam: Zum einen sind sie allesamt besonders, außerdem sind sie immer anders. Und noch etwas trifft auf sie zu: Jedes Mal rauben sie mir den Atem.

Heute küsst er mich innig und das vor den Kameras. Das ist gut, schließlich *sollen* sie diesen Kuss ja einfangen. Doch irgendwie ist es dieses Mal anders als zuvor. Die letzten Wochen haben etwas zwischen uns verändert. Liegt es an unserer Trennung? Hat er mich vermisst?

Nachdem ich endlich die Lippen von seinen genommen habe, schlägt er die Lider auf und sieht mich für einige Sekunden lächelnd an. Seine linke Hand liegt in meinem Nacken, mit der anderen streicht er mir zärtlich eine Strähne aus der Stirn. In seinem Gesicht lese ich die Antworten auf unzählige Fragen. Da sie noch eine Weile unausgesprochen bleiben müssen, sind sie fragil wie Seidenpapier. Wenn wir nun allein wären und ich ihn fragen könnte, was das zwischen uns ist, wie klar wäre seine Antwort? Was würde er mir nun sagen, wenn nicht mindestens fünf Kameras auf uns gerichtet wären und nur darauf warten, unsere Worte einzufangen?

Ich nehme das neugierige Funkeln in seinen Augen wahr und muss schmunzeln. Machen wir uns nichts vor. Wenn wir nun allein wären, würden wir nicht reden. Wir würden einander ausziehen und uns küssen. Nicht nur auf den Mund, wir würden weitergehen und …

»Und ich dachte, Francis Hawkins und Cherry Smith wären das Paar des Abends. Nein, es sind die Turteltäubchen von den Thunderbirds und Sandpipers!« Ein Journalist, den ich vom Sehen kenne, dessen Name mir aber partout nicht einfallen will, zieht uns vor die Kamera. Nun stehen wir bei den Fans, die hinter der Absperrung wild loskreischen, als Raven ihnen näherkommt.

»Bring uns nicht in Verlegenheit, Johnny. Francis und Cherry sind auch nett anzusehen«, erwidert Raven mit einem charmanten Lächeln und legt den Arm um meine Schulter. Er zieht mich an sich wie eine Kostbarkeit. Bei der Geste wird mir bewusst, dass er mich nicht nur an seiner Seite wissen will. Er dreht mich auch unauffällig zu dem Paar, von dem die beiden sprechen. Natürlich war ihm klar, dass ich keine Ahnung hatte, wer Francis und Cherry sind.

Cherry trägt ein umwerfendes, rotes Ballkleid, ihre Begleitung einen Anzug. Neben ihnen wirkt mein Kleid unspektakulär. Ob ich underdressed bin? Lange hatte ich überlegt, in welcher Aufmachung ich auf dieses Event gehe. Olivia wollte mir eine Stylistin zur Seite stellen, doch ich habe abgelehnt. Wahrscheinlich sollte ich mich daran gewöhnen, mehr Hilfe anzunehmen, aber es fühlte sich nicht richtig an, mich von einer wildfremden Person einkleiden zu lassen.

Also war ich mit Wren shoppen und hatte mich für das weiße Kleid mit den rabenähnlichen Silhouetten entschieden, das nicht nur zu Raven passt, sondern auch meiner Figur schmeichelt. Ihm gefällt es, das hat er mir gesagt, außerdem merke ich es an seinen Blicken. Und es passt zu seiner Kleiderwahl. Alles in allem sind wir beide heute in der Tat gut aufeinander abgestimmt, wenngleich der rote Teppich wahrscheinlich nach einer glamouröseren Wahl gefragt hat. Immerhin stehlen wir den wahren Stars des Abends, den Schauspielern, nicht die Show.

Oder laut Johnny doch. Cherry und Francis machen in ihrem Umgang miteinander einen reservierten, fast kalten Eindruck, während Raven seit unserem Kuss überaus zufrieden dreinblickt und auch ich das Grinsen nicht aus dem Gesicht gewischt bekomme. Wir strahlen unsere ganz eigene Energie aus. Vielleicht kann man es einfach Glück nennen.

Während Raven dem Journalisten Rede und Antwort steht, werfe ich ein paar knappe, aber aufgeregte Sätze ein. Die Männer scheint das nicht zu stören. Raven beendet das Interview und geht schließlich auf einen besonders ausgelassenen Fan ein, der gegen alle Erwartungen von seiner Ankunft wusste. Mich zieht er an der Hand mit sich, lässt sich das Handy aushändigen und macht ein Selfie mit uns dreien.

Die nächste halbe Stunde rauscht an mir vorbei wie ein Traum. Ähnlich surreal habe ich vergangene Fernsehauftritte und vor allem die *Mercury Awards* wahrgenommen. Wir reden mit Schauspielern, die sogar Dad erkennen würde, führen Plausche mit Journalisten und Fans und posieren vor der Kamera. Und ... wir küssen uns. Nicht dauernd, aber wahrscheinlich etwas zu oft für einen Auftritt auf einer Filmpremiere. Doch Raven scheint das egal zu sein, welch Überraschung, und ich lasse mich einfach treiben. Mache das, was sich richtig anfühlt, und surfe auf dem Rausch meiner Gefühle, unserer Gefühle.

Vorhin habe ich gefroren, nun kocht das Adrenalin in meinen Adern. Meine Wangen glühen. Und Raven wirkt so gelöst, wie ich ihn selten gesehen habe. Ob das an unserer Knutscherei liegt oder an seiner monatelangen Vorfreude auf den Film, kann ich nicht beurteilen.

Nach einer Weile muss ich mir eingestehen: Dieser Abend macht mir wirklich Spaß. Trotz der Angst, nicht in diese Welt zu passen oder vor dem ganzen Publikum zu stürzen, bin ich gern hier. Das hängt zweifelsohne mit Raven zusammen, der sicherstellt, dass ich mich wohlfühle, indem er stets meine Hand hält.

Als wir das Kino betreten, bin ich fast schon enttäuscht. Das war's? Raven amüsiert das. Dass ich meinen Gefallen an der Sache finde, hat niemand von uns kommen sehen. Seinen Schilderungen zufolge verlassen die meisten Schauspieler die Location nach ihrem Auftritt auf dem roten Teppich wieder, ohne sich den Film überhaupt ansehen. Das schockiert mich völlig.

»Wieso sollte man auf einen Kinoabend verzichten?«, frage ich fassungslos. »Vor allem, wenn man selbst mitspielt? Ich verstehe das nicht!«

Ich habe schon einige Lächeln auf Ravens Gesicht gesehen. Allzu oft sind sie abgeklärt und erreichen seine Augen nicht. Doch das Grinsen, mit dem er mich nun ansieht, ist so ehrlich und begeistert. Er wirkt plötzlich viel jünger.

»Schließlich gibt es Popcorn«, setze ich gekränkt hinzu.

Noch während ich empört auf eine Erklärung von ihm

warte, zieht er mich an sich und drückt die Lippen auf meine. Da wir etwas abseitsstehen, haben die Kameraleute unser Gespräch nicht eingefangen, den Kuss aber schon. Es wird um die Welt gehen, wie behutsam er mein Gesicht umschließt, ehe er mich mit einer wortlosen Antwort zum Schweigen bringt. Einer, die zwar nicht erklärt, weshalb reiche Leute nicht ins Kino wollen, die aber klar unterstreicht, wie er meinen Einwand findet.

»Wir machen das anders. Ich esse Popcorn mit dir«, sagt er, greift nach meiner Hand und führt mich hinein.

Raven

KAPITEL 19

Sparrow und ich stauben Sekt vom Empfang ab, wechseln ein paar Worte mit dem Produzenten und betreten das Kino. Wie zu erwarten, verlässt ein Teil des Casts bereits jetzt die Veranstaltung.

Sparrow steuert die Damentoiletten an, während ich ein Interview gebe, das sich um die Frage dreht, wieso ich als einziger Thunderbird vor Ort bin, obwohl wir den Titelsong gemeinsam eingespielt haben. Unter den Anwesenden hat sich herumgesprochen, dass ich eine Gastrolle haben werde. Schließlich findet man meinen Namen unter den Mitwirkenden. Ich lasse ein paar kryptische Anmerkungen fallen, woraufhin der Journalist drauflos spekuliert. Das Gespräch steigert meine Vorfreude auf den Film.

Als ich das Interview beendet habe, ist Sparrow noch immer nicht aufgetaucht, weshalb ich beschließe, mich frisch-zumachen. Ich liebe öffentliche Auftritte wie diesen, trotzdem stehe ich unter Strom. Mein Puls stottert und strau-chelt. Außerdem erfüllt eine Anspannung meinen Körper, die ich in dieser Intensität gar nicht von mir kenne. Anscheinend habe ich so sehr auf mein Filmdebüt hingefiebert, dass die Vorfreude sich in Nervosität verwandelt hat. Das ist ungewöhnlich für mich, aber vielleicht hängt das damit zusammen, dass ich mir meiner Schauspielkünste nicht so sicher bin wie meines Talents am Mikrofon.

Ich trete ans Waschbecken und drehe den Hahn auf. Kühles Wasser wird hoffentlich gegen das Flattern in meiner Brust helfen.

Greg Turner, ein Schauspieler Mitte fünfzig, der eine nicht unwesentliche Nebenrolle innehält, klopft mir im Vorbeigehen auf die Schulter.

»Du tanzt also mit den Geistern?« Er bezieht sich auf den Hit der Sandpipers. »Sparrow ist ein tolles Mädchen. Sie passt gut zu dir, nicht nur wegen des Namens. Versau es nicht!« Damit verschwindet er zu den Pissoirs.

»Danke«, rufe ich über die Schulter und drehe mich dann wieder zum Spiegel. Ich kenne den Typen kaum, aber natürlich kennt er mich. Die Medien nahmen sowohl an meiner Odyssee durch die Clubs der Welt teil, als auch an meiner inszenierten Beziehung. Chris' Plan scheint aufzugehen. Außenstehende fiebern mit und wollen miterleben, wie ich in den Armen meines Küstenmädchens auf den rechten Weg zurückfinde. Es bringt mir Sympathiepunkte ein, dass ich mich ausgerechnet in Sparrow verguckt habe.

Was sie nicht wissen: Die Show ist gefaket. Sparrow ist nicht mein Mädchen. Und wenn die Grundlage für eine erfüllende Beziehung unsere Namen sind, ist auch die nicht gegeben. Ich heiße ja nicht mal Raven.

Ich lasse Wasser über meine Wangen laufen, trockne mein Gesicht und schaue mir wieder in die Augen, in der

Hoffnung, meinen Körper damit ein wenig beruhigt zu haben. Aber nichts hat sich geändert. Mein Puls rast, meine Knie sind weich.

»Fuck«, wispere ich.

Tief im Inneren ist es mir klar. Mein hämmerndes Herz hängt nicht mit meinem Filmdebüt zusammen. Ich kann nun damit beginnen, mir einzureden, nicht verknallt zu sein. Aber wäre das nicht albern?

Seufzend wische ich mir ein paar Tropfen vom Shirt. Verknallt. Wie lange ist es her, dass ich Gefühle für eine Frau hatte? Es muss vor Bryce' Tod gewesen sein. Denn die Zeit danach hat sämtliche Emotionen in mir abgetötet. Sie hat mich gelehrt, wie stark die Trauer einen treffen kann. Wie furchtbar sich Verlust anfühlt. So will ich mich nicht mehr fühlen. Nie mehr.

Entschieden werfe ich die Papiertücher in den Müll. Noch ist nicht viel zwischen uns passiert und ich kann gegen meine Gefühle ansteuern. In meinem Leben habe ich schon eine Menge geschafft, also werde ich auch aus dieser Nummer herauskommen. Ganz sicher.

Ich trete hinaus und erblicke Sparrow.

Staunend beobachtet sie die Menschen, die sich an ihr vorbei in den Kinosaal drücken. Sie ist unheimlich schön anzusehen mit ihren Beach Waves und den Sommersprossen. Mit ihren vor Begeisterung glänzenden Augen und dem wissbegierigen Ausdruck im Gesicht strahlt sie eine reine Schönheit aus, die sämtliche Gäste in den Schatten stellt. Weiß sie überhaupt, wie hübsch sie ist?

Im Türrahmen bleibe ich stehen, senke den Kopf und balle die Fäuste. Viele Frauen sind schön. Ich mag mich zu Sparrow hingezogen fühlen, aber ich werde damit klarkommen und mich abgrenzen. Verdammt, unsere Verbindung ist rein geschäftlich. Das darf ich nicht vergessen. Wir faken diese Beziehung so gut, dass selbst ich beginne, darauf reinzufallen.

Als Sparrow und ich kurze Zeit später unsere Plätze einnehmen und ich ihr eine ordentlich gefüllte Tüte Popcorn überreiche, strahlt sie mehr als damals, als sie die *Mercurys* entgegennahm.

»Endlich sitzen wir«, sagt sie und schiebt sich eine Flocke in den Mund. »Es ist eine Herausforderung für mich, von so vielen Leuten angesprochen und fotografiert zu werden.«

»Bis jetzt machst du das echt gut«, entgegne ich.

Sie nickt halbherzig und lässt den Kopf an meine Schulter sinken. »Ich bin so gespannt auf den Film.« Als sie meine Hand nimmt, durchzuckt mich ein warmer Blitz, der wieder dieses Flattern in meiner Brust erweckt. Und ich denke: *Fuck, das mit der Abgrenzung wird schwerer als erhofft.*

Sleepy, Scary Girl ist ein kurzweiliger, etwas trashiger Teen Slasher mit abgefahrenen Morden. Es passiert nichts, was man nicht schon in zahlreichen anderen Horrorfilmen gesehen hat, dennoch besticht er mit einem beachtenswerten Cast und einem unterhaltsamen Plot.

Eingeläutet wird der Streifen von einem kleinen Gig der Thunderbirds, den wir in der Aula von Hawks ehemaliger Highschool in New York gedreht haben. Eine nennenswerte

Rolle haben wir allerdings den ganzen Film über nicht, da sich der Plot um eine Schülergruppe dreht, deren Freundin umgebracht wurde. Im weiteren Verlauf tötet der Mörder seine Opfer vorzugsweise im Schlaf oder jagt die Teenies durch die Nacht, insofern sie vorher aufwachen sollten. Der Verdacht liegt erst auf dem Schuldirektor, der von Greg Turner gespielt wird, und darauf auf dem Vater der Protagonistin. Als die beiden am Ende des Films schließlich den maskierten Killer zur Strecke bringen und ihm die Maske vom Kopf ziehen, geht ein Keuchen durch den Saal, denn der Täter bin ich.

Obwohl Sparrow von meiner Rolle wusste, erschrickt sie, als mein Gesicht über die Leinwand flimmert. Wie sehr sie mitfiebert, finde ich unheimlich niedlich. Es lenkt mich davon ab, dass ihre Hand noch immer in meiner liegt. Dass ich immerzu auf ihre Beine schauen muss, wenn der Saal von einer hellen Szenerie beschienen wird. Dass ich mich die ganze Zeit frage, ob es daneben wäre, sie nochmal zu küssen, obwohl wir aktuell kaum beobachtet werden. Ich will wissen, welche Farbe ihre Unterwäsche hat und wie sie sich anhören würde, wenn ich die winzigen, stoffüberzogenen Knöpfe ihres Kleids lösen und meine Finger über ihre Haut wandern würden. Ob sie ähnlich betörende Seufzer von sich geben würde wie letztens am Telefon?

Nicht nur das. Ich würde noch ganz andere Geräusche aus ihr herauskitzeln, wenn sie vor mir, unter mir läge. Da bin ich mir sicher.

Was leider nicht förderlich für meine Konzentration ist.

Obwohl ich so lange auf diesen Film hingefiebert habe, nehme ich ihn wie eine Nebenbeschallung wahr. Wie einen Streifen, der läuft, während man auf einem Date ist. Im

Prinzip ist er das tatsächlich. Denn mein Fokus liegt allein auf Sparrow.

Sie scheint diese Schwingungen aufzufangen. Auch ihre Blicke huschen in regelmäßigen Abständen zu mir, wenngleich der Film ihre Aufmerksamkeit immer wieder zurückgewinnt.

Als der Abspann läuft und die Lichter angehen, sieht Sparrow mich strahlend an. »Wow! Ich habe *Sleepy, Scary Girl* geliebt! Das war ein tolles Schauspieldebüt, Raven.«

Verlegen reibe ich mir den Nacken. »Danke.«

»Wirst du nochmal in einem Film mitspielen?«

»Nun ...« Fuck, muss sie so wunderschön aussehen, wenn sie begeistert ist? Würde sie mir jetzt Matheaufgaben für Erstklässler stellen, hätte ich Schwierigkeiten, sie zu lösen. »Ich weiß noch nicht. Es hängt davon ab, ob Anfragen reinkommen.«

»Hättest du denn Lust?«

O ja. Auf dich. »Klar, warum nicht? Trotzdem wird die Musik immer meine Priorität bleiben.«

»Das verstehe ich. Du bist für die Bühne geboren.«

Diese Rückmeldung bekomme ich dauernd, außerdem bin ich selbst davon überzeugt, ein begnadeter Musiker zu sein. Aber wenn Sparrow das sagt, hat es eine völlig andere Wirkung auf mich. Ihr Urteil ist die einzig reine Wahrheit.

»Was passiert jetzt?«, fragt sie, während sie die Kinogäste beobachtet, die sich erheben und zum Ausgang laufen. Unter ihnen ist auch Dylan, der in der Nähe saß und mit etwas Abstand auf uns wartet.

»Wir können den Abend mit dem Rest des Casts feiern. Aber erst mal warten Fotografen und Journalisten auf uns.«

»Schon wieder?« Sie schiebt die Unterlippe vor.

»Leider. Dabei habe ich überhaupt keine Lust mehr auf Interviews.«

»Wirst du ihnen trotzdem Rede und Antwort stehen? Oder wirst du ... nach deinen Regeln spielen?« Das Lächeln auf ihren Lippen ist nicht nur abenteuerlustig. Es ist herausfordernd. Spitzbübisch.

»Willst du mich zu Schandtaten anstiften, Sparrow Price?«

»Ich schlage dir nichts vor, über das du nicht selbst bereits nachgedacht hast.« Auffordernd hebt sie die Braue.

Natürlich hat sie recht. Ich denke an nichts anderes als daran, mit ihr allein zu sein. Kurz verliere ich mich in dem verschmitzten Ausdruck ihrer Augen. Dann reiße ich den Blick von ihr und reibe mir stöhnend übers Gesicht.

»Habe ich was Falsches gesagt?«, fragt sie erschrocken. »Ist alles in Ordnung?«

»Nichts ist in Ordnung. Ich bin geliefert.«

»Was meinst du damit?«

Eine ehrliche Antwort bleibe ich ihr schuldig. Stattdessen deute ich auf Dylan. »Siehst du das? Er unterhält sich gerade und ist abgelenkt.«

»Willst du ihn etwa abhängen? Für Pablo war das sicherlich auch nicht so schön.«

Ich zögere. Sparrow hat recht. Pablo hatte mir klar gemacht, wie veräppelt er sich vorgekommen war, als wir ihn im Regen stehen ließen. Dylan ist mein Freund und ich will ihm nicht dasselbe Gefühl geben. Andererseits wird er nicht der Einzige sein, der ein Problem mit unserem Verschwinden haben wird.

Ich ergreife Sparrows Hand. »Na schön. Dylan weihen wir ein, danach hauen wir ab, okay?«

Sie nickt. Ein zarter Rosaton umspielt ihre Nase und ihre Sommersprossen kräuseln sich, als sie grinst.

Dylan ist tatsächlich nicht das Problem an unserer Flucht, sondern die nervigen Paparazzi. Mein Bodyguard will uns einen Weg nach draußen ebnen, doch es ist nahezu kein Durchkommen. Das stresst vor allem Sparrow, die sich beunruhigt an meine Seite drückt, während wir uns durch die Menge schieben.

Als jemand meinen Namen ruft, stellt Dylan sich ihm stur entgegen. Kurz entsteht eine Lücke, Sparrow umfasst meine Hand und führt mich in einen Nebengang.

»Bestimmt finden wir einen Umweg nach draußen«, erklärt sie und zieht mich eine Treppe hinauf. Anscheinend macht ihr unsere Flucht doch noch Spaß.

Dieser Bereich des Kinos ist beleuchtet, aber nahezu menschenleer. Neugierig folge ich ihr, ohne ihre Hand auch nur für eine Sekunde loszulassen. Ein paar Mitarbeitende passieren uns, ein wissendes Lächeln auf den Lippen, lassen uns jedoch gewähren.

Mit zusammengekniffenen Augen starrt Sparrow zu den Schildern an der Decke hinauf und versucht, sich zu orientieren. Doch sie verweisen lediglich auf den Hauptausgang, der in der Richtung liegt, aus der wir gekommen sind.

Als wir schließlich hinter uns Stimmen wahrnehmen und zwei Reporter entdecken, die die Mitarbeitenden zweifelsohne nach uns fragen, zögern wir nicht lange und rennen los.

Ich blicke über die Schulter und erspähe gerade noch, wie einer von ihnen die Verfolgung aufnimmt.

»Er ist sportlich«, informiere ich Sparrow. »Wir dürfen nicht stehen bleiben!«

»Er rennt uns wirklich hinterher?«, japst sie ungläubig. »Wie dreist ist das denn?«

»Ziemlich, aber mich schockiert nichts mehr. Habe ich dir von dem Fotografen erzählt, der sich den Fensterreinigern eines Wolkenkratzers angeschlossen hat, um in mein Hotelzimmer zu knipsen? Er hat mich in der Dusche überrascht. Das Bad war komplett aus Glas. Mega Ausblick. Für beide von uns.«

Sie kichert, ohne langsamer zu werden. »Er hat dich nackt gesehen?«

»Splitterfasernackt. Das Foto spukt noch immer auf diversen Pornoseiten herum.«

Sie prustet los, während wir um eine Ecke biegen.

»Deiner Reaktion zufolge wusstest du das nicht! Also hast du noch nie *Raven Anderson nackt* gegoogelt. Erfreulich!«

»Das habe ich wirklich nicht! Zum Glück gibt es solche Fotos nicht von uns Sandpipers.« Abrupt reißt sie den Kopf herum. »Oder?«, setzt sie keuchend hinzu. So langsam gerät sie außer Atem.

»Du siehst mich so fragend an, als seist du sicher, dass ich bereits *Sparrow Price nackt* gegoogelt hätte!«, kontere ich. »Und wir wissen beide, dass ich so etwas nie tun würde.«

Wieder lacht sie. Gleichzeitig verringert sie ihr Tempo und hält sich die Seite. Doch das liegt nicht nur daran, dass sie müde geworden ist. Vor uns tun sich zwei Türen auf. Der eine führt auf die Straße, die der Geräuschkulisse zufolge von Menschen wimmelt, die andere weiter ins Gebäude.

»Was machen wir jetzt?«, fragt Sparrow und wirft einen alarmierten Blick zurück.

Der Paparazzo könnte jeden Moment um die Ecke biegen. Draußen erwarten uns höchstwahrscheinlich eine ganze Meute seiner Kollegen.

Ich überlege fieberhaft. Dann ziehe ich kurzerhand die schwere Tür zu meiner Linken auf und führe Sparrow hinein.

Eine bleierne Finsternis empfängt uns. Nach wenigen Wimpernschlägen haben sich meine Augen etwas an die Dunkelheit gewöhnt und ich nehme das Licht vom Vorführraum schräg hinter uns wahr. Außerdem entdecke ich leere Sitzreihen. Von draußen habe ich nicht erkannt, dass es sich um einen Kinosaal handelt. Das muss der Zugang zu den Rollstuhlplätzen sein, die sich in diesem Raum ganz hinten befinden. Obwohl die Lichter in der kleinen Kammer brennen, wurde hier heute offenbar kein Film gezeigt.

Mit angehaltenem Atem sieht Sparrow zu mir hinauf. »Glaubst du, dass sie uns hier finden werden?« Ihre Stimme ist ein dumpfes Wispern.

»Nicht, wenn wir eine Weile ausharren.«

Kurz starren wir einander im Zwielicht der Notfallschilder an und lauschen nach Geräuschen auf dem Gang. Da die Tür schalldicht ist, um den Kinogästen das bestmögliche Erlebnis zu garantieren, kann ich nicht beurteilen, ob wir unseren Verfolger hören könnten oder ob wir ihn erst bemerken würden, wenn er in den Saal platzt.

Weil sie gerannt ist, hebt und senkt sich Sparrows Brustkorb noch immer, aber der Rhythmus wird steter. Ruhiger. Und doch wird sie von einer gewissen Anspannung erfasst, als unsere Blicke sich treffen. Meine Präsenz hat eine deutliche Wirkung auf sie. Das erkenne ich an der Art, wie sie ihre Lippen mit der Zunge befeuchtet, schluckt und dazu ansetzt, einen halben Schritt zurückzutreten. Von mir weg. Doch sie hält in der Bewegung inne, bleibt, wo sie ist, und richtet sich auf. Ihr Kiefer ist angespannt, während sie mich mustert. Als bekämpfe sie den Fluchtreflex, der unwillkürlich aufkommt, wenn man sich als zartes Küstenmädchen mit einem Skandalrocker in einem leeren Kinosaal wiederfindet.

Ich kann ihr das nicht verübeln. Ein Teil von mir will sie ermutigen, sich von mir fernzuhalten. Ich beginne mich viel zu sehr für sie zu interessieren. So etwas endet nie gut. Nur selten baue ich wirklich Gefühle für Frauen auf, und wenn sich etwas in mir regt, kapsle ich mich rasch ab. Genauso handhabe ich es, wenn ich vermute, dass mein Gegenüber sich in mich verguckt. Ich bringe Abstand zwischen uns.

Gefühle sind gefährlich. Sparrow ist für mich gefährlich. Ich bin gefährlich für sie. Doch sie stellt sich ihrer Angst, indem sie ihren Rücken durchdrückt und unerschrocken zu mir hinaufschaut.

Und ich weiß nicht, ob ich mich aktiv dazu entschließe, die Konsequenzen der folgenden Minuten hinzunehmen. Ich weiß nur, dass sich die Tür bis jetzt nicht geöffnet hat. Dass wir allein sind. Dass wahrscheinlich niemand hereinstürmen wird. Dass ich in der letzten Woche kaum einen klaren Gedanken fassen konnte, weil ich mir die ganze Zeit ausmalen musste, wie sie mich berührt. Wie ich sie berühre. Wie ich ihr dieses Stöhnen entlocke und sie verwöhne, bis sie meinen Namen schreit. Bei diesen Fantasien habe ich mir so oft einen runtergeholt. Man könnte meinen, sie sei mein neuer Kink. Vielleicht ist sie das tatsächlich. Ich fahre unfassbar ab auf die Frau, die ich einst gehasst habe.

Mir ist bewusst, wie verletzlich ich mich mache, wenn ich

ihr nahekomme, aber das ist mir ein für alle Mal egal. Mit nur einem Schritt überbrücke ich den Abstand zwischen uns. Meine Hand schnellt zu ihrem Hals und gleitet zu ihrem Nacken. Ich führe sie zu mir. Ganz vorsichtig, um ihr Raum zum Abrücken zu geben. Doch sie weicht nicht zurück, im Gegenteil. Sie stellt sich auf die Zehenspitzen und drängt sich an mich. Ihre Brüste reiben an meinem Shirt, ich rieche Blüten, sandige Dünen, Meeresluft.

Und ich halte mich nicht mehr zurück.

Mein Griff in ihrem Nacken verfestigt sich, während meine Finger in ihr Haar fahren. Ich ziehe sie an mich und drücke die Lippen auf ihre.

Ein sanftes Stöhnen entweicht ihr, als sie die Ungeduld in meinen Berührungen spürt. Gleichzeitig legt sie den Kopf in den Nacken und öffnet die Lippen. Sie will das wirklich. Wer hätte das gedacht? Mein zartes Küstenmädchen Sparrow Price hat eine Seite in sich, die so gar nicht verunsichert und schüchtern ist.

Ein Grinsen stiehlt sich auf mein Gesicht, als sie mit ihrer Zunge meine sucht. Ihre Hände gleiten unter mein Hemd, während sie sich an mich drängt. Ihr wachsendes Verlangen wird in jeder Bewegung deutlicher. Eventuell ist nicht nur sie mein Kink geworden, sondern ich auch ihrer.

Unsere Zungen finden sich. Sie kennen sich schon, aber noch lange nicht gut genug. Sparrow schmeckt nach Sekt und Zitrone. Nach Ankommen, Abenteuer und etwas, das ich unbedingt ergründen muss, um es definieren zu können.

Als sie die Arme um meinen Nacken legt, um unseren Kuss zu intensivieren, fahren meine Hände ihren Körper hinab. Zu ihren Schulterblättern unter dem dünnen Leinenstoff. Über ihre Rippen. Ihren Hintern. Sie keucht auf, als ich zupacke und sie an mich drücke, weil meine Erregung sich an ihren Bauch drückt und ihrer Reaktion zufolge will sie mehr.

Kurzerhand hebe ich sie an, woraufhin sie die Beine um meinen Körper schließt. Der Rock rutscht hinauf und ich ertaste den Bund ihres Slips. Langsam trage ich sie zu der hintersten Reihe der Sitze und sie wird unruhig. Das liegt definitiv an meinen Fingern, die unter ihren Slip gerutscht sind.

Ich sinke auf einen Kinositz, Sparrow bleibt auf meinem Schoß. Meine Hände schiebe ich nun komplett unter ihren Rock, umfasse mit der einen ihren Hintern und die Finger der anderen wandern weiter.

Ein hohes Stöhnen entschlüpft ihr, als ich die empfindliche Stelle zwischen ihren Beinen ertaste. Sie ist feucht. Richtig feucht. Holy. Mit dieser Frau könnte ich mehr Spaß haben als erhofft.

Rasch lockere ich meine Fliege, doch Sparrow ist fordernd. Sie fängt meine Hand ab und schiebt sie zurück in ihren Slip. Diese Bestimmtheit überrascht mich, ihr Verlangen nach mir. Kurz stellt sich mir die Frage, wie ich je wieder mit ihr in einem Raum sein soll, ohne etwas anderes zu tun, als mit ihr rumzumachen.

Meine Finger finden ihre Klitoris und sie presst sich mir entgegen. Ungeduldig beginnt sie, sich auf mir zu bewegen, während sie sich an dem Gürtel meiner Hose zu schaffen macht.

Schmunzelnd beobachte ich, wie sehnsüchtig sie an dem Reißverschluss hantiert. Ich will mir das einprägen. Muss es. Für sämtliche Nächte ohne sie. Schließlich helfe ich ihr, hebe meine Hüften und streife die Shorts herunter. Gleichzeitig entledigt sie sich endlich ihres Höschens.

Wieder auf meinem Schoß betrachtet sie meinen Schwanz, der nun vor ihr liegt. Ich sehe genau, wie der Anblick sie erregt, weshalb ich meine Finger wieder zwischen ihre Beine lege und sanft ihre Perle reibe. Sie reagiert mit einem Stöhnen und umfasst meine Erektion. Nicht fest, nicht fordernd. Eher, als wolle sie die Größe erfassen und abschätzen, wie ich mich in ihr anfühlen würde.

Mit der freien Hand schiebe ich die Träger ihres Kleides hinab und lege ihre Brüste frei. Sie haben eine schöne Größe und passen genau in meine Handflächen.

»Hast du ... ein Kondom?«, wispert sie und seufzt auf, als meine Lippen ihren Nippel treffen.

Ich schüttle den Kopf, ehe ich zu saugen beginne.

»Nein?«, fragt sie fassungslos. Ihr Griff um meinen Schwanz wird fester und ein Zucken geht durch meine Lenden.

»Nein«, antworte ich amüsiert und sehe zu ihr hoch.

»Warum nicht?« Enttäuscht atmet sie durch.

»Ich habe nicht damit gerechnet, dass ich eines brauche«, erwidere ich. »Aber das ist doch nicht schlimm, oder?« Ohne den Blickkontakt zu brechen, tauche ich zwei Finger in sie hinein.

Sie sucht kurz nach Worten, die jedoch von ihrer Lust geschluckt werden. Für wenige Momente verharrt sie auf meinem Schoß, bevor sie das Becken hebt und wieder auf meine Hand sinken lässt. Gleichzeitig hält sie noch immer meinen Schwanz umklammert und streichelt mich.

»Genauso«, sage ich und lehne mich zurück. »Mach so weiter.«

Irgendwie scheint es ihr zu gefallen, Anweisungen von mir zu bekommen. Das erinnert mich daran, wie sich ihr

Gesichtsausdruck verändert hat, als ich sie im Restaurant mit Eis gefüttert habe. Vermutlich steckt in Sparrow eine Frau, die im Bett gern Ansagen bekommt. Und ich kann es nicht erwarten, diese Seite mit ihr zu ergründen.

Sie reitet meine Finger, stöhnt leise. Meine Hand ist getränkt von ihrer Lust.

Schließlich führe ich sie an meinen Mund und koste. Sparrow sieht mich fragend an, woraufhin ich ihr meine Finger anbiete.

»Du schmeckst gut. Probiere.«

Sie zieht die Brauen zusammen und zögert, doch als ich meine Hüften anhebe und sanft in ihre Faust stoße, öffnet sie den Mund. Meine Finger verschwinden zwischen ihren Lippen und sie saugt an ihnen. Gleichzeitig massiert sie meinen Schwanz.

Heilige Scheiße.

»Sparrow, das ...«, murmle ich, doch sie nimmt immer mehr meiner Finger in sich auf, saugt heftiger und lässt die Zunge um meine Knöchel tanzen.

Allmählich lähmt mich meine Lust. Dass Sparrow mittlerweile den salzigen Tropfen auf meiner Eichel verreibt, macht die Sache nicht besser. Ich habe aber andere Pläne für diese erste Intimität. Sparrow soll diesen Abend so schnell nicht vergessen. Dafür werde ich sorgen.

Ich entziehe ihr meine Finger, wodurch ich etwas Kontrolle zurückgewinne, und umfasse ihren Hintern. Mit einer schnellen Bewegung setze ich sie neben mich in die Polster. Gott segne Kuschelbänke.

Und dort liegt sie für wenige Sekunden und schaut zu mir hinauf. Der Rock ist hochgerutscht, sie ist untenrum entblößt. Wunderschön. Und mir völlig ausgeliefert.

Ich schiebe mir die Hose von den Hüften und nehme neben ihr Platz. Während ich meine Erektion umfasse, fahre ich langsam ihren nackten Bauch hinab bis zu ihrem Kitzler. Sie saugt scharf die Luft ein. Ich lehne mich über sie, während ich erneut mit Zeige- und Mittelfinger in sie eindringe und mit dem Handballen ihr Lustzentrum massiere.

Flehend zieht sie mich am Kragen meines Hemdes zu sich. Sie küsst mich wild und fahrig.

»Raven, ich ...«

»Ich will, dass du kommst und mir dabei in die Augen schaust, verstanden?«

Stöhnend nickt sie, unterbricht sich dann für einen weiteren Gedanken. »Aber was ist, wenn jemand reinplatzt?«

Das war ihr doch die ganze Zeit über auch egal.

»Dann kommst du trotzdem«, weise ich sie an. »Du kommst, wenn ich es dir sage.«

»Aber ...«

»Konzentriere dich.« Ich massiere sie, massiere mich. Es macht mich unheimlich an, sie unter mir liegen zu haben, ihrem schnellen Atem zu lauschen, während sie mir vollkommen ausgeliefert ist.

Als ich spüre, dass sie sich nicht mehr zurückhalten kann, erlöse ich sie. »Komm für mich, Sparrow.«

Und das tut sie. Ihr Verlangen bündelt sich, ihre Muskeln ziehen sich um meine Finger zusammen, während sie stöhnt. Wie ich es von ihr verlangt habe, hält sie den Blick geradewegs auf mich gerichtet. Sie lässt mich an ihren Gefühlen teilhaben, die pur und echt sind. Das stößt auch mich über die Klippe und mein Höhepunkt überrollt mich.

Meine Lust ergießt sich auf ihrem Bauch, warm und klebrig. Langsam klingen meine Bewegungen in ihr aus und ich gebe ihr einen langen Kuss auf die Stirn. Mein ganzer Körper bebt, da ich mich die ganze Zeit, auf den Ellbogen abgestützt, über sie gebeugt habe.

»Du lässt es wirklich wild angehen, Raven«, wispert Sparrow amüsiert, als ich kraftlos neben sie sinke. Sie taucht den Finger in die Lake auf ihrem Bauch und kreist darin.

Ich greife nach meiner Hose, ziehe ein Taschentuch hervor und reiche es ihr. Ehe sie es annehmen kann, halte ich ihre Hand fest, um sie an mich zu ziehen und sie auf den Mund zu küssen. »Das war erst der Anfang.«

Sparrow

KAPITEL 20

I ch habe geahnt, dass der Tag wild wird, aber wie er sich nun wirklich entwickelt hat, liegt tatsächlich außerhalb meiner Vorstellungskraft. Nie und nimmer habe ich damit gerechnet, es mir in einem Kino besorgen zu lassen. Herrje, ich habe nicht mal geglaubt, dass es überhaupt zu sexuellen Handlungen zwischen uns kommen würde!

Aber vorgestellt habe ich es mir. Nicht nur einmal. Und das ja auch nicht immer allein.

Nachdem wir uns Arm in Arm aus dem Notausgang des Kinos geschlichen haben, gibt es keine Barrieren mehr zwischen uns. Raven bleibt ständig auf Tuchfühlung und berührt mich die ganze Zeit. Hält meine Hand in seiner, meine Hüfte umschlungen oder hat den Arm auf meiner Schulter. Als wolle er kein Risiko eingehen, das zarte Band, das uns verbindet, in einem unachtsamen Moment zu zerreißen.

Keine Fotografen erwarten uns draußen und wir schleichen in die Nacht. Wir biegen in eine verkehrsberuhigte

Seitenstraße außerhalb des Trubels ein, wo Raven mich plötzlich in eine ruhige Ecke zwischen zwei Häusern zieht.

»Willst du zur After-Show-Party im Grand Theft?«, fragt er, umfasst auch meine zweite Hand und führt mich zu sich.

Mein Atem stockt, als seine Finger sich von meinen lösen und von meiner Taille zu meinem Hintern wandern. »Das Grand Theft ist dieser Nobelclub, oder?«, erwidere ich keuchend und registriere jeden Zentimeter, den er sich hinabtastet.

»Genau.« Er beugt sich zu mir herunter. Seine Lippen fahren über meine Brauen und gleiten zu meiner Schläfe.

»Was möchtest du denn?«, bringe ich hervor. Obwohl wir vorhin so intime Berührungen ausgetauscht haben, raubt mir seine Präsenz den Atem. Seine Wirkung auf mich ist ihm offensichtlich nicht entgangen. Jedenfalls zupft ein sanftes Lächeln an seinen Mundwinkeln, während seine Lippen meinen immer näher kommen. Gleichzeitig werde ich mir darüber bewusst, dass sich diese Frage auf alles bezieht. Ich will nicht nur wissen, was er heute Abend *machen* will. Ich will wissen, was er *will*. Vom Leben und von *mir*.

Die Antwort fällt ihm scheinbar leicht. »Ich will, was du willst.«

»Ich war noch nie in einer noblen Bar. Ich weiß nicht, ob ich mich dort wohlfühlen würde.«

»Gut. Dann machen wir was anderes.«

Seine Lippen berühren meine, doch ich verweigere ihm den Kuss. »Ich möchte dich nicht ausbremsen. Wenn du diese Party besuchen willst, solltest du dich nicht von deiner scheuen Fakefreundin aufhalten lassen.«

Er legt den Kopf in den Nacken und schnaubt. Sagt meinen Namen, als wäre er die Antwort auf alle Fragen.

»Sparrow.« Ein träges Grinsen. Entwaffnend und müde. »Glaubst du nicht, dass ich in den letzten Jahren im Rampenlicht schon alles gesehen und erlebt habe?«

»Wahrscheinlich hast du das.«

»Wenn ich sage, dass ich mich auf das einlassen will, was *du* willst, dann ist das keine Floskel. Du bist spannend für mich, merkst du das nicht?«

Sein Blick ist unausweichlich. Eindringlich. Kurz vergesse ich, zu atmen.

»Okay«, stammle ich, »ich habe verstanden.« Nachdenklich kaue ich auf meiner Unterlippe. Das war tatsächlich eine sehr direkte Antwort auf meine Frage. Er bezog sich nicht nur auf den Abend. Er bezog sich auf uns. Hat er das bewusst so formuliert? Interpretiere ich zu viel in seine Worte?

»Was möchtest du?«, wispert er und führt das Gesicht wieder an meines. Ich glaube, in seinen Augen noch nie so ein aufgewecktes Glänzen gesehen zu haben.

Auch eine Frage, die man auf alles beziehen könnte.

»Ich will mit dir zusammen sein«, erwidere ich und setze rasch hinzu: »Heute Abend. Und wieder gemeinsam tanzen. Wie in Berlin. Ganz frei.«

»Das werde ich einrichten«, flüstert er an meinen Lippen. Kurz glaube ich, eine unausgesprochene Zerrissenheit in seinen Augen zu erkennen. Dann ist sie auch schon weg und er küsst mich. Etwas chaotisch und wild. Als hätten wir das nicht noch vor einer Viertelstunde getan. Als hätten wir für den Rest des Abends keine Gelegenheit mehr dazu. Raven küsst mich immer, als wäre es das erste oder das letzte Mal. Ganz sicher bin ich mir bis heute nicht, welcher unser erster ehrlicher Kuss war. Dieser hier soll auf keinen Fall der letzte sein.

Auf die Zehenspitzen gestellt, erwidere ich seinen Kuss. Er hat mittlerweile meinen Hintern umfasst und drückt mich an sich. Die Gier spricht aus jeder seiner Berührungen, aber er ist nie zu forsch. Er behandelt mich mit dem nötigen Respekt, der dafür sorgt, dass ich mich begehrt fühle. Als wäre jede Sekunde zusammen ein Loblied an meinen Körper und auch an mich als Person.

Unerwartet nimmt er die Lippen von meinen, macht kehrt und zieht mich in die entgegengesetzte Richtung. »Komm. Ich weiß, wo wir heute Nacht tanzen können.«

Verwirrt lasse ich mich mitziehen. Raven ist immer etwas sprunghaft und impulsiv. Doch was er tut, macht er mit Leidenschaft. Mit ihm zusammen zu sein, ist ein Abenteuer. Ich werde ihm folgen. Heute und vielleicht auch morgen.

Es hat seine Vorteile, eine Berühmtheit wie Raven Anderson fakezudaten. Man hat automatisch Zugang zu Partys an den traumhaftesten Orten, die einem sonst sehr wahrscheinlich verwehrt bleiben würden. Das denke ich jedenfalls, als ich mich eine knappe Stunde später über den Dächern Los Angeles wiederfinde. Ein Produzent namens Clark hat eine Rooftop-Bar in West Hollywood gemietet, um den Geburtstag seiner Schwester zu feiern, und es reicht offenbar, Sänger und Gitarrist einer der angesagtesten Bands des Jahrzehnts zu sein, um auf diese Privatparty eingelassen zu werden.

Hinter einer mit Bambus verkleideten Bar werden aus frischen Zutaten Cocktails gemixt, pinke und türkise Neonröhren formen Flamingos und aufgeblasene Schildkröten und Wasserbälle treiben im Pool. Eine kleine Liveband performt Coversongs, dazu haben wir einen gigantischen Blick auf die Stadt. Außerdem ist es nicht voll. Ich fühle mich direkt wohl und stimme zu, als Raven mir einen Cocktail besorgen möchte.

Nicht nur Clark kennt Raven. Ich sehe den überraschten Blicken einiger Gäste an, dass sie sehr wohl wissen, wer wir sind. Wahrscheinlich sind sie auch Teil der Branche, sie machen nämlich kein großes Ding aus unserer Anwesenheit und lassen uns gewähren.

Wir müssen uns hier nicht verstecken. Und selbst, wenn wir es müssten – wir würden es wohl ohnehin nicht tun.

»Ist die Location nach deinem Geschmack, Küstenmädchen?«, fragt Raven leise. Hinter mir stehend hält er mich im Arm, während ich den Ausblick genieße. Als seine Wange meine Schläfe streift, entfachen seine Bartstoppeln ein Prickeln, das sich über meinen ganzen Körper ausbreitet.

Ich nicke, wodurch sein Gesicht an meinen Hals rutscht. Das sanfte Kratzen an meiner Haut verstärkt das Kribbeln in meiner Magengegend, woraufhin ich mich kichernd in seinen Armen winde.

Amüsiert zieht er mich näher an sich. »Dann bin auch ich zufrieden«, haucht er, dreht mich um und legt die Lippen auf meine. Fordernd drückt er mich an das Geländer der Dachterrasse und entlockt mir ein Stöhnen. Ich stelle mich auf die Zehenspitzen, lege die Hand in seinen Nacken und recke mich ihm entgegen. Sein Mund fährt meine Wange hinab, woraufhin er vorsichtig an meinem Hals saugt.

Mit geschlossenen Augen vergrabe ich die Finger in seinem Haar. Fuck, seine Zunge. Irgendetwas in mir fordert mich zur Ordnung auf. Dazu, nun endlich mein verdammtes Hirn einzuschalten, Fronten zu klären und ihn zur Rede zu stellen. Was wird das? Wo führt das hin? Doch ich ermahne die schüchterne Sparrow aus Wave Crest zur Ruhe. Heute entfessle ich den Teil von mir, der dabei ist, zu lernen, selbstbewusst auf der Bühne zu performen. Ich vertraue mich meinem Gefühl an und gehe volles Risiko ein.

Raven reagiert auf mein Aufseufzen, indem er sich zwischen meine Schenkel schiebt.

Die Spannung der letzten Wochen hat uns fest im Griff. So oft haben wir uns geneckt und uns vor Kameras berührt. Wir standen unter Druck, unter Strom. Und nun sind wir einfach nicht mehr in der Lage, die Funken zwischen uns zu dämmen.

»Hey, Raven«, wispere ich und versuche, ihn sanft zu bremsen. »Wir sind nicht allein.«

Er gibt ein unzufriedenes Knurren von sich und hebt den Kopf. Durch meinen Griff in seinen Haaren sind sie noch etwas wüster als sonst. »Du hast recht«, brummt er. Für einen Augenblick lauscht er der Musik. Die Band stimmt eine Akkustikversion von Surf Curses *Freaks* an. Auf Ravens Gesicht bildet sich unweigerlich ein Grinsen. »Lass uns tanzen.«

Wir stürmen die kleine Tanzfläche, auf der sich nur ein paar vereinzelte Gäste tummeln, und nehmen sie ein. Gemeinsam tanzen wir wie in Berlin, ganz offen, ganz frei. In dieser kleinen Runde sind wir sicher und abgeschirmt vor aufdringlichen Fotografen, wenngleich sie lediglich das vor die Linse bekommen würden, was wir ihnen seit Wochen versuchen, weiszumachen. Zwischen Raven und mir sprühen die Funken. Ich spüre, wie sie aus seiner Brust schießen und mich erfassen. Seine Energie mischt sich mit meiner.

Ich fake nichts mehr. Ich brenne. Seine Flamme hat mich entzündet. Was gerade zwischen uns passiert, ist keine Illusion mehr. Es ist echt.

Und deshalb halten wir nichts mehr klein. Wir entladen die Spannung. Gemeinsam. Über den Dächern West Hollywoods.

Als der erste Gast mitsamt seiner Klamotten in den Pool springt, wundert es niemanden, dass wir es ihm gleichtun. Nicht mal mich. Da Ravens Hotel in der Nähe ist, habe ich mir die Möglichkeit schon lange aus dem Kopf geschlagen, heute Nacht wie geplant nach Wave Crest zu fahren. Meine Grenzen habe ich bereits überschritten, wieso sollte ich noch auf Prinzipien beharren?

Dennoch klopfen Zweifel in regelmäßigen Abständen an mein Bewusstsein. Meistens nehmen sie die Gestalt von Wren oder Dad ein, die mich leise fragen, was ich hier überhaupt mache. Wie ich mich einem Skandalrockstar wie Raven anvertrauen kann, weil das doch gar nicht zu mir passt. Sobald das passiert, schiebe ich sie vorsichtig, aber bestimmt aus meinem Hirn und drücke die Tür hinter ihnen zu. Ich will diesen Bedenken nicht zu viel Raum geben, wenngleich sie berechtigt sind. Am liebsten wäre es mir, wenn dieses Misstrauen gar nicht erst in mir aufkommen würde. Aber so bin ich, das gehört zu mir. Und ich will die schüchterne Sparrow aus Wave Crest nicht ganz von mir abspalten.

Ich versuche, wachsam an die Sache heranzugehen, doch Raven enttäuscht mich zu keinem Moment. Gut, man könnte ihm vorhalten, dass er in seinen Berührungen recht besitzergreifend und in seinen Küssen sehr fordernd ist. Aber wir haben uns wochenlang zurückgehalten, in denen er immer anständig war. Er kann nicht mehr an sich halten und das macht mich ziemlich an. Er fährt auf mich ab. Und das versetzt meinen Körper in Hochspannung.

In letzter Zeit haben mir so viele Menschen zugejubelt. Doch das ist nichts im Vergleich zu dem Gefühl, von Raven gewollt zu werden.

Wir tollen im Pool herum, lachen unheimlich viel und küssen uns. Wahrscheinlich ziehen wir damit doch eine gewisse Aufmerksamkeit auf uns, aber das nehme ich bloß am Rande wahr. Ich sehe nur Raven. Und Raven sieht mich. Es ist ein wundervolles Gefühl, in seinem Fokus zu stehen.

Gleichzeitig wirkt er viel gelöster als sonst. Er hat wirklich Spaß mit mir und strahlt die ganze Zeit. Ich scheine ihm gutzutun.

Nach einer Weile fröstle ich. Raven bemerkt die Gänsehaut auf meinen Armen und hilft mir aus dem Becken.

Wir huschen in einen Umkleideraum, der eine Etage darunter an einen Spa-Bereich grenzt, und werden uns darüber bewusst, wie unüberlegt es war, ohne Wechselklamotten in den Pool zu springen.

»Mein Hotel ist direkt über die Straße«, wispert Raven, der sich sein nasses Hemd aufgeknöpft und ausgezogen hat. »Wir wärmen uns auf und laufen dann rüber, okay?« Er legt mir das Handtuch über die Schultern und zieht mich an sich. Seine Lippen gleiten über meine Stirn, als ich an seiner kühlen Brust ankomme.

Ich nicke, während ich seine Zärtlichkeiten genieße. Meine Finger fahren über Tattoos auf seinem Bauch bis zu den beiden Revolvern, die seine Leiste hinabdeuten. Sein

Atem stockt, als meine Hände tiefer wandern, und ich durch seine Shorts seine Erektion ertaste, die sich den ganzen Abend immer wieder fordernd an mich gepresst hat.

Ich sehe ihm in die Augen, während ich den Bund seiner Shorts hinabschiebe und ihn umschließe.

»Oh, Sparrow.« Raven nimmt mein Gesicht in die Hände und küsst mich, während ich langsam beginne, ihn zu massieren. Er ist unfassbar heiß und stößt nach wenigen Momenten mit den Hüften in meine Faust.

Grinsend löse ich mich von ihm und sinke vor ihm auf die Knie.

Er stößt die Luft aus, schaut aus der Umkleidekabine, doch auf der ganzen Etage ist es still. Die anderen Gäste scheinen gerade kein Bedürfnis zu haben, sich umzuziehen und haben sich wahrscheinlich an den Handtüchern beim Pool bedient. Uns hat es nicht zufällig nach unten verschlagen. Zweisamkeit ist alles, was wir nun brauchen.

Ich bringe mein Gesicht an seinen Schoß, fahre mit den Lippen den Schaft entlang und lausche seinem erwartungsvollen Stöhnen. Dann beschließe ich, ihm das Gefühl zurückzugeben, sich vollends begehrt zu fühlen, und nehme ihn in den Mund. Langsam sauge ich an der Eichel, massiere seine Hoden. Doch nachdem er sich mit einem fragenden Blick nach Konsens vergewissert hat und ich nicke, vergräbt er die Hände in meinem Haar und verstärkt den Druck. Er führt seine ganze Länge in meinen Mund. Und als er mir die Freiheit gibt, zurückzuweichen, tue ich es nicht. Ich will das, will alles von ihm. Will dieses unersättliche Keuchen hören und mir die Art einprägen, wie er meinen Namen flüstert.

Und ich bekomme genau das. Er bewegt sich, während er

meinen Kopf fest umschlossen hält. Dabei fickt er nicht einfach mein Gesicht. Er stößt in meinen Mund, leidenschaftlich und irgendwie wertschätzend. Seine Daumen streicheln über meine Wange und er zieht sich immer wieder zurück, wenn ich zu kämpfen habe. Aber das muss er nicht. Ich will, dass er ein Erlebnis hat, das er nicht so schnell vergisst. Zum Glück muss man Raven nicht zweimal dazu auffordern, zu genießen.

Sein Stöhnen erfüllt den Raum, während er in meinen Mund dringt. Seine Finger sind tief in meinem Haar vergraben, mein Name liegt die ganze Zeit auf seinen Lippen. Er liebt das. Und ich liebe, wie er es liebt. Wie er mir zeigt, dass er es genießt.

Als er seinen Höhepunkt ankündigt, weiche ich nicht zurück. Nach wie vor will ich alles von ihm. Und vor allem will ich spüren, wie er mich an sich drückt, wenn er sich in mir ergießt.

Seine Stöße werden forscher, schneller und schließlich presst er mich fest in seinen Schoß. Das pure Begehren in seinen Berührungen wird von seinem Orgasmus gekrönt, als er in mir kommt. Starr hält er mich an sich gepresst, ehe er sich langsam aus mir zurückzieht.

Ich schlucke, schnappe nach Luft, schlucke wieder. Tränen rinnen mir aus den Augen. Die Schminke ist wahrscheinlich hoffnungslos verwischt, aber das ist sie sicherlich ohnehin schon, seit wir in den Pool gesprungen sind. Immerhin hat sie mir gute Dienste erwiesen, nachdem ich mich Raven im Kino hingegeben habe.

Nun sieht er zu mir herunter, streichelt meine Wange und lächelt. »Oh, Sparrow«, wispert er wieder, beugt sich zu mir hinab und zieht mich zu sich hoch. Irgendwo zwischen Hocken und Stehen küsst er mich, nimmt seinen Geschmack auf und führt die Hand zwischen meine Beine.

Ich bin unheimlich feucht. Die letzten fünfzehn Minuten gehören zu den heißesten Dingen, die ich je gemacht habe. Die Sache im Kino auch. Verdammt, was war bloß los in meinem Liebesleben? Im Vergleich zu Raven ist jede Liebschaft, jeder Exfreund langweilig. Vielleicht bin ich auch langweilig oder war es zumindest. Ich habe mir nie zugetraut, Grenzen auszuloten. Wenn man mit Raven zusammen ist, macht man das allerdings unweigerlich. Ich glaube nicht, dass ich so schnell genug von ihm kriegen kann.

Er findet meine Klitoris und registriert mit einem Grinsen, wie heiß er mich gemacht hat. Er beugt sich weiter hinab und will meine Schenkel öffnen. Doch da hören wir, wie sich die Tür zum Treppenhaus öffnet.

Raven hält in der Bewegung inne und wir lauschen. Clark und jemand anderes, wahrscheinlich einer der Barkeeper, laufen am Spa vorbei zum Lager.

Fragend hebt Raven die Brauen und bewegt seine Finger. Die stumme Frage liegt im Raum: *Willst du weitermachen?*

Kopfschüttelnd setze ich mich auf. Meine Risikobereitschaft ist erschöpft. Ich werde mich nicht fallen lassen können, wenn ich gleichzeitig befürchte, dass jemand – aus welchem Grund auch immer – in den Spa-Bereich platzen und sich wundern könnte, weshalb wir uns schon eine halbe Ewigkeit in den Umkleidekabinen aufhalten. Nicht nochmal.

Bedauernd zieht Raven seine Finger zurück und küsst mich auf die Stirn. Er wispert etwas von »aufgeschoben ist nicht aufgehoben« und hilft mir auf. Dann grinst er herausfordernd und fragt leise: »Wie schnell kannst du rennen, wenn du nur ein Handtuch trägst?«

Die Antwort lautet: Schneller, als wir angenommen haben.

Kurze Zeit später laufen Raven und ich über den Beverly Boulevard, beide nur mit einem Handtuch bekleidet. Klar hätten wir auch unsere nasse Kleidung anziehen oder nach Bademänteln suchen können, aber der Abend war so wild, dass ich mich sogar zu dieser Schandtat hinreißen lasse. Außerdem ist es nicht weit.

Unsere Kleidung unter dem Arm und die Schuhe in der Hand laufen wir auf geklauten Badepantoffeln aus dem Spa-Bereich über die Straße, ernten verwirrte Blicke, finden schließlich Zuflucht in Ravens Hotel und bekommen kaum Luft vor lauter Lachen.

Eventuell hat jemand diese waghalsige Aktion ohne Sinn und Verstand fotografiert, aber das ist mir einerlei. Als ich wenig später geduscht und trocken in Ravens Bett falle, weiß ich, dass ich nichts an diesem heutigen Tag bereuen werde. Ich habe ihn in vollen Zügen genossen.

Während ich ihn unter den Laken treffe, geht die Sonne auf. In seinen Augen spiegelt sich Sehnsucht, Wehmut und Dankbarkeit. Außerdem ganz viel Gefühl. Seine Finger fahren zart über meinen Bauch, ehe er mich küsst. Er wispert etwas davon, sich für den Blowjob revanchieren zu wollen, doch mir fallen immer wieder die Augen zu.

Schließlich gibt er sich damit zufrieden, mich in den Arm zu nehmen und mich zu streicheln, bis ich einschlafe.

Ich träume von zu Hause, vom Meer und von Raven. Selbst im Schlaf fühle ich mich wohl.

Doch als ich am Vormittag aufwache, ist die Bettseite neben mir leer.

Raven

KAPITEL 21

»Zuhause ist es doch am schönsten.« Glücklich seufzend lässt Nana sich in die Kissen sinken. Da ich sie bei ihrem Transfer ins Bett gestützt habe, löst sie nun die Finger von meinem Kragen, ehe sie die Hände im Schoß faltet und selig die Augen schließt.

»Sie ist erschöpft«, sagt Mom leise, während ich mich aufrichte und auf meine Grandma hinunterblicke.

»Kein Wunder. Sie war zwei Nächte in diesem verdammten Krankenhaus. Da ist wohl niemand gern und für Menschen mit Demenz ist eine fremde Umgebung extrem beängstigend«, brumme ich in einer Lautstärke, die nur Mom versteht. Vor Nanas Bett gehe ich in die Hocke und fasse nach ihrer Hand. »Liegst du bequem? Soll ich dir noch etwas bringen?«

Sie winkt ab und lacht. »Ich habe die Fernbedienung und meine Lieblingsbonbons. Das reicht mir.« Sie deutet auf den Nachttisch, auf den Mom eine Schüssel *Lifesavers* gestellt hat.

Ich atme aus und lege die Decke über ihren verbundenen Fuß. »Gut. Wenn du etwas brauchst, rufst du mich, okay?«

»Klar.«

Als wolle Angus nun die Wache übernehmen, hopst er aufs Bettende und macht es sich an Nanas Zehen bequem. Sie quittiert das mit zufriedenen Worten, die sie an die Katze richtet.

Ich schmunzle. Als ich dieses Haus gekauft habe, wies uns der ehemalige Besitzer auf ein Mäuseproblem hin, das er nie in den Griff bekam. Die Lösung lag auf der Hand: Eine Katze als Schädlingsbekämpfer.

Leider war Angus seit jeher bequemer Natur und taugte nicht zur Mäusejagd. Ein Kammerjäger übernahm, wodurch wir des Problems Herr wurden. Schnell stellte sich heraus, dass die Anschaffung des Katers sich trotzdem gelohnt hatte, denn Nana und Angus wurden ein Herz und eine Seele. Seine Präsenz wirkt sich positiv auf sie und ihr Krankheitsbild aus.

Ich stehe auf und drehe mich zu Mom, die am Türrahmen lehnt. Tiefe Sorgenfalten ziehen sich über ihre Stirn. Sie wirkt, als hätte sie in den vergangenen Tagen kaum geschlafen. Wahrscheinlich hat sie das tatsächlich nicht.

»Du hättest vorgestern nicht alles stehen und liegen lassen müssen, um nach Hause zu kommen, Devin«, sagt sie leise und folgt mir in den Flur.

Schnaubend ziehe ich mein Handy hervor, wische die neuen Nachrichten zur Seite und tippe ein paar Worte in Google. »Unsinn. Nachdem Nana gestürzt ist, hast du Hilfe gebraucht. Glücklicherweise ist ihr Fuß nur verstaucht. Stell dir vor, es wäre wirklich ein Oberschenkelhalsbruch gewesen, wie die Ärzte vermutet haben. Menschen ihres Alters haben es schwer, sich danach wieder zu berappeln.«

Mom fährt sich über das Gesicht und unterdrückt ein Gähnen. »Dem Himmel sei Dank konnten wir sie heute abholen. Danke, dass du uns gefahren hast. Was machst du denn da am Handy?«

»Ich suche nach einer geeigneten Pflegeassistenz.«

Erschrocken umfasst sie meinen Arm. »Das tust du nicht.«

»Und ob ich das tue. Du brauchst Unterstützung, Mom. Nana wird immer zerstreuter. Du kannst sie nicht rund um die Uhr betreuen. Tu dir was Gutes und nimm Hilfe an.«

»Aber so etwas ist doch teuer.«

Ich rolle die Augen. »Dein Ernst? Ich bezahle das. Bitte achte in Zukunft auf dich. Es macht mir nichts aus, das ganze Land zu durchqueren, um nach euch zu sehen, aber immer kann ich nicht spontan hier sein. Wenn ich gerade Übersee bin, würde es mich wirklich entlasten, zu wissen, dass du Unterstützung vor Ort hast.«

Mom nickt niedergeschlagen. Die letzten Tage haben auch ihr klargemacht, wie dringend unsere Familie Hilfe braucht. Ich versuche, so viel Zeit wie möglich zu Hause zu verbringen, doch mein Job bindet mir die Hände. Wenn ich nicht hier bin, muss jemand Mom zur Seite stehen.

Sie lächelt müde. »Du bist ein guter Junge, Devin.«

»Und du bist eine gute Mom.«

Sie lehnt sich an meine Brust und ich lege die Arme um sie. Sende ihr ein wenig Trost in diesen unsteten Zeiten.

Bis mein Smartphone vibriert.

»Wer versucht denn die ganze Zeit, dich zu erreichen?«, fragt Mom und löst sich von mir.

»Niemand.« Erneut wische ich die Mitteilung weg. Die offensichtliche Lüge bohrt sich in mein Herz wie ein Messer.

Ich sollte ihr antworten. Ich darf kein Arsch sein. Ich muss mit ihr reden.

Aber worüber? Wie soll ich erklären, weshalb ich ihr seit drei Tagen ausweiche? Wenn ich es doch selbst nicht verstehe?

Ich kneife die Augen zusammen, schlucke. Auch für mich waren die Tage seit Nanas Sturz stressig. Aber es war leicht, sich in Aktionismus zu stürzen. Mich nützlich zu machen. Zu helfen.

Es hat mich davor bewahrt, mich meiner Angst zu stellen. Sparrow.

Etwas in mir droht aufzubrechen, doch ich will das nicht.

»Pflegeassistenz. Ich werde jemanden für uns finden«, presse ich hervor und konzentriere mich wieder auf die Suchanfrage. Aufs Wesentliche. Auf etwas, das Nana zwar unterstützen, jedoch ihr und Moms Leben gewaltig verändern wird. Eine Veränderung, die mächtig ist, aber trotzdem nicht so groß wie meine Angst vor Sparrow.

Angst. Ist das das richtige Wort?

»Ruh dich etwas aus, Mom. Ich informiere mich«, setze ich sie in Kenntnis, da sie trotz ihrer Erschöpfung bereit zu sein scheint, sich sofort einzubringen.

»Mach das, mein Sohn. Aber dasselbe gilt für dich.« Prüfend sieht sie zu mir hoch. »Vergiss deine eigenen Verpflichtungen nicht, in Ordnung?«

»Natürlich nicht.« Verdammt. Sie kennt mich gut. Und erwartungsgemäß hat sie bemerkt, dass ich schon total durch den Wind war, als ich hier ankam. Los Angeles hat etwas in mir bewegt. Doch bis jetzt kamen wir nicht dazu, uns über mich zu unterhalten.

Mom verschwindet im unteren Stockwerk und ich lehne mich an die Wand neben Nanas Tür. Die Geräusche des Fernsehers dringen bis zu mir auf den Flur. Meine Grandma schaut eine Sitcom, deren Sendung so oft wiederholt wird, dass sogar ich sie mitsprechen kann. Nana nicht. Für sie sind die Folgen neu. Ich höre ein amüsiertes Giggeln und lächle. Ihre Erkrankung hat etwas Gutes. Es erlaubt ihr, auch schlechte Erlebnisse blitzschnell auszublenden.

Ich versuche, mich wieder auf Google zu konzentrieren. Doch nun, wo Nana zurück zu Hause ist, breitet sich auch in meinen Knochen Erschöpfung aus. Und ein Ziehen in der Brust. Wie immer, wenn ich die Augen schließe, sehe ich Sparrow. Die Sommersprossen auf ihrer Stupsnase. Wie die Raben auf ihrem Kleid die Schwingen ausbreiteten, als sie sich um sich selbst drehte. Ich spüre wieder ihre Lippen auf meinen und höre ihr Keuchen, als ich sie berührte.

Die Erinnerungen sind so schön wie schmerzlich. Einerseits lassen sie mein Herz erbeben, straucheln, fliegen. Gleichzeitig fühlt es sich an, als würde ich fallen. Gefühle machen schwach, stoßen mich in den Kontrollverlust. Genau davor konnte ich mich jahrelang bewahren.

Ich bemerke, dass ich schon wieder ins Smartphone gestarrt habe, ohne die Anzeigen richtig zu lesen. Seufzend fahre ich mir mit dem Handrücken über die Augen. Fuck, Sparrow fehlt mir. Vielleicht sollte ich Vertragsbruch begehen und unsere Verbindung kappen. Das wäre einerseits gut, weil ich mich endlich aus diesem emotionalen Schlamassel befreien könnte. Andererseits wäre es ziemlich dumm, da ich sie dann nicht wiedersehen würde. Verdammt, warum bin ich so?

Die Türklingel schallt durchs Haus.

»Eden?«, ruft Nana aus ihrem Zimmer.

»Ich gehe schon!«, gibt Mom zurück. »Ist bestimmt ein Paketbote.« Ich höre, wie ihre Schritte sich der Haustür nähern, und nehme dies zum Anlass, zu ihr hinunterzulaufen und mich dort mit der Suche nach einer Pflegekraft zu beschäftigen. Doch die Stimme, die Mom antwortet, kommt mir sonderbar bekannt vor.

Mom scheint richtig begeistert von dem Besuch zu sein. »Klar, ich hole ihn sofort!«, höre ich sie sagen, woraufhin sie in den Flur tritt und die Treppe heraufsieht, die ich gerade hinabsteige. »Devin? Das ist für dich!«, verkündet sie mit leuchtenden Augen.

Wer, um alles in der Welt, würde mich bei meiner Mom besuchen? Die wenigsten Leute kennen diese Adresse. Dass ich mich intensiv um Nana kümmere, halte ich streng geheim. Binnen Sekunden schießt mir ein Gedanke durch den Kopf. Nein. Das kann nicht sein. Das *darf* nicht sein. Sie kann nicht ...

Ich trete in den Flur und sehe sie in der Tür stehen. Sie trägt luftige Shorts, eine pastelllila Cap und ein ärmelloses, weißes Top. Ein feiner Schweißfilm zieht sich über ihre Oberarme und als sie den Kopf dreht, erkenne ich feuchte Strähnen in ihrem Nacken. Es mag an den Temperaturen liegen, dass sie wirkt, als habe sie den kompletten Mittag Sport gemacht. Oder ... sie ist tatsächlich den ganzen Tag lang durchs Land gereist, um mich zu treffen.

»Sparrow«, bringe ich hervor.

Ihr Gesicht ist hart, verärgert, doch nicht vollends verschlossen. Sie will Antworten.

Als sie den Mund öffnet, setzt sie offenbar dazu an, ebenso meinen Namen zu sagen. Den, unter dem sie und die ganze Welt mich kennt. Raven. Aber sie unterbricht sich und stockt. Ich kann mir vorstellen, warum. Zwischen Moms Landhausküche und Nanas Häkeldecken bin ich nicht der Frontman der bekanntesten Rockband des Landes. Ich bin einfach ein Junge von nebenan im Haus seiner Mutter.

»Devin?«, fragt sie vorsichtig.

Ich schlucke gegen den Kloß im Hals an. Die Situation macht etwas mit mir. Bei meinem Vornamen genannt zu werden, ist mittlerweile so intim. Es adressiert keine Kunstfigur. Es adressiert mich.

»Ja«, hauche ich.

Zu meiner Überraschung glätten sich Sparrows Gesichtszüge. »Hier steckst du also«, sagt sie beinahe sanft.

Ohne es kontrollieren zu können, hebt sich mein Mundwinkel.

Mom sieht etwas verdutzt von Sparrow zu mir. Sie denkt schließlich noch immer, dass Sparrow meine Freundin ist. Seltsamerweise fühlten sich unsere letzten Treffen genau so an. Aber müssten wir einander dann jetzt nicht in den Armen liegen? Und sollte ich nicht von dem Besuch meiner Partnerin wissen?

Ehe ich etwas entgegnen kann, kommt Nana die Treppe hinunter. Angus tapst ihr gemütlich hinterher. »Wer ist das denn?«

»Devins Freundin!«, entgegnet Mom. »Aber warum bist du aufgestanden? Dein Knöchel!«

»Mir geht es gut«, beteuert Nana, und erblickt dann Sparrow. »Wie schön, die Gärtnerin!« Sie winkt ihr lachend zu, ehe sie sich an mich wendet und mir in einem abrupten Themenwechsel eine leere Tasse nebst Untertasse reicht. »Machst du mir bitte einen Tee, Bryce?«

Erst als ich den Henkel umfasse, wird mir bewusst, was sie gesagt hat. Oder was sie nicht gesagt hat. Was sie vergessen hat.

Meinen Namen.

Etwas in mir bricht. Der Schmerz in meiner Brust ist heiß und spitz. Er rüttelt am Boden unter meinen Füßen, macht meine Knie weich. Angus' buschiger Schwanz an meinen Waden ist das Einzige, das mich erdet. Doch ich erwidere Nanas Blick, ohne mir etwas anmerken zu lassen, und sage: »Selbstverständlich. Ich bringe dir gleich einen Tee, Nana.«

In Moms Gesicht spiegelt sich Bedauern. Sparrow hingegen wirkt erst verwirrt, doch sie scheint schnell zu verstehen.

»Wollen wir gleich spazieren gehen?«, frage ich Sparrow mit brüchiger Stimme. »Und reden?«

»Gern.« Ihr Mitgefühl kann ich trotz der drei Meter, die uns trennen, deutlich spüren. Welch starken Emotionen werde ich bloß wieder für sie empfinden, wenn wir allein sind? Ich will nichts davon fühlen. Andererseits will ich alles. Ich will für immer mit Sparrow allein sein.

»Aber zuerst mache ich Tee«, erkläre ich.

»Und du wartest im Bett.« Entschieden tritt Mom auf Nana zu und begleitet sie hinauf.

Die Teetasse in meinen Händen klappert auf dem Unterteller, als ich Sparrow hinter mir lasse. Inmitten meiner Überforderung schreit die Fassungslosigkeit vernichtende Dinge in meinen Kopf, doch ich gebe mein Bestes, ihr zu widersprechen.

Es ist die Erkrankung. Sie vergisst dich nicht, weil du ihr nichts bedeutest. Sie kann nichts dafür. Du musst stark bleiben. Für Mom. Für Nana.

Ich erhitze Wasser für den Tee. Und währenddessen muss ich mir eingestehen, dass stark sein gar nicht so einfach ist. Und dass ich es kaum erwarten kann, mit Sparrow allein zu sein. Einer Person, die meine Schwächen toleriert.

Sparrow
KAPITEL 22

B ei meinem ersten Besuch auf Long Island war mir nicht klar, wie nahe Edens Haus am Meer liegt. Nun brauchen wir nur eine Viertelstunde, bis wir den Coopers Beach erreichen.

Obwohl sich nach diesem heißen Mittag die Wolken vor die Sonne schieben, spüre ich ihr warmes Kribbeln auf der Haut, das sich mit dem wohligen Gefühl von Heimkommen vereint. Nirgends bin ich lieber als am Meer. Long Island ist nicht Wave Crest, aber es ist ein netter Ersatz, den ich den Weltmetropolen mit ihren Wolkenkratzern in jedem Fall vorziehe.

Nachdem wir die Planken, die zum Strand führen, hinter uns gelassen haben und durch den Sand waten, schlüpfe ich aus meinen Schuhen, strecke die Arme aus und sehe zum Horizont. Die Wellen sind unruhig, in der Ferne zieht ein Gewitter auf. Mir ist gleich, ob es uns erreichen wird. Ich liebe das Meer, auch wenn es aufgewühlt ist.

Raven betrachtet mich mit schiefgelegtem Kopf. Den

kompletten Weg über hat er wenig geredet, dabei gibt es so viel zu sagen. Doch ich spreche nicht, warte ab. Ich habe den ganzen Weg von San Diego nach New York auf mich genommen, bin weit genug auf ihn zugegangen, obwohl er derjenige ist, der sich nach dieser magischen Filmpremiere aus dem Staub gemacht und darauf nur sporadisch gemeldet hat.

Ein Teil von mir ist wütend. Ich bin mit dem Vorsatz nach New York gekommen, Raven die Meinung zu geigen, und habe mir die Option offengehalten, direkt wieder zu verschwinden, wenn er sich nicht erklärt. Tatsächlich war ich mir nicht sicher, ob ich ihn bei seiner Mom finden würde. Zwar hatte er mir von einem familiären Notfall geschrieben, allerdings so knapp, dass ich nicht mit Bestimmtheit wusste, ob er das vorschob. Denn daraufhin hatte er mich drei Tage fast durchgehend ignoriert. Nicht besonders nett, wenn man bedenkt, welch intensive Zeit hinter uns liegt.

Doch ein wenig kenne ich Raven mittlerweile. Oder sollte ich sagen ... Devin? Wenn er sich zurückzieht, tut er das nicht, weil er rücksichtslos ist. Er ist überfordert. Vom Leben, seinen Gefühlen oder schlichtweg von mir.

Es war Wren gewesen, die mir den entscheidenden Schubs gegeben und mich dazu motiviert hat, nach New York zu fliegen, um Raven zur Rede zu stellen. Als ich in unserer WG in Wave Crest angekommen bin, muss ich einen völlig verstörten Eindruck gemacht haben. Ich konnte ihr nämlich nicht sagen, ob ich die Filmpremiere genossen hatte oder nicht. Ich konnte ihr gar nichts sagen. Wren handelte umgehend. Sie sagte sämtliche Termine für den Tag ab, befehligte mich auf unser Kuschelsofa, setzte mir meinen Lieblings-kakao mit Marshmallows vor und ließ mich erzählen.

»Du musst mit ihm reden«, hatte sie schließlich bestimmt,

nachdem ich geendet hatte. »Lass ihn sich dir nicht entziehen. Du denkst, er hat Gefühle für dich, oder? Er soll dir ins Gesicht sagen, wie er empfindet. Du hast es verdient, Sparrow.«

Das habe ich getan. Und Raven tatsächlich bei seiner Großmutter gefunden, die ihn Bryce genannt hat. Einen Namen, den ich in Ravens Zusammenhang noch nie gehört habe, und unter dem er auch in der Familie nicht bekannt zu sein scheint. Denn Eden sah ebenso erschrocken aus wie er, als Nana Raven so genannt hat.

Ich drehe mich zu ihm und betrachte ihn. Das Festland im Rücken, starrt er aufs Meer. Eine Gänsehaut zieht sich über seine tätowierten Arme, als der Wind auffrischt und seine Haare zerzaust. Dieser Mann wirkt auf Außenstehende abgeklärt, unberechenbar und selbstsicher. Doch ich kenne den sanften Unterton, den seine Stimme annimmt, wenn er mich nachts anruft. Das überrumpelte, aber verzauberte Schmunzeln, wenn ich nach seiner Hand greife und den Kopf an seine Schulter sinken lasse. Und das anerkennende Funkeln in seinen Augen, wenn er meinen Namen wispert. Hinter seiner Fassade verbirgt sich ein verletzlicher Junge, der ankommen will. Der ebenso Gefühle entwickelt hat wie ich. Und der diesen zentnerschweren Ballast mit sich trägt. Ravens Herz ist nicht hart. Es birgt Geheimnisse, die er sicher verborgen und verriegelt hat. Habe ich den Schlüssel gefunden? Bin ausgerechnet ich diejenige, die zu ihm durchdringen kann? Ich wünsche es mir so sehr.

»Was sollte das?«, stelle ich endlich die Frage, die mich dazu bewog, überhaupt herzukommen. »Warum behandelst du mich an einem Tag wie eine verdammte Göttin und am nächsten Tag wie ... ein Nichts? Was habe ich dir getan?«

Meine Stimme ist gegen Ende des Satzes leise geworden. Das Tosen der Wellen könnte die Worte verschluckt haben, doch die Nachricht ist bei Raven angekommen.

Er sieht mich an, als habe ich gar nichts kapiert. »Du bist kein Nichts«, erwidert er. Und dann eher zu sich: »Wenn überhaupt bist du eine Göttin.«

Irritiert breche ich den Blickkontakt und starre auf meine nackten Füße, an denen der feuchte Sand klebt. Das gehauchte Kompliment trifft den wunden Punkt in mir, der sich entgegen seinem Stolz ins Flugzeug gesetzt hat. Den Teil, der hofft und rettungslos verschossen ist.

Und als sei das nicht genug, fügt er hinzu: »Verdammt anbetungswürdig.«

Tja, das war's. Ich kann nicht mehr sauer sein.

Mein Herz setzt zu einem strauchelnden Walzer an, während ich mich ermahne, mich nicht mit ein paar Schmeicheleien abspeisen zu lassen. Er wird mir wieder entgleiten, wenn ich ihn jetzt nicht festnagle und auf eine Antwort bestehe.

»Wenn dem so ist, warum behandelst du mich dann so?« Meine Stimme zittert. Es ist eine Herausforderung, angesichts seiner Worte nicht zu zergehen. »Ich habe das nicht verdient.«

Sein Adamsapfel hüpft, als er schluckt. »Nein. Das hast du nicht.«

Schweigen. Ratlosigkeit.

Und so entschließe ich mich zu einem anderen Ansatz. »Wer ist Bryce?«

Ravens Augen weiten sich genau wie vorhin an der Treppe, als Nana ihn mit diesem Namen angesprochen hat.

Das ist es. Ich habe die Ursache für seinen Wankelmut

erwischt. Und so fahre ich fort. »Ich glaube, ihr steht euch sehr nah. Eventuell seid ihr verwandt. Er ist dein Bruder oder Cousin.«

In stummem Entsetzen folgt Raven meinen Spekulationen.

»Dass du dir in Interviews Fragen zu deiner Familie verbittest, liegt nicht nur an Nana. Es liegt auch an Bryce.«

Raven starrt aufs Meer, schüttelt den Kopf. Nicht auf eine verneinende Art. Eher ist er ungläubig.

Obwohl er mir Antworten schuldig ist, habe ich viel gesprochen. Deshalb warte ich geduldig, während er sich sammelt.

Für einen Moment kämpft die Sonne sich durch die Wolken zurück, sendet uns ein paar Strahlen und wird wieder verschluckt.

Eine Ewigkeit scheint zu vergehen, während Raven einfach dasteht und aufs Meer blickt. Seine Kiefermuskeln arbeiten, entspannen sich. Mehrmals setzt er zu einer Antwort an und dreht sich dann zur Promenade, als ziehe er in Erwägung, aus diesem klärenden Gespräch zu fliehen. Schließlich atmet er tief aus. Ein Schmerz unermesslichen Ausmaßes verzerrt seine Gesichtszüge. »Du hast recht. Bryce war mein Bruder.«

So etwas wie Erleichterung flutet meinen Körper. Der Durchbruch. Endlich. Ein wenig bereue ich jedoch sofort, Raven zu dieser Aussprache gedrängt zu haben. Denn er wirkt plötzlich schwächer denn je. Gleichzeitig ist mir klar, dass wir diesen Punkt überschreiten müssen, wenn unsere gemeinsame Geschichte weitergehen soll.

»War?«, frage ich vorsichtig. Ich hatte bewusst nicht in der Vergangenheitsform gesprochen, in der Hoffnung, der

Junge auf dem Foto sei noch immer Teil von Ravens Leben. Doch Raven schüttelt den Kopf.

»Er ist gestorben.« Ein Beben geht durch seinen Körper, seine Beine.

So verwundbar habe ich ihn noch nie erlebt. Ich trete an seine Seite und ziehe ihn neben mich hinab auf den Boden. Arm an Arm setzen wir uns in den Sand. Zehn Meter vor uns treiben die Wellen kleine Kiesel an den Strand.

»Warum?«, frage ich leise. Als er stockt, bemerke ich deutlich, wie unwohl er sich fühlt. Kurzentschlossen greife ich nach seiner Hand. »Es ist in Ordnung, Raven. Ich bin dir sehr dankbar, dass du dich mir so weit geöffnet hast. Du kannst mir von ihm erzählen, musst es aber nicht. Ich will dich nicht dazu zwingen, deine Vergangenheit zu offenbaren.«

Er nickt und erwidert sanft den Druck meiner Finger. »Danke, dass du das sagst. Aber du hast recht. Ich schulde dir Antworten und Bryce ist sicherlich ein Faktor, der alles in mir verkompliziert.«

Mich fröstelt und ich rücke näher an ihn heran. Die Trauer färbt seine Stimme in einen dunklen Bass. Genauso hört er sich an, wenn er über Verlust singt. Über das klaffende Loch in seiner Brust. Nun ergibt es Sinn. Es ging immer um Bryce.

»Mein Bruder war so was wie mein bester Freund«, erklärt er leise und vergräbt die Stiefel im Sand. »Er war nur knapp achtzehn Monate jünger als ich und durch den geringen Altersunterschied haben wir sämtliche Entwicklungsstufen zusammen durchgemacht. Wir waren im selben Footballteam, haben beide Gitarre gespielt und gemeinsam Hausaufgaben erledigt. Wenn Mom arbeiten war, hat Nana auf uns aufgepasst. Wir haben es ihr nicht immer leicht gemacht, aber zu dritt waren wir ein unschlagbares Team. Sie hat uns Mittagessen gekocht und zur Musikschule gefahren. Manchmal mussten Mom und Nana spät abends Büros putzen. Weil sie uns ungern allein zuhause lassen wollten, haben sie uns dann mitgenommen und wir sind wie Agenten durch die finsteren Flure geschlichen.«

Raven grinst bei der Erinnerung. Lächelnd stelle ich mir die Jungen in dieser aufregenden Kulisse vor.

»Wir führten ein sehr einfaches Leben. Bis auf die eine Woche im Jahr, in der unser Dad sich daran erinnerte, dass er Söhne hat und uns mit auf diese noblen Kreuzfahrten nahm. Da mussten wir dann die ganze Zeit im Anzug herumlaufen und bekamen edles Steak vorgesetzt.«

»Das klingt nach einem harten Kontrast.«

»O ja. Glaub mir, ohne Bryce wäre ich dort durchgedreht.« Er schmunzelt und fährt fort. »Wir haben früh damit angefangen, unsere eigenen Songs zu schreiben, und wollten unbedingt die Charts erobern. Ich blieb bei der Gitarre, doch Bryce sparte auf einen Bass. Wir haben in jeder freien Minute geübt und konnten in der Schulband erste kleine Erfolge verzeichnen. Aber nach der Schule ging es bergab.« Er unterbricht sich. Zweimal holt er tief Luft, als käme sie einfach nicht in seinen Lungen an.

»Zum ersten Mal bekam Bryce die Diagnose mit fünf-zehn. Lymphdrüsenkrebs. Das Hodgkin-Lymphon. Eine Art, die vor allem bei jungen Erwachsenen auftritt. Anstatt in die Schule musste mein Bruder plötzlich zur Chemo. Zum Glück gilt der Morbus Hodgkin als gut behandelbar. Acht von zehn Patienten überleben den Krebs. Auch Bryce.« Raven vergräbt die Hand im Sand und lässt die Körner im Anschluss langsam aus seiner Faust rinnen. »Leider trat innerhalb eines Jahres ein Rezidiv auf. Ein Rückfall. Wie sehr ich dieses Wort hasse.« Er fokussiert sich auf das dünne Rinnsal, das durch seine Finger rieselt. »Wir waren zuversichtlich. Wollten um jeden Preis daran glauben, dass er es schafft. Er hatte den Krebs schließlich schon mal besiegt, nicht? Er würde es wieder tun.« Mit gesenktem Kopf kickt er Sand von sich. »Tja. Pustekuchen.«

Ich schlucke. »Wie alt war Bryce?«

»Achtzehn.« Ravens Brauen sind zusammengezogen, als er aufs Meer starrt. »Er hat so hart gekämpft. Aber als das Ende nahte, konnten wir nichts mehr tun. Nur da sein. Seine Hand halten. Ihm versprechen, dass alles gut wird, obwohl wir wussten, dass das eine Lüge war.«

»Es tut mir so leid.«

Ein müdes Achselzucken. »Niemand kann etwas dafür. Wenn deine Tage gezählt sind und der Tod dich will, holt er dich. Dann hilft dir weder Geld noch Glaube oder Liebe.« Plötzlich wirkt Raven nicht wie vierundzwanzig, sondern gut fünfzig Jahre älter. »Bryce hat bis zum Schluss an unseren Traum geglaubt, kannst du dir das vorstellen?« Träge grinst er mich an. »Im Krankenzimmer hatte er seinen Bass und ich brachte stets meine Gitarre mit. Zum Glück war sein Zimmergenosse ein Rocker vom alten Schlag und hat sich das gefallen lassen. Bryce hat mit mir an Songs gearbeitet, bis er kein Instrument mehr halten konnte. Er war so entschieden, so verdammt fleißig. Er hätte alles dafür getan, um eines Tages auf der Bühne zu stehen.«

»Deshalb hat es dich so geärgert, als die Sandpipers die *Mercurys* gewonnen haben, ohne sich sonderlich dafür angestrengt zu haben.«

»Exakt.« Er seufzt tief. Sein Finger fährt über das kleine Anker-Tattoo auf seiner Daumenwurzel. »Das Jahr nach seinem Tod war das blanke Durcheinander. Ich erinnere mich nur noch lückenhaft an diese Zeit. Benson, mein bester Freund, versuchte, so gut es geht, für mich da zu sein. Als Drummer spielte er früher schon ab und an mit Bryce und mir. Er nahm mich mit zur Probe seiner neuen Band und so lernte ich Troy und Jimmy kennen. Jimmys Onkel hatte diese Verbindung zu unserem jetzigen Management. Die waren begeistert, als sie in unsere erste Platte reinhörten. Mein Gesang hat sie umgehauen. Aber glaub mir, Sparrow, es war kaum noch Gesang. Ich habe meine Verzweiflung ins Mikro geschrien. Wie auch immer, es hat überzeugt.«

Verwirrt setze ich mich auf. »Warst du vor den Thunderbirds in einer anderen Band?«

»Was? Oh, nein.« Er lacht kurz auf. »Das *sind* die Thunderbirds. Benson ist Crane, Troy ist Hawk und Jimmy ist Falcon. Als wir auf die Idee mit den Vogelnamen kamen, war ich hellauf begeistert. Ich bestand darauf, dass wir uns von nun an immer so ansprechen, damit wir authentisch rüberkommen. Chris hat das damals unterstützt. So wurde ich Raven.«

»Verstehe.« Nachdenklich umschließe ich meine Zehen, die mittlerweile ziemlich kalt geworden sind. »Vermisst du es nicht manchmal, Devin zu sein?«

»Nein.«

»Aber Devin warst du vor dem Erfolg. Devin ist Bryce' Bruder.«

Als er mich ansieht, ist der Ausdruck in seinem Gesicht hart, doch seine Augen glänzen. »Devin hat Angst. Devin weint. Devin trauert. Abgesehen davon ist Devin total uninteressant. Denkst du, die Leute hätten sich für mich interessiert, wenn ich nicht Raven geworden wäre?« Er streckt den Arm aus und deutet auf ein imaginäres Publikum, ohne mich aus den Augen zu lassen.

Mir fällt keine Antwort ein.

»Siehst du?« Keine Frage, eher eine Feststellung. Er lässt den Arm sinken. »Die Menschen wollen Raven und ich verstehe sie. Ich mag ihn auch lieber. Außerdem ist es viel leichter, Raven zu sein.«

Ich weigere mich, das so stehenzulassen. »Aber zuhause bist du auch Devin. Deine Mom und Nana lieben dich als der, der du bist. Und ich ...« Nervös befeuchte ich meine Lippen mit der Zunge. »Ich habe die Seite von dir kennengelernt, die nicht Raven ist. Und die mag ich sehr.«

Herausfordernd mustert er mich. »Devin war der feige Teil in mir, der abgehauen ist, ohne mit dir zu sprechen. Magst du ihn wirklich?«

Er tut gerade alles, um mich von sich wegzustoßen. Doch ich werde das nicht so hinnehmen. »Devin ist emotional. Verletzlich. Er hat einen Verlust zu verkraften. Ich verstehe, dass er aufgrund der Vorkommnisse erst noch eine gesunde Kommunikation lernen muss.«

Meine Worte scheinen etwas in ihm zu bewegen. Die Dunkelheit schwindet aus seinem Gesicht und legt eine helle Verwundbarkeit frei.

»Als Devin hätte ich dich nie beeindruckt.«

»Das sehe ich anders.«

»Du mochtest mich, weil ich Raven war.«

»Wie sollte ich Devin auch kennenlernen, wenn du ihn so gut versteckst?«

»Ach, Sparrow.« Er verschränkt die Arme, legt sie auf die

Knie und platziert das Kinn darauf. »Nanas Demenz zeigte sich zum ersten Mal kurz nach Bryce' Tod. Sie verlegte Dinge, vergaß Passwörter und Verabredungen. Als ich von der Diagnose erfuhr, wurde mir klar, dass ich wieder einen Menschen verlieren werde, der mir wichtig ist.« Seine Schultern beben. »Ich dachte, ich bin gewappnet, aber heute konnte sie sich zum ersten Mal nicht mehr an meinen Namen erinnern.« Er wischt sich mit dem Handrücken über das Gesicht. »Der Prozess ihres Verfalls wird unfassbar schmerzhaft werden. Schon wieder. Dort, wo ich Devin bin, bin ich Verletzungen ausgesetzt. Gefühlen.«

»Ich kann mir vorstellen, dass die nächste Zeit nicht leicht wird.« Vorsichtig rücke ich an seine Seite und lehne den Kopf an seine Schulter. Er soll meine Nähe spüren. »In *Dancing with Ghosts* geht es auch um Trauerbewältigung. Wusstest du das?«

Verblüfft atmet er aus. »Nein.«

»Ich habe das Lied am Tag von Moms Beerdigung geschrieben. Während ich allein am Strand saß, überkam mich plötzlich diese Melodie. Und der Text.« Leise singe ich: »*So I'm dancing with the Ghosts at the Shore. Who followed my footprints to take my hand and sing with the sandpipers: Everything will turn out well in the end.* Den letzten Satz hat Mom immer gesagt. Alles wird gut. Und daran glaube ich auch. Am Ende wird alles gut, und wenn es nicht gut ist, ist es nicht das Ende.«

Zaghaft tastet er nach meiner Hand. »Das tut mir leid. Ich wusste nicht, dass es in dem Lied um den Tod deiner Mom geht. Jetzt fühle ich mich wie ein Idiot. Das war so rücksichtslos.«

Ich schiebe die Finger zwischen seine. »Mach dir keine

Vorwürfe. Das ist schon in Ordnung. Was ich damit sagen will: Man darf verletzlich sein, auch auf der Bühne. Über ein Alter Ego habe ich mir nie Gedanken gemacht. Als Sparrow zeige ich mich, wie ich bin. Oft fürchte ich, das reicht nicht aus. Aber ich kann und möchte mich den Leuten nicht als jemand anderes präsentieren als mich selbst. Es ist keine Schande, verletzlich zu sein, hörst du?«

Er schließt die Augen und lässt meine Worte sacken. Seine Hand umfasst meine fest.

»Du musst dich der Öffentlichkeit natürlich nicht als Devin zeigen. Aber du brauchst keine Angst davor haben, bei *mir* Devin zu sein.«

Er gibt ein fast qualvolles Brummen von sich. »Hör auf damit, Sparrow.«

»Womit?«

»Wenn du all diese Dinge sagst, zieht es in meiner Brust.«

»Was meinst du damit?«

Mit einem Ruck dreht er den Kopf. Tränen glänzen in seinen Augen. In dieser Strandkulisse wirkt er so zart, so fragil. Gleichzeitig wunderschön.

»Wir haben ein fucking Problem, wenn ich nun sage, was ich denke.«

»Ich kann damit umgehen, Devin.«

Er zuckt zusammen, doch die Erwähnung seines Vornamens scheint seinen Entschluss, Folgendes auszusprechen, zu bestärken. Allerdings verlangen die Worte offenbar einiges von ihm ab. Er ringt mit sich. »Ich benehme mich wie ein Arsch, weil du Dinge mit mir machst, die mir Angst einjagen. Jede Scheißminute denke ich an dich, träume von dir. Verdammt, ich kann nicht mal richtig essen.«

Mein Atem stockt.

Tief holt er Luft. »Ich bin rettungslos in dich verliebt.«

Meine Kinnlade klappt hinunter.

»Und mit jeder Sekunde, jedem Wort, jeder Berührung-« Er hebt unsere Hände an. »Wird es schlimmer.«

Okay, niemand hat mich auf das hier vorbereitet. »Ich weiß nicht, was ich sagen soll«, wispere ich.

»Sag nichts«, erwidert er. Dann zieht er mich an sich. Küsst mich, als sei es das erste Mal. Das letzte Mal. Ein echter Ravenkuss. Devinkuss? Es ist ein Ravenkuss, der zu einem Devinkuss wird. Denn nach der anfänglichen Eile spüre ich sein Herz klopfen und seine Gefühle lodern. Ich schmecke Salz. Mein ernster, vorsichtiger und ängstlicher New Yorker Junge schmeckt nach Salz und Wehmut. Nach Leidenschaft und Hoffnung.

Obwohl ich nicht sprechen soll, sage ich es trotzdem. »Ich habe mich auch in dich verliebt.« Seine Lippen ersticken meine Worte, als wollen sie sie aufsaugen. Und als wollten sie gleichzeitig verhindern, dass sie bis an seine Ohren dringen. Sie könnten sie weiterleiten an sein Herz, das heute oft genug ins Straucheln gekommen ist.

Und so lässt er sich auf den Rücken in den Sand sinken. Ich schmiege mich an ihn und drücke mein Gesicht an seine Schulter, um die Augen nicht abschirmen zu müssen, denn die Sonne scheint heiter auf uns hinunter.

Sie hat den Kampf gegen die Wolken gewonnen und ich hoffe, dass sie bleibt.

Raven

KAPITEL 23

Als Sparrow sich schließlich aufsetzt, kribbelt meine Haut. Blinzelnd stelle ich fest, dass wir eine ganze Weile im Sand gelegen haben müssen, denn die Sonne, die unsere aneinandergeschmiegten Körper gewärmt hat, sinkt allmählich. Jedoch bin ich mir sicher, keine Sekunde geschlafen zu haben. Mein Kopf war voller Szenarien und Eventualitäten. Panik wandelte sich in Euphorie, schlug um in dumpfe Unsicherheit, die sich löste, sobald ich die Nase in Sparrows Haaren vergrub.

Wie gut sie riecht. Ihr Duft vermag alle Finsternis aus meinem Hirn zu vertreiben. Verlässlicher als die Sonne.

Doch diese Erkenntnis geht mit einer neuen Gewissheit einher: Mich weiter auf sie einzulassen, führt mich in eine Abhängigkeit. Verletzlichkeit. Hin zu einem weiteren Menschen, den ich verlieren könnte.

Sparrow schaut mit einem Lächeln zu mir herunter. »Alles klar, Fakefreund? Du wirkst so nachdenklich.« Ihre Nase kräuselt sich, während sie die Augen vor der tiefstehenden Sonne zukneift. Ihre Sommersprossen rücken zusammen und ergeben ein Muster, das ich mir unbedingt einprägen will. Dafür muss ich sie mir anschauen, wieder und wieder, täglich, jahrelang, damit es reicht.

Wie soll ich mich bloß vor dieser Frau schützen, wenn mich solche Vorstellungen umtreiben?

Fuck it, denke ich und ziehe sie an mich. Meine Lippen prallen hart auf ihre, als ich mich aufstütze und ihr entgegenkomme.

Ist ja gut, ich sehe es ein. Ich kann mich nicht vor ihr schützen. Denn ich vergöttere sie.

»Offenbar geht es dir besser«, wispert sie schmunzelnd und erwidert den Kuss. Ihr Atem stockt, als ich ihren Hintern packe und auf meinen Schoß ziehe. Ein überraschtes Keuchen entfährt ihr, als sie mein Verlangen durch die Jeans spürt.

Ich presse ihr meine Hüften entgegen, woraufhin sie sich für einige Momente dazu hinreißen lässt, sich an mir zu reiben. Dann richtet sie sich auf, legt die Hände auf meine Brust und drückt mich in den Sand.

»Wir sollten gehen«, sagt sie leise.

»Zu mir?«, frage ich. Es gefällt mir unheimlich, wie sie nun breitbeinig auf mir sitzt und mich zu Boden presst. Sie soll damit fortfahren. Nackt. Die ganze Nacht. Um unser Wiedersehen zu zelebrieren, und dass wir es geschafft haben. Wir haben geredet, sogar über solch essentielle Themen. Ich kann es kaum erwarten, mich ihr hinzugeben.

Sie schüttelt den Kopf. »Ich übernachte im Hotel. Morgen früh fliege ich zurück.«

»Was?« Mit Leichtigkeit schiebe ich ihre Hände weg und

setze mich auf. Fest umfasse ich den Gürtel ihrer Shorts, damit sie nicht von meinem Schoß rutschen kann.

»Ich wollte reden«, stellt sie klar. »Mehr nicht. Ich wusste nicht, wie wir verbleiben. Darum musste ich ein Hotel buchen.« Mein suchender Blick macht sie nervös. Sie weicht mir aus und möchte sich erheben, doch ich verweigere ihr das. Ihrem schwachen Protest merke ich an, wie sehr ihr gefällt, dass ich ihr körperlich überlegen bin.

»Scheiß aufs Hotel. Mein Haus ist eine Viertelstunde von Moms entfernt. Du hast es bis jetzt nicht mal gesehen. Du bist meine Fakefreundin, natürlich kannst du bei mir übernachten.« Und noch mehr. Wollend presse ich mich an sie. Sie soll wissen, was sie verpasst.

Zweifelnd sieht sie mich an. Sie hadert mit sich, denn die Spannung, die sich zwischen uns aufgebaut hat, kann sie nicht leugnen. Sie will mich, genau wie ich sie will.

Trotzdem schüttelt sie den Kopf. »Wir sehen uns in ein paar Tagen zum Videodreh, vergessen? Die hältst du ohne mich aus.«

Da ist wohl nichts zu machen. Unzufrieden löse ich mich von ihr.

Sparrow steht auf und klopft sich den Sand von der Kleidung, während ich seufzend in den Himmel starre. Sie soll nicht gehen. Dennoch verstehe ich ihren Einwand. Lust und Frust lagen heute eng beieinander und ich bin der Letzte, der nun Ansprüche stellen sollte. Außerdem bin ich mir darüber bewusst, dass sie abwarten möchte, wie nachhaltig mein Geständnis ist. Bis jetzt habe ich mich nicht besonders verlässlich gezeigt, woraufhin sie auf mich zugekommen ist. Das Mindeste wäre, mich an ihr Tempo zu halten.

Grummelnd komme ich auf die Beine. Meine Laune

bessert sich schlagartig, als sie sich auf die Zehenspitzen stellt und mich küsst. Ihre Leichtigkeit umhüllt mich, als wir zurück zu Moms Haus laufen und lässt mich auch dann nicht los, als sie gefahren ist.

»Bleibt deine Freundin nicht zum Essen?« Mom ist genauso verwirrt wie ich über Sparrows rasche Abreise.

Doch sie gibt sich zufrieden, als ich erwidere: »Nein, Mom. Aber ich.«

Die Suche nach einer Pflegekraft verschiebe ich auf morgen. Mom nimmt mir das nicht übel, es ist mittlerweile ohnehin schon spät.

Nana ist beim Abendessen ausgesprochen gut drauf. Ich bin verwirrt, aber glücklich. Sparrows Duft haftet an meinem T-Shirt, mein Herz klopft einen kitschigen Rhythmus in meiner Brust und in mir brennen Worte, die ich unbedingt aussprechen muss, aber nicht kann, da sie nicht für Nanas und Moms Ohren bestimmt sind. Vorerst. Nach dem Essen verabschiede ich mich von den beiden, fahre nach Hause und kritzle innerhalb von zwanzig Minuten den Text des besten Songs nieder, den ich je geschrieben habe.

> I used to be the runaway kind
> but now I'm running to you every time
> caught me off guard, knocked me down
> I thought that I could play it safe
> Keep my distance, but I couldn't stay away
> now I'm looking for excuses just to call

You've got me breaking every single wall

There's four things I know about you:
You laugh like the sun's breaking through
You kiss like it's a brand new shore
You move in a way that I can't ignore
And everytime I try to keep my cool
I'm falling harder, breaking all my rules

Wie immer, wenn es um Lyrics geht, informiere ich Hawk. Meist schreiben wir zusammen, und wenn es einen von uns überkommt, schicken wir uns Anfänge, Bridges, Fragmente. Im Pingpong senden wir uns dann Änderungsvorschläge hin und her, bis wir einigermaßen zufrieden sind. Falcon liefert im nächsten Schritt die Melodien und Crane den Takt.

Anders als sonst hat Hawk heute keine Anmerkung. Er schreibt nur:

HAWK

Raven, das ist perfekt.

RAVEN

Danke. Das bedeutet mir viel.

HAWK

Du hast dich in den letzten Jahren lyrisch stark verbessert. Ich bin beeindruckt. Aber sag mal, bist du verliebt?

RAVEN

Wie kommst du darauf?

327

HAWK

Deine Texte sind manchmal sehr dunkel.
Dann wieder schreibst du über körperliche
Anziehung. Aber das hier ist anders. Ich
spüre dein Herzklopfen und die Verbindung,
die du beim Schreiben gefühlt haben musst.
Ich kann nicht erwarten, dich das singen zu
hören. Tolle Arbeit.

RAVEN

Ach, Hawk … Ihr hattet recht. Die Sache mit
dem Fakedating ist mir aus den Händen
geglitten.

HAWK

Das ist nichts Schlimmes, Buddy. Ich freue
mich für dich und bin mir sicher, die anderen
tun das auch.

RAVEN

Freu dich, wenn es offiziell ist, dass ich es
nicht verkackt habe.

HAWK

Dann reiß dich zusammen. Ich glaube an
dich.

Ich wünschte, das täte ich auch.

Nachdem ich das Handy zur Seite gelegt habe, überfliege
ich erneut die Lyrics von *Four things I know about you*, doch
die Buchstaben verschwimmen vor meinen Augen. Im Handumdrehen sehe ich nichts als *sie*.

Genervt reibe ich mir über das Gesicht. Mein Herz rast.
Verdammt nochmal, ich bin geliefert. Was machen Leute,
wenn sie sich so fühlen?

Anrufen. Wahrscheinlich ist das eine normale Reaktion.
Ich werde sie anrufen.

Meine Hand zittert, als ich Sparrows Nummer wähle. Meine Lunge zieht sich zusammen, während es tutet. Und alles in mir scheint zu explodieren, als sie rangeht.

»Hey.«

»Sparrow. Du bist's.« Atmen, verdammt.

Ihr helles Lachen entfacht eine Gänsehaut, die meinen Rücken hinabwandert.

»Du hast schließlich meine Nummer gewählt, nicht? Was gibt's?«

»Ich wollte nur ...« Planlos fahre ich mir durch die Haare. Nicht stammeln, Herrgott! »Ich habe angerufen, weil ich ...« Ja, warum eigentlich? Weil ich dachte, dass das normale Menschen tun, wenn sie nonstop an diese eine Person denken müssen. Aber sollte es mir während des Telefonats nicht besser gehen?

»Ja?« Nun klingt sie etwas ratlos.

»Ich vermisse dich«, bringe ich hervor. Denn das ist die einzig reine Wahrheit.

»Oh.« Eine verblüffte Pause. »Bin ich eine Sadistin, wenn ich zugebe, dass mich das freut?« Lächeln in der Stimme. »Ich fand es unheimlich schön, dich zu sehen, Devin. Und ich denke noch immer über die wundervollen Dinge nach, die du mir gesagt hast. Es sind nur vier Tage, bis wir uns wiedersehen, hörst du? Das geht schnell.«

Devin. Sie hat Devin gesagt.

Wie problemlos sie über Gefühle reden kann. Ohne zu stocken, völlig klar, wohingegen ich kaum einen geraden Satz über die Lippen bringe. Sparrow ist eine unfassbar starke Frau.

»Nur vier Tage, ja«, sage ich. Lache verunsichert, gebe mich taff. Denke: Vier Tage. Eine verdammte Ewigkeit.

Die vier Tage vergehen nicht schnell.

Ich nehme Kontakt zu mehreren Pflegeassistenten auf, von denen sich eine gegen Ende der Woche vorstellen möchte. Außerdem finde ich eine Selbsthilfegruppe für Angehörige von Menschen mit Demenz, die Mom zwar nicht besuchen will, deren Kontaktdaten ich ihr aber für alle Fälle auf den Küchentisch lege.

Normalerweise würde ich die freie Zeit bis zum nächsten Termin mit Feiern oder einer Freundschaft Plus verbringen, doch die Dinge haben sich geändert.

In den ersten zwei Tagen achte ich darauf, Sparrow nicht mit Nachrichten zu überhäufen, um nicht zu aufdringlich zu sein. Zu penetrant, zu abhängig. Mir ist es wichtig, zumindest so rüberzukommen, als habe ich meine Emotionen im Griff. Als dächte ich auch noch an etwas anderes als an sie und als ließe ich nicht sofort alles stehen und liegen, wenn mein Handy vibrierte. Aber schnell verwerfe ich meine Vorsätze und lege meine Maske ab.

Sparrow besitzt die Gabe, meinen Chaoskopf stets mit einer ruhigen Unkompliziertheit zu füllen. Mit ihr fühlt sich alles Komplizierte leicht an. Stundenlang zu telefonieren, gemeinsam zu lachen und zu schweigen. Verliebtsein fühlt sich mit ihr leicht an. Gleichzeitig macht mich alles an ihr unheimlich an.

Ihr Kichern, ihr Gähnen, ihr Seufzen. Ich höre ihr liebend gern zu. Vor allem, wenn sie über Autos redet. Oder über mich. Wenn sie mir erzählt, was sie an mir mag und mit mir machen wird, wenn wir uns wiedersehen.

Ab einem gewissen Punkt werden wir die sexuelle Grundstimmung nicht mehr los. Wir berühren uns selbst, während wir einander davon erzählen, und FaceTime sei Dank kann Sparrow mir dabei zusehen. Sie möchte die Kamera nicht einschalten, und das ist voll okay. Ihr Stöhnen allein heizt mich enorm an, und ich habe keine Hemmungen, mich vor ihr in Szene zu setzen. Ich zeige ihr alles, was sie sehen will; lasse sie an meiner Erregung teilnehmen und verspreche ihr, sie bei unserem nächsten Treffen endlich so sehr zu verwöhnen, wie sie es verdient hat. Für den Blowjob habe ich mich schließlich noch immer nicht revanchiert.

Unsere Telefonate drehen sich jedoch nicht ausschließlich um Körperlichkeiten. Ich erzähle Sparrow von Bryce. Von dem Ankertattoo auf seiner Daumenwurzel, mit dem er mit sechzehn von einer Party nach Hause kam, woraufhin Mom zwei Wochen nicht mit ihm gesprochen hat. Dass ich mir dasselbe Tattoo nur wenige Tage nach seinem Tod habe stechen lassen, um auf ewig mit ihm verbunden zu sein. Wie stolz ich war, als er den Mut aufbrachte, sich mit erst vierzehn vor mir zu outen. Und wie wichtig es mir deshalb ist, dass die Thunderbirds sich für LGBTQ-Rechte einsetzen. Die Regenbogenflagge, die ich mir manchmal für die Zugabe um den Hals binde, gehörte einst Bryce.

Es ist fast schon gruselig, wie leicht es mir plötzlich fällt, über meinen Bruder zu reden. Jahrelang habe ich es vermieden. Doch obwohl wir nur an der Oberfläche kratzen, ist der Prozess heilsam.

Und während wir telefonieren, rückt der Tag unseres Wiedersehens näher. Die Zeit vergeht halt doch, wenn man sich ablenkt. Das Vermissen verwandelt sich in Vorfreude.

Leider muss Sparrow wieder den langen Anreiseweg an

die Ostküste auf sich nehmen, da der Videodreh unserer neuen Single auf dem Dach eines New Yorker Wolkenkratzers stattfinden wird. Im Anschluss sollen wir auf unser vertraglich festgesetztes, wöchentliches Date gehen. Vielleicht werde ich Sparrow fragen, ob sie der Einfachheit halber bis zum nächsten Fakedate bei mir bleiben möchte, um sich den Flug zu sparen.

Auch wenn die Idee sich ganz natürlich in meine Gedankenwelt einfügt, legt sich kurz eine Enge um meinen Hals, und ich ziehe an meinem Kragen, um den strengen Griff der Beklemmung loszuwerden. Ich muss mir das gut überlegen. Eine Woche mit Sparrow wäre schön, keine Frage. Wir hätten bestimmt wahnsinnig tollen und unglaublich viel Sex. Doch in mir regt sich die altbekannte Angst. Das blinkende Warnlicht, das mich mahnt, unabhängig und unverwundbar zu bleiben. Seit Bryce' Tod folge ich seinen Anweisungen. Es hat mich erfolgreich davor bewahrt, mich länger als nötig mit ein und derselben Frau zu beschäftigen, um mich nicht zu verlieben. Im Prinzip fuhr ich gut damit, oder? Sparrow ist wie eine Droge, die mich berauscht, aber auf beängstigende Weise von sich abhängig machen könnte. Auch wenn ich von dem Gefühl nicht genug bekommen kann, macht es mir unfassbare Angst.

Ich drücke den Schalter, knipse das Warnlicht aus und damit die Sorgen. Sparrow tut mir gut und ich werde die Verlustängste verdammt nochmal nicht überhandnehmen lassen.

Sparrow
KAPITEL 24

»**D**iese verdammte Fliegerei geht mir so auf die Nerven«, brummt Wren. Erschöpft lässt sie den Kopf an die Nackenstütze des Taxis sinken, in das wir eben gestiegen sind, und das uns nun vom John F. Kennedy Flughafen in die Innenstadt New Yorks fahren soll.

»Es kann schon anstrengend sein«, stimme ich zu. »Aber du darfst nicht vergessen, dass wir uns dieses Leben ausgesucht haben, Wren. Wir wollten mehr als die Promenade Wave Crests und bekommen nun, wonach wir uns gesehnt haben.« Mein Herzschlag beschleunigt sich, während ich aus dem Fenster sehe und die Wolkenkratzer New Yorks bestaune. Ich spüre richtig, wie ich ihm näherkomme. Meinem Lieblingsthunderbird.

»Als ich mich dazu entschieden habe, Popstar zu werden, habe ich nicht damit gerechnet, dass mein Stundenplan sich in erster Linie nach den Auftritten einer Rockband richtet. Wir fliegen heute tatsächlich durchs ganze Land, um am Set des Videodrehs der neuen Single der Thunderbirds abzuhängen, damit die Medien euch eure Beziehung abnehmen. Geht's noch?« Wren verschränkt die Arme vor der Brust, ohne die New Yorker Skyline eines Blickes zu würdigen.

Ich will nachsichtig mit ihr sein. Bereits in San Diego hat sie über ihr PMS geklagt. »Du hast recht, das ist in der Tat suboptimal. Aber das geht nicht für immer«, erinnere ich sie.

»Dem Himmel sei Dank. Wann seid Raven und du eigentlich offiziell fertig mit daten? Nach den *Teen Choice Awards*?«

»Ein genaues Datum steht nicht im Vertrag. Für kommende und übernächste Woche sind laut Olivia und Chris auf jeden Fall zwei Dates angesetzt.« Auf die ich mich insgeheim unfassbar freue. »Mit den *Teen Choice Awards* in drei Wochen sollte die Vereinbarung ihr Ende finden.«

Wren stöhnt. Auf ihre Tante ist sie aktuell nicht gut zu sprechen. »Dieser Chris Collister ist genauso streng wie Liv, oder? Wie halten die Jungs das bloß aus?«

»Raven ist davon überzeugt, dass sein Ruf ohne Chris schon lange hinüber wäre.«

»Damit mag er recht haben. Doch wir sind nicht die Thunderbirds. Ich liebe Liv, keine Frage. Aber sie gewährt uns nahezu kein Mitspracherecht. Das betrifft nicht nur den Vertrag zwischen Raven und dir, sondern auch die Planung unserer Auftritte. Ich weiß, dass sie nur das Beste für uns will, doch sie muss uns in die Entscheidungen miteinbeziehen.«

Raven hatte mal so etwas Ähnliches angedeutet. Auch er versteht nicht, weshalb Olivia uns mit so strenger Hand managt.

»Für sie ist diese Branche ebenso neu wie für uns«, erinnere ich Wren. »Ehe sie angefangen hat, uns zu managen, ist sie mit ihrem Van durch Italien gefahren und hat als Tourguide gejobbt. Wie wir muss sie Erfahrungen sammeln und holt sich ihre Inspiration bei Chris.«

»Und das ist der Punkt.« Wren gestikuliert energisch, in ihren dunklen Augen blitzt die Entrüstung. »Die Sandpipers sind in die Medienlandschaft eingeschlagen wie eine Bombe. Das war nicht geplant, nun ist es aber so. Wir brauchen eine Managerin, die dem gewachsen ist. Die mit uns auf Augenhöhe kommuniziert. Die nicht alles über unsere Köpfe hinweg entscheidet und weniger chaotisch arbeitet.«

»Liv wäre bestimmt traurig, wenn wir uns von ihr trennen.«

»Willst du damit sagen, dass wir ihr aus Mitleid nicht kündigen sollen?«

»Natürlich nicht.« Nachdenklich lasse ich das Kinn in die Handfläche sinken. Sämtliche Termine an die der Thunderbirds anzupassen, hat mir nicht so viel ausgemacht wie Wren, zumal Raven und ich einander immer näherkamen. Aus Wrens Perspektive war dieser PR-Gag allerdings nicht so angenehm. Außerdem ist es fraglich, inwieweit die Sandpipers tatsächlich von der inszenierten Beziehung profitieren. Das Image der Thunderbirds ist wahrhaftig dabei, sich durch unsere Verbindung zu verbessern. Dementsprechend schwirren nun auch wir öfter durch die Schlagzeilen. Offen bleibt, ob wir diese Berichterstattung wirklich gebraucht haben, um uns zu etablieren. Unsere Fanbase scheint sich unabhängig von den Jungs zu festigen.

Tief im Inneren weiß ich, dass Wren recht hat. Es wäre bestimmt das Beste, wenn wir uns eine neue Managerin mit mehr Erfahrung suchen würden. Dennoch sage ich: »Lass uns mit Liv über unseren Eindruck reden. Vielleicht bessert sich die Lage, wenn wir sie darum bitten, uns stärker einzubeziehen, sobald wir wieder unabhängig von den Thunderbirds sind.«

Resigniert zuckt Wren die Achseln. »Von mir aus. Lass uns das Gespräch mit ihr suchen. Auf ein paar Wochen kommt es ohnehin nicht an. Wie bist du eigentlich mit Raven verblieben? Was macht ihr, wenn der Vertrag ausläuft?«

Nervös knete ich meine Finger. Selbstverständlich ist Wren nicht entgangen, wie oft ich in letzter Zeit an meinem Handy bin und grinsend Nachrichten beantworte. Schließlich hat sie mich bereits vor wenigen Tagen ermutigt nach New York zu fliegen, und sieht, wie vertraut Raven und ich einander entgegentreten. Doch so richtig habe ich mit ihr bis jetzt noch nicht darüber gesprochen, wie sehr sich die Beziehung zwischen Raven und mir verändert hat. Vor allem, weil die letzten Wochen so wechselhaft waren und es mir schwerfiel, ihr die Gründe zu erklären. Mittlerweile kenne ich Raven auch als Devin und weiß um seine inneren Kämpfe. Seine Verlustängste hinsichtlich seiner Familie erklären sein sprunghaftes Verhalten. Obwohl Wren meine beste Freundin ist, möchte ich ihr nicht zu viele Details über seine Vergangenheit verraten. Es ist zu privat.

Doch wie geht es zwischen uns weiter? Schwer zu sagen.

»Wir haben noch nicht darüber geredet«, erkläre ich und drehe die Muschel an meiner Halskette.

»Solltet ihr eure Gefühle für euch behalten wollen, gäbe es nun viele Möglichkeiten, die Trennung öffentlichkeitswirksam auszuschlachten«, entgegnet Wren. »Ihr könntet ein Statement an die Presse geben, mit Interviews und allem drum und dran. Oder ihr zettelt eine Schlammschlacht an und tragt einen Rosenkrieg aus.«

Meine Augen weiten sich. Ich könnte mir vorstellen, dass

Raven prinzipiell Spaß an diesem Schauspiel hätte. Für mich ginge so eine Aktion aber definitiv zu weit.

Wren beobachtet lachend, wie die Farbe aus meinem Gesicht weicht. »Damit würdest du dich nicht wohlfühlen, ich weiß. Lass dich nicht instrumentalisieren, wenn Chris und Liv das von dir fordern. Ihr könntet die Beziehung schließlich auch einfach ausschleichen. Euch nicht mehr zusammen zeigen und den Medien die Spekulationen überlassen.«

Ich stelle mir vor, keine Nachrichten mehr von Raven zu bekommen, keine Dates mehr mit ihm zu haben. Ihn nie mehr zu berühren, zu küssen. Nie mehr den Devin in ihm freizulegen. Ein dumpfes Gefühl macht sich in mir breit. Ich will das nicht.

Wren bemerkt die Dunkelheit, die sich über meine Züge gelegt haben muss. »Aber seien wir ehrlich. Du möchtest nicht, dass es endet, oder? Auch nicht für die Öffentlichkeit.«

Nach all dem Ärger, den wir mit den Thunderbirds hatten, fühle ich mich gezwungen, mich zu erklären. Und plötzlich sprudeln die Worte aus mir heraus. »Ich weiß, dass du ihn als arrogant und anstrengend wahrnimmst, Wren, aber wie ich dir erzählt habe, kenne ich ihn auch anders. Er hat wundervoll sanfte Züge an sich. Viel von seiner rebellischen Seite ist Fassade. Er will sich schützen. Er ...« Ich breche ab. »Warum lachst du?«

»Du brauchst dich nicht zu rechtfertigen, Sparrow. Ich weiß doch, wie oft er dich anruft und sehe, wie er dich anguckt. Anfangs dachte ich, der Kerl ist nur ein extrem guter Schauspieler. Ich halte nicht zu viel von ihm, das weißt du. Aber eins muss man ihm lassen: Er hat dich wirklich gern. Daran besteht für mich kein Zweifel.«

337

Erleichtert atme ich aus. Ihre Worte tun gut und geben mir Bestätigung. Meine Gefühle trügen mich nicht.

»Nichtsdestotrotz ist Raven Anderson mit Vorsicht zu genießen«, holt Wren mich auf den Boden der Tatsachen zurück. »Ich muss dich nicht daran erinnern, wie er dich zu Beginn behandelt hat, oder?«

»Wren ...« Ihr Einwand schmerzt, ich will ihn nicht hören. Sehnsüchtig schaue ich aus dem Fenster und würde mich am liebsten aus dem Staub machen, doch in diesem Taxi kann ich dem Gespräch nicht ausweichen.

»Vielleicht hat er sich wirklich in dich verguckt«, fährt Wren fort, »aber selbst, wenn er es wollte: Wäre er in der Lage, eine Beziehung mit dir zu führen?«

Autsch. Das sitzt. Und es ist leider eine berechtigte Frage, die ich mir auch schon gestellt habe. »Das weiß ich nicht«, lenke ich ein. »So weit sind wir außerdem noch gar nicht. Wir lernen uns kennen. Zwangsläufig. In den kommenden Wochen werde ich sehen, wie sich das entwickelt.«

Besorgt sieht sie mich an. »Es tut mir leid, Sparrow. Ich will dir diese Romanze nicht verderben. Vielleicht hätte ich meine Gedanken für mich behalten sollen.«

Ich zwinge mich zu einem Lächeln und blinzle die Tränen aus meinen Augenwinkeln. Wäre ich bloß nicht so verdammt nah am Wasser gebaut. Doch vor Wren muss ich mich nicht schämen. »Nein, das hättest du nicht. Wenn ich Zweifel an deiner Bekanntschaft hätte, würdest du auch wollen, dass ich sie ausspreche. Deshalb bin ich dir dankbar für deine ehrlichen Worte.«

»Und ob. Auf deine Meinung lege ich großen Wert.«

Wir lächeln einander an.

Zärtlichkeit schimmert in Wrens Augen. »Du bist so

gütig, Sparrow. So eine besondere Frau. Raven sollte sich glücklich schätzen, so viel Zeit mit dir verbringen zu dürfen.«

Ich drücke ihre Hand. *Das ist er*, denke ich. Weil ich es schlichtweg weiß. Weil er mir das zeigt, auf seine Weise.

Raven ist wie das Meer, dessen launische Wellen mal ruhig, mal stürmisch an den Strand wirbeln. Und ich bin wie der Sand, der von den sanften Fingern des Wassers gestreichelt wird, ehe er sich gegen seine tosenden Gefühle auflehnt.

Ohne den anderen sind wir nur ungeformte Elemente, doch miteinander im Einklang der schönste Küstenstreifen mit den spannendsten Nuancen, zu dem ich immer wieder zurückkehren will.

Am Rockefeller Center empfängt uns ein Team, das zu den Thunderbirds gehört und uns die Koffer abnimmt. Da unser Flug sich etwas verspätet hat, blieb keine Zeit, um ins Hotel einzuchecken.

Als ich aus dem Auto steige, bemerke ich, dass ich den Flugmodus meines Handys noch nicht ausgeschaltet habe. Ich deaktiviere ihn, woraufhin ich mehrere neue Nachrichten empfange.

RAVEN

Hey, wahrscheinlich sitzt du schon im Flugzeug. Wir fangen jetzt mit dem Dreh an. Der Flieger sollte sich also beeilen.

Seid ihr schon gelandet, Küstenmädchen?
Wir kommen ziemlich gut voran. Die Location
ist mega. Ich glaube, das Ergebnis wird
richtig heftig.

Ihr habt es euch aber nicht anders überlegt
oder so?

Ich muss lachen. So ungeduldig habe ich Raven selten erlebt. Offenbar kann er es kaum abwarten, mich zu sehen.

Die Securitys begleitet uns On Top of The Rock, die Dachterrasse des Rockefeller Centers, die heute anlässlich des Drehs für Besucher gesperrt ist. Erwartungsvoll verfolge ich, wie die Zahlen auf der Etagenanzeige stetig ansteigen, während der Aufzug quälend langsam hinauffährt. Mir kann es nicht schnell genug gehen.

Wren beobachtet mich grinsend. »Du siehst gut aus«, informiert sie mich leise, weil mir mittlerweile mein Spiegelbild ins Auge gefallen ist und ich mir nervös eine Strähne hinters Ohr klemme.

»Danke«, wispere ich zurück und presse die Hand auf meine Brust, als könne das helfen, meinen Puls zu beruhigen. Doch mein Herz wummert, tanzt, lacht. Als könne nichts meine Gefühle für ihn erschüttern. Verdammt, wie konnte das bloß passieren? Ich bin hoffnungslos verliebt in meinen Fakefreund.

Wren nimmt meine Hand und drückt sie. Durch den Spiegel hindurch lächeln wir uns an. Ich bin froh, mich ihr anvertraut zu haben. Erleichtert über ihr Verständnis. Und ich bin glücklich, sie in dieser neuen Welt stets um mich zu haben.

In der obersten Etage angekommen, empfangen uns die rockigen Klänge eines Liedes, das ich nicht zuordnen kann.

Als ich Ravens unverkennbare Stimme identifiziere, stellen sich meine Nackenhärchen auf. Der Song ist beschleunigt, damit die Bewegungen der Musiker im fertigen Video weich erscheinen, trotzdem erkennt man bereits das Ohrwurmpotential.

Wir treten hinaus, wo uns ein peitschender Wind erfasst. Um meine Haare hätte ich mir tatsächlich keine Gedanken machen sollen, denn sie werden umgehend durch die Luft gewirbelt.

Raven hat mir erzählt, dass es zur Debatte stand, das Video nachts zu drehen, der Produzent dann aber doch auf die Aufnahme im Sonnenlicht umschwenkte. Es war die richtige Entscheidung. Die Kulisse ist atemberaubend. New York liegt unter uns und zeigt sich in seiner vollen Schönheit. Die Häuser sehen von hier so winzig aus, als seien sie Legosteine. Deutlich hebt sich der Central Park zu unserer Linken ab, der ein riesiges, grünes Rechteck bildet. Auf der anderen Seite erstreckt sich das Empire State Building.

Die Thunderbirds sind mitten im Dreh. Sie befinden sich auf einem Podest, Kameras fahren um sie herum. Die Jungs tragen heute schwarz und lila, auch Falcons Spitzen und seine Fingernägel schimmern in dieser Farbe. Er spielt über das Keyboard gebeugt und ist wie immer mit Spaß bei der Sache. Crane kann ich von hier aus kaum hinter den Drums erkennen, auf denen das Vogellogo der Thunderbirds ebenfalls auf lila Grund gedruckt ist. Hawks rotblonde Haare sind nach hinten gegelt, er trägt seinen Hut und eine schwarze Weste über dem lila Shirt. Konzentriert blickt er auf den Bass in seinen Händen, sein Plektrum schnellt über die Saiten.

Und dann ist da noch Raven. Ganz vorn in der Mitte steht er, hat für die aktuelle Szene keine Gitarre umgeschnallt, aber ein Mikrofon in der Hand. Mit der lila Lederjacke mit den spitz zulaufenden, silbern leuchtenden Nieten ist er am auffälligsten gekleidet. Wie immer. Etwas extravagant, exzentrisch, anziehend.

Als er mich sieht, ändert sich schlagartig der Ausdruck in seinem Gesicht. Er strahlt, ohne aus der Rolle zu fallen, und singt, als habe er Feuer gefangen. Ein Feuer so hoch und wild, als könne es nie erlöschen.

Der Glanz in seinen Augen erfasst mich, löst den Knoten in meinem Hals, greift nach meinem Herzen und streichelt meine Seele. Die Sehnsucht in meiner Brust bündelt sich, schwillt an, treibt mich in seine Nähe. Doch ich halte das Gefühl aus, bleibe neben Chris und lasse zu, dass Ravens Stimme mich in einen bittersüßen Nebel der Vorfreude hüllt. Wir werden zueinanderfinden. Einander halten. Uns miteinander vereinen. Heute. Vielleicht immer.

»Sparrow! Wren! Willkommen!« Chris schüttelt unsere Hände. »Ich habe euch erwartet.« Er zückt sein Handy und betätigt offenbar die Kamera. »Sparrow, stellst du dich bitte neben den Kameramann? Schau ganz verliebt in Ravens Richtung! Ja, genau so!«

Ich höre Wren etwas murmeln, das sich verdächtig nach »Wie albern ...« anhört und ich muss ihr insgeheim zustimmen. Doch für den Augenblick ist mir egal, was Chris ruft, um das perfekt inszenierte Foto zu schießen, das er an die Medien schicken kann.

Raven sieht mich und ich sehe ihn.

Er singt, ich strahle, er strahlt.

Wir haben einander wieder. Die Umstände sind mir egal.

Ich betrachte ihn, während ich darauf warte, dass der Produzent die Klappe zuschlägt und ihn gehen lässt.

Die neugierigen Blicke aller Anwesenden sind uns sicher, als Raven, ohne zu zögern, vom Podest steigt, zielstrebig auf mich zu läuft und mich küsst.

Chris knipst begeistert Fotos.

Die Inszenierung ist perfekt, authentisch und so überzeugend, dass sich alle Eingeweihten kurz fragen, ob das wirklich nur gespielt ist.

Ich frage mich das nicht. Denn ich bin mir meiner Gefühle sicher.

Sparrow

Nach dem letzten Take ist der Clip der neuen Single im Kasten. Chris ist so zufrieden mit den Fotos, die er von Raven und mir geschossen hat, dass er uns gehen lässt, ohne uns auf das ursprünglich geplante Dinnerdate zu verdonnern. Mir ist das recht. Raven macht nicht den Eindruck, als wolle er für den Rest des Tages auch nur eine Sekunde von meiner Seite weichen und lieber bin ich allein mit ihm als in einem Restaurant.

Wren wird ohne mich ins Hotel fahren. Sie nimmt morgen an einer kleinen Gameshow teil, zu der nur sie eingeladen wurde. Ihre Stimmung hat sich in der letzten Stunde gebessert, da die Location und der Ausblick über New York sie begeistert haben. Dass ich nicht mit ihr einchecken werde, findet sie schade, aber sie will meiner Romanze nicht im Weg stehen.

Nachdem wir mit dem Aufzug runtergefahren und auf die Straße getreten sind, zückt sie ihr Handy. »Ich werde Liv direkt anrufen und einen Termin mit ihr machen, damit wir uns darüber unterhalten können, wie es mit unserer Zusammenarbeit weitergeht.« Sie umarmt mich zum Abschied, nickt Raven lächelnd zu und wählt Olivias Nummer, während sie ein Taxi heranwinkt.

»Ist etwas passiert?« Raven sieht Wren nach, die hitzig ins Handy spricht. Offenbar hat sie Olivia bereits an der Strippe.

»Nichts, von dem du nicht schon weißt. Wren hat mir vorgeschlagen, eine neue Managerin zu suchen, die sich besser mit dem Showbiz auskennt und unsere Interessen vertritt«, erwidere ich. »Vorerst möchte ich aber ein klärendes Gespräch mit Liv.«

Sein Gesicht hat einen nachdenklichen Ausdruck angenommen. »Liv zu entlassen ist eine gute Idee. Ich hatte von Anfang an den Eindruck, dass sie zu viel über eure Köpfe hinweg entscheidet.«

»Vielleicht ändert sich das ja, wenn wir darüber reden.«

»Menschen ändern sich nicht.«

»Unsinn.« Ich ziehe ihn an mich. Die Lederjacke hat er in der Garderobe zurückgelassen und trägt wieder Alltagskleidung. Sein T-Shirt riecht nach ihm. Wie das Kissen nach jener Nacht, in der er verschwunden ist.

Interessiert betrachtet er den geknüllten Stoff in meiner Faust, meine Finger, meine Lippen. »Ich werde mich nie ändern«, entgegnet er provokant.

»Wenn das so ist, wieso wirst du mich dann gleich mit zu dir nach Hause nehmen und mich den Abend über behandeln wie ein Gentleman? Unserem ersten Treffen zufolge hasst du mich schließlich.«

»Wer sagt, dass ich dich anfangs nicht auch am liebsten in mein Bett gezogen hätte?« Er führt die Hände unter mein T-Shirt und legt die Lippen an meinen Hals. Es kitzelt und ich schnappe nach Luft. Wegen seiner Bartstoppeln. Seiner Nähe, dieser Aussage. Wegen ihm.

Doch ich möchte das nicht so stehen lassen. Will auf meinen Standpunkt bestehen. Sanft drücke ich ihn von mir und sehe ihm entschlossen in die Augen. »Du *hast* dich verändert. Du bist viel netter als früher. Zuvorkommend und ... zärtlich.«

»Ich bin einfach vernarrt in dich«, murmelt er und presst die Lippen auf meine, ehe ich etwas entgegnen kann. Keine Zeit für Grundsatzdiskussionen. Die Sehnsucht spricht aus ihm, überträgt sich auf mich. Ich erwidere den Kuss, endlich ein richtiger Kuss, zwar mitten auf den Straßen New Yorks, doch allein.

Seine Finger beben, als sie meine Hüften umfassen; seine Zunge ist forschend und vorsichtig, aber gierig. Sie katalysiert das Chaos in seinem Herzen, legt es preis, zeigt es mir. Körperlich. Nachdem mein strauchelnder Fakefreund im Clinch mit seinen Gefühlen war, glüht er in freudiger Erwartung, wie er es noch nie getan hat. Es ist ein kleines, magisches erstes Mal. Und ich frage mich, ob dies unser bis jetzt schönster erster Kuss ist. Schon wieder. Doch ich entscheide mich nicht dafür, sondern speichere ihn ab in meinem persönlichen Archiv der Erinnerung. Dieser Kuss soll kein erster sein, sondern einer von vielen.

Es hat etwas sehr Intimes, zum ersten Mal Ravens Haus zu betreten. Es ist nicht nur das eines Rockstars, sondern eines reichen Promis. Und somit das eines Menschen, der schon einige Jahre lang das Leben lebt, das vor mir liegen mag. Es zeigt mir, in welcher Größenordnung auch ich mein Zuhause zukünftig errichten könnte. Gleichzeitig bin ich gespannt auf seine ganz persönlichen Einflüsse.

Er hat sich für ein Gebäude entschieden, das völlig anders ist als das seiner Mom. Kein viktorianischer Stil, sondern ein moderner. Hohe Decken, Balken aus dunklem Holz, Parkett. Fenster. Viele Fenster. Und ein Warhole an der Wand.

Langsam schlendere ich durch den Eingangsbereich, der direkt in den Wohnbereich führt, und betrachte staunend den riesigen Tisch aus Massivholz, den beachtlichen Flachbildfernseher und die pompöse Küche, die keine Wünsche offenlässt.

Verunsichert knülle ich den Ärmel meiner Strickjacke in der Faust. Die Opulenz in diesem Haus schüchtert mich ein.

Als ich mich umdrehe, bemerke ich, dass Raven schweigend am Treppengeländer lehnt und mich beobachtet.

»Wie gefällt es dir?«, fragt er, als sein Blick meinem begegnet.

»Gut«, sage ich unverbindlich. »Es ist schön hier.« Weil es das ja ist, obwohl ... Ich hole tief Luft. »Ich fühle mich winzig in diesem großen Haus.«

Sein Mundwinkel wandert hinauf. »Das bist du auch.«

Meine Wangen werden heiß. »Es ist so anders als mein Zuhause. Ich glaube nicht, dass es dir bei mir gefallen würde.«

»Warum nicht?«

»Ich wohne aktuell noch in einer kleinen WG mit Wren. Die ganze Wohnung ist etwa halb so groß wie dein Wohnzimmer.«

Er hebt die Brauen, wirkt tatsächlich überrascht.

»Früher oder später werden wir uns bestimmt eine größere Bleibe suchen«, plappere ich verlegen, und verbessere dann: »Genauer gesagt Häuser. Das ist wahrscheinlich angemessener. Dann könntest du mich besuchen kommen.«

Langsam kommt er auf mich zu. »Mir ist egal, wie groß deine Wohnung ist. Schließlich besuche ich *dich*.«

Erleichtert atme ich aus.

Raven streicht mir eine Strähne hinters Ohr und überbrückt damit den Abstand zwischen uns. »Außerdem steckt in eurer kleinen WG sicherlich mehr Persönlichkeit als in diesem Gebäude. Bis jetzt hatte ich noch nicht viel Zeit, dem Haus meine eigene Note zu verpassen. Ich bin viel unterwegs und wenn ich in New York bin, dann oft bei Mom und Nana.«

»Dort habe ich mich sehr wohlgefühlt.«

»Das freut mich. Mom mag dich unheimlich gern und war enttäuscht, als du so schnell verschwunden warst.«

Ein kurzes Lachen bricht aus mir heraus und ich betaste meine Lippen, um zu ergründen, was es entfacht hat. Ravens Hand, die nun auf meiner Hüfte liegt? Dass seine Mom mich offenbar als seine Freundin akzeptiert? Dass ich mich in diesem Haus erst klein gefühlt habe, der Schimmer in Ravens Augen aber die Bedenken von meinen Schultern schubst? Dass mein Herz taumelt, weil sich diese Momente zu zweit anfühlen wie der Beginn von etwas Großem?

»Du bist so schön, wenn du lachst.« Seine lächelnden Lippen schmiegen sich an meine Stirn.

Nun schlüpft das Glück in Form eines zarten Kicherns aus mir heraus. Ich erlaube es mir. Das Kichern, das Glück und den Moment.

Mit einem zufriedenen Ausdruck betrachtet er mich, dann fragt er: »Wie möchtest du den Abend verbringen?«

Noch immer strahlend zucke ich die Achseln. »Es ist mir völlig egal, solange wir drinbleiben. Ich bin müde. Von mir aus können wir uns den Rest des Tages ins Bett verkrümeln und Serien schauen.«

»Netflix and Chill«, fasst er zusammen. »Nichts lieber als das. Dein Wunsch ist mir Befehl, Küstenmädchen.« Kurzerhand hebt er mich hoch und trägt mich die Treppen hinauf. Er ist genauso stürmisch wie bei dem Interview, überrascht mich wieder positiv, doch diesmal ist er mir und meinem Herzen viel näher.

Lachend umklammere ich seinen Nacken, sehe, wie dieses riesige Wohnzimmer mit jedem seiner Schritte unter uns kleiner wird, und fühle mich wie in einem Traum. Einem wilden, wunderschönen Traum, aus dem ich niemals aufwachen will.

Man merkt, dass Raven im Schlafzimmer mehr Zeit verbringt als im Rest des Hauses. Endlich entdecke ich persönliche Gegenstände von ihm. Schräge Kleidung in einem begehbaren Kleiderschrank, in den ich bei der Miniroomtour einen schnellen Blick werfe, ein Kinoplakat von *Sleepy Scary Girl*. Fotos von den Thunderbirds, die einige Jahre zurückliegen und auf denen sie blutjung aussehen. Und kurioserweise eine Vitrine voller Simpsons-Figuren.

»Die Sammlung gehörte Bryce«, sagt Raven mit einem

schrägen Grinsen, als er mein verwundertes Gesicht bemerkt. »Er liebte vor allem Ralph.«

Er stellt sich hinter mich, deutet auf die besagte Figur und betrachtet mit mir zusammen die gelben Bewohner Springfields. Während er mir Anekdoten zu Bryce' Sammelleidenschaft erzählt, umfasst er meine Schulter. Und ich rücke näher an ihn und höre aufmerksam zu. Genieße den Moment. Einerseits, weil ich Details über Bryce erfahre, die nichts mit dem Krebs zu tun haben, sondern mir Einzelheiten über sein Wesen verraten. Andererseits, weil Raven deutlich auftaut. Er öffnet sich weiter, indem er mit mir über den Jungen redet, dessen Tod sein Herz gebrochen hat.

Als eine Pause eintritt, will ich das kommentieren. Irgendwie anerkennen, dass ich weiß, wie viel es von ihm abverlangt, von seinem Bruder zu erzählen. Doch Raven wechselt das Thema.

»Ich habe Hunger. Wollen wir uns Pizza bestellen?«

Heftig nicke ich. Am Flughafen habe ich ein Sandwich verdrückt, abgesehen davon ist Essen heute definitiv zu kurz gekommen.

Wir ordern uns was und ich nutze die Wartezeit, um mich frisch zu machen. Nach zwanzig Minuten höre ich ein Klingeln an der Tür und als ich aus dem Bad trete, kommt Raven mir schon mit zwei Pizzakartons entgegen.

»Meine Lieblingsshorts«, kommentiert er, während sein Blick über meinen Körper gleitet, und ich nicke verlegen. Aus irgendeinem Grund sind die lila Shorts von jenem Abend noch immer Thema bei ihm und es ist kein Zufall, dass ich wieder auf sie zurückgreife.

Wir kuscheln uns mitsamt Pizza ins Bett und schalten

Netflix an. Zum Glück ist er ein Mann, mit dem man so etwas machen kann. Ich muss mit meinem wilden Rockstar nicht die Nacht durchtanzen, sondern kann auch in seinem Arm liegend Fast Food mampfen und ankommen. Da er rechts von mir an dem gepolsterten Bettrahmen lehnt, sehe ich die blonde Seite seiner Haare. Es sei denn, er dreht sich zu mir. Dann tritt seine Naturhaarfarbe zutage, ein Stück seines wahren Ichs.

Raven Anderson ist ein Mann mit zwei Gesichtern, der völlig unterschiedliche Seiten in sich vereint. Den unergründlichen Bad Boy, der entnervt Interviews abbricht und Paparazzi mit Kaffee bewirft. Und dann den verletzlichen Jungen, der sein Bestes gibt, seine Gefühle zu schützen. Raven reizt mich, doch Devin stiehlt mein Herz.

Während ich mich an ihn lehne, setzt sich vor meinem inneren Auge plötzlich eine Szene vom Tag unserer Vertragsunterzeichnung zusammen. Seine Hand in meiner löst sich auf und ich sehe vor mir, wie meine Nägel sich in die Oberschenkel bohrten, weil ich so sehr bemüht war, das Zittern meiner Knie zu unterdrücken. Damals glaubte ich, die furchtbarste Zeit meines Lebens stünde bevor. Eine, in der ich einen Mann würde daten müssen, der mich hasst und den ich für arrogant und eingebildet halte.

Der mich nun aber so offen anstrahlt, dass auch meine Lippen sich unweigerlich zu einem Grinsen verziehen, während ich ihn ansehe. Es geht nicht anders. Wo Raven ist, ist Licht, und wo Licht ist, will ich sein.

»Du bekommst nichts vom Film mit, wenn du mich immer wieder ansiehst«, brumme ich schließlich.

»Der Film ist mir egal.«

»Wieso? Du hast ihn ausgewählt.«

»Du weißt, wie egal mir alles ist, wenn du bei mir bist.«

Meine Lippen öffnen sich, doch mir kommt keine Antwort über die Lippen. Er macht mich sprachlos. Sekunden verstreichen, während ich nachdenke. Dann sage ich vorsichtig: »Wenn du solche Dinge sagst, weiß ich oft nicht genau, ob du mich einfach aus der Reserve locken willst, wie du es schon von Anfang an tust. Oder ob ...«

»Ich bin ehrlich zu dir«, unterbricht er mich. »Immer.« Sein Blick liegt glühend heiß auf meiner Haut, aus seinen Augen spricht das Begehren. Wie ein unterschwelliges Summen umhüllt uns die Spannung, die wohl nur eine endgültige Vereinigung zu dämpfen vermag. Ich erwarte, dass er sie endlich zerstört, mich an sich zieht und mich besinnungslos vögelt, wie er es in den Videocalls angekündigt hat. Doch unerwartet senkt er den Blick. »Obwohl eine gewisse Gefahr von dem ausgeht, was wir machen.«

»Was meinst du damit?« Ich strecke mich ihm entgegen und vergrabe das Gesicht an seiner Halsbeuge. Sein Parfüm dringt mir in die Nase. Eine wohlige Wärme geht von ihm aus, und ich ziehe ihn an mich, um mehr von ihm zu fühlen. Aufzunehmen, zu absorbieren. Viel Raven in meiner Nähe zu haben, ist noch immer nicht genug.

Er schluckt trocken. »Ich habe nichts von dem kommen sehen oder gar für möglich gehalten. Wir haben rein geschäftlich begonnen. Und nun ...«

»Du hast es nie so aussehen lassen, als wäre unsere Verbindung rein geschäftlich. Bei Vertragsunterzeichnung hast du gefragt, ob wir Sex haben müssten, und bei unserem ersten Date hast du mich ungefragt geküsst.«

Er lacht kurz auf.

Ich suche seine Lippen. Doch er weicht aus, ohne sich mir ganz zu entziehen.

»Für mich war es lange nichts als ein vorübergehendes Arrangement«, gibt er leise zu. Der Übermut in seinen grünen Augen schwindet langsam und ich meine, eine verletzliche Dunkelheit hervortreten zu sehen. »Aber jetzt ist es ...« Er neigt den Kopf. »Viel mehr.«

»Findest du das schlimm?«

»Es birgt ein Risiko.« Er beobachtet mich interessiert dabei, wie ich über seinen Oberschenkel streichle. Sein Körper reagiert auf mich, sein Atem wird unregelmäßig. »Es stand nicht auf meinem Plan, mich zu verlieben.«

»Das tut es selten. Du brauchst keine Angst zu haben. Bei mir bist du sicher, okay?«

Er schnaubt. »Du hast gut reden. Nichts an deiner Anwesenheit ist sicher. Du bist die gefährlichste Frau, die mir je begegnet ist.«

»Gefährlich? Ich?« Ein Lachen entweicht mir.

»Ich weiß, dass du dich für schüchtern und zurückhaltend hältst, und zugegebenermaßen habe ich deine Meinung anfangs geteilt, aber ...« Gebannt beobachtet er, wie ich den Knopf seiner Shorts öffne. »Verdammt, du bist so viel mehr.«

»Nämlich gefährlich«, ärgere ich ihn. Vorsichtig schiebe ich die Hand in seine Hose. Dort ertaste ich Wärme, Härte. »Pass bloß auf. Ich könnte dich ausrauben. Beißen, oder ... meine Güte, Raven, ich weiß nicht mal, was gefährliche Mädchen machen.«

Dies löst offenbar den Knoten in seinem Kopf. Endlich kehrt der verwegene Funke zurück in seine Augen, und er entgegnet: »Beißen darfst du mich immer gern.« Damit drückt er die Lippen auf meine. Löst die Handbremse, küsst mich leidenschaftlich, küsst mich innig. Unsere Lippen teilen sich, seine Zunge findet meine und er gibt mir, wonach ich die ganze Zeit verlangt habe. Sich.

Die Dynamiken drehen sich, als er seine Hand auf meine legt und sie an seine Erektion drückt, um sich an mir zu reiben. Ein Keuchen tritt über meine Lippen.

Das Verlangen glomm schon seit unserer Begegnung in mir, doch nun fange ich in seinen Armen Feuer. Ravens Vergangenheit ist nicht so unschuldig wie meine. Dass er ein guter Liebhaber ist, hat er mittlerweile wiederholt unter Beweis gestellt. Allein bei seiner Art zu küssen, werde ich zu flüssigem Wachs in seinen Händen. Bis jetzt sind wir nicht zum Äußersten gegangen, haben nie wirklich miteinander geschlafen. Nun brenne ich darauf, alles von ihm zu bekommen und seine weiteren Fähigkeiten am eigenen Leib zu erfahren.

Und ich werde nicht enttäuscht.

Die Shorts noch immer lose um seine Hüften, richtet er sich auf und umfasst kurzerhand meinen Hintern. Ein über- raschter Laut entgeht mir, als er mich auf den Rücken drückt und sich zwischen meine Beine kniet. Er stülpt sich das T- Shirt über den Kopf und sieht mit verwegenem Blick zu mir hinab. Ich liebe seine Wildheit, spüre seine Abenteuerlust. Seinen bestimmten Griff und diesen warmen, festen Körper. Vor lauter Vorfreude auf das, was noch kommen mag, vergehe ich fast.

Sehnsüchtig strecke ich die Hände nach ihm aus und streiche über seine Tattoos. Über den tätowierten Bogen auf seiner Brust, der zu den Pfeilen gehört, die seinen Hals hinaufzeigen, hinab zu dem Schriftzug auf seinem Rippen- bogen bis zu den Revolvern auf seiner Leiste, die in seine Schrittgegend deuten.

Er gleitet zwischen meine Beine und presst, ohne zu zögern, seinen Schoß in meine Mitte. Gebannt beobachtet er, wie mein Gesichtsausdruck sich verändert, als mir ein Laut des Verlangens über die Lippen tritt, und verstärkt seinen Druck.

»Raven ...«, flüstere ich bittend und winde mich unter ihm.

»Jetzt bekommst du deine Revanche, Sparrow«, wispert er rau. »Und somit das, was diese junge Göttin in meinem Bett verdient hat.« Er bewegt die Hüften und entlockt mir ein weiteres Aufseufzen, das er als Zustimmung wertet. Kurz küsst er mich. Eine Geste, die sich mittlerweile so natürlich wie vertraut anfühlt.

Dann richtet er sich auf und schaut auf mich hinab. Seine Finger wandern über den dünnen Stoff meiner lila Shorts, finden den Bund. Er beobachtet mich genau, während er sie mitsamt Slip hinabzieht.

Sein selbstbewusster Ausdruck ist gleichzeitig so anmaßend und heiß, dass ich Probleme damit habe, ihm in die Augen zu sehen. Und obwohl er langsam und sicher agiert, geht alles so schnell. Nach wenigen Momenten ist mein Höschen passé und Raven kniet wieder zwischen meinen Beinen.

Vorsichtig streichelt er über meine Oberschenkel, den Venushügel und anschließend weiter hinab. Mit einem fragenden Blick überzeugt er sich davon, dass ich seine Berührungen genieße, ehe er sich küssend weiter auf meine Mitte zubewegt. Seine Bartstoppeln reiben über die empfindliche Haut und senden Schauer der Lust durch meinen Körper. Schließlich kommt er an seinem Ziel an und kreist seine Zunge darüber. Langsam, quälend langsam, genau richtig.

Ein Keuchen entfährt mir und ich kralle mich in der Bettwäsche fest. Mein Raum- und Zeitgefühl geht vollkommen flöten, alle Nervenenden richten sich auf die Berührungen an meiner empfindlichsten Stelle. Als er zwei Finger in mich gleiten lässt, ist es völlig um mich geschehen. Sanft massiert er mich, küsst mich, baut einen steten Rhythmus auf.

Unter seinen blonden und schwarzen Haaren sieht er zu mir empor, und da erst bemerke ich, dass auch er mittlerweile stöhnt. Den Rhythmus seiner Finger hat er dem seiner Hand angepasst, denn er hat seine Hose heruntergezogen und befriedigt sich zeitgleich selbst.

Ich greife in sein Haar und ziehe ihn enger an mich. Damit entlocke ich ihm einen entzückten Laut, ehe ich den heranrollenden Höhepunkt nicht aufhalten kann. Ich stürze, lasse es zu, lasse los, fliege empor und komme an.

Ravens Gesicht ist zufrieden, angeturnt, als er meinen Orgasmus mit langsamer werdenden Bewegungen ausklingen lässt. Schließlich erhebt er sich. Unter der tätowierten Vogelschwinge auf seinem Arm treten deutlich Adern hervor, mit der Hand massiert er sich noch immer. Seine Erregung ist so ansprechend. Er gibt ein so unfassbar heißes Bild ab. Etwas in mir erschaudert. Dieser Mann wird von ganz Amerika geliebt. Und ist der Katalysator etlicher Fantasien, so viele Menschen auf diesem Planeten würden nun zu gern mit mir tauschen. Doch er widmet sich mir. Seinem Küstenmädchen aus Wave Crest.

Nachdem er neben mich in die Kissen gefallen ist, drückt er die Lippen auf meine Schulter. Mein Duft geht von ihm aus, und er küsst mich, um mich kosten zu lassen. »Du schmeckst so gut«, wispert er. »Ich möchte, dass du dich ausziehst.«

Mit bebender Unterlippe nicke ich und schlüpfe etwas ungelenk aus meinem T-Shirt. Ich sinke in Ravens Arme, der nicht damit aufgehört hat, sich zu berühren. Langsam taste ich nach seinen Fingern, um ihn abzulösen.

Warm liegt seine Erregung in meiner Hand. Ich streichle ihn, massiere ihn. Platziere sanfte Küsse auf die Stellen, auf welche die Pfeile an seinem Hals deuten. Lausche seinem Stöhnen und genieße es, wie er langsam die Kontrolle abgibt, während er meine Brüste anfasst und die Brustwarzen liebkost.

Nach einer Weile wispere ich: »Ich will, dass wir ganz zusammen sind, Devin.«

Kurz geht er in sich, als überlege er, ob er diesen finalen Schritt tatsächlich mit mir gehen möchte. Seiner Auffassung nach ist dieses Unterfangen schließlich brandgefährlich. Er seufzt schwer, sieht auf, lächelt. »Unter einer Bedingung.« Dabei dreht er mich um und berührt zärtlich meinen Oberarm, während er Küsse auf meinen Hals haucht. »Sag nicht Devin. Nenne mich weiterhin Raven.«

Ich beobachte, wie er nach seiner Hose greift, und höre ein Rascheln. Bebend vor Erregung schmiege ich mich an ihn und frage: »Was hast du gegen Devin? Der Name steht dir gut. Er hat einen angenehmen Klang.«

»Er ist so gewöhnlich.« Nun klingt er ein wenig verbittert. »Ein gewöhnlicher Name für einen gewöhnlichen Mann.«

»Aber du bist doch nicht weniger interessant, wenn ich dich Devin nenne.«

Der Anflug von Traurigkeit verschleiert seine Züge.

»Sparrow und Raven sind so ein tolles Match. Passt ein einfacher Devin denn auch zu einer Sparrow?«

Ich nehme sein Gesicht in die Hände. »Du passt als Devin und als Raven zu mir.«

Ein Leuchten tritt in seine Augen. »Du bist so gefährlich, Sparrow.«

Er übertreibt. Ich bin nicht gefährlich. Im Gegenteil, ich glaube sogar, dass ich gut für ihn bin.

Nachdem er sich ein Kondom übergestülpt hat, wandern seine Finger über meinen Oberarm, meine Hüfte bis zu meiner Körpermitte. Die Berührung hinterlässt eine Spur auf meiner Haut, die ich nie wieder loswerde. Das weiß ich in diesem Moment genau. Dieser Mann verändert mich, meine Sicht auf die Welt und auf die Liebe. Wahrscheinlich werde ich nie wieder so sein, wie ich war, ehe er in mein Leben trat.

Als er anhand meines Stöhnens merkt, dass ich bereit bin, dringt er in mich ein. Seine Arme umschließen mich fest, seine Finger liebkosen mich noch immer. Sein Herz hämmert gegen seine Brust, synchronisiert sich mit meinem. Er bewegt sich in mir, wispert Worte in mein Haar, die ich nicht verstehe, obwohl ich es so gern würde. Doch dass ich das gerade nicht kann, ist okay. Obwohl ich hinter seine Fassade geblickt habe, umgibt sein komplexes Wesen ein Schleier, den ich noch nicht komplett lüften konnte. Gern würde ich ihn wegschieben, hochrollen, oder den Mechanismus betätigen, der ihn anhebt, aber er ist gut versteckt. Doch ich werde nach ihm suchen. Irgendwann. Fürs Erste gebe ich mich damit zufrieden, dass er loslässt. Dass er Hand in Hand mit mir stürzt, ins Bodenlose, ins Ungewisse. In etwas, dessen Ausgang wir nicht kennen, der aber wunderschön werden kann.

Seine Lenden zucken, seine Bewegungen werden fahriger. Sein Orgasmus nähert sich und auch ich gebe ihm zu verstehen, dass auch ich bereit bin. Wir werden nicht stürzen. Denn ich möchte mit ihm fliegen.

Sein Höhepunkt ist laut und sexy. Fest hält er mich umschlungen, als müsse er mich um jeden Preis behalten. Damit ich ihn davor bewahre, zu gehen und das aufzugeben, was wir sind. Und weil ich genau das will, erlaube ich mir, in seinen Armen zu zergehen. Ihn zu umschließen, mit ihm zu explodieren und gemeinsam zu landen.

Nachdem er zur Ruhe gekommen ist, setzen seine Küsse wieder ein. Sanfte, vorsichtige Küsse, die über meine Haut wandern, schließlich auf meinem Mund ankommen und salzig schmecken.

Nachdem er das Kondom entsorgt hat, sinkt sein Kopf auf die Kissen und er sieht mich einfach nur an. Ein paar wortlose Momente vergehen, bevor er spricht. »In deiner Nähe bin ich gern Devin.«

Sparrow

K üsse, Sex, Zärtlichkeiten. Geflüsterte Versprechungen, Kichern unter der Decke. Unsere erste gemeinsame Nacht beinhaltet all das und ist damit wunderschön.

Unser Kennenlernen bestand aus einer Aneinanderreihung von öffentlichkeitswirksamen Begegnungen. Diese ist das Gegenteil. Abgeschirmt von unserer geheimen Blase können wir so zusammen sein, wie wir wollen. Wie wir wirklich sind. Und darum ziehen wir es hinaus. Beschließen, diesen freien Tag zu Hause zu verbringen und einfach im Bett zu bleiben. Einander nicht loszulassen. Nachzuholen. Und der Magie zwischen uns endlich Raum zu geben, sich zu entfachen. Einfangen können wir sie sowieso nicht mehr. Ich gestehe mir ein, dass ich ihr ausgeliefert bin. *Ihm* ausgeliefert bin. Mein Herz gehört Devin Anderson.

Immer wieder geht mir dieser Satz durch den Kopf, während ich ihn betrachte und versuche, mir jeden Augenblick mit ihm einzuprägen. Ich erfasse den sehnsuchtsvollen

Ausdruck in seinem Gesicht, wenn er über Bryce spricht. Das Funkeln in seinen Augen in Momenten, in denen er mich zum Lachen bringt. Das Beben in seinem Körper, wenn ich ihn berühre. Mit jeder verstrichenen Sekunde verstehe ich ihn mehr. Was ich unbedingt will, um uns als Einheit zu begreifen.

Für die Kameras sind wir ein Paar. Ungestört sind wir das auch. Aus der Illusion wurde Ernst. Wir haben handfeste Gefühle entwickelt, stark und laut. Es wäre die logische Konsequenz, unseren Beziehungsstart zu besiegeln. Das Inoffizielle offiziell zu machen. Eine Tatsache festzulegen, nur zwischen uns beiden. Doch ich wage nicht, ihn darauf anzusprechen.

Weil da immer noch dieser Schatten ist, der sich in regelmäßigen Abständen über seine Miene zieht. Der Schmerz, der irgendwo in seinem Inneren vergraben ist. Devin ist kein unbefangener Mann. Er trägt Verletzungen in sich, die er nie behandelt hat. So langsam lässt er Luft dran, damit sie abheilen können. Aber reicht dieses bisschen Sauerstoff aus, damit sie rückstandslos verschwinden?

Es fühlt sich so an, an diesem Tag zu zweit in Ravens Haus. Devins Haus. Denn so nenne ich ihn mittlerweile. Alles ist so schön. Zu schön, um wahr zu sein. Kann das wahr sein? Habe ich wirklich die große Liebe gefunden? In einem Rockstar, dessen Musik ich einst laut im Auto aufgedreht und mitgegrölt habe? Einem Mann, der anfangs so gemein zu mir war und nun sein Handy ausschaltet, wenn ich bei ihm bin, um zu verhindern, dass er auch nur einen Moment abgelenkt wird?

Der Tag verstreicht, während wir zusammen sind und uns ausschließlich einander widmen. Jede Sekunde fühlt sich wie die Ewigkeit an. Trotzdem setzt viel zu früh die Dämmerung ein. Ich schlafe in Devins Armen ein. Fühle mich angekommen, bereit. Bereit für uns.

Am nächsten Morgen packe ich meine Tasche. Der heutige Tag ist gut durchgeplant. Ich möchte mit Devin frühstücken. Öffentlich und gut sichtbar, einfach weil wir Hunger haben und Olivia und Chris damit schocken wollen, dass wir uns an die vertraglichen Auflagen halten, ohne dazu verdonnert zu werden. Im Anschluss habe ich einen Termin mit Wren in Philadelphia, zu dem ich über drei Stunden fahren muss.

Devins und meine gemeinsame Zeit endet bald. Schon wieder.

Mir liegt die Frage auf den Lippen, wie es weitergeht zwischen uns, wie wir verfahren, wie wir den Umgang mit den Medien handhaben sollen und vor allem mit uns. Doch Devin lässt mich nicht zu Wort kommen und zieht mich zurück ins Bett.

»Wir müssen los«, erinnere ich ihn, während er mich in die Kissen drückt und das Gesicht an meinem Hals vergräbt. »Sonst komme ich zu spät zu dem Interview mit Wren.«

»Gewöhne dich endlich daran, dass du berühmt bist, Sparrow«, haucht er an mein Ohr. »Berühmte Menschen dürfen zu spät kommen. Alle warten auf uns.«

Mein Widerstand ist zwecklos. Vor allem, weil ich ihn ohnehin nicht wirklich durchsetzen will. Schauer kriechen mir über den Rücken, während Devin die empfindliche Haut unterhalb meines Ohres liebkost.

»Ich möchte niemanden warten lassen«, widerspreche ich atemlos. »Ich stehle anderen ungern ihre Zeit. Es ist nicht richtig.«

Er hebt den Kopf und sieht mir in die Augen. Ein breites Grinsen ziert sein Gesicht. »Genau das mag ich an dir. Du achtest immer darauf, korrekt zu handeln. Aber heute wirst du wahrscheinlich trotzdem zu spät kommen.«

»Du bist ein schlechter Einfluss.«

»Ich bin gern dein schlechter Einfluss.«

Seine Lippen finden meine, so suchend und wollend, bittend um jede Sekunde. Ein Seufzen tritt aus meinem Mund, ehe ich die Hände in seinem Nacken verschränke und mich an ihn ziehe.

Wir küssen uns auf seinem Bett. Mein Protest ist verebbt. Nichts ist zu hören, außer dem steten Klopfen des Regens auf den Fensterscheiben, der irgendwann in der Nacht eingesetzt hat, und gedämpfte Stimmen aus dem Fernseher, den wir vorhin angeschaltet haben.

»Du wirst mir fehlen«, sagt Devin leise, als ich den Kuss beendet und den Kopf gehoben habe. Ein Schimmer tiefer Zufriedenheit liegt auf seinen Wangen, sein Lächeln ist friedlich und schön.

»Liv und Chris haben für nächste Woche ein Date für uns beide in einem Café in San Diego reserviert«, bringe ich leise hervor. »Sehen wir uns dann? Oder ...« *Sehen wir uns früher? Soll ich nach dem Interview zu dir zurückkehren? Möchtest du mit mir nach Wave Crest kommen? Willst du dich so richtig ... zu mir bekennen?*

Unzählige Fragen brennen mir auf der Seele, keine einzige spreche ich aus. Denn eine Stimme aus dem Fernseher zieht meine Aufmerksamkeit auf sich.

»Kannst du das fassen, Charlotte? Obwohl die beiden noch vor wenigen Tagen turtelnd am Set der neuen Single True Crimes gesehen wurden, sollen das Popsternchen und der Skandalrocker sich getrennt haben.«

Devin antwortet etwas, doch ich höre ihm nicht richtig zu. Mit einem Ruck setze ich mich auf und drehe mich zum Fernseher.

»Was ist los?«, murmelt Devin irritiert. Noch immer hält er meine Hand. Er wuschelt sich durch die Haare und setzt sich neben mich. Sein Mund öffnet sich zu einem lautlosen O, als er das Duo des Frühstücksfernsehens über den Bildschirm flimmern sieht. Er begreift. Wie ich auch.

»Es stimmt, Graham«, entgegnet die Frau namens Charlotte und schaut aufgeregt auf ihre Kärtchen. »Das Management der beiden bestätigte heute früh: Es ist wahr, Sparrow Price und Raven Anderson sind kein Paar mehr.«

Ungläubig stehe ich auf und trete näher an den Fernseher heran. Als würde eine bessere Sicht mir helfen, zu verstehen. Devin hat mich nicht losgelassen. Dadurch ist er mir gefolgt und sieht ebenso auf den Bildschirm.

Blinzelnd registriere ich, dass ich mich nicht verhört habe. Ein roter Balken zieht sich unter das Moderationspaar und verkündet die Breaking News, als würde ein Tsunami über das Land rollen: THUNDERBIRD-RAVEN UND SAND-PIPER-SPARROW HABEN SICH GETRENNT.

Etwas in mir sinkt bleischwer herab. Mein Herz, mein Magen, Ziegelsteine. Die Anspannung, der Druck, die Last. Ich fühle eine eigenartige Leichtigkeit, als die Ketten von meiner Lunge platzen. Doch sie mischt sich blitzschnell mit einer massiven Übelkeit. Mit Angst. Diese Gefühle fluten die Winkel in mir, die in den letzten Tagen kribbelten und flatterten. Die Teile meiner Seele, die die Illusion genossen. Oder besser gesagt: Das, was daraus erwuchs.

»Was zum ...« Devins Stimme ist leise und gepresst. »Hast du ...«

»Nein«, entgegne ich, die weit aufgerissenen Augen auf den Bildschirm geheftet. »Ich habe das weder in Auftrag gegeben noch wusste ich davon.«

»*Wie schade*«, kommentiert der Mann namens Graham. »*Sparrow und Raven waren das Traumpaar schlechthin! Weiß man, wie es zu der Trennung gekommen ist?*«

»*Noch nicht*«, entgegnet Charlotte. »*Aber man kann davon ausgehen, dass die beiden einfach zu verschieden waren. Klar, Gegensätze ziehen sich an. Doch ein Mann wie Raven ist nicht so leicht im Zaum zu halten.*«

Devin stößt ein ungläubiges Schnauben aus.

Die beiden reden weiter, doch ihre Stimmen klingen in meinen Ohren plötzlich gedämpft. Als wären sie weit weg. Oder als wäre ich weit weg. Als würde ich schweben, Devin und mich nur noch von oben sehen und weiter davontreiben. In ein Universum, in dem keine Fernsehsendungen in meinen Alltag eingreifen und Tatsachen über mich verbreiten, die mein Leben verändern könnten.

Devins Hand befindet sich noch immer in meiner, doch sein Druck ist nicht so fest wie zuvor. Die Kraft weicht aus ihm. Aus unserer Bindung. Und ich verstärke meinen Griff, damit er mir nicht entgleitet, während wir vor dem Fernseher stehen und beobachten, wie ein Teil unserer Welt untergeht.

»Wie konnte Chris ...« Fassungslos fasst Devin sich in die Haare, woraufhin sie wirr in alle Himmelsrichtungen abstehen.

Ich nage an meiner Unterlippe. »Bestimmt war Olivia nicht unbeteiligt. Wren hat vorgestern ein klärendes Gespräch mit ihr geführt. Sie muss zu dem Ergebnis gekommen sein, dass sie mir damit einen Gefallen tut.« Ich taste nach meinem Handy, das ich zuvor angeschaltet habe, um aufs Display zu schauen. Die Masse an neuen Benachrichtigungen erschlägt mich fast, also lasse ich es wieder sinken.

»*Spekulationen bringen uns nicht weiter*«, höre ich Grahams Stimme aus dem Fernseher. »*Hoffentlich werden Sparrow und Raven sich bald zu ihrer Trennung äußern.*«

Verschwörerisch hebt Charlotte die Brauen. »*Falls du Ablenkung suchst, Raven, kannst du dich jederzeit bei mir melden.*«

Ich muss dagegen ankämpfen, Würgelaute von mir zu geben.

Eine Werbeunterbrechung folgt. Endlich.

Mit bebendem Kinn sehe ich zu Devin hinauf, dessen Blick noch immer auf den Fernseher geheftet ist. »Was machen wir jetzt?«

Als habe er die ganze Zeit über die Luft angehalten, stößt er den Atem aus. Kurz sagt er nichts. Er schweigt, während ich warte, und ich warte viel zu lange, bis er antwortet. »Das ist eine gute Frage«, murmelt er schließlich, ohne mich anzusehen.

Ich blinzle. »Reagiert man auf so was? Wohin wenden wir uns, um das zu dementieren?«

Ein Seufzen. Plötzlich fällt mir auf, dass von seiner Hand keinerlei Spannung mehr ausgeht. *Ich* halte ihn. Aber *er* hält mich nicht. Der Anflug von Panik züngelt um mein Herz. Vorboten einer Vorahnung.

»Wir dementieren das doch, richtig?«, hake ich nach, dieses Mal lauter.

Er seufzt erneut. Sieht mich an. Sieht wieder weg. Sagt langsam: »Sparrow.« Als wolle er Zeit schinden. Und erfassen, was er genau will mit diesem Namen. Mit mir.

Sein Zögern trifft mich wie ein Schlag ins Gesicht. Die Angst sendet Schockwellen in Form von Adrenalin durch meine Venen.

»Devin, schau mich an!«, fordere ich und ziehe ihn an der anderen Hand zu mir, sodass er mir in die Augen schauen muss. »Wir sind nicht nicht zusammen, oder sehe ich das falsch?« Meine Worte überschlagen sich. »Wir haben nie darüber gesprochen, wie wir uns labeln, aber du bist in mich verliebt. Du hast es selbst gesagt! Du zeigst es mir mit jeder Berührung, jedem Blick. Es ist die einzig logische Konsequenz, unseren Beziehungsstatus medial richtigzustellen. Und allen klarzumachen, dass wir ein Paar sind.«

Schweigen. Das Grün in seinen Augen ist unergründlich und tief wie der Ozean. Absurderweise schweift seine Aufmerksamkeit für den Bruchteil einer Sekunde zu der Vitrine mit den Simpsons-Figuren und seine Schultern verkrampfen sich.

Und dann verstehe ich es. Bryce' Verlust ist nicht verarbeitet. Nanas Verfall ist in vollem Gange. Bindung ist ein Risiko, das hat Devin gelernt. Und hier stehe ich und fordere mir einen Platz an seiner Seite ein. Einen weiteren Gefahrenherd in seinem Leben.

Seine Lider flackern, als er den Kopf senkt. Er wirkt gefasst, aber mittlerweile kenne ich ihn ein bisschen. In ihm tobt ein Sturm. Ein Krieg. Er führt ihn gegen seinen größten Gegner: sich selbst.

Doch ich bin bereit, mit ihm in die Schlacht zu ziehen. Fest umklammere ich seine schlaffen Finger. »Du bist sicher bei mir«, wispere ich. »Ich werde dich nicht verletzen. Ich verspreche es dir.«

Er hebt den Kopf und die Skepsis lässt seine Züge auf einmal hart wirken. »Ich zweifle nicht an deiner Aufrichtigkeit. Aber nichts ist für immer, Sparrow. Auch dann nicht, wenn man es selbst will.«

Er hat recht. Krankheit und Tod haben die Macht, einem seine Liebsten zu jeder Zeit zu entreißen. Dennoch.

»Wenn es danach geht, darf man sein Herz für niemanden öffnen!«, rufe ich hitzig.

Ausdruckslos erwidert er meinen Blick. Sagt nichts. Aber ich sehe ihm seine Gedanken an. Würde er sprechen, wären seine Worte: *Genau das ist mein Plan.*

Sprachlos starre ich ihn an. Der Mann vor mir leidet. Unter sich. Seinem Weltbild. Dennoch fällt mir nichts ein, was ich dem entgegensetzen kann.

»Es tut mir leid«, flüstert er und blinzelt gegen die Tränen an. »Jetzt gerade ... kann ich das nicht.«

Endlich lockere ich meinen Griff. Sofort lösen sich seine Hände von meinen.

Kurz stehen wir so da. Zusammen vor seinem Bett und doch ganz allein.

Da merke ich, dass ich zu weinen begonnen habe. Tränen brennen in meinen Augenwinkeln, rinnen über meine Wangen.

Devin hat den Kopf weggedreht. Seine Brust bebt. Entgegen seiner Bemühung brechen beinahe unterdrückte Schluchzer aus ihm heraus. Ich würde ihn so gern trösten. Ihn in den Arm nehmen und versprechen, dass alles gut wird.

Doch die Enttäuschung klafft in meiner Brust wie eine offene Wunde. Sosehr ich den gebrochenen Jungen in diesem Mann verstehen kann – auch ich habe meinen Stolz. Es ist Zeit zu gehen.

Wortlos schlüpfe ich in meine Sneaker, greife nach meiner Tasche und verlasse das Haus. Wild entschlossen, nie wieder zurückzukehren.

Denn single zu sein ist besser, als mich auf einen Mann einzulassen, der sich nicht zu mir bekennen kann.

Raven

KAPITEL 27

Allein gehe ich nicht frühstücken. Ich gehe auch nicht ins Studio, wo ich am Abend mit Hawk verabredet bin. Ich gehe nirgendwo hin. Drei ganze Tage.

Ignoriere mein Handy. Die Türklingel. Und den Tag-Nachtzyklus.

Bis ich dann doch Hunger bekomme und mich mit Hawk und Crane treffe, die sich erbarmen und mit mir feiern. Falcon ist in Detroit. Emma hat ihm nachhaltig den Kopf verdreht. Erst gestern hat er uns ein Selfie von ihnen beiden geschickt, auf dem er so glücklich aussieht wie lange nicht mehr. Ich gönne ihm das über alle Maße und bewundere ihn dafür, wie freimütig er sein Herz verschenken kann.

Hawk respektiert meine Bitte, keine Fragen zu meinem Gemütszustand zu stellen. Crane tut das nicht. Er löchert mich, bis ich mit der Sprache herausrücke, zumindest ein bisschen. Viel Neues erfährt er nicht. Das ist auch nicht nötig.

Die Jungs scheinen zu wissen, was mich verstimmt. Sparrows und meine Trennung flutet schließlich die Medien.

Ich schieße mich ab, will es richtig krachen lassen wie zu unseren wildesten Zeiten, die gar nicht so lange zurückliegen, doch Crane lässt das nicht zu. Nach nur zwei Drinks bringt er mich nach Hause und schwört, nie wieder ein Wort mit mir zu wechseln, sollte ich mich im Anschluss allein in den nächstbesten Club aufmachen. Er hört sich ein bisschen so an wie Chris an jenem Morgen im Caesars Palace. Und wenn Crane wütend ist, sollte man nicht widersprechen.

Also lege ich mich ins Bett und schlafe. Schlafe lang. Wache auf und verfluche, nicht mehr zu schlafen. Denn in meinem Traum war Sparrow und alles war okay, denn kein verdammtes Moderatorenduo hat uns gestört.

Ich setze mich auf und lege die Stirn in Falten. Gerade bin ich wütend auf das Frühstücksfernsehen. Aber sollte ich nicht eigentlich sauer auf Chris sein? Schließlich war er zumindest Mitschuld daran, dass die Medien über eine Trennung berichteten.

Ungeduscht fahre ich schnurstracks nach Downtown zu Chris' Haus und klingle Sturm. Er sieht mich durch die Securitykamera, woraufhin sich das Tor öffnet. Adrenalin peitscht durch meine Adern, während ich aus meinem Wagen steige und die Auffahrt auf sein Haus zugehe, und als mein Manager dann strahlend vor mir steht, kochen die Emotionen in mir über.

»Raven!«, begrüßt er mich. »Das ist aber eine Überraschung. Ich habe nichts mehr gehört, seit wir eure Trennung verkündet haben. Wie geht's –«

Die folgenden Worte bleiben ihm im Hals stecken, denn ich habe die Faust gehoben und sie ihm ins Gesicht gedrückt.

Chris taumelt rückwärts, ich schreie. Ich habe ihn nicht fest erwischt, doch seine Brille fällt scheppernd zu Boden. Wahrscheinlich hätte ich ihm noch eine verpasst, wenn Hawk nicht aus dem Nichts aufgetaucht wäre und mich zurückgehalten hätte.

»Geht's noch? Halt dich zurück!«, stößt er aus, als er meine Arme in eine Art Polizeigriff umfasst. Ich wusste gar nicht, dass er so was kann. Er zerrt mich von Chris weg, kickt die Haustür hinter sich zu, gibt mich frei und schubst mich gegen die Wand, an der ich unsanft aufkomme. Als ich mich rühren will, umfasst er meine Schultern und presst mich gegen die Tapete. »Wenn du ihn noch einmal angreifst, rufe ich die Polizei.«

»Du nimmst ihn in Schutz?«, schreie ich verzweifelt. Mein Körper kribbelt, als sei ich in einen Ameisenhaufen gefallen. »Er hat über unsere Köpfe hinweg gehandelt. Wir wussten von nichts! Wir lagen zusammen im Bett, als die Nachrichten ...«

Hawk tritt zurück. Die Härte weicht aus seinen Gesichtszügen, als sein Zorn sich in Bedauern verwandelt.

Fragend dreht er sich zu Chris um, der sich nach seiner Brille bückt.

Schwer atmend untersucht Chris die Gläser und sieht irritiert von Hawk zu mir. Er scheint wirklich nicht verletzt zu sein, aber seine Brille ist verbogen und Chris ist sichtbar erschrocken von meiner Aktion. Reue kocht in mir hoch, auch Scham. Was mache ich hier? Wieso gehe ich auf meinen Manager los? Es gibt erwachsene Möglichkeiten, das zu lösen. Eine Kündigung zum Beispiel.

Doch meine Worte müssen dasselbe in Chris bewegt

haben wie in Hawk. Die beiden wechseln einen Blick und scheinen zu verstehen.

»Devin, hör zu«, beginnt Chris. Er hält die Brille ins Licht, deren Gestell offenbar nicht zu retten ist. »Ich habe euren Vertrag früher aufgelöst, weil Olivia mich darum gebeten hat. Die erste Pressemitteilung ging an die Medien und du warst nicht zu erreichen. Handy aus.« Er hebt die Arme zu einer ahnungslosen Geste und schiebt sich die Brille auf die Nase. Sie sitzt schief und rutscht. »Ich wollte dir Bescheid sagen. Ich habe dich damit entlasten wollen. Du hasst die Vereinbarung mit Sparrow ohnehin, oder nicht?«

»Nicht mehr«, antwortet Hawk für mich. Er schultert seine Jacke und packt mich am T-Shirt. »Raven, mitkommen.«

»Wohin?«, frage ich müde. Plötzlich bemerke ich, dass ich viel zu wenig Schlaf hatte und der Kater noch lange nicht ausgestanden ist.

Doch Hawk scheint fest entschlossen. »Wir telefonieren, okay?«, fragt er Chris.

Dieser nickt. Ehe ich Hawk nach draußen folgen kann, umfasst Chris meine Schulter. »Devin«, sagt er leise, »ich wollte nichts zwischen euch zerstören. Mir war nicht bewusst, dass echte Gefühle im Spiel waren. Es tut mir leid.«

Ein kaum hörbares Schluchzen tritt über meine Lippen. »Es tut mir auch leid.«

Chris lächelt traurig. »That's Showbiz.«

Diese Antwort stößt mir sauer auf, aber ich sehe mich nach meinem Ausraster nicht in der Position, zu widersprechen. Also folge ich Hawk hinaus.

»Das muss man auch erst mal schaffen«, kommentiert dieser trocken, bevor wir in unsere Autos steigen. »Jemanden

eine reinhauen und dann noch eine Entschuldigung
bekommen.«

Ich fahre Hawk hinterher, ohne zu wissen, wohin. Mir stellt
sich die Frage, warum er vormittags bei Chris war. Wahrscheinlich wollte er irgendetwas Privates mit ihm klären, in
das er uns nicht einweiht. Das ist nicht überraschend, Hawk
hat viele Geheimnisse. Auch gestern Abend ist er bereits
gegen zehn Uhr als Erster verschwunden.

Schnell bemerke ich, dass wir zu mir fahren. Ich kann mir
keinen Reim daraus machen, bis wir aussteigen und Hawk
sagt: »Wir holen uns Gitarren und setzen uns an den Coopers
Beach.«

Coopers Beach. Der Strand, an dem ich mit Sparrow war.
Aber früher auch mit Nana und Bryce. Tatsächlich bin ich
ebenso oft mit Hawk, Crane und Falcon hier gewesen, als wir
damit begannen, Lieder zu schreiben. In der Garage von
Cranes Grandma entstanden die meisten unserer ersten Hits,
doch an dem ein oder anderen Track schrieben wir am Meer.
Es ist so lange her, ich kann mich kaum erinnern.

Gesagt, getan. Der Wind reißt an unseren Klamotten, als
wir uns an den Rand der Dünen setzen. Crane muss aufpas-
sen, dass sein Hut nicht davonweht.

»Mittlerweile bin ich so selten am Meer«, sage ich seufzend, als wir die Füße im Sand vergraben.

»Anders als Sparrow, oder? Wie heißt nochmal der Ort,
aus dem sie kommt?«

Eins muss man Hawk lassen: Er kommt schnell zum

Punkt. »Wave Crest«, erwidere ich wie aus der Pistole geschossen. Ein Stich bohrt sich in meine Brust, als ich daran denke, dass ich sie nie dort besucht habe und es allem Anschein nach auch nie werde.

»Ich will aber eigentlich gar nicht über sie reden«, stelle ich klar und ziehe meine Gitarre auf den Schoß.

»Dafür bin ich auch nicht hier«, gibt Hawk zurück. »Ich will mit dir an dem Song arbeiten, dessen Lyrics du mir letztens geschickt hast. *Four things I know about you.*«

Den Song über Sparrow. Hawk weiß das. Wieder kocht ein spitzer Schmerz in mir hoch.

Hawk entlockt seinem Bass die ersten Töne, während ich schweigend auf die Wellen starre und überlege, ob ich das hier will. Ob ich bereit dafür bin, ein Lied über diesen besonderen Menschen zu singen, nachdem wir uns getrennt haben, obwohl wir nie zusammen waren. Doch als ich die Gedanken schweifen lasse, wird mir bewusst, dass ich ohnehin mit ihr konfrontiert bin. Ob ich nun mit Hawk an einem Lied über sie arbeite oder nicht. Die Erinnerung an Sparrow holt mich ein, egal, wo ich bin. Sparrow ist überall.

Und so sage ich zu. Krame den Text hervor. Singe Hawk Melodien vor, untermale sie mit Akkorden. Mein Herz brennt. Vor Schmerz, Sehnsucht und Zuneigung. Es tut weh, aber auf eine positive Art. Denn Hawk hat recht: *Four things I know about you* ist das Beste, das ich seit langem zustande bekommen habe.

Wir führen das Lied weiter und arbeiten am Einstieg. Das meiste stammt aus meinen Notizen, doch Hawk hilft mir bei der ein oder anderen Formulierung.

I swore I'd never let you in
Kept my heart behind a wall of skin
I thought I knew the game so well
I always said I wouldn't chase
But now all I see is your face
You flipped the script, yeah, changed the days

I used to be the guy who'd walk away
Kept my heart locked up, yeah, come what may
No strings, no ties, just passing through
But now I'm tangled up in thoughts of you
I swore I'd never lose my head
I tried to keep it light
But everything changed that night

Irgendwann kommen wir an den Punkt, wo uns die Drums fehlen. Im nächsten Schritt würden wir unsere Ideen mit Crane und Falcon besprechen, sie aufnehmen und gemeinsam an Rhythmus und Ton feilen. Doch niemand von uns setzt dazu an, den Jungs zu schreiben.

Hawk will reden. Schon die ganze Zeit. Und da er so geduldig war, lasse ich mich darauf ein.

»Wie hat sie reagiert, als sie von eurer offiziellen Trennung erfahren hat?«, fragt Hawk, noch immer den Bass auf dem Schoß. Seine Finger spielen mit den Armbändern an seinem Handgelenk herum.

»Gut«, sage ich knapp. »Nur ich habe nicht gut reagiert.«

»Wollte sie es dementieren?«

»Ja.«

»Du nicht?«

Ich atme aus, starre in die Ferne. Entdecke ein paar Frauen, die den Strand entlangspazieren, und hoffe, sie erkennen uns nicht. »Ich konnte nicht. Es ging alles zu schnell. Ich leide wie ein Hund, Hawk. Wie sehr leide ich erst, wenn ich mit ihr zusammen wäre und sie mich verlässt oder ... stirbt?«

Er runzelt die Stirn. »Du machst dir Sorgen, dass Sparrow stirbt?«

»Das klingt bescheuert, oder?«

Hawk platziert die Hände hinter sich im Sand und starrt in den Himmel. »Du bist der Einzige in der Band, der immer alle bei ihren Künstlernamen nennt. Auch privat. Ist dir das bewusst? Manchmal kommt es mir vor, als wolltest du Distanz schaffen.«

Schuldbewusst kratze ich mich am Hinterkopf. »Ihr mögt die Namen doch, oder nicht?«

»Schon. Aber trotzdem haben wir nicht vergessen, wer wir sind. Falcon ist Jimmy, Crane ist Benson und ich bin noch immer Troy. Wir müssen uns nicht voneinander abgrenzen oder von unserer Vergangenheit. Bryce kannte dich nur als Devin, oder?«

Die Luft scheint so dünn zu werden, dass mir das Atmen schwerfällt. »Es ist der falsche Zeitpunkt, um meinen Bruder in dieses Chaos hineinzuziehen.«

Hawk schnaubt. »Das sehe ich völlig anders. Es ist genau der richtige Zeitpunkt.«

Widerwillig brumme ich etwas.

»Bryce ist gestorben, das stimmt. Trotzdem hat er dir viel mitgegeben. Du wärst nicht, wer du heute bist, wenn Bryce dich nicht in deiner ersten Lebenshälfte begleitet hätte.«

Ich reibe über den kleinen Anker an meinem Daumen. »Das stimmt. Dennoch ist es nicht einfach für mich, eine Bindung einzugehen, Hawk.« Ich ertappe mich dabei, ihn wieder nicht mit seinem Vornamen angesprochen zu haben. Kurz ziehe ich in Erwägung, mich zu verbessern, bekomme es aber nicht über die Lippen.

»Hast du ihr von Bryce erzählt?«

»Ja. Sie weiß alles.«

»Bitte Sparrow um etwas Zeit. Schlag ihr vor, euch in ein paar Wochen auszusprechen. Ich habe Wren und sie mittlerweile besser kennengelernt. Sie sind tolle, empathische Frauen. Sparrow wird dich verstehen.«

Ich schlucke schwer. »Ich habe ihre Geduld zu oft strapaziert. Du kannst dir nicht vorstellen, wie oft sie auf mich zukommen musste. Ich glaube, nun ist es wirklich vorbei.«

»Glauben ist nicht wissen. Ich weiß, dass du sie verdammt nochmal liebst, Devin.«

Erstaunt hebe ich den Kopf und sehe in Hawks Augen. Ein Teil von mir will widersprechen, ein anderer hält die Klappe. Hawk duldet keine Widerworte.

»Sonst würdest du sie nicht so heftig von dir stoßen«, setzt er hinzu.

»Mach die Sache nicht schlimmer, als sie ist«, bitte ich ihn und vergrabe das Gesicht in den Händen.

»Ich möchte dir nur helfen.«

»Das tust du gerade aber nicht.«

»Hast du mal darüber nachgedacht, wer wirklich die Schuld für Sparrows und deine Trennung trägt?«

»Das Frühstücksfernsehen«, knurre ich. »Und Chris.«

»Tut mir leid, das stimmt nicht.«

»Woher nimmst du diese Gewissheit?« Langsam nervt es

mich, wie intensiv Hawk sich in mein Innenleben einmischt. Doch plötzlich formt sich in mir eine Erkenntnis.

»Ich bin schuld«, murmle ich. »Weil ich mir nie Hilfe gesucht habe.«

Ich sehe Hawk nicht an, glaube aber, dass er nickt.

»Wir haben dir damals alle nahegelegt, im Rahmen einer Therapie über deinen Verlust zu sprechen. Der Schmerz könnte sonst in andere Bereiche deines Lebens dringen und eines Tages auf dich zurückfallen.«

Tief atme ich durch. Es stimmt. Das hatten die Jungs mir vor Jahren gesagt, als meine Trauer allgegenwärtig war und sich auf der Bühne entlud.

Tatsächlich behielten sie recht. Die Trennung von Sparrow ist ein weiterer Verlust. Doch diesen habe ich selbst zu verantworten.

Eine Weile schweigen wir. Dann stelle ich klar: »In Ordnung. Ich werde ihr schreiben. Vielleicht versteht sie, dass ich ein wenig Zeit brauche, ehe wir uns aussprechen können.«

Hawk lächelt. »Tu das. Und ich gebe dir die Nummer von dem Therapeuten meiner Schwester.«

Er zückt sein Handy und scrollt durch die Kontakte, doch er kommt nicht weit. Ich ziehe ihn an mich und umarme ihn.

»Danke, Troy.«

»Nichts zu danken, Devin. Wenn es hart auf hart kommt, würdest du dasselbe für mich tun.«

Es vergehen drei weitere Tage, bis ich es endlich tue. Ich schreibe ihr.

RAVEN

> Es gibt keine Worte irgendeiner Sprache, die beschreiben, was du mit mir machst. Immer sind sie zu sperrig, zu leer, nicht ausdrucksstark genug, nicht annähernd so schön wie du. Nichts auf dieser Welt wird dir gerecht. Auch ich nicht.

> Es tut mir leid. Alles.

> Unzählige Male bist du auf mich zugekommen und hast mir die Hand gereicht. Ich bin nicht in der Position, ein weiteres Mal zu fordern. Trotzdem tue ich es.

> Sobald sich der Nebel in meinem Kopf gelichtet hat und ich wieder die Küste vor Augen habe, will ich dich sehen. Reden.

> Bitte, schreib mich nicht ganz ab.

> D.

Ein Stein der Erleichterung fällt mir vom Herzen, als ich die Nachricht abgeschickt habe. Ich erinnere mich an Hawks Worte. *Sparrow und Wren sind empathische Frauen. Sie wird es verstehen.*

Ich rechne nicht mit einer Antwort, erhoffe mir aber trotzdem ein kurzes Lebenszeichen. So etwas wie: *Melde dich, wenn du so weit bist.* Oder: *Ich warte auf dich.* Oder: *Fick dich, Devin.* Wenngleich das nicht zu Sparrow passen würde. Aber es wäre besser als nichts. Ich wünsche mir irgendwas.

Die Haken verdoppeln sich, färben sich blau und es geschieht doch nichts.

Sie ist mir nichts schuldig, erinnere ich mich.

Natürlich nicht. Aber ist sie normalerweise nicht genau die Art von Mensch, der Wert auf klare Kommunikation legt? Die mich nach solch einer Nachricht nicht im Dunkeln lassen würde?

Ein flaues Gefühl macht sich in mir breit. Und plötzlich bin ich mir nicht mehr sicher, ob sie Geduld aufbringen könnte, um darauf zu warten, dass mein Verstand sich entwirrt.

Ich warte Stunden, Tage, Wochen. Aber Sparrow meldet sich nicht.

Die Zeit verbringe ich in meinem Haus in New York, besuche Nana und schreibe Songs. Und ich denke nach. Viel. Denn dafür habe ich alle Zeit der Welt. Sämtliche Auftritte bis Ende nächster Woche habe ich abgesagt. Auch zu den *Teen Choice Awards* werden wir nicht fahren.

Seit der Band klar geworden ist, wie sehr ich die Kontrolle über die Fake-Dating-Aktion verloren habe, nimmt mir niemand die Zwangspause übel. Im Gegenteil. Sie sind für mich da. Beschließen, eine spontane EP in Falcons Haus aufzunehmen, in die all mein Kummer und mein Herzblut fließen und sich frei entfalten können.

Wir behandeln mein Leid mit Produktivität, verarzten mein Herz mit Kreativität und wandeln den Schmerz in

Musik und somit in bares Geld. Dementsprechend ist auch Chris mit dem Verlauf zufrieden.

Interviewanfragen habe ich abgeblockt. Was sollte ich auch sagen? Glücklicherweise haben sich die Sandpipers ebenso gegen eine Stellungnahme entschieden. Bloß Wren erwähnt in einem Interview, dass sich die Verbindung zu den Thunderbirds gelöst habe und keine weitere gemeinsame Tour stattfinden werde.

Sparrow scheut die Öffentlichkeit nicht so strikt wie ich, jedoch belässt sie es bei Liveauftritten und gibt keine Statements ab. Die Sandpipers treten wie geplant bei den *Teen Choice Awards* auf. Sobald ich sie im Fernsehen sehe, tut sich ein Graben in meinem Magen auf, ich bleibe stehen, starre den Bildschirm an und löse mich erst wieder aus meiner Schockstarre, als sie von der Bühne getreten ist.

Wieso habe ich bloß keine Frage in meine Nachricht gepackt und ihr damit einen Anlass gegeben, sich bei mir zu melden?

Es ist müßig, darüber nachzudenken, denn eine Antwort bekomme ich nicht. Jedenfalls nicht tagsüber. Wenn ich schlafe, tritt sie in meine Gedanken, und dann reagiert sie je nach Traum willkürlich. Mal fängt sie meine Sorgen auf und lebt mit mir in einer wunderbaren Leichtigkeit, in der uns beiden völlig klar ist, was wir voneinander wollen. Mal ist sie wütend und schneidet mich. Und ziemlich oft lassen wir das ganze Chaos um die Gefühle füreinander hinter uns, sie drückt mich gegen die Wand, öffnet meine Hose und geht vor mir auf die Knie.

Das sind die besten Träume, auch wenn ich völlig verwirrt aufwache.

Ich vermisse sie. So sehr.

Und ich fühle mich einfach zum Kotzen. Was mir bestätigt, wie wichtig und richtig es war, mich von ihr zu distanzieren.

Ich schwanke zwischen dem Plan, sie zu bitten, entgegen allen Zweifeln meine feste Freundin zu werden und der Überzeugung, in einer kommenden Aussprache einen Schlussstrich zu ziehen. Der Liebeskummer wird verfliegen, doch wie soll ich damit umgehen, wenn er wiederkommt? Wie soll ich das nochmal überleben?

Die Verkündung von Sparrows und meiner Trennung und damit der Beginn unseres Kontaktabbruchs ist etwas über einen Monat her, als ich mal wieder Mom und Nana besuche.

Kommende Woche soll eine Frau namens Greta in das Gästezimmer neben Nana ziehen, um Mom bei der Pflege zu unterstützen. Ich habe sie bereits kennengelernt. Sie hat früher als Krankenschwester in der Geriatrie gearbeitet und geht dementsprechend gut auf Nana ein. Irgendwie hat es geklickt zwischen uns vieren, und ich hoffe, dass der erste Eindruck sich langfristig bestätigt.

Gretas Anreise entlastet mich. Anders als der Psychotherapeut, den ich letzte Woche auf Hawks Empfehlung hin getroffen habe und der mir überhaupt nicht zugesagt hat. Er fragte mich tatsächlich nach einem Autogramm für seine Tochter. Da war bei mir Schluss. Die kommenden Termine sagte ich ab.

Ich sollte nun also eine Alternative suchen, aber ich

drücke mich davor. Übernächste Woche werde ich mit den Jungs wieder vor die Kamera treten und unseren neuen Song promoten. Ich werde viel unterwegs sein. Wie soll ich da die Zeit aufbringen, nach New York zu einem Therapeuten zu fahren?

Andererseits greift in mir offensichtlich ein Abwehrmechanismus. Ich will mich vor all der mentalen Arbeit drücken. Dabei wäre es wichtig, Hilfe zu bekommen.

Glücklicherweise haben meine Bandkollegen ein Ohr für mich und mir vorgeschlagen, mich bei der Suche nach einem geeigneten Therapeuten, der mich auch auf die Ferne behandelt, zu unterstützen. Sogar telefonieren wollen sie mit mir, wenn ich das allein nicht schaffe. Doch ich werde ihnen und mir beweisen, dass ich über meinen Schatten springen und mir auf eigene Faust Hilfe suchen kann. Zu unserem nächsten Treffen möchte ich ihnen Ergebnisse präsentieren können.

Mom hat mit Nanas Unterstützung einen gedeckten Apfelkuchen gebacken und Kaffee aufgesetzt. Während wir den Tisch im Garten decken, registriere ich den seligen Ausdruck auf Moms Gesicht, der immer zutage tritt, wenn sie hier draußen ist. Früher hätten wir uns nie ein Haus am Meer mit so einem hübschen, von Gärtnern gepflegten Garten leisten können. Aber nachdem sie und ihre Mutter uns Jungs so gewissenhaft erzogen hat, ist das Haus das Mindeste, was ich ihr zurückgeben kann.

Schließlich dreht sie sich um und geht in die Küche zurück. Ich sinke neben Nana auf den Stuhl und schenke ihr Kaffee ein.

Angus hat es sich auf ihrem Schoß bequem gemacht. Schmunzelnd lässt sie die Finger durch sein flauschiges Fell gleiten. Sie ist heute ausgesprochen gut drauf. Beinahe vergesse ich, dass ihr die Demenz im Nacken sitzt und ihre Klauen immer enger um sie schließt.

»Wie geht's dir, Devin?« Nana führt etwas ungeschickt die Milch zum Kaffee und ich nehme ihr den Karton ab, um sie zu unterstützen. Innerlich atme ich auf, denn heute weiß sie meinen Namen. Seit jenem Vorfall ist er ihr kein weiteres Mal entfallen. Dennoch ist mir klar, dass das wieder passieren kann. Jederzeit.

»Super, in zwei Wochen fahre ich mit der Band nach LA.«

»LA? Da habe ich zwanzig Jahre lang gelebt.« Ein Lächeln huscht über ihr Gesicht, Lachfältchen durchziehen die pergamentdünne Haut.

Ich weiß, denke ich, sage es aber nicht. Denn ich möchte sie reden hören. Von Dingen, an die sie sich noch erinnert. Und die Geschichte darüber, wie sie Grandpa in jenem Diner kennengelernt hat.

Nana plappert, während Mom den Teller hinausbringt. Das Telefon klingelt und Mom seufzt auf. »Bin gleich bei euch«, erklärt sie und verschwindet wieder im Haus. Angus spurtet hinterher. Offenbar glaubt er, Mom sei urplötzlich eingefallen, dass er dringend eine Stange seiner Lieblingsleckerlis verdient hat.

»Du solltest auch bald heiraten, Devin«, verkündet Nana und ich spucke beinahe meinen Kaffee über den Tisch.

»Das geht nicht«, widerspreche ich. »Mir fehlt die passende Frau.«

»Papperlapapp.« Entschieden sieht sie mir in die Augen. »Du hast uns deine Freundin doch schon vorgestellt.«

Ich hebe den Kopf. Meint sie Sparrow? Kann sich Nana tatsächlich an sie erinnern?

»Du siehst so traurig aus, Junge«, sagt sie sanft. Ihre Hand greift nach meiner. »Was ist denn los?«

Mein Atem stockt. Der Blick, der Tonfall, die Zärtlichkeit im Gesicht. Genauso hat Nana früher mit mir gesprochen. Als ich klein war, sie nicht so viel vergessen hat, sich aber so unerbittlich um mich gesorgt hat, wie sie es noch heute tut.

Ich werfe einen Blick ins Haus. Mom telefoniert. Wir sind ungestört. Und ich beschließe, mich in diesem sicheren Rahmen ein Stück weit zu öffnen.

Also lehne ich mich zu ihr und erkläre leise: »Ich bin verliebt. Aber ich habe Angst. Liebe bedeutet Risiko, Gefahr und Verlust. Nach allem, was wir als Familie hinter uns haben, möchte ich das nicht nochmal erleben.«

Zweifelnd sieht Nana mich an. Kurz befürchte ich, sie könne meine Worte falsch einordnen oder habe bereits den Zusammenhang vergessen, doch sie ist ganz die verlässliche Oma, als sie antwortet: »Aber du sprichst von Liebe. Liebe kann man nicht planen.« Sie legt auch die andere Hand auf meine. »Nichts ist umsonst im Leben. Schon gar nicht die Liebe. Natürlich kannst du allein bleiben, um dich zu schützen, aber wirst du wirklich gewinnen, wenn du nichts riskierst?«

Wortlos schaue ich sie an, hänge an ihren Lippen.

»Liebe hat ihren Preis. Um bei Larry zu sein, musste ich an die Ostküste ziehen. An die andere Seite von Amerika. Es war nicht leicht, sage ich dir, aber es hat sich gelohnt. Du warst immer so ein unerschrockener Junge, Devin. Du solltest dich von nichts ausbremsen lassen. Vor allem nicht von deiner Angst.«

Meine Augen brennen und ich blinzle dagegen an. »Also denkst du, ich sollte ...«

»Schnapp sie dir!«, entgegnet sie resolut. »Oder wartest du, bis es ein anderer tut?«

»Nein«, erwidere ich schnell. »Um Gottes willen, niemand außer mir sollte mit ihr zusammen sein.«

»Du hast dir die Antwort selbst gegeben!«, triumphiert Nana.

Ich schnaube. Aus ihrem Mund hört sich das so leicht an. Dennoch steckt so viel Wahrheit in ihren Worten. Ihre Weisheit und Lebenserfahrung kann man nicht leugnen. Demenz hin oder her.

»Danke für deinen Ratschlag, Nana.« Behutsam ziehe ich sie an mich und umarme sie.

»Gern, mein Junge.« Sie tätschelt meine Schulter und rückt von mir ab, als Mom in den Garten tritt. Angus tapst ihr gemächlich hinterher, während er sich die Lippen leckt. Offensichtlich hat Mom sich tatsächlich dafür entschieden, ihn zu füttern.

»Tut mir leid, dass ihr warten musstet. Nun bin ich für euch da.« Mom stellt den massiven Kuchen zwischen uns ab.

Nanas Augen strahlen. »Es gibt Kuchen? Das ist ja eine Überraschung!«

Ich beobachte, wie Mom Nana ein Stück von dem Kuchen auftut, von dem sie nicht mehr weiß, dass sie ihn selbst mitgebacken hat, und grüble über ihre Worte.

Schnapp sie dir. Bevor es ein anderer tut.

Nana mag viel vergessen, doch sie hat recht. Ich werde nicht gewinnen, wenn ich nichts riskiere.

Am Abend denke ich nicht lange nach. Ich schreibe Sparrow und frage sie nach einem Treffen.

Die beiden blauen Haken leuchten nur wenige Minuten später auf. Ich warte. Möchte sie anrufen. Lasse es doch.

Die Stunden verstreichen. Sparrow antwortet nicht. Überlegt sie noch? Will sie mich ghosten? Will sie mich nicht sehen?

Ich hadere mit mir. Fürchte, sie endgültig verloren zu haben. Dann denke ich: Nana hat recht. Nichts ist umsonst im Leben.

Kurzerhand beschließe ich, zu handeln.

Sparrow
KAPITEL 28

»Ihr wollt einen völlig Fremden als Manager anheuern?« Dad lässt empört die Kanne mit Bremsflüssigkeit sinken und sieht mich über die Motorhaube des Cadillacs hinweg verständnislos an. Da der Wagen angehoben wurde und einen Meter über dem Boden schwebt, muss er sich auf die Zehenspitzen stellen, um mich zu erkennen.

»Wir *wollen* das nicht nur. Wir haben es schon getan!«, gebe ich heiter zurück.

Dad stößt leise Flüche aus und betätigt einen Knopf, der die Hebebühne hinunterfahren lässt. Grummelnd umrundet er sie und kommt auf mich zu, während er sich die Handschuhe von den Händen schiebt. »Ich fand es besser, als ein Familienmitglied euch in so einem überwältigenden Business den Rücken stärkt. Und nicht so ein dahergelaufener ...«

»Calvin Kavanaugh hat bereits die Blueberries und Grayson Macbeth gemanagt. Er weiß, was er tut. Außerdem haben wir uns in unserem ersten Versuch von einem Familienmitglied managen lassen und sieh, wie es geendet ist.«

Das Auto kommt mit einem Ächzen auf seinen Rädern auf. Dad registriert das, ohne sich nach ihm umzudrehen. Stattdessen schaut er mich an. Mit diesen braunen, warmen Augen, in denen immer ein bisschen zu viel Besorgnis, aber nie zu wenig Zärtlichkeit liegt.

»Ich wünsche mir, dass dieser Calvin Kavanaugh bessere Arbeit leistet als Olivia. Und dass du nicht wieder ... Ärger bekommst. Mit irgendeinem Rockstar.«

Ich schmunzle. Gerade, als Dad damit begann, sich mit der Außenwirkung der Sandpipers zu beschäftigen, flutete die Nachricht über Devins und meine Trennung die Klatschpresse. Daraufhin rief Dad mich völlig verwirrt an und fragte, was zum Henker für einen Mann ich da gedatet hätte und weshalb ich ihm den nie vorgestellt habe. Zu Hause brach das absolute Chaos aus, was ich zu diesem Zeitpunkt null gebrauchen konnte.

Ich wusste ja selbst nicht, was passiert war. Wie sollte ich das Dad erklären?

Also versuchte ich es. Erzählte ihm von dem Arrangement, einander für die Medien zu daten und wie aus Spaß irgendwie Ernst geworden war. Ebenso erwähnte ich, dass die Schatten seiner Vergangenheit an Devin klebten wie Lack an einem alten Auto, das nur blättchenweise von ihm abfiel und rostige Löcher hinterließ.

»Der Junge müsste sich also restaurieren lassen«, nahm Dad diese Allegorie nachdenklich auf.

»Ja, aber nicht von mir. Er muss sich seine eigene Werkstatt dafür suchen.«

Das hatte Dad verstanden. Irritiert war er trotzdem. Weil

Devin und ich Topthema in den Medien waren. Weil Moderatoren, Fans und sogar andere Musiker eine Meinung zu uns hatten und über uns redeten, als ob sie uns persönlich kennen würden. »Das ist doch eine Privatangelegenheit!«, schimpfte er, wenn er schon wieder einen Artikel in der Zeitung entdeckte.

Aber mich empörte das nicht. »Du darfst nicht vergessen, dass wir diese Inszenierung gestartet haben, um Aufmerksamkeit zu erzeugen. Wir bekommen genau das, was wir uns daraus versprochen haben.«

»Ich bin mir nicht sicher, ob das die Art von Aufmerksamkeit ist, die die Sandpipers gebraucht haben«, brummte Dad.

»Ich auch nicht«, erwiderte ich und entließ Olivia noch am selben Abend.

Die Aussprache zu dritt ein paar Tage später gehörte nicht zu meinen Glanzstunden. Ich war wütend, wurde laut und weinte. Doch wie immer war ich froh, Wren an meiner Seite zu haben, die den Großteil des Gesprächs übernahm.

Olivia entschuldigte sich. Beteuerte, nur das Beste im Sinn gehabt zu haben. Das glaube ich ihr auch. Dennoch stieß mich jener Morgen, an dem sie in Devins und meine Beziehung eingriff, in ein tiefes Loch. Arrangement hin oder her. In welcher Form die Auflösung an die Medien getragen werden sollte, hätte mit Devin und mir besprochen werden müssen. Selbst, wenn sich nie Gefühle zwischen uns entwickelt hätten.

Jener Morgen hat das, was zwischen Devin und mir entwachsen ist, erschüttert. Trotzdem weiß ich eines: Es hätte uns nicht zerstören müssen.

In den ersten zwei Wochen verging kein Tag, an dem ich nicht geweint habe. Manchmal überkam es mich während alltäglicher Dinge, manchmal reichte ein Song im Radio. Dass die aktuelle Single der Thunderbirds neuerdings mit einem fünf Meter großem Plakat auf der Werbefläche neben unserem Kino beworben wird, hat auch nicht gerade geholfen, meine Gefühle abzuschalten. Ich fahre seitdem eine andere Route, um dem Abbild meines Ex-Fakefreunds nicht auf dem Weg zum Supermarkt in die Augen schauen zu müssen. Und doch bewahrt mich das nicht vor ihm, denn Devin ist überall. In der Welt, in meinem Kopf, in meinem Herzen.

I can fix him. Das hätte ich vielleicht noch vor ein paar Wochen gedacht. Aber jetzt tue ich das nicht mehr. Ich kann Devin zwar beim Kampf gegen seine Dämonen unterstützen, doch ich kann ihm Schwert und Schild nicht abnehmen.

Und deshalb habe ich mich damit abgefunden. Unsere Trennung ist endgültig.

Ich wollte dementieren.

Er nicht.

Und vielleicht hatte er recht und das ist besser so.

Auf Dauer hätte das mit uns nicht funktioniert. Oder?

Die Erinnerungen an unsere magischen Tage in Devins Haus durchfluten mich und etwas zieht in meiner Brust. Zieht mich zu ihm hin. Obwohl er so weit weg ist.

In den letzten Wochen erfasste mich öfter das Bedürfnis, alles hinzuwerfen und einfach nach New York zu reisen. Vor seiner Tür zu stehen, ihn in den Arm zu nehmen, zu reden. Ihn davon zu überzeugen, dass zwischen uns alles gut werden würde, wenn er sich und uns nur Zeit gäbe. Doch ich bin schon so oft auf ihn zugegangen. Selbst wenn ich ihn überzeugen könnte, sich auf mich einzulassen – ich glaube nicht, dass aus uns aktuell eine gesunde Beziehung entstehen könnte, die gut für mich ist.

Deshalb höre ich auf meinen Kopf und ignoriere mein Herz.

»Du willst uns ja nicht managen«, scherze ich. Damit nehme ich ein Gespräch auf, das wir führten, nachdem Wren und ich vorletzte Woche nach einem Auftritt in San Diego in Dads Wagen nach Wave Crest fuhren. Es war der erste Gig, den mein Vater besuchte, und er war mächtig beeindruckt. Wren witzelte mit Dad herum, während ich mich müde, aber zufrieden an den Rücksitz lehnte und von diesem lautlosen Hochgefühl ergriffen wurde, das sich manchmal nach einem Auftritt einstellt. Ich war glücklich. Froh, mich für die Bühne entschieden zu haben und an mir gewachsen zu sein. Und ich dachte an Devin und für den Moment erfüllte mich kein Gram. Ich war ihm dankbar. Das bin ich noch immer. Denn auch wenn unser Abschied eine Katastrophe war, so hat er mir geholfen, meinen Platz im Showbusiness zu finden. Er hat mir klargemacht, wie talentiert ich bin und welchen Wert mein Gesang für das Publikum hat. Mir versichert, dass mein Verständnis und meine Sanftheit mich auszeichnen. Heute bin ich mir sicher: Er hat mich gesehen. Auch wenn er nicht dazu imstande war, zu mir zu stehen, weiß ich, dass er mich wirklich geschätzt hat. Und es vielleicht ... hoffentlich noch immer tut.

Dad verschränkt lachend die Arme vor der Brust. »Ich bleibe bei meinen Autos.« Missmutig blättert er durch seinen Kalender, der aufgeschlagen auf der Werkbank liegt. »Auch wenn mir die Arbeit über den Kopf wächst, seitdem du so oft weg bist.«

Bedauernd schaue ich ihm über die Schulter. Neben dem

Eintrag *Ford Mustang 1977* hat er mit rotem Stift den Schriftzug *abgesagt* gesetzt. Das ging nicht vom Kunden aus, sondern von Dad. Er schafft schlichtweg nicht so viel wie früher, jetzt, wo ich tatsächlich den Alltag eines Popsternchens lebe.

»Es tut mir leid, dass du nun ohne mich restaurieren musst«, sage ich leise.

Dad dreht sich zu mir um. Er macht einen etwas traurigen Eindruck. Aber er wirkt auch – und das verblüfft mich – stolz.

»Das ist in Ordnung«, erwidert er lächelnd. »Ich habe dich auf der Bühne erlebt. Du gehörst dorthin, Sparrow. Du bist deinen Weg gegangen. Aller Zweifel zum Trotz.«

»O Dad.« Etwas zu stürmisch schlinge ich die Arme um ihn.

Überrumpelt lacht er auf und tätschelt meinen Rücken. »Deine Mutter wäre stolz auf dich. Und ich bin es auch.«

»Dad, nicht!«, schniefe ich und löse mich von ihm. »Wir wollen gleich auf den Nightmarket, da kann ich es nicht gebrauchen, nun zu weinen!«

Dads Arm ruht auf meiner Schulter, auch er wischt sich eine Träne aus dem Augenwinkel. »Manchmal kann weinen heilsam sein«, entgegnet er und dank dieser Aussage bin ich wiederum ebenso stolz auf ihn wie er auf mich. Er scheut sich nicht davor, Gefühle zu zeigen. Viele gestandene Männer können das nicht und ich bin froh, dass Dad sich das erlaubt.

Unwillkürlich muss ich an Devin denken und wie schmerzhaft, aber rein seine Tränen am Strand waren. Ob er seit unserer Trennung nochmal geweint hat? Um Bryce? Oder sogar ... um mich? Ob es ihm gutgeht?

Ein Knoten bildet sich in meiner Brust und ich lasse

von der Sorge ab, um sie nicht zu zerdenken. Sosehr ich will, dass es ihm gut geht – ich habe darauf keinen Einfluss mehr. Ich kann es nur hoffen. Denn Devin verdient das Beste.

Während Dad sich die Hände wäscht, damit wir loskönnen, gebe ich mir Mühe, ihn aus meinem Kopf zu schieben. Er hat mir in den letzten Wochen zweimal geschrieben, bis jetzt habe ich nicht geantwortet. Ich habe es vor. Wenn ich die richtigen Worte und Abstand gefunden habe. Denn aktuell fürchte ich, in alte Muster zu verfallen, wenn wir wieder Kontakt haben. Mich noch heftiger in ihn zu verlieben, als ich es ohnehin schon bin. Wir werden reden, wenn es an der Zeit ist.

Aber wann ist es denn endlich an der Zeit?, fragt eine leise Stimme in mir.

Ehe ich meinen Gedanken fortführen kann, tritt Wren in die Werkstatt. »Hallo, ihr beiden! Seid ihr bereit für einen unvergesslichen Abend auf dem Nightmarket?« Sie hebt fragend die Brauen, während sie aus der geöffneten Tür deutet.

»Hallo, Wren!« Ich strahle sie an, schüttle aber im nächsten Moment hektisch den Kopf.

Wren hat verstanden und drückt die Tür zu, ohne ihre Begleitung einzulassen.

»Wir sind bereit, nicht wahr?«, entgegnet Dad. »Ich fahre nur eben den Cadillac von der Hebebühne.« Er widmet sich dem Oldtimer.

Ich nähere mich Wren und umarme sie zur Begrüßung. »Schön dich zu sehen.« Mit gedämpfter Stimme füge ich hinzu: »Celia wartet draußen?«

Wren nickt. »Tut sie. Sie ist aufgeregt. Hoffentlich ist

Harry nicht so schroff, wenn er erfährt, was wir uns ausgedacht haben.«

Ich lache auf. »Dann kriegt er es mit mir zu tun. Aber er wird sich freuen, glaub mir.«

»Was gibt's denn da zu tuscheln?«, fragt mein Vater, der nun auf uns zukommt.

Ich hole tief Luft und suche die richtigen Worte.

Wren nickt mir aufmunternd zu.

Also beginne ich. »Dad, wir haben eine Überraschung für dich.«

»Für mich?« Er bleibt stehen und sieht uns perplex an.

Ich nicke. »Es geht um *Harry's Oldtimer Garage*. Ich habe dir ja bereits angeboten, dich finanziell zu unterstützen. Dir eine größere Werkstatt zu kaufen oder ein modernes Equipment. Du wolltest nichts davon annehmen.«

Dad verschränkt die Arme vor der Brust. »Wie ich sagte, Sparrow: Behalte dein Geld. Ich habe diese Werkstatt vor fünfundzwanzig Jahren eigenständig gekauft und aufgerüstet. Wenngleich die Zeiten hart waren – ich kam klar und werde es auch in Zukunft.«

»Das akzeptiere ich«, mache ich deutlich. Auch, wenn es mir schwerfällt. Die jüngsten Geldeingänge ermöglichen mir ein Leben im Übermaß. Es ist absurd, dass Dad jeden Cent einzeln umdrehen muss, zumal Mom und ich mittlerweile als Aushilfen wegfallen. Aber er ist stur. Zum Glück habe ich mir etwas anderes überlegt.

»Trotzdem würde dir ein wenig Hilfe guttun.«

Zweifelnd hebt er die Brauen. Er will etwas sagen, doch ich lasse ihn nicht zu Wort kommen. »Letzten Winter hatten wir Unterstützung, erinnerst du dich? Das hat uns beide mächtig entlastet.«

Seinem Gesichtsausdruck zufolge scheint es in Dads Kopf zu rattern. »Du meinst ...«, kombiniert er.

»Celia«, ergänzt Wren. »Meine Schwester.« Sie drückt die Tür auf und winkt sie herein. Eine gelbe Cap sitzt auf ihrem Kopf und ihre voluminösen, schwarzen Haare, die Wrens so sehr ähneln, fallen auf ihre Schulter. Nervös reibt sie die Handflächen aneinander und lächelt Dad schüchtern an.

»Hallo, Mister Price.«

Dad ist so verblüfft, dass er nichts rausbringt als einen knappen Gruß.

Wren legt den Arm um Celia und drückt aufmunternd ihre Schulter. »Vor kurzem hat Celia ihren Schulabschluss gemacht. Zwar war unser ursprünglicher Plan, dass Mom sie als Köchin im *Sandcastle Café* anlernt, aber sie spricht seit ihrem Praktikum in *Harry's Oldtimer Garage* von nichts anderem als Autos. Zwar stellst du aktuell niemanden ein, Harry, aber laut Sparrow brauchst du trotzdem Hilfe.«

»Und zwar dringend.« Bittend sehe ich meinen Vater an. »Lern Celia in deiner Werkstatt an, Dad. Ich übernehme ihr Gehalt. Da ich für eine Weile ausfalle, ist dies das Mindeste, was ich tun kann, einen Ersatz zu besorgen. Und ich kann mir niemanden vorstellen, der geeigneter ist.«

Celia errötet.

Dad starrt ungläubig von einer zur anderen. Ein paar Mal setzt er dazu an, etwas zu sagen, bricht aber ab, indem er schnaubend den Kopf schüttelt. Schließlich wendet er sich an Celia.

»Hättest du denn Lust, hier zu arbeiten?«

Celias Augen leuchten auf. »Und ob, Mister Price. Sie restaurieren gerade einen Cadillac, oder? Ich vermute, 1960

Baujahr.« Auf die Zehenspitzen schaut sie über Dads Schulter, um einen besseren Blick auf den Wagen zu erhaschen.

»1956«, verbessert Dad und tritt zur Seite, um nicht im Weg zu stehen. »Möchtest du ihn dir von der Nähe ansehen?«

Celia nickt heftig und folgt Dad zum Wagen.

»Wollten wir nicht los?«, ruft Wren ihnen halbherzig hinterher. Sie seufzt, als beide nicht reagieren, weil sie zu vertieft in das Gespräch über Autos sind, und lehnt sich mit einem zufriedenen Grinsen an Dads Werkbank. »Ich glaube, du hast mit deiner Idee ins Schwarze getroffen, Sparrow.«

»Ich glaube auch«, erwidere ich. Lächelnd sehe ich dabei zu, wie sich Dads Gesicht erhellt, als Celia ihn zum Cadillac ausfragt. Dass sie anpacken kann und sich nicht davor scheut, ihre Hände dreckig zu machen, hat sie bereits während ihres Praktikums unter Beweis gestellt. Und ich weiß, wie sehr Dad es liebt, mit jungen Menschen zusammenzuarbeiten und sein Wissen zu teilen. Celia saugt es auf wie ein Schwamm. In meiner Abwesenheit wird sie mich garantiert gut vertreten.

Schließlich machen wir uns zu viert auf den Weg zum Markt.

Die Strandläufer tippeln durch den Sand. Der Himmel hat einen rosaorangenen Ton angenommen, der sich im Laufe des Abends lila und letztlich mitternachtsblau färben wird. Es wird sich anfühlen, als käme der Anbruch der Nacht zu früh, denn die Tage werden kürzer. Mit dem Nightmarket verabschiedet Wave Crest den Sommer. Wir werden acht Monate warten müssen, bis wir ihn wieder begrüßen dürfen.

Er wird mir fehlen, der Sommer. Gleichzeitig bin ich froh, dass er vorbei ist. Rückblickend kommt er mir länger vor, als er wirklich war. Es ist so viel passiert.

Devin ist passiert.

Da ist er wieder, der Stich der Sehnsucht im Herzen. Wird das denn nie vergehen?

Ich wische die Gedanken von mir und konzentriere mich auf das Rauschen des Meeres. Es schwillt an, je näher wir der Promenade kommen. Wie meine Erinnerungen an meinen impulsiven und wilden New Yorker Jungen, der mich stets auf eine spannende Art umspülte wie die Wellen die Bucht.

Wren schlendert neben mir her, während Celia und Dad ein angeregtes Gespräch über Autos führen. Celia richtet Fragen an ihn, die ich nie gestellt hätte. Einfach, weil sich viel ergibt, wenn man in einer Autowerkstatt aufwächst. Dad geht richtig auf in seinen Erklärungen. Ich hatte gehofft, dass Celias Hilfe ein Trost für ihn sein könnte, doch während ich den beiden lausche, verfestigt sich mein Verdacht, mit Wrens Schwester ins Schwarze getroffen zu haben. Eventuell könnte Celia mich nicht nur vertreten, sondern ersetzen. Ich hoffe es vom ganzen Herzen.

Die Sonne steht tief am Horizont, als wir den Torbogen zum Nightmarket passieren und auf die Promenade treten. Bereits jetzt sammeln sich Menschen rund um die Büdchen, die bis spät in die Nacht geöffnet sein werden. Gerüche von gebutterten Maiskolben, frittierten Churros und gebratenen Burgerpatties füllen die Luft. Die ausgelassene Stimmung wird von den sanften Klängen der Straßenmusiker und dem Flüstern der Wellen untermalt. Unweigerlich formen meine Lippen ein Lächeln.

Wave Crest. Für immer mein Zuhause.

»Da ist schon mein Lieblingsstand!« Zielstrebig steuert Dad ein Büdchen an, dessen Betreiber ihn trotz Kundschaft entdeckt hat und uns zuwinkt. »Darf ich euch auf ein Steakbrötchen einladen? Es gibt auch vegetarische Alternativen.«

Celia ist sofort dabei. Auch ich könnte einen Snack vertragen. Doch Wren zupft an meinem Shirt.

»Sparrow, ich muss dir etwas gestehen. Es könnte sein, dass Harry heute nicht der Einzige ist, für den ich eine Überraschung habe.«

Ich stutze. »Was meinst du damit?«

Wren dreht sich zu Dad, der mit Celia bereits am Steakstand steht. Sie deutet zum Meer, woraufhin er nickt. Er ist eingeweiht.

Mein Herz macht einen nervösen Hüpfer. »Was habt ihr ausgeheckt?«

Wren legt eine Unschuldsmiene auf. Sie umfasst meine Schulter und führt mich tiefer in den Markt hinein in Richtung Wasser. »Gar nichts. Er weiß nur, dass ich dich im Laufe des Abends mitnehmen werde.«

Ich starre sie ungläubig an. »Wohin?«

»Wir werden jemanden treffen.«

»Wen?«

Sie seufzt. »Ist es noch eine Überraschung, wenn ich dir das vorher sage?«

Ich hole tief Luft. »Wren. Ich hoffe, dass es nicht die Person ist, an die ich gerade denke.«

Wren klingt gleichzeitig amüsiert und hilflos. »Und wenn doch?«

Abrupt bleibe ich stehen. Da die Stände am Wasser spärlicher sind, befinden sich in unserer Nähe aktuell nur wenige Menschen. Ein paar Schritte weiter macht der Weg eine

Biegung zu einem freien Platz am Pier, an dem man später am Abend kleine Papiertüten anzünden kann, um seine Wünsche gen Himmel zu senden.

Forschend blicke ich in die Augen meiner besten Freundin, die mit verhaltenem Übermut mein Gesicht betrachtet, um jede Gefühlsregung mitzubekommen. Sie strahlt so viel Zuversicht aus. Vorfreude.

»Er kann nicht hier sein«, flüstere ich.

»Und wenn doch?«, wiederholt sie, ein ausgelassenes Funkeln in den Augen.

»Wren ...« Ich reibe mir über die Stirn, unwillig, diese Möglichkeit zu akzeptieren. Devin ist mir nie hinterhergereist. Fans machen das für ihn. Und ich. Damals. So gern ich mir ausmalen wollte, dass er mich eines Tages in Wave Crest besucht, so war es doch nie eine reelle Vorstellung. Versteht Wren das nicht? Wieso spielt sie mit meinen Gefühlen?

»Du weißt, was zwischen uns passiert ist«, setze ich leise hinzu.

Sie drückt meine Oberarme. Ihr Blick wird sanft. »Das weiß ich. Und ich weiß auch, wie sehr er dich sehen will. Was du ihm bedeutest. Und dass er an sich arbeiten möchte.«

Ungläubig schaue ich sie an. Sie spricht tatsächlich von Devin. Und das ziemlich wohlwollend. »Aber du magst ihn nicht mal.«

Sie lacht. »Du hattest recht. Wenn man ihn näher kennenlernt, ist er gar nicht so übel.« Sie führt mich langsam weiter zum Meer. Zu den Wellen. Zur vertrauten Unruhe der See, die mir alles bedeutet. »Du musst mir versprechen, nicht wegzulaufen. Du musst ihm zuhören. Ich bitte dich, Sparrow.«

Doch meine Aufmerksamkeit verlagert sich. Ich schaue

Wren über die Schulter, dorthin, wo bunte Lampions einen Tresen mit gefalteten Papiertütchen erhellen. Wo das Meer ganz nah ist. Wo sich der Himmel lila färbt und mein Herz ebenso. Vor Aufregung. Angst. Unglaube. Ungeduld. Zuneigung.

Denn dort steht er. In diesem Hemd, auf dem sich kleine Strandläufer tummeln, und mit dieser niedlichen goldenen Fliege und den Hosenträgern, die seinem Outfit wohl etwas Adrettes verleihen sollen. Aber die Hemdsärmel sind hochgekrempelt und seine blonden und schwarzen Haare auf ästhetische Weise verwuschelt. Auch in Wave Crest ist er Raven, der gefeierte Gitarrist der Thunderbirds. Doch er läuft am Pier auf und ab, seine Finger fahren nervös über die tätowierten Arme. Und ich erkenne, dass er ihn noch immer in sich trägt, und bereit ist, sich mir zu zeigen, als der, der er ist. Devin.

»Das kann nicht ...« Unwillkürlich mache ich einen Schritt zurück.

Wren fasst nach meinen Händen. Mittlerweile versucht sie nicht mal mehr, ihre Ausgelassenheit zurückzuhalten. »Doch. Er ist hier.«

»Aber wir haben Schluss gemacht. Chris und Olivia haben für uns Schluss gemacht. Wir sind getrennt. Waren nie zusammen. Wir ...« Die Worte purzeln nur so aus meinem Mund.

Lachend zieht Wren mich an sich. Sie schlingt die Arme um meinen bebenden Körper. »Ihr beide habt das nie geklärt. Mir ist bewusst, wie sehr du ihn vermisst. Er hat dir ein paar Dinge zu sagen.«

»Aber ich weiß nicht, ob ich das kann. Ob ich bereit bin.« Meine Stimme zittert.

»Du bist bereit! Du vermisst ihn jeden Tag!«

Die Widerworte bleiben mir im Hals stecken, als Devin sich umdreht. Sein Hemd spannt über der Brust, als er Luft holt. Sein Blick geht mir durch Mark und Bein. Der Ausdruck in seinen Augen ist mir so vertraut. In ihnen funkelt eine unverhohlene Neugier, unterlegt von tiefer Zuneigung.

Ein kleines Für immer vergeht, während wir einander anschauen. Zum ersten Mal nach so langer Zeit.

Wren tritt grinsend zur Seite. Der Magie, die allein unser Blickkontakt auf den anderen ausübt, will sie nicht im Weg stehen. Gleichzeitig scheint sie sie als gutes Zeichen zu werten. »Ihr macht das schon«, sagt sie zuversichtlich und winkt Devin kurz zu. Anscheinend begegnen die beiden einander heute nicht zum ersten Mal.

Es empört mich irgendwie, dass meine beste Freundin und mein Ex-Fakefreund hinter meinem Rücken ein Date arrangiert haben, doch Wren wispert mir zur: »Melde dich, wenn du etwas brauchst. Ich habe mein Handy bei mir.« Damit verschwindet sie.

Übrig bleiben nur wir beide. Devin und ich. Ein endlos langer Moment des Starrens, des Schweigens, der Tatenlosigkeit. In Augenblicken wie diesen habe ich mich in der Vergangenheit stets bemüht, die Ratlosigkeit zwischen uns zu verscheuchen und den Nebel zu lichten. Doch das Blatt hat sich gewendet. Nun ist er derjenige, der handelt.

»Hallo, Sparrow«, sagt er und kommt auf mich zu.

Langsame, zielstrebige Schritte. Weg vom Meer, hin zu mir. Zu uns?

»Hallo, Devin«, erwidere ich leise. Als er vor mir steht, muss ich den Kopf in den Nacken legen, um ihn zu mustern, weil er um einiges größer ist als ich. Unwillkürlich katapultiert mich meine Erinnerung zurück in Momente, in denen wir genauso voreinander standen. In denen sich die Spannung ins Unermessliche aufbaute, weil diese unterschwellige Anziehungskraft zwischen uns lag. Nie wusste ich genau, wie er sich gleich verhalten würde. Bis zum Schluss blieb er undurchdringlich, unvorhersehbar, unberechenbar. Und damit hatte er mich immer ein wenig in der Hand. So auch jetzt.

Ich unterliege seinem forschenden Blick und seinem Charme. Mein Herz stolpert, mein Atem stockt, ich hänge an seinen Lippen, aber nur im übertragenen Sinn. Leider.

Doch nun liegt noch etwas anderes in seinem Gesicht. Seine Unterlippe bebt leicht, seine Finger tasten nach mir, ohne mich zu berühren. Er öffnet den Mund, um etwas zu sagen, bricht ab. Öffnet ihn wieder, beginnt mit: »Du siehst ...«, stockt und atmet tief durch, als wolle er sich sammeln. Dann lächelt er entwaffnend und ergänzt: »Hinreißend aus.« Ein Schmunzeln. »Wie immer.«

»Was machst du hier?«, platzt es aus mir heraus. Hektisch drehe ich den Kopf. »Hat dich noch niemand erkannt?« Obwohl auch Wren und ich in der Öffentlichkeit stehen, können wir uns in Wave Crest meist frei bewegen. Im harten Kontrast dazu steht das Ausmaß an Aufsehen, das den Thunderbirds zuteilwird, wenn sie durch die Straßen schlendern. Das habe ich in den vergangenen Monaten oft genug mitbekommen.

»Abgesehen von zwei jungen Mädchen heute Morgen noch niemand. Du hattest recht. Wave Crest ist wirklich ein verschlafenes Nest.«

»Wie lange bist du schon in der Stadt?«

»Seit gestern Abend. Wren hat mir ein Zimmer in der Pension über dem *Sandcastle Café* besorgt.«

»Warum ...« Meine Stimme bricht. Ich weiß nicht mal, was ich fragen will. Warum mir niemand etwas gesagt hat. Wie Wren so lange dichthalten konnte. Weshalb Devin überhaupt da ist. Wie das alles zwischen uns so zerfallen konnte und warum ich nun trotzdem so erleichtert bin, ihn bei mir zu haben.

Wahrscheinlich ist die durchdringendste Frage, wie Devin mich an jenem verregneten Morgen gehen lassen konnte. Obwohl sich alles zwischen uns so berauschend, so richtig angefühlt hat.

Ich möchte so viel sagen. Doch nichts erscheint angemessen. Tief im Inneren bin ich schockiert, im positiven Sinn. Denn es passiert wirklich. Devin Anderson kam nach Wave Crest. Er ist hier, um mit mir zu reden.

Lächelnd beobachtet er, wie ich nach Worten suche. Er beugt sich zu mir herunter, während seine Hand nach meiner tastet. Ein Schauer läuft mir über den Nacken, kribbelt meinen Rücken hinab. Kein Mann der Welt ist in der Lage, mich mit nur einer kleinen Bewegung derart unter Strom zu setzen.

»Ich will es wiedergutmachen, das zwischen uns. Ich kann dir nun erklären, wie leid es mir tut, Sparrow. Was ich für ein verdammter Idiot bin. Was mich dazu bewog, so zu handeln, wie ich es getan habe. Oder wir verschieben das auf nachher und du zeigst mir den Nightmarket.«

Unwillkürlich kehren die Erinnerungen zurück. Ich sehe Devin und mich im Fernsehstudio auf jener roten Couch sitzen, höre Bellas Stimme in meinen Ohren und meine Antwort.

»Wir wollen ein paar Details erfahren. Wie habt ihr euch kennengelernt? Wo seid ihr einander nähergekommen?«

»Raven hat mich in Wave Crest besucht und auf ein Date eingeladen. Es war Nightmarket, ein kleines Festival, auf dem Händler ihre Waren und Fingerfood verkaufen. Wir sind Hand in Hand an der Promenade entlangspaziert und haben viel gelacht.«

Mein Herz setzt einen Schlag aus. »Ist dies … ein Date?«, bringe ich schwer hervor.

Er legt die Stirn in Falten. »Ein Date oder … ein Anfang. Ein richtiger Anfang. Von uns.«

Ein Anfang. Genauso, wie ich ihn erträumt habe.

»Aber …« Unerwartet heftig bohrt sich ein Schmerz zwischen meine Rippen. Die Erinnerung an unseren letzten gemeinsamen Tag, an dem sich alles so perfekt anfühlte, so vollkommen. Wir waren vollkommen. Und doch hat er uns fallen lassen. Mich fallen lassen. Und so bringe ich stockend hervor: »Wir hatten schon viele Dates, Devin.«

Er schluckt hörbar. »Ja, das hatten wir. Und dennoch bitte ich dich um dieses eine.«

Sein Blick hält mich gefangen, ist so entschieden und ehrlich. Und obwohl mein Unterbewusstsein mich warnt und fordert, meine Entscheidung nicht zu widerrufen, wirbelt Devins Anwesenheit meine Emotionen auf wie trockenes Laub. Sein Sturm pustet etwas in mir frei, das nur er zu füllen vermag.

Und die Sehnsucht nach ihm siegt. Ich lasse zu, dass er die Finger zwischen meine schiebt. Meine kleine Hand fühlt sich in seiner großen so sicher, so beschützt an. Und allen gemischten Gefühlen, allen Zweifel zum Trotz, nicke ich.

»Ja. Lass uns auf ein Date gehen.«

Damit schlendern wir über den Markt.

Die Sonne geht unter, die Nacht bricht an. Der Nightmarket entfaltet seine Magie im Licht der Girlanden. Das Raunen der See findet über die gedämpften Unterhaltungen und die Musik immer wieder seinen Weg in mein Bewusstsein und begleitet mich wie der Mann an meiner Seite. Wie die Wellen fühlt sich seine Anwesenheit manchmal stürmisch und spannend an, umspült mein Herz aber nun mit einer angenehmen Ruhe.

Wir bleiben auf Tuchfühlung, während ich ihm die schönsten Ecken des Piers zeige. Den Stand mit den selbstgemachten Armbändern, die Porträts von dem alten Mann mit der Kapitänsmütze und die Frau mit den pinken Haaren, die mit zarten Wasserfarben Postkarten vom Horizont malt.

Devin ist von der lauschigen Schönheit meiner Heimat angetan. Und auch von mir. Ich merke es an der Art, wie er mich von der Seite anschaut, während ich ihm Anekdoten zur Location erkläre. Nicht nur einmal erfasst mich das Bedürfnis, ihn am Kragen zu mir hinunterzuziehen und ihn zu küssen. Trotz allem. Wegen allem.

Doch es liegt so viel Ungesagtes zwischen uns. Ich will seine Präsenz auf mich wirken lassen und nichts überstürzen.

Schließlich machen wir halt an einem Schießstand. Devin besteht darauf, sein Glück zu versuchen, und es gelingt ihm tatsächlich, mir eine Rose zu schießen. Als er sie mir zufrieden in die Haare steckt, streifen seine Finger mein Ohr und ich ziehe die Schultern hoch, weil sich das Prickeln seiner Berührung über meinen ganzen Nacken ausbreitet. Dies ist eine so wunderbar kitschige Geste, dass die Enttäuschungen der letzten Wochen in mir zu schrumpfen scheinen. Ich frage mich, ob es mir gelingen würde, sie zu überwinden. Wenn wir einfach so weitermachen wie heute. Wenn sich jeder Tag so anfühlen würde wie dieser Moment.

»Ich kann von diesem Ort nicht genug bekommen, Sparrow«, sagt Devin schließlich, als wir den Markt einmal durchquert haben. Meine Hand hält er fest in seiner. Die Lichter der Lampions spiegeln sich in seinen Augen. Er sieht gelöst aus. Glücklich. Wunderschön. Blinzelnd mustere ich ihn. Noch immer ist es bizarr, ihn in dieser Kulisse zu sehen. Devin in Wave Crest. Meine Lieblingsperson an meinem Lieblingsort.

Ich möchte gerade etwas erwidern, da entdecke ich ihn. »O Gott. Da hinten ist mein Dad.« Die Röte schießt mir ins Gesicht.

Devin tritt näher an mich heran und legt das Kinn auf meinen Scheitel. »Ist es der Mann neben Wren am Steakstand? Der uns zuwinkt und breit grinst?«

»Genau der.« Meine Wangen werden immer heißer. Dad hat mich seit der Highschool nicht mehr mit einem Jungen gesehen. Seinem süffisanten Grinsen zufolge ist er von Wren über das Date informiert worden und ich lese seinem Gesicht ein gewisses Einverständnis ab. Das ist nicht selbstverständlich, Dad ist ein Meister darin, grimmig zu gucken. Zumindest scheint er anhand von Wrens Erzählungen mit der Annäherung zwischen Devin und mir einverstanden zu sein. Das ist komisch, wunderschön komisch, und löst ein Ziehen in meiner Brust aus, das sich nur verstärkt, als Devin fragt: »Soll ich mich ihm vorstellen?«

Mein Herzschlag verdoppelt sich. Ich bin verwirrt und überrascht. *So ernst ist es ihm?* Natürlich weiß ich nicht, als wen er sich vorstellen würde. Als Raven? Als Devin? Als mein Fakedate oder ... als Freund?

Um meiner Gefühle Herr zu werden, halte ich ihn zurück. »Lass uns das auf später verschieben.«

»In Ordnung.«

Hand in Hand laufen wir weiter, bis wir an unserem Ausgangspunkt ankommen, an dem der Pier das Meer trifft. Die salzige Brise weht mein Haar über die Schulter und ich ziehe meine Cordjacke fest um mich.

Nachdem Devin stehengeblieben ist, spiele ich nervös mit dem Reißverschluss und wage nicht, hinaufzusehen. Ich fühle mich immer so machtlos, wenn er in meiner Nähe ist. Wunderbar ausgeliefert, gleichzeitig frei. Als schmiegen sich unsere Geister aneinander, um zu einer Einheit zu verschmelzen, die man mit nichts anderem erklären kann als mit einer tiefen Bindung.

»Sparrow.«

Devin legt den Daumen unter mein Kinn, hebt es an.

Ich kann nicht länger wegsehen, muss ihn anschauen. Uns. Das, was eine Weile geschlafen hat, nie ganz weg war und wahrscheinlich immer da sein wird. Was nun wieder zum Leben erwacht und heranwächst zu etwas, das ich nicht aufhalten kann.

»Dieses Date ist unfassbar schön«, sagt Devin leise. Sein Daumen fährt meine Wange hinauf, während er die Hand an meinen Nacken legt. Er hält mich und stellt gleichzeitig sicher, dass ich den Blickkontakt nicht breche. Ich soll ihm nicht wieder entweichen. Dem ins Auge blicken, was uns verbindet. Auch Wren hat es gesagt. Ich darf nicht weglaufen.

»Ich weiß, dass ich Mist gebaut habe«, fährt er leise fort. »Ich habe dir nicht das gegeben, was du verdient hast. Und du hattest recht. Du hattest immer recht. Natürlich liegt das daran, dass ich Bryce' Tod nie ganz verarbeitet habe. Aber ich habe mit Hawk geredet. Auch mit Nana. Und sie sagten, ich solle mich nicht von meiner Angst ausbremsen lassen.«

Wieder bin ich überrascht. Er hat selbst mit seiner Grandma über mich gesprochen?

»Ich habe eine Therapie begonnen«, fährt er fort, »um mich meinen Dämonen zu stellen. Ganz losgelöst von dem, wie es mit uns weitergeht. Aber, Sparrow ...« Sein Daumen streichelt langsam über meine Wange, seine Unterlippe zittert. »Ich war ein Idiot. Bitte, gib mir noch eine Chance.« Er scheint zu merken, welche Wichtigkeit der Moment für uns hat. Er spricht immer schneller, redet sich um Kopf und Kragen. »Ich werde unsere Trennung dementieren. Oder jedem verdammten Reporter persönlich erklären, was ich für ein Dummkopf war. Ich werde alles daransetzen, dich so zu behandeln, wie du es verdient hast.«

»Aber woher weiß ich, dass sich unsere Beziehung nicht wieder so entwickelt wie beim letzten Mal? Dass du mich nicht verlässt und ich nicht all das nochmal durchstehen muss?« So gut es tut, seine Worte zu hören: Der Schmerz ist noch immer präsent, die klaffende Wunde in meinem Herzen nicht ganz verheilt. Eine erneute Trennung könnte es so sehr zerfetzen, dass ich es nicht mehr zusammensetzen könnte.

»Mir ist bewusst, was ich dir angetan habe«, wispert er und das Zittern seiner Unterlippe überträgt sich nun auch auf seine Finger. »Ich habe damit nicht nur dir wehgetan, sondern auch mir. Und die letzten Wochen haben mir klargemacht: Mit meinem Schmerz kann ich leben. Aber nicht mit deinem. Ich verspreche dir, nie wieder dafür verantwortlich zu sein, dass du leidest.«

Seine Aussage ist so klar, so ehrlich. Alles, was ich hören

will und von ihm brauche. Mit aufeinandergepressten Lippen lasse ich seine Worte sacken, während er mit angehaltenem Atem auf meine Reaktion wartet. Hoffnung spiegelt sich in seinen Zügen, doch auch Angst, nicht bestmöglich argumentiert zu haben. Dies ist der Moment, in dem sich alles entscheidet. Das weiß er.

»Beweis es mir«, wispere ich. »Lass Taten folgen.«

Erleichtert atmet er aus. »Das werde ich.«

Ich kann und werde mich nicht gegen etwas wehren, das sich vorherbestimmt anfühlt. Mein wilder New Yorker Junge ging durch die Hölle, als er seinen Bruder verlor. Seine Bitte, ihm eine Chance zu geben und an seiner Seite zu bleiben, während er sich diesen Erlebnissen stellt, kann ich nicht ausschlagen. Und schon gar nicht, wenn er mich mit diesem frechen Funkeln in den Augen mustert, ehe er mich an sich zieht und küsst.

Wieder ist es ein glühender erster Kuss, voller Leidenschaft, aber auch voller Wertschätzung. Herbeigesehnt haben wir das beide schon seit unserer Begegnung und die Flamme klein gehalten, um nicht Feuer zu fangen. Doch nun tun wir das nicht mehr. Ich lasse zu, dass sein Begehren sich auf mich überträgt. Ich lasse mich auf ihn ein.

Die Erinnerung zieht mich zurück auf das rote Sofa. Meine eigenen Worte echoen in meinem Kopf.

»Bella, kennst du das, wenn sich ein Moment plötzlich richtig anfühlt und alles Sinn ergibt? Als habe sich das Leben genau auf dieses Ereignis hinbewegt. So ein Moment war das.«

So ein Moment ist das.

»Wenn du möchtest, bist du nun nicht mehr nur mein Küstenmädchen, sondern meine Freundin«, sagt Devin schließlich leise und küsst meinen Hals.

»Das möchte ich.« Ich kichere, weil seine Bartstoppeln durch mein heftiges Nicken über die empfindliche Haut unterhalb meines Ohres reiben. Und ein wenig auch vor Glück. Denn das ist es, was dieser Mann in mir entzündet. Pures Glück.

Aus den Augenwinkeln nehme ich wahr, dass die ersten Marktbesucher ihre Papierblättchen angezündet haben. Ihre Wünsche fliegen dem Himmel entgegen.

Ich werde heute kein Blättchen anzünden. Denn mein sehnlichster Wunsch hat sich schon erfüllt.

Devin

EPILOG

Sparrow Price & Raven Anderson — alles nur Fake?

Ganze vier Monate ist es nun her, dass das Popsternchen und der Frontman der Thunderbirds getrennte Wege gingen. Seit sie nur einen Monat später überraschend ihre Versöhnung kundtaten, sieht man das Pärchen immer wieder Arm in Arm durch die Straßen schlendern. Sogar von einer gemeinsamen Singleauskopplung ist die Rede. Doch ist das Revival der Turteltäubchen nur eine Inszenierung?

Ein Informant im exklusiven Interview: »Nichts an Sparrows und Ravens sogenannter Beziehung ist echt. Nach der Trennung haben ihre Manager sie dazu überzeugt, sich weiterhin fakezudaten, um im Gespräch zu bleiben und ihre neue Single zu promoten. Das sieht man auch an ihrem Umgang miteinander. Sie wirken viel zu harmonisch, einfach wie das perfekte Paar. Unglaubwürdig!«

Ob an den Gerüchten was dran ist? Die Hitflash bleibt dran!

Ich lehne mich in meinem Stuhl zurück, blase Luft aus den geballten Wangen und falte die Zeitung zusammen. Ich habe schon viele Artikel über mich gelesen, aber dieser schießt den Vogel ab.

Sparrow, die sich im Nebenzimmer befindet, steckt den Kopf ins Zimmer. »Devin? Bist du fertig?«

»Mit den Nerven, ja.«

Fragend wölbt sie eine Braue.

Ich hebe die Zeitung an, damit sie das Foto auf der Titelseite erkennt. Abgedruckt sind sie und ich. Sparrows Kopf liegt an meiner Halsbeuge. Sie strahlt mit halbgeschlossenen Augen, da die Sonne ihr ins Gesicht fällt. Mein Arm befindet sich auf ihrer Schulter, sie hält meine Hand in ihrer. Ich trage eine Sonnenbrille und drücke ihr einen Kuss auf die Haare. Mein Gesicht erkennt man kaum, aber da mein anderer Arm um ihren Bauch liegt, kann man mich anhand meiner Tattoos, vor allem wegen des kleinen Ankers auf der Daumenwurzel, mit Leichtigkeit identifizieren. Außerdem gibt es wohl niemanden sonst, der Sparrow mit so viel Wonne an sich drückt. Meine Körpersprache spricht eine klare Botschaft: Dass diese Frau zu mir gehört, soll jeder sehen.

Im Grunde ist das ein alltägliches Foto von uns. Ich glaube, es wurde vergangene Woche aufgenommen, als wir gerade im Starbucks auf unsere Drinks warteten. Es ist ein gelungener Schnappschuss, der lediglich durch den roten Schriftzug FAKE gestört wird, den die Redaktion über unsere Oberkörper gelegt hat.

»Oh. Dann hast du den Artikel auch gelesen.« Sparrow grinst ein wenig hilflos und kommt langsam auf mich zu.

»Wer, zur Hölle, ist dieser Informant?«, frage ich frustriert und lasse die Zeitung sinken.

»Wahrscheinlich gibt's den gar nicht und sie wollten einfach Gerüchte in die Welt setzen«, spekuliert Sparrow.

»Wie auch immer. Das ist eine Premiere. Ich habe nicht damit gerechnet, in so einen Kontext jemals von irgendwem perfekt genannt zu werden.«

»Wieso nicht?« Sie nimmt mir die Zeitung ab und lässt sie achtlos auf den Schreibtisch sinken.

»Es impliziert, dass ich etwas richtig mache.«

Mein Unmut verflüchtigt sich schlagartig, als Sparrow sich mit gespreizten Beinen auf meinen Schoß setzt. Ihr Duft steigt mir in die Nase. Blumen, Salz, Meer. Gerüche, die mich fast jeden Tag umgeben und immer wieder aufs Neue verzaubern. Und von denen ich trotzdem nicht genug bekomme.

Sie legt die Stirn an meine und wispert: »Wenn du mich fragst, machst du eine Menge richtig.«

Ich schnaube. Belustigt, ungläubig, verlegen. Ich will etwas entgegnen. Doch dann fällt mir ein, was ich in den letzten Monaten angegangen bin. Und ich schweige, denn sie hat recht.

Aktuell nehme ich wöchentlich meine Termine bei meinem Therapeuten Doktor Snider wahr, in denen wir uns stückchenweise meinen Ängsten widmen. Wir kommen langsam voran, aber das ist in Ordnung, meint Sparrow. Das sei eben mein Tempo. Und solange ich bereit bin, mich zu bewegen, ist sie da.

Denn Sparrow ist nicht mehr nur die Sängerin der Band, die den *Thunderbirds* den *Mercury* weggeschnappt hat. Sie ist bei mir, wann immer unsere Terminkalender es zulassen. Sie hört zu, akzeptiert meine Stimmungsumschwünge und fängt sie auf. Ihre Geduld und ihre Güte zeichnen sie aus, und das nicht nur im Umgang mit mir.

Mittlerweile managt Calvin Kavanaugh die Sandpipers und tut das zu ihrer großen Zufriedenheit. Trotz ihres Zerwürfnisses haben Sparrow und Wren den Kontakt zu Olivia nicht komplett gekappt. Sie mag die Band schlecht vertreten haben, jedoch tat sie das nach bestem Wissen und Gewissen. Darüber hinaus ist sie Wrens Tante. Familie lässt man nicht leichtfertig fallen.

Sparrow und Wren unterstützten Olivia dabei, Fuß im Showbusiness zu fassen, das sie so sehr liebt. Und so ergatterte Multitalent Olivia Parker nicht nur den Job als neue Kostümdesignerin der Thunderbirds, sondern auch Chris' Herz.

Dieser ist viel besser drauf, seit ich mit meinen ausufernden Partys nicht mehr den Ruf der Band aufs Spiel setze. Ein Umstand, der mit Sicherheit Sparrows ruhigem Einfluss zu verdanken ist. Und Greta, die sich weiterhin wunderbar um Nana kümmert, was mir einen Teil meiner Sorge und Mom ihre Last nimmt.

Ich greife Sparrows Hintern und ziehe sie näher an mich. »Ich werde dich heute Abend auf der Bühne küssen. Vor allen. Damit niemand mehr unsere Beziehung infrage stellt.«

Sie lacht. »Das musst du nicht. Ich denke, der Auftritt spricht für sich.«

Damit mag sie recht haben. Denn der Song, den ich schrieb, als ich sie vermisste, wurde unserer. Auch Falcon, Hawk und Crane finden, dass die Stimmen von Sparrow und Wren die Melodie auf magische Weise abrunden. Wahrscheinlich, weil Sparrow und ich nicht nur ein Lied singen. Wir erzählen eine Geschichte. Unsere Geschichte. *Four things we know about us.*

»Außerdem«, fährt Sparrow fort und faltet die Hände in meinem Nacken, »ist mir egal, was andere glauben. Solange wir an uns glauben.«

Das tue ich, will ich sagen. Brauche ich nicht, kann ich nicht. Denn mein Körper übernimmt die Kontrolle, sodass ich sie küssen kann.

Gerade schreiben wir den Anfang unserer Geschichte. Und ich brenne darauf, den weiteren Verlauf mit ihr zu leben.

ENDE

Thunderbirds & Sandpipers

FOUR THINGS I KNOW ABOUT YOU

I swore I'd never let you in
Kept my heart behind a wall of skin
I thought I knew the game so well
I always said I wouldn't chase
But now all I see is your face
You flipped the script, yeah, changed the days

I used to be the guy who'd walk away
Kept my heart locked up, yeah, come what may
No strings, no ties, just passing through
But now I'm tangled up in thoughts of you
I swore I'd never lose my head
I tried to keep it light
But everything changed that night

And I thought I had control,
But you pulled me in so slow,
Now everything I thought I knew is gone oh-oh

There's four things I know about you:
You laugh like the sun's breaking through
You kiss like it's a brand new shore
You move in a way that I can't ignore
And every time I try to keep my cool
I'm falling harder, breaking all my rules

I used to be the runaway kind
But now I'm running to you every time
Caught me off guard, knocked me down
I thought that I could play it safe
Keep my distance, but I couldn't stay away
Now I'm looking for excuses just to call
You've got me breaking every single wall

I can't pretend it's just a phase
'Cause girl, you've got me in a daze
Didn't mean to fall, didn't plan this out
But here I am, no room for doubt

Danksagung

Ein Buch zu schreiben ist wie ein Lied: Manchmal fliegt die Melodie einem zu, manchmal stolpert man über jede Note. Ohne die folgenden Leute wäre dieses Manuskript vielleicht nur ein leises Summen in meinem Kopf geblieben.

Zu Beginn danke ich Raven und Sparrow, denn mit ihnen fing alles an. Ich habe eine Weile darüber nachgedacht, wie ich ihn hier anspreche, und bin zum Entschluss gekommen: Ja, ich nenne ihn Raven und nicht Devin. Zwar kennen wir uns mittlerweile gut genug, aber ich weiß doch, wie gern er seinen Künstlernamen hat.

Raven und Sparrow – ihr wart mein Konfetti, als ich glaubte, nie wieder feiern zu können. Und deshalb will ich euch an dieser Stelle in die Luft wirbeln und tanzen sehen. Ich hoffe von Herzen, dass ihr ganz viele Leute in eure Farben hüllt.

Lieber Federherz Verlag – Ich danke euch für die Bühne, die ihr mir und meinem Buch gebt. Für euer Vertrauen und dass so viele wundervolle Leute des Teams mit meinen Vögelchen tanzen. Mein Dank gilt neben meiner Lektorin Kristina jedem einzelnen von euch, der*die beteiligt ist!

Sarah, Jasmin und Yasmin – Danke fürs Testlesen, Aufbauen und die Vogelwortspiele. Ich freue mich auf alles, was wir zusammen erleben werden.

Yasmin (nochmal extra) – Danke, dass du Raven deine Stimme geliehen hast. Den besten Song seiner Karriere konnte er nur mit dir schreiben.

Tanja, Elena und Nici – Für eure Freundschaft. Wir wachsen schon seit Jahren zusammen, an uns und am Schreibhandwerk. Wie nah wir der Sonne bloß kommen werden, wenn niemand uns aufhält? Wir werden es gemeinsam erleben und das zu wissen, macht mich froh.

Ronja, Tabea, Vivian und Nadine – Fürs Testlesen und Hypen.

Hanna – Dass du Sparrow und Raven so wundervoll in Szene gesetzt hast.

Maxi – Immer da, immer unterstützend. Danke, dass du so manches Mal als Messebuddy fungierst und deine Videospiele pausierst, um mit mir zu brainstormen. Es ist ein Privileg, seinen besten Freund als Ehemann zu haben, und in dieser Angelegenheit habe ich doch mal Glück gehabt. Du bist mein Karma.

Zu guter Letzt danke ich dir, liebe*r Leser*in, dass du mit Sparrow und Raven durch Höhen und Tiefen geflogen bist. Ohne dich würden Thunderbirds und Sandpipers vor einer leeren Halle spielen. Und was das mit Ravens Ego machen würde, wissen wir beide ganz genau.

Content Note

Raven's Melody enthält neben expliziten Szenen auch
Inhalte, die potenziell triggern können.

Darunter:
*Verarbeitung des Tods eines nahen Familienmitglieds,
schwere Krankheiten (Krebs, Demenz),
übermäßiger Konsum von Alkohol,
explizite Darstellung sexueller Handlungen*

Talina Leandro
FALLEN THROUGH TIME
Gefangen in
deiner Dunkelheit
ISBN: 978-3-911505-70-3

Du bringst mein Herz aus Wut zum Rasen.
Alles an dir schreit Gefahr.
Warum bist ausgerechnet du der Mann,
der mir als Einziger helfen kann?

Während ihrer Abschlussprüfung geht für die zurückhaltende Studentin Charly alles schief, was nur schiefgehen kann. Nicht nur, dass ihr jemand etwas ins Getränk gemischt hat, sodass sie auf der Toilette landet, sie wird dort auch Zeugin eines gewaltigen Erdbebens. Als die Erschütterungen endlich enden, ist plötzlich nichts mehr wie zuvor. Im Jahr 1984, in einer ihr völlig neuen Realität angekommen trifft sie bald auf Phoenix, den viel zu heißen Besitzer des Clubs Forpa.Tabe und Anführer einer geheimnisvollen Gang. Der atemberaubende Macho nimmt das Gesetz regelmäßig dort in die eigene Hand, wo die Polizei von Miami versagt, und macht es Charly mit seiner unerschütterlichen Arroganz alles andere als leicht. Denn um keinen Preis will er zugeben, dass sie in ihm Sehnsüchte weckt, die lange verborgen waren. Dennoch scheint er der einzige Mensch zu sein, der ihr Schutz bieten und ihr helfen kann, in ihre Welt zurückzukehren. Doch die Zeit läuft gegen sie …

Bad Boy | Haters-to-Lovers

Mila Meadow &
Ylvie Davis
CAUGHT BETWEEN
SUNSHINE AND DARKNESS
ISBN: 978-3-911505-69-7

Ich bin dein Bodyguard, hübsche Sunshine.
Und ich werde alles tun, um dich zu beschützen.
Selbst wenn ich dafür mein Leben geben muss.

Ein Abschluss in Kunstgeschichte an der Universität von Stanford sollte der jungen Absolventin Jordyn die Tore der Welt öffnen. Stattdessen sieht sie sich genötigt, so bald wie möglich den Sohn des Geschäftspartners ihres Vaters zu heiraten, um die familieneigene Firma zu retten. Jordyn ist nach ihrer offiziellen Verlobung fest entschlossen, einen Weg aus diesem Arrangement zu finden, und handelt einen letzten Deal vor der Hochzeit aus: einen Sommer-Trip durch Europa. Begleitet wird sie dabei allerdings ausgerechnet von dem mürrischen Bodyguard Ryett, der loyal zu ihrem Vater steht und den Auftrag zu haben scheint, Jordyn jeden Spaß zu verderben. Doch die anfänglichen Reibereien weichen schon bald einer verbotene Anziehung, der beide nicht lange widerstehen können. Was sie nicht wissen, ist, dass sich ihr kleines romantisches Abenteuer jederzeit in einen schrecklichen Albtraum verwandeln könnte …

Bodyguard | Grumpy x Sunshine

Catalina Cudd
KISS & SWALLOW
Reapers of Sothom
Reihen-Auftakt
ISBN: 978-3-911505-77-2

Ich dachte, ich wäre hier sicher.
Stattdessen treffe ich auf drei skrupellose Männer
mit schwarzen Herzen.
Und sie sind fest entschlossen, mich zu zerstören.

Nach einem Leben auf der Flucht glaubt die unschuldige Federica, endlich ein sicheres Zuhause gefunden zu haben. In Sothom, bei dem wohlhabenden neuen Mann an der Seite ihrer Mutter bietet sich ihr die Aussicht auf eine Zukunft ohne ständige Angst und Ungewissheit. Doch ihr heißer, aber rätselhafter Stiefbruder in spe sowie seine beiden nicht weniger attraktiven und verschlossenen Freunde sehen in ihr nichts weiter als eine Betrügerin. Angetrieben von brennendem Hass beginnen sie mit der jungen Frau ein grausames Spiel, aus dem bald bitterer Ernst wird. Denn unbeabsichtigt kommt diese dem unfassbaren Geheimnis der drei viel zu nahe. In einem Strudel aus Begierde und Zorn, Tränen und Lügen reißen die Männer Federica immer weiter mit sich in den Abgrund, während verborgen in der Dunkelheit der Stadt jemand ganz anderes die Regeln diktiert …

Dark Romance | Dark Reverse Harem